나무가
있던
하늘

최성각 산문집

나무가 있던 하늘

오월의봄

흩어져 있는 글들을 묶고 나니,
내 삶이 보인다

어쩌다 '환경운동하는 작가'가 되고 말았다. 그렇게 되려고 한 것은 아니었다. 소설도 썼지만 나는 그동안 에세이를 더 많이 썼다. 소설도 모든 것이 다 허용되는 열린 세계이지만, 내게 영향을 미치는 급박한 힘에 바로 대응하는 데에는 에세이가 더 빠르고 좋은 도구였던가 보다. '세상의 소설'은 여전히 인간이 중요한 존재라는 것을 강조하고 있었다. 나는 인간이 덜 중요한 존재라는 것을 끊임없이 내 에세이에 담기 시작했다.

이 책에 담은 글들은 시간적으로는 1987년 삼척탄좌 광산 르포에서부터 2022년 현재에 걸쳐져 있고, 내용은 내가 견지하고 있는 세계관이나 내가 경험한 것, 내 안타까움이나 소망이 모두 어느 글에나 스며 있으므로, 한마디로 말하기 어렵다.

내 글들은 가끔 아름답기도 하지만, 애끊는 동어반복이 더 많다. 아마도 '존재의 쾌활함'(로버트 맥팔레인)을 표현하는 일보다는 세상에 하고 싶었던 말이 많아서였을 것이다. 그것은 세계의 황폐에 인간의 책임이 있고, 겸손할 수 있는 능력의 회복과 참회는 아직 너무 늦지 않은 인간의 의무라는 생각들일 것이다.

일부 절판된 책들에 담긴 내용도 이곳에 담았고, 한 번도 묶은 적이 없는 응답의 글들도 담았다. 이제 이로써 내가 세상에 내놓았던 글들을 다 모아 담은 셈이 되었다. 이 책 이후에 나는 어떤 글들을 쓸지 모르겠다.

이번 생에 책 읽고 글 쓰고 살았던 게 그래도 천운이었다고 생각한다.

내 노력으로 이루어진 일은 없다. 비록 내 삶이 내 생각과 일치하지는 못하지만, 생태주의적인 세계관을 견지할 수 있도록 도움을 주고, 지켜봐준 모든 이들에게 감사를 드린다. 본디 쾌락주의자인 나와 생태주의는 충돌은커녕 내 안타까움과 분노가 늘 일정한 균형을 이루게 했던 것 같기도 하다.

제목은 소로의 글에서 착안해 붙였다. '나무'가 베어진 빈 하늘을 우리는 그보다 더 좋은 것으로 채우지 못하고 갈팡질팡하고 있는데, 그로 인한 재앙이 시작되었건만 우리는 여전히 태무심하다. "갈 데까지 가야 한다"고 절망하기에는 슬픔이 앞서지만, 슬픔으로 할 수 있는 일이 아무것도 없다는 것을 책을 묶으면서 다시금 절감한다.

2022년 4월
최성각

• 차례 •

4. 도대체 산다는 일은 무엇일까

5. 속절없이 시간은 흐른다

6. 스스로 아름다운 사람들

1

사람의 도리를 지키는 삶

나무가 있던 하늘을 무엇으로 채울까

오래전에 어떤 사람이 물었다. "당신은 왜 환경운동을 하는가?", 하고. 그래서 "사람들이 나무를 베기 때문이다"라고 답했다. "소설이나 쓰시지?", 하는 문학주의자의 유치한 질문으로 이어지지 않아서 다행이었다. 자칫하면 폼나게 들릴 수도 있는 그 대답이 아무리 생각해도 틀린 대답이 아닌 것 같아서 대답해놓고도 잠시 더 생각해보았다. 내 답변의 '나무'가 단지 나무만이 아니었는데, 그가 더 묻지 않은 게 거기까지 이해했나 보나, 하고선 안도했다.

이때 '나무'는 내 어린 시절 그토록 깨끗하고 아름답던 바다를 뜻하고, 댐 짓겠다는 소동에서 간신히 살려냈지만 '동강'일 수도 있고, 멀쩡하던 갯벌을 농지로 만든다고 죽여버린 '새만금'일 수도 있고, 잘 흐르는 강에 보를 만들어서 강의 흐름을 잘라버린 '4대강'일 수도 있고, 단 사흘간의 알파인스키장을 위해 500년 된 수림을 베어버린 '가리왕산'일 수도 있다.

우리는 인류의 일원이다

'한 사람'의 형성이나 그가 영위하고 있는 생은 아무렇게나 막 생겨서 대충대충 얼렁뚱땅 굴러가는 것이 아니다. 어떤 사람이 다른 이가 아니라 바로 '그'인 것에는 반드시 이유가 있고, 그가 그런 생각을 지니고 그 생각 때문에 어떤 일은 열심히 하고, 어떤 일은 한사코 하지 않는 것은 겉보기와 다르게 모두 다 곡절이 있고, 어쩌면 자신도 잘 모르는 필연성이 있다고 본다.

고등학교 시절에 시 한 편을 만났다. 〈누구를 위하여 종은 울리나〉였다. 헤밍웨이의 소설로 더 널리 알려진 제목이지만, 그것은 16~17세기 영국의 시인 존 던의 시제詩題였다. 헤밍웨이가 존 던을 차용한 것이다.

"누구든 그 자체로서 온전한 섬은 아니다. 모든 인간은 대지의 한 조각이며, 대양의 일부이어라"로 시작하는 그 시는 동해안의 작은 도시에서 태어난 한 소년에게 만약 영혼이 있다면, 그 영혼의 금선琴線을 퉁겼다.

"만일 흙덩이가 바닷물에 씻겨 내려가면, 구라파는 그만큼 작아지며, 만일 모래톱이 그리되어도 마찬가지. 그대의 친구들이나 그대 자신의 영지가 그리되어도 마찬가지다. 어느 사람의 죽음도 나를 감소시킨다"로 이어지는 시는 철없던 소년을 전율시켰다.

아아, 세상에 이런 시선과 해석도 있구나. 이후 나는 내가 그때까지 가까이에서 본 죽음, 멀리서 풍문으로 날아온 죽음, 역사책에 가득 찬 죽음의 기록들까지 존 던의 시가 가르쳐준 원칙으로 대하기 시작했다.

시인은 이어서 "왜냐하면 나는 인류 속에 포함되어 있기 때문이다"라며, "그러니 누구를 위하여 종은 울리는지 알고자 사람을 보내지 말라. 종은 그대를 위해 울린다"로 말을 마쳤다.

소년에게는 바로 너를 위해 울린다는 종보다는 네가 '인류 속에 포함되어 있다'는 말이 더 뜨거웠다. 너무나 크고 강력한 인류의 일부에 자신을 편입시킬 능력은 부족했지만, 그 시는 소년에게 자부심과 함께 책무라 말해도 되는 압박감을 동시에 요구했던 것 같다.

비록 소년이 이후 전개한 삶이 좌충우돌이었고, 종횡무진이었지만, 그때 그 몇 마디 단어가 소년에게 끼친 영향은 심대했다. 당연시 여기는 자국 민족주의나 자연의 정복이 인간의 권리라는 성장주의나 "너를 밟아야 내가 산다"는 공격성이 얼마나 추하고 남루한 생각인지를 알게 된 것도 어쩌면 그 시 때문이었는지도 모른다.

자연의 손실은 곧 우리의 손실이다

그러다가 이십대 초반에 또 한 명의 이인異人을 만났으니 헨리 데이비드 소로였다. 소로의 숲속 생활 일기인 《월든》은 책이 출간된 때에는 몇 권 안 팔렸지만 지금은 인류의 고전이 되어버렸다. 하지만 내가 특히 잊을 수 없는 소로의 감성은 소나무 한 그루가 베어진 뒤에 소로가 표했던 슬픔과 탄식이었다.

"소나무가 차지하고 있던 하늘은 앞으로 200년간 빈다. 소나무는 이제 재목이 되었다. 소나무를 쓰러뜨린 사람은 하늘을 파괴했다. …… 강둑을 다시 찾아온 물수리는 앉아서 쉴 익숙한 나뭇가지를 찾아 빙빙 맴돌아도 못 찾을 테고, 매는 새끼들을 지켜줄 만큼 우뚝 솟았던 소나무들의 죽음을 슬퍼할 것이다"라면서 소로는 "왜 마을의 종은 애도의 종소리를 울리지 않는가. 애도의 종소리가 들리지 않는다. 거리에, 숲길에 행렬이 하나도 없다"(〈소나무의 죽음〉)며 탄식한다.

존 던의 조종弔鐘이 소로에게까지 이어진 것이다.

우리는 자연(소나무)의 일부인지라 그 손실은 곧 우리의 손실이다. 진정 무엇을 애도해야 하는지 우리는 잊어버렸다.

나무를 베고도 얻을 게 있다는 사람들의 말을 믿어서는 안 된다.

(2022년)

16

폴라니 가족의 식탁

내 사는 산골짜기에도 다행히 우편물이 잘 들어온다. 신문만 당일에 안 들어온다. 신문은 오후에 들어오거나 다음 날에 세로로 여러 번 접혀서 구문舊聞 뭉치로 배달되곤 한다. 뜬금없이 우편물 배달 이야기부터 꺼내는 것은 작가회의(한국작가회의) 회보도 잘 들어온다는 이야기를 하기 위해서다. 대개는 얼추 살피고 말았는데, 지난 통권 116호(2018년 9~10월호)에는 유난히 눈길을 끄는 기고문이 있었다. 뒷부분 '특별기고'란에 시인 유용주가 쓴 〈예술원에 대한 단상〉이라는 글이 그것이었다. 한 번도 생각해보지 않았을뿐더러 내 생에 아무런 영향도 미치지 않았던 '예술원'이라? 심드렁한 기분으로 그의 짧은 기고문을 보고 난 뒤에 든 첫 감정은 당혹감이었고, 그다음에는 불쾌함이었다. 그것은 이 세상 한구석에서 풍기는 또 하나의 악취였고, '촛불' 이후 새로이 등장한 '적폐'라는 범주로 간주해도 괜찮은 내용이었다.

시인의 글로 알게 된 예술원은 기존 회원 3분의 2 찬성으로 새 회원을 뽑는데, 심지어 5수, 6수를 해서 가입된 회원도 있다고 했다. 임기는 4년인데 연임 가능, 그런데 중도에 그만둔 사람이 아무도 없으므로 종신제라고 했다. 회원은 월 200여만 원의 나랏돈을 타며, 돈 말고도 범인들이 모르는 혜택이 있다고도 했다.

시인은 그들이 받는 월 200만 원을 이야기하면서 덧붙이기를 자신의 연 수입이 바로 200만 원이라고 밝혔다. 글의 효과를 위해 그랬겠지만, 자신의 한 해 수입을 밝힐 때 시인은 얼마나 잡스럽고 떫은 기분에 사로잡혔을까.

그런데, 작가와 국가는 본래 상극의 관계가 아니었던가? 국가의 거대한 잔등에 달라붙어 그 괴물을 끝없이 피곤하게 하고 성가시게 하는 등에 같은 존재가 바로 작가들 아니었던가. 국가가 '재앙의 진원지'라고 끝없이 푸념해야 하는 존재가 바로 작가들이 아니겠는가. 역사를 보라. 단언컨대 이 세상에 '착한 국가'는 없다. 국가의 목표는 언제나 부국강병이었다. 이 세상을 회복 불가능하게 망친 것이 곧 부국강병론, 아닌가. 그러니 작가들은 '착하지 않은 존재'로부터 돈을 받으면 안 되는 것 아닐까. 시인 작가들에 대한 최상의 처우는 처내버려두는 게 상책 아닌가. 잡아가서 두드려 패고 책을 불태우는 짓이나 안 하면 제일 '좋은 정부'라고 생각한다. 내가 너무 순진한가. 매우 순진해 보이는 이 국가론이 조롱받지 않기를 바랄 뿐이다.

어쨌거나 한 시인의 기고문으로 알게 된 예술원 이야기

는 신문도 당일에 배달되지 않는 산골짜기에서 거위나 키우는 한 게으른 글쟁이일 뿐인 나를 참 여러 가지 생각에 휩싸이게 만들었다. 바로 그때 무슨 구원처럼 한 인물이 떠올랐다. '구원처럼'이라기보다 내 무의식 속에는 늘 그가 있었는데, 다시금 튀어 올랐다고 말하는 게 옳을 것 같다. 아니면, 불쾌로 뒤덮인 내 흐린 마음속에 옥수玉水처럼 솟아오르는 인물이 있었다고 고쳐 말해도 된다.

그의 이름은 칼 폴라니Karl Paul Polanyi.

칼 폴라니라는 인물을 처음 만난 것은 1970년대 후반이거나 1980년대 초반이었다. 물론 직접 만난 것은 아니다. 책을 통해 만났다. 피터 드러커가 쓴 《방관자의 시대》(갑인출판사, 1979)라는 책이 그것이었다.

칼 폴라니가 누구인지 아는 사람은 그의 역저 《거대한 전환》(길, 2009)을 접한 소수이겠지만, 드러커는 우리나라에서도 널리 알려진 오스트리아 빈 출신의 미국의 저명한 철학자다. 주로 그는 경영 쪽의 글을 많이 쓴 이라서 경영 전문가, 미래 예측자로만 알려져 있지만 정작 미국에서 그의 위치는 '철학자'로 통한다.

《방관자의 시대》라는 제목은 당시 이십대 중반이었던 나에게 상당히 꺼림칙하고 불편한 제목이었다. 유신 시대에 이십대를 보낸 문학청년에게 그 재수 없는 말은 비겁과 무력감을 고취시키기 때문에 금기어에 가까웠다. 하지만 원제Adventures of a Bystander가 그러했다. 드러커가 자신을 '방관자'라고 명명한 데에는 이유가 있었다. 그의 나이 열네 살 때 합스부르크의 마지막 황제가 퇴위하고 공화제가 선포되던 날, 시위대에 참석했다가 그는 데모 군중들에 의해 비 그치자 생긴 웅덩이로 떠밀리게 된다. 그 직후, 그는 데모대에서 빠져나오고 자신이 누구인지 발견하게 된다.

"이것은 내가 택한 웅덩이가 아니다. 데모대에게 밀려서 밟게 된 웅덩이다."

즉 드러커는 자기 의지로 물웅덩이를 밟고 노는 것은 싫어하지 않지만 남에게 떠밀려 물웅덩이를 밟게 되는 상황은 견딜 수 없어 하는 사람이라는 것을 알아챈 것이다. 곧 자신의 위치가 '방관자'라는 것을 깨달았던 것이다. 그때 경험 이후 드러커는 평생을 자신의 의지로 살아가려는 사람, 즉 타력에 떠밀려 살지 않으려는 사람, 어떤 무리에도 속하려 하지 않는 사람으로서의 자기 발견을 하게 된다. 드러커가 쓴 '방관자'는 우리나라에서 그 말이 환기하는 무임승차자, 비겁자, 약아빠진 기회주의자의 이미지와는 전혀 다른 의미에서 자기 정체성을 설명하기 위한 용어였다. 하지만 내가 소개하려고 하는 이야기는 드러커의 자아 인식이 아니라 그의 책에 실려 있는 폴라니 가문에 대한 이야기다.

드러커가 폴라니가家의 셋째 아들이었던 칼 폴라니를 처음 만났던 때는 1927년. 그때 드러커는 학교를 졸업하고 함부르크의 어느 수출 회사의 수습 서기로 일하고 있었다. 입사한 지 얼마 안 되어 그는 처음으로 크리스마스 휴가를 얻어 빈으로 갔다. 그때 《오스트리아 에코노미스트》에서 드러커에게 신년 특집호의 편집회의에 나와달라고 요청했다. 당시 《오스트리아 에코노미스트》는 유럽에서 손꼽히는 잡지였다. 그 잡지의 편집회의에 젊은 드러커가 초대받은 것은 대단히 영광스러운 일이었다. 초청장 끝에는 "귀하의 파나마운하에 관한 논문을 읽었는데 아주 훌륭한 논문이라 생각합니다"라는 연필로 쓰인 글씨가 있었고 편집장의 사인이 담겨 있었다. 그 논문은 드러커가 대학 입시를 위해 썼던 논문이었는데, 몇 주일 전에 독일 경제 계간지에 실렸었다. 그것은 드러커의 글이 생애 처음으로 활자화된 것이었는데, 그 글로 그토록 영광스러운 초대를 받게 될지는 몰랐다.

편집회의는 크리스마스 당일 아침 8시부터 시작되었는데, 예정 시간보다 40분이나 늦게 시작되었다. 편집회의가 지연된 것은 국제문제 담당 선임 편집자인 칼 폴라니가 40분 후에야 나타났기 때문이었다. 칼 폴라니는 늘 편집회의에 늦게 나타났었던지 사과도 없이 자리에 앉자마자 트렁크에서 책, 신문, 잡지 따위를 거칠게 테이블 위에 꺼내더니 우렁찬 음성으로 말을 쏟아내기 시작했다.

그 순간을 드러커는 "마치 산허리를 굴러내리는 화산암과 같은 놀라운 기세로 말이 튀어나왔다"고 회상하고 있다. "내가 생각하고 있는 신년호의 권두 논문은 네 편이오. 첫째는 중국 정세에 관한 논문, 장작림과 장개석이나 각지의 군벌, 예컨대……" 하면서 "레닌주의는 이미 죽었고 공산주의 혁명도 죽었소. 오늘날 소련 정치는 새로운 형태의 동양적 전제정치요, 농노제까지 부활되었소. 마지막은 케인스라는 영국 경제학자에 대한 논문인데……"라는 달변으로 이어졌다.

편집회의는 칼 폴라니의 위압적인 독주로 이어졌다. 잠시 후 한구석에 새파란 젊은이가 앉아 있는 것을 본 폴라니는 청년에게 "우리 권두 논문 테마에 대한 무슨 의견이라도 있소?" 하고 물었다. 마침 드러커는 편집위원들이 논쟁하고 있는 동안 혹시 무슨 말을 보탤 수 있을까 자문하고 있었기에 즉석에서 "히틀러가 독일을 지배할 위험성에 대한 논문은 어떨까요?"라고 답했다. 다른 이들은 나치가 지난 선거에서 참패했다고 드러커의 답변을 무시했지만, 그 답변은 폴라니의 시선을 끌었다. "으음 아주 중요한 테마로군. 젊은이는 왜 나치가 두려운지 그 이유를 정리할 수 있겠소?"

폴라니에게 강렬한 인상을 심어준 드러커는 용기백배해서 회의가 끝난 뒤, 칼 폴라니의 집을 방문하고 싶다고 청했고, 폴라니는 흔쾌히 응해주었다. 신문사에서 나올 때 마침 매니저가 그달 치 급여가 나왔다고 말했는데, 폴라니는 트렁크를 뒤지고 있었으므로 "그 수표를 좀 받아달라"

고 부탁했다. 그 때문에 드러커는 수표에 적힌 액수를 볼 수 있었다. 1927년, 오스트리아의 경제 수준에서 폴라니가 받은 급여액은 엄청나게 컸다. 폴라니와 드러커는 시내 전차로 종점까지 갔다. 그곳은 도심 바깥의 빈민가였다. 그곳에서 그들은 다른 노선으로 바꿔 타고 창고가 들어선 공장지대를 빠져나갔고 그 뒤에도 종점에서 20분 이상 걸어서 폐차장과 쓰레기 처리장을 지난 후에야 5층 건물인 낡은 아파트에 도착했다. 1, 2층은 판자로 막혀 있었고, 5층에 이르는 계단은 코를 베어가도 모를 정도로 어두웠다고 한다.

여기까지 소개한 이 지루한 이야기들은 드러커가 도심에서 멀리 벗어난 빈민촌에 있던 폴라니 집에서 목도한 일들을 더 잘 이해하기 위한 긴 서두다. 청년 드러커와 폴라니를 맞이한 사람은 그의 아내 일로나 두친스카와 그녀의 모친, 그리고 여덟 살 정도의 외딸이었다. 일로나의 모친은 헝가리 남작의 아내였다. 그들은 곧 저녁 식탁에 앉았다. 그 식탁은 당시 드러커 생애에서 만난 최악으로 엉망진창인 식탁이었다. 이 대목은 본문을 인용하는 게 더 낫겠다.

아무렇게나 껍질을 벗겨 으깬 감자, 마가린조차 곁들이지 않았다. 이게 크리스마스 디너라니! 모두가 내게 무관심했다. 식사에도 집착하지 않았다. 아이를 포함한 가족 4인은 어떻게 하면 칼이 다음 달 생활비만큼 벌 수 있는가 침을 튕기며 논하고 있었다. 지불에 필요한 금액은 아주 얼마 안 되는 금액이었다. 폴라니가 조금 전에 받은 금액의 1만 분의 1도 안 되었고, 함부르크의 수습 서기 봉급으로 생활 하고 있던 내가 아무리 절약해도 살아갈 수 없을 정도의 적은 금액이었다. 나는 도저히 참을 수가 없었다.

"끼어들어서 미안합니다만, 실은 조금 전에 폴라니 박사의 수표를 보았습니다. 그 정도라면 더할 나위 없이 잘살 수 있다고 생각합니다만……"

그 순간 네 사람은 갑자기 입을 다물고 침묵했다. 그것이 무한한 침묵의 순간처럼 생각되었다. 이어서 네 사람은 나에게 시선을 돌려 내 얼굴로 노려보았다. 그리고 거의 이구동성으로 말했다.

"무슨 말을 하는 거예요. 월급으로 받은 수표를 자기를 위해 쓰다니! 처음 듣는 이야기예요."

"하지만……" 나는 우물거렸다. "대부분의 사람은 그렇게 하고 있습니다."

"우리는 그 대부분의 사람과 다릅니다."

칼의 아내 일로나는 엄숙한 말투로 이야기했다.

"우리 일가는 도리를 존중하고 있어요. 빈은 지금 헝가리 에서 온 피난민으로 가득합니다. 공산주의와 그 후의 백색 테러로부터의 피난민이지요. 생활비조차 제대로 벌지 못 하는 사람이 숱합니다. 하지만 칼이 버는 능력은 종잇장 같지요. 칼이 월급으로 받는 수표를 가난한 사람들에게 주고 우리 가족이 필요로 하는 것을 별도로 버는 것은 도리를 존중하는 인간으로서는 당연한 일입니다."

—피터 드러커, 《방관자의 시대》, 갑인출판사, 1979, 146~147쪽

버나드 맬러머드의 소설 《수선공》에는 주인공이 길가 골동품점에서 스피노자의 《에티카》를 만난 뒤, "값으로 1코펙을 지불했는데 그렇게도 벌기 힘든 돈을 책 사는 데 낭비했다고 금방 후회했습니다. 얼마 후 몇 쪽을 읽게 되었고, 그다음에는 마치 돌풍이 등을 밀고 있기라도 하듯 멈출 수 없었습니다. …… 나는 더 이상 이전과 동일한 인간이 아니었습니다"(질 들뢰즈의 《스피노자의 철학》의 제사題詞)라는 구절이 나온다.

내 나이 겨우 이십대 중반, 사람을 아연하게 만드는 일로나의 말은 나를 조용히, 깊이 흔들었다. 《에티카》를 만난 소설 속 주인공처럼 드러커가 전해준 폴라니 가족의 저녁 식탁 풍경이 빛처럼 나를 덮었다. 오한 같은 게 일었던 것 같기도 하다. 책을 덮고 주변을 돌아보니 아무것도 달라진 것은 없었다. 첫 키스를 하고 난 뒤에도 세상은 요지부동이었던 것처럼 겉으로는 그랬다. 그러나 분명 나 또한 소설 속 주인공처럼 그 구절을 만나기 전의 사람과 다른 사람이 될지도 모른다는 예감이 엄습해왔다. "뭐 이딴 인간들이 있담!" 공교롭게도 나 또한 드러커의 책을 길가 리

어카 노점상에서 300원쯤에 구입했던 것이다.

그 책을 처음 만난 이후, 어쩌다가 속절없이 육십대 중반에 이르렀다는 것이 도무지 믿어지지 않는 일이지만 나는 숱한 사람들을 만나고 수많은 책 속의 인물들을 만났다. 그들 중에는 의인도 있었고, 드물게 고결한 품성의 사람도 있었고, 자기 헌신이 사명인 사람들도 있었다. 그렇지만 그때 폴라니 가족이 취했던, 같은 시대의 이웃에 대한 믿기지 않는 태도처럼 강렬한 충격을 준 이는 많지 않았다. 그 식탁에서 같이 감자껍질을 벗긴 사람도 아니건만, 일로나의 말과 그 식탁의 분위기는 좌충우돌로 살았던 내 평생을 어떤 식으로든 지배했는데, 왜 그랬을까, 그 이유는 나도 아직 잘 모르겠다.

2010년 나는 《나는 오늘도 책을 읽었다》라는 제목의 '환경책 서평집'을 펴냈는데, 그 책에서 나는 드러커가 만난 폴라니 일가 이야기를 짧게 다룬 적이 있었다. 폴라니가 사람들은 어떤 사람들인가. 그들에 대한 소개는 자기 책을 인용하는 자가당착이라는 비난의 위험에도 불구하고, 이미 요약된 그 책에 의존하는 게 나을 듯하다. 오로지 폴라니가 형제들에 대한 이해를 위함일 뿐 속 보이는 자기 책 광고일 리가 있겠는가.

이 책(드러커의 《방관자의 시대》)에는 프로이트, 토마스 만,

키신저와 같은 역사적 인물들이 대거 등장한다. 그러나 드러커는 폴라니 일가를 자신이 알고 있는 한 가장 재능이 풍부한 사람들이었고 가장 큰 업적을 올린 사람들이지만 그처럼 큰 실패를 겪은 사람들도 없다고 회고한다. 빅토리아 왕조시대의 부친으로부터 비롯해 1960년대까지 폴라니 가문이 걸어간 길은 가히 경이적이었다. 부친은 헝가리의 철도왕이었다. 스무 살 연하의 그의 아내 세실리아는 러시아 백작의 딸로서 아나키스트였다. 그녀는 10대 중반에 화학 실험실에서 폭탄을 만들어 경찰 간부를 살해한 무정부주의 테러단의 핵심 멤버였다. 10대 후반에 이미 전설이 된 세실리아는 다섯 아이를 낳았는데, 그들 부부는 자식들을 고성古城에 집어넣어 세속의 위선과 부패에서 완전 격리시키고 형제들끼리도 서로 만나지 못하게 유폐시킨 뒤, 가정교사에 의해 '각기 다른 개성을 가진 독특한 인간'으로 육성한다.

후에 장남은 피아트 회사를 만들고 사회주의 성향의 언론사 사장까지 역임하는 사업가가 된다. 뿐만 아니라 무솔리니의 친구 겸 스승으로서 무솔리니의 뇌를 담당하고, 그가 독재자가 되기 전까지 돕는다. 사회주의도 공산주의도 아닌 공동체 국가를 기반으로 하는 계급 통합과 같은 새로운 비전으로 무솔리니를 전향시키려 했다. 그러나 친구이자 스승을 배신한 야심가 무솔리니는 파시스트가 되고, 장남은 가족들로부터 파문을 당한다.

둘째는 건축기사로서 현대 브라질 회화, 브라질 건축의 기초를 닦았다. 그는 브라질이 유럽의 영향력에서 벗어나야 한다는 신념으로 수도를 내륙에 건설하기 위해 고군분투한다.

편집장 칼 폴라니의 여동생 모우지는 25세 이전에 공적 활동을 다 마쳤는데, '농촌사회학'이라 불리던 그녀의 헝가리 민족운동은 후일 이스라엘의 키부츠 탄생의 기초가 되었다. 유명한 경제학자였으며 시오니스트였던 프란츠 오펜하이머는 그녀의 제자였다.

막내인 미하엘은 과학자로서 아인슈타인의 조수였는데, 1920년에 이미 노벨상 후보에 올라 있었으나 2차대전 이후에는 타락한 부르주아 자본주의와 개인을 부정하는 마르크스 사회주의를 모두 배격하는 중도를 걷는 철학자가 되었다.

폴라니가의 부모는 추구한 일은 각기 달랐으나 한 가지 목표, 즉 대의를 위해 헌신하는 이상주의자들로서 자식들을 키웠던 것이다.

—최성각,《나는 오늘도 책을 읽었다》, 동녘, 67~69쪽

20세기 초 폴라니가 형제들의 이력은 경이롭기 그지없다. 그들이 말했던 '인간의 도리'나 대의는 현실에서는 이루어질 수 없는 불가능한 꿈이었다. 위 요약문에서 빠져 있는 셋째 칼 폴라니는 신자유주의 경제의 위기가 거론될

때 다시금 주목받고 있는 세계적인 경제학자로서 시장경제란 '전혀 도달할 수 없는 유토피아'라는 사상을 일찍부터 갈파하고 발전시킨 선구적인 인물이었다. 국가니 시장이니 하는 난공불락의 현실로 공고해진 장벽들이 알고 보면 이제야 우리가 발견한 '사회'라는 실체의 제도일 뿐이라는 것이 칼 폴라니의 사상이었다. 칼 폴라니는 냉전 시기였던 1960년 버트런드 러셀, 아인슈타인, 사하로프 등과《공존》이라는 잡지 창간을 위해 헌신하기도 했다(《거대한 전환》, 저자 소개 참조).

고액의 임금을 자신의 가족만을 위해 사용하는 일은 비난받을 일도, 비난할 일도 아니다. 자연스러운 일이다. 세상은 그것을 부추기고, 우리 보통 사람들 모두 그렇게 알고 있고, 불안 때문이든 욕망 때문이든 지금보다 더 많은 재화를 갈망하며 살고 있다. 오죽하면 한때 "부자 되세요"라는 후안무치한 인사말이 아무 거리낌 없이 유행했으랴. 그 말을 당의정으로 권력을 마구 휘두른 희대의 한 사기꾼은 '촛불' 덕택에 지금 재판 중이지만, 그를 그 권좌에 앉힌 것은 그런 사기에 속아 넘어갈 태세가 되어 있던 보통 사람들이었다.

특출하게 성장한 폴라니가 형제들은 그 걸출함에 맞는 특권을 누리기는커녕, 그들이 공감하고 동의하고 있던 '사람의 도리'를 생각하면서 살았다. 어마어마한 부를 소유할 수 있는 높은 신분이었음에도 불구하고 이들은 자신을 위해서만 살지 않았다. 이들이야말로 바른 의미의 엘리트라고 할 수 있을 것이다.

하지만 이곳의 엘리트들은 어떠한가. 이 나라에서 스스로 엘리트라고 자처하는 자들의 가짜 귀족주의와 끝 모를 탐욕과 기득권 사수를 위한 집착은 이들 폴라니가 형제들에 비할 때 얼마나 비천하고 왜소한가.

이 세상에는 여전히 '최고의 행복은 개인적인 행복을 추구하지 않는 데서 비롯된다고 믿는 도덕주의자들'(오르한 파묵의 소설 《눈》에서)이 있다. 오르한 파묵이 말한 도덕은 "강자에 대한 복수심에서 나약한 인간들이 발명해낸 자위의 개념"(니체)이 아니다. 우월적 지위에서 사람들을 옥죄는 규정주의자로서의 도덕도 물론 아니다. 누구를 억압하는 데 관심 없고 세상에 해를 끼치지 않으려는 도덕주의자들은 타인에게 도덕을 강요하지 않는다. 다만 자신만을 위해 사는 일에 부끄러움을 느끼고, 그런 태도는 자신의 삶을 추하고 남루하게 만들 것이라고 믿을 뿐이다.

예술원에 대해 알려준 한 시인 때문에 나는 칼 폴라니 가문을 떠올렸다. 분명, 그들이 보여준 태도는 이곳 현실에서 동떨어진 낯선 이야기일 수 있다. 그리고 이런 이상한 사람들에게 충격을 받고, 그것을 잊지 못하고 산다는 것은 자칫 낭패스러운 인생을 자초하는 일일 수도 있다. 턱없이 높이 설정한 윤리의식이 적당히 타협하며 흘러갈 삶에 가시가 될 수도 있기 때문이다.

폴라니가 사람들 이후, 이십대 후반에 만났던 시몬 베유도 그런 유형의 인물(《녹색평론》 164호, 21~22쪽 참조)인데, 그런 사람들을 잊지 못하고 떠올리는 것은 보내온 시간과 남은 시간을 모두 걸어야 하는 모험에 가깝다. 이런 사람들로 인해 시대를 바라보고, 사람을 평가하는 척도가 과도하게 높아지고 까다로워지면 얻는 것보다 해가 클 수도 있다. 물론 그 모험은 태생적인 품성의 한계 때문에 그들처럼 살 수 있는 능력이 있는가라는 문제와는 좀 다르다. 그렇지만 그런 유의 고결한 사람들이 세상을 대했던 어떤 태도를 상기하며 사는 일은 최소한, 삶의 함정이나 진창에 빠지지 않도록 잡아주는 바퀴의 굴대 같은 역할을 하리라고 믿는다.

이 나라 고명하신 예술원 회원들은 죽을 때까지 받도록 보장되어 있는 월 200만 원에 대해 다시금 생각해보시기 바란다. 외양은 휘황찬란해지고 생산물과 쓰레기는 넘쳐나지만 이 나라의 현실이 1920년대 오스트리아 빈보다 나아졌다고 생각하시는가. 그 돈을 자신들의 성취에 대한 당연한 보상으로 생각하시는지, 그 정도 돈을 혹시 껌값으로 여기는 것이나 아닌지. 외지고 폐쇄된 울타리 속에서 스스로 명예롭다고 여기는 자족이 어쩌면 착각이고 욕스러운 일일 수도 있다는 생각은 안 해보셨는지.

민초들의 눈물과 신음소리는 그친 적이 없다.

(2019년)

생태적 위기와 새로운 글쓰기

'쓰기 싫은 글'과 멧돼지 출현

저는 본시 세미나나 포럼이나 심포지엄에 익숙하지 않은 사람인지라 이 세미나 참석 요청을 처음에 극구 사양했습니다. 하지만 초대한 분에게 전에도 어떤 요청을 거절한 적이 있어 그 미안함 때문에 결국 마지못해 이곳에 오게 되었고, 이런 '쓰기 싫은 글'을 제출하게 되었습니다.

이 글을 제출하는 일보다 지금 제게는, 지난밤에 마당 앞 논에 멧돼지가 출현해 논을 엉망진창으로 만들었기 때문에 이웃집 구순 할머니와 함께 멧돼지가 논에 안 들어오도록, 들어왔더라도 익고 있는 벼를 덜 훼손하도록 앞산 소나무에 깡통이 달린 줄을 매다는 일이 더 급한 일입니다. 오늘 밤부터 할머니는 밤에 개라도 짖을라치면 자다가도 줄을 흔들어 멧돼지를 쫓으실 것인데, 멧돼지가 깡통 소리를 듣고 산으로 도망을 칠지 빈 깡통 소리를 묵살하고 논을 더 파헤칠지는 모를 일입니다.

어쨌거나 약속은 약속이니만치 이 글을 제출하긴 제출

하되, 오래된 세미나의 관습에 비추어볼 때, 제 글의 격과 내용이 이 세미나에 제출된 다른 글과 어울리지 않아 만에 하나 귀한 행사에 폐가 되고 누가 될까봐 두려운 마음을 감추기 힘듭니다. 다른 이야기는 몰라도 문학 이야기가 제게는 가장 하기 싫은 이야기라는 것만은 분명히 밝히고 싶습니다. 그 까닭은 저의 경우이긴 하지만, 문학 이야기가 제일 한심스럽고 재미딱지 없는, 딱한 이야기들이기 때문입니다.

뗏목을 타고 '낙동강 파수꾼'의 도시로 입성하다

1981년 여름, 저는 낙동강 상류에서부터 부산 구포까지 뗏목을 타고 내려온 적이 있습니다. 황지에서 안동까지는 강을 따라 걸어 내려왔고, 그 후로는 안동 하회마을 앞 모래사장에서 친구들과 뗏목을 조립해 구포까지 내려왔습니다. 부산에 당도하기 전까지 저는 단 한 번도 요산 김정한 선생에 대해 생각해본 적이 없었습니다. 유속流速을 잃어버린, 이미 그때에도 발을 못 담그도록 썩은 강을 노예선의 주다 벤허처럼 끝없이 노를 저어야 했기 때문에 정신이 없었습니다.

그러나 강의 시원지를 떠난 지 보름째 되던 즈음, 뗏목이 물금을 거쳐 구포에 이르면서 저는 이 하구의 거대한 도시에 한 작가가 계시니, 그분이 김정한 선생이라는 생각이 무슨 감춰져 있던 계시처럼 일었습니다. 강이 끝나는 곳에 살고 계신 한 노작가는 그 강의 하구에 당도한 한 젊은이의 영혼에 일찍부터 그런 방식으로 스며들어 있었던 것입니다. 그러나 만약 한 진지한 의과대학생이 어떤 여름날 지리하고 무모한 뗏목여행을 해서 1,300리 장강을 타고 부산에 당도했다면 요산이 아니라 어쩌면 장기려 박사를 떠올렸을지도 모릅니다. 그러나 27년 전, 그때도 저는 지금처럼 무명의 한 문학도였기 때문에, 다른 이가 아니라 '낙동강 파수꾼'으로 널리 알려진 한 노작가의 이름과 그분이 이 강과 산하에 기울였던 마음이 문득 떠올랐던 것입니다.

한 작가가 살아내고 지킨 한 지역이 그 지역과 상관없이 살았던 다른 이에게 끼치는, 말로 설명할 수 없는 영향과 그 신비로운 감동에 대해 지금도 자세히 설명할 능력은 없지만, 저는 뗏목 위에서 젓던 노를 잠시 멈추고, "아아, 내가 지금 마침내 김정한 선생의 낙동강에 들어왔구나" 하고 중얼거렸던 기억은 어제 일처럼 새롭습니다.

작가란 누구인가? 문학이 살아 있던 행복한 시절의 이야기지만, 작가란 때로 어떤 때, 어떤 이에게는 한 지역의 상징이기도 할 것입니다. 솔제니친이라는 이름에서 우리는 소련이 만들었던 '수용소군도'를 떠올립니다. 스페인에서 우리는 세르반테스를 떠올립니다. 프라하에서는 카프카를 떠올리고, 드리나강에서는 이보 안드리치를 떠올립니다. 단치히의 귄터 그라스, 이집트 카이로 골목의 나기브 마푸즈, 아르헨티나의 보르헤스 등, 문학지형도는 끝도 없이 펼쳐질 수 있을 것입니다. 남의 나라 이야기를 서둘러 멈추고 우리 땅과 우리 작가 이야기를 해도, 빈약하기는 하지만 마찬가지일 것입니다.

작가란 누구인가? 다시 한번 묻게 됩니다. 작가란 그가 만약 진정한 작가라면 이미 하나의 '정신'이기 때문에, 그 정신을 키워낸 지역과의 불가결하고도 견고한 결합은 쉽게 훼손되지 않는 것 같습니다. 27년여 세월이 흐른 뒤 문득 한 가지 하나 마나 한 의문이 듭니다. 만약 그때 그 젊은 문학도가 떠올린 노작가가 '김정한 선생'이 아니었더라도 그런 존경 어린 정숙한 마음으로 그 도시에 입성했을까, 하는 의문 말입니다. 아마도 아니었을 것입니다. 그래서 한 '작가의 삶'은 그가 남긴 작품만큼이나 중요하다는 것을 새삼 느끼게 됩니다.

위기감 없는 '생태적 위기'

미욱한 사람에게 주어진 주제는 '생태적 위기와 새로운 글쓰기'입니다. '생태적 위기'와 '새로운 글쓰기'라? 지금은 입 가진 사람들 모두의 입에서 쉽게 발음되는 이 주제가 얼추 시의적절하고 심지어 근사해 보이기까지 하는 데에서 저는 먼저 아픔을 느낍니다.

눈 밝고 명석할뿐더러 양심적인 많은 이가 남보다 깊이 절망하고 있듯이, 지금 여기 이곳 우리가 사는 생물계는 미증유의 생태적 위기에 직면해 있습니다. 자연은 전폭적으로 자원가치로만 간주되고 있으며, 수많은 생물 종이 바로 그 난폭하고 무례한 자연관으로 인해 매 순간 멸종되고 있습니다. 산천은 속절없이 파괴되면서 급하게 변형되고 있고, 인걸人傑 또한 믿을 수 없게 되었습니다. 우정이나 믿음과 같은, 사람과 사람 사이에 흘러야 할 귀한 것들은 그 어느 때보다 위태로울 지경으로 엷어졌으며, 화석경제 시대의 광적인 물신物神 숭배와 그 결과로서의 업적만이 취할 만한 가치로서 세상을 지배하고 있습니다. 이른바 자본전체주의, 생태계 파괴의 시대입니다.

끝 모를 탐욕의 다른 이름인 성장주의는 어리석은 인간의 말리지 못할 한계에 대해 절망하게 만들고 있습니다. 무엇보다도 걷잡을 수 없는 일은 인간활동의 결과, 복잡계인 기후변화까지 초래했다는 사실입니다. 지구온난화의 원인이 산업전체주의, 성장제일주의에 바탕한 인간활동의 결과라는 것을 인정하는 데에 격물치지해야 할 과학자들조차 오래도록 시간을 끌며 엔간히 주저했던 사실을 우리는 기억합니다.

얼마 전, 북극의 얼음이 녹아 새로운 뱃길이 생긴다는

보도가 나왔습니다. 그 소식을 전하는 앵커가 밝은 얼굴로 말했습니다. "지구온난화는 분명 재앙입니다. 그러나……" 하고 뒷말을 이었습니다. 그 뒷말은 유럽에서 수에즈운하를 거쳐 홍콩으로 오던 물류선박이 북극에 새로 열린 항로를 통해 오면 시간이 절약되고, 그 절약 때문에 물류비용이 감소할 뿐 아니라, 부산이 새로운 동북아의 어쩌고저쩌고하는 중요한 거점이 된다는 이야기로 이어졌습니다. 그래서 결론은, 반기지 않을 도리가 없다는 뉴스였습니다. 세계지도 위에 항로가 한눈에 볼 수 있도록 편집된 뉴스의 분위기는 저처럼 둔감한 사람이 봐도 낭보에 속하는 뉴스로 느껴졌습니다. 그렇다면 "지구온난화는 분명 재앙입니다"라는 서두는 어떻게 되는가? 어떻게 되긴? 날아가버리고 말았습니다.

지금처럼 살면서, 지금처럼 대량생산, 대량소비, 글로벌경제 혹은 원거리무역, 집약적 농업, 무한정한 자원개발 등의 자원 약탈적인 산업시스템의 존속을 전제로 하면서 동시에 위기나 재앙을 말하는 것은, 그 위기나 재앙에 대해 기실은 대단히 심각하게 생각지는 않는다는 뜻으로밖에 볼 수 없습니다. 오늘 이 세미나에서 내건 '생태적 위기'라는 말이 유행에 편승하려는 저의야 없었겠지만, 절박한 위기감이 결여된 말의 성찬이 되지나 않을까 우려됩니다.

'녹색성장'과 '친환경폭탄'

생태적 위기보다 더 심각한 일로서 지금 우리 시대의 위기를 가장 극명하게 드러내고 있는 것은, 두 가지 널리 잘못 쓰이고 있는 말로 요약할 수 있을지도 모르겠습니다. 말이 어쩔 수 없이 세계관의 반영이라는 점에서, 어떤 경우라도 잘못 사용되고 있는 말의 문제는 쉽게 넘길 일이 아니라고 생각합니다. 그 하나는 '녹색성장'이라는 말이요, 다른 하나는 '친환경폭탄'입니다.

널리 느끼고 있듯이, 언제부터인가 이명박 대통령이 '녹색성장'이라는 말을 사용하기 시작했습니다. '녹색'이라는 말은 흔히 '친환경적 삶이나 태도, 생산품'이라는 말과 결합해 아주 좋은 어떤 것이나 행위를 압축하는 우리 시대의 보통명사가 되었습니다. 그런데 이 말이 너무나 남용되고, 오용되고, 곡해되고, 남발되고 있습니다. '석유정점(피크 오일)'이 다가온다고 하자 이제는 정부나 기업에서도 친환경, 녹색생활, 에너지 절약, '지구를 살리자' 같은 말을 공공연하게 하기 시작했습니다. 언필칭, 환경운동하는 이들이 백날 천날 외쳐대도 눈도 꿈쩍 않던 사람들이 이제는 환경운동가들이 줄기차게 하던 말과 조금도 다르지 않은 말을 하고 있습니다. 다행이라는 안도보다는 씁쓸한 실소가 나옵니다.

여기서 제가 말하는 '환경운동가'는 특권적으로 기업

돈을 받아 펀드에 투자한 뒤 발각되자 시민단체 탄압이라며 눈물 흘리던 'CEO형 가짜 환경운동가'가 아닙니다. 애매한 표현이지만, 진정한 생태주의자들이 말하던 속뜻은 그런 게 아니었습니다. 그들이 말했던 것은 지구자원이 무한하고, 설사 캐내 쓸 석유가 무한정으로 허용된다고 해도 "이렇게 무례하게 살면 안 된다"는, 인간으로서의 최소한의 반성과 우려였습니다. '지금 이대로'의 공멸적 삶이 안고 있는 반생태적, 반인간적 파괴성은 비단 생태주의자들만 우려할 일이 아닐 것입니다.

참으로 고약한 시대를 맞이한 것이, 자원고갈이나 녹은 얼음으로 생긴 새 바닷길조차 새로운 성장의 기회라는 듯이 환색하고, 녹색과 멀어도 가장 거리가 먼 태도로 살아온 정치지도자가 '녹색성장'이라는 말을 갑자기 무슨 숨겨놓은 광산의 광맥을 찾았다는 듯이 의기양양하게 사용하기 시작했다는 것입니다. 그분이 본래 모순화법이나 어불성설 구사의 대가이긴 하지만, 그 해괴한 말이 아무렇지도 않게 '먹히는' 현실에 그저 아연할 따름입니다.

또 하나, '친환경폭탄'이라는 말이 출현한 배경은 이렇습니다. 2007년 9월 러시아는 핵폭탄급 재래무기를 개발해 서방에 과시했습니다. 대통령직을 내놓고 총리직을 받아들인 상태지만 인기 절정의 푸틴은 러시아가 미국에 의해 2등 국가로 전락당하는 꼴을 참기 힘들어하는 '힘을 추구하는 근육질의 사내'로 알려진 인물인데, 최근 그루지야 사태 때 보듯이 "미국과 어디 한번 붙으려면 붙어보자"는 저의를 노골적으로 드러내고 있습니다. 이번에 개발한 신무기는 '모든 폭탄의 아버지'라는 별칭을 갖고 있다고 합니다. 미국이 지난 2003년 '모든 폭탄의 어머니'라는 별명으로 이라크 침공 당시 선보인 MOAB(공중폭발대형폭탄)보다 위력이 훨씬 크다는 점을 강조하기 위해 러시아 군 당국이 붙인 별칭이라고 합니다.

그런데 놀랍고 어이없고 참으로 무서운 일은 이 신형 폭탄을 설명하는 러시아 측의 표현이었습니다. 알렉산드르 루크신 러시아 합참차장은 러시아 국영TV 〈ORT 채널 1〉과의 인터뷰에서 "이 폭탄이 세계 최강의 재래식 폭탄으로 핵무기와 맞먹는 위력을 갖고 있으면서도 방사능을 내보내지 않아 '친환경적'이다"라고 강조했습니다. 군사전문가들은 이 폭탄의 실제 위력이 1945년 일본 히로시마에 떨어진 핵폭탄(TNT 13.5킬로톤에 해당)의 0.3퍼센트 정도로, 소형 핵폭탄과 맞먹는 것으로 보고 있습니다. 러시아 합참차장이 강조한 중요한 대목은, 이 폭탄이 아무리 위력적이더라도 반환경적인 핵폭탄보다는 친환경적이라 인류에게 더 유익한 폭탄이 아니냐는 이야기였습니다. 이제 우리가 혹시 러시아 폭탄에 맞아 죽게 되면 그것은 '친환경적으로' 죽는 일이 됩니다.

저는 '녹색성장'과 '친환경폭탄'이라는 말보다 더 도착된 말의 오용을 달리 떠올리기 힘이 듭니다. 일찍이 웬델 베리가 이런 현상에 대해 명쾌한 어조로 우려한 적이 있습니다.

세계를 절단하고 황폐화시키는 데 사용되었던 언어를 그대로 사용해서 세계의 구원을 그릴 수는 없는 것이다.

—웬델 베리, 《삶은 기적이다》, 녹색평론사

근대 산업주의의 나팔수로 전락한 문인들

어떻게 해야 자신도 속이고 우리 모두를 기만하는 이 해괴한 말장난의 만연을 멈출 수 있을까? 답도 안 보이고, 끝도 안 보입니다. 그러나 이 대목에서 가장 우려스러운 일은, 말을 다루는 문인들조차 바로 이런 잘못된 말(인식)의 준열한 비판자가 아니라, 이 말들을 지탱하는 세계관에 동조하거나 한발 더 나아가 그 옹호의 선봉에 서 있다는 점일 것입니다.

황우석 사태 때, 이 나라의 한 원로 문인은 "한국인이 젓가락을 잘 쓰기 때문에 황우석 같은 천재적인 학자를 낳았다"고 앞질러 흥분했던 기억이 납니다. "한국이 이룬 폭발적 경제성장은 좌파 역사학자 에릭 홉스봄조차 인정한 일이었다"면서 고속성장에 열렬한 갈채를 보낸 것도 이 나라 비평계의 거목이었습니다. 그뿐 아니라 가난했던 시절을 유달리 자주 떠올리며 "인정할 것은 인정하자"고 앞장서 군부독재 시절을 그리워하는 이들도 일부 상업적으로 잠시 성공한 작가들이기 일쑤입니다. 그들의 목소리는 이상하게도 턱없이 자신만만하고, '그게 아니잖습니까?'라고 생각하는 사람들의 목소리는 주눅이 들어 있는 것 같습니다. 문학이 죽은 뒤에 일어나고 있는 해괴한 현상이 아닐 수 없습니다.

저는 그들의 명망이나 막강한 현실적 영향력에도 불구하고, 그들을 '문인'이라고 생각하기가 곤란해집니다. 문인이 어떻게 인간성 파괴를 전제로 한 신자유주의의 자기파멸적 징후에 대해 이토록 무심할 수 있을까? 문인이 어떻게 자본주의 근대의 생태계 파괴에 대한 원초적 불안으로부터 이토록 완벽하리만큼 자유로운 감수성을 뽐내고 자랑할 수 있을까? 문인이 어떻게 끝없는 개발망상과 탐욕에 기초한 경제구조를 기초로 한 자기파멸적 사회에 대해 아무런 통증을 느끼지 않을 수 있단 말인가, 묻게 됩니다.

'근대'를 타넘을 오래된 '새로운 글쓰기'

허락된 지면 때문에 주어진 주제 가운데 하나인 '새로운 글쓰기'에 대한 이야기로 서둘러 넘어가겠습니다. 새로운 글쓰기에 대해서 저는 달리 할 말이 없습니다. 새로운 글쓰기가 과연 있을지도 모를 일이고, 설사 있다 하더라도 그것이 반드시 좋은 것이라고 말하기도 어려운 일이라고 생각합니다. 모든 글은 모든 지은이에 의해 새롭게 쓰일 것이나, 유대 땅에 살던 어떤 왕이 오래전에 탄식했듯이, 하늘 아래 새로운 것은 없을지도 모릅니다. 반복 순환되는 것은 생명의 토대나 유기물뿐 아니라 중구난방으로 정의되는 새로운 개념 또한 그럴지 모릅니다. 그렇다고 생태적 위기의 시대를 맞이했으므로 모두 '독일판 생태문학'을 해야 한다는 조건반사적인 주장도 제 몫이 아닌 것으로 여겨집니다.

한때 예술은 독창성과 천재성을 숭배하는 근대적 사조와 달리 신이나 신의 작품(자연)에 경의를 표하는 것이었다고 합니다. 그때 인간의 재능이나 재료는 자연의 선물이므로 뽐내는 마음이 아니라 감사하는 마음으로 사용되었다고 합니다. 종교와 경제와 분리된 적이 없는 위대한 예술 전통을 이야기하면서 웬델 베리는 "천재는 자기만의 세계에 산다. 장인은 다른 사람들과 함께 사는 세계에 살며 그에게는 이웃이 있다"라는, 인도 철학자 쿠마라스와미^A. K. Coomaraswamy가 셰이커교도가 만든 가구를 보면서 했던 말을 인용합니다. 그러면서 베리는 "지금 상황에서는 예술적 전통은 모든 예술을 기술이나 기능으로, 결국에는 같은 피조물들과 신을 향한 봉사로 이해한다는 사실을 아는 일이 가장 중요하다"(웬델 베리, 《희망의 뿌리》, 산해)는 말을 이어갑니다.

오래전 일이지만, 수질오염과 거기 얽힌 인간의 이기심을 다룬 소설을 한 편 발표했을 때 한 비평가가 "근대의 소산인 소설로써 근대를 비판하는 일이 과연 호락호락한 일일까?"라는 질문을 한 기억이 문득 납니다. 그 역시 모색하는 어조의 질문이었는데, 여전히 이 질문은 제 머릿속에 남아 있습니다. 그러나 제게 더 급한 일은 '소설'이라는 장르와 근대성과의 충돌에 대한 해답보다는, 생명의 소중함에 대한 인식과 인간을 왜소하고 흉하게 전락시키는 지금 우리 시대의 약탈적 경제(살림살이)가 더 이상 양립할 수 없다는 현실인식이었습니다.

그래서 오늘은, 새로운 글쓰기가 곧 새로운 글쓰기의 방식을 의미하지는 않겠지만, 여기 우리 문학판의 오래된 관행이라 할까, 고질적으로 고착된 장르계급에 대해서만 중언부언하는 것으로 이 시간을 때울까 합니다.

저는 "근대문학(소설)은 죽었다"고 말한 가라타니 고진의 말에 동감합니다. 일정 부분 동감하는 게 아니라 상당히 깊이 동감합니다. 문학비평가라기보다 이미 하나의 사상가로 간주되고 있는 가라타니 고진은 국외자로서 한국문학의 흐름에 대해서도 언급함으로써 체제 비판을 특성으로 지녔던 '근대문학(근대소설)의 종언'이라는 자신의 생각을 강화하고 확인하는 자료로 삼아 화제를 일으킨 적이 있습니다. 그의 종언론終焉論에 대한 여러 시선이 있는 것으로 느끼고 있지만, 그의 말인즉, 소설이 '지적이고 도덕적인 과제'를 수행하고 있을 때, 그때가 바로 문학이 살아 약동하던 때라는 이야기 같습니다.

가라타니 고진이 말하는 소설의 죽음은, 1963년 미국의 비평가 레슬리 피들러가 '소설의 죽음'을 선언했을 때 말했듯이 '18세기 중엽에 소설이라는 장르가 태어나는 순간부터 이미 죽음을 선고받았으나 그 뒤로도 내내 생존해온 것'과는 다른 의미로 사용되고 있는 것 같습니다. 근대소설의 특징은 "누가 뭐라고 해도 리얼리즘"인데, 간단히 말해서 지금은 영화가 그것을 대신하고 있다는 이야기입니다. 사진이 출현했을 때 상징주의 화가들이 몹시 곤혹스러워했던 것을 그는 예로 듭니다. 중학생도 알아들을 쉬운 말이지만, 수긍하지 않을 수 없는, 맞는 말이라고 생각합니다. 근대소설이 근대국가 형성의 기반이었다는 학자들의 오랜 고구考究도 결국 끝장이 난 소모적인 이야기라고 저는 생각합니다.

한마디로 요약하기 어려운 근대는 노예해방, 여성해방, 봉건계급 사회로부터의 결별, 불가촉천민 해방운동 등의 발흥이라는 면에서는 위대한 시기였다고 생각합니다. 그러나 그것들을 가능하게 만든 과학과 기술에 대한 지나친 맹신과 인간중심주의를 기초로 한 지구자원 약탈의 정당성의 근거를 제공한 근대는, 근대가 옹호하려는 귀한 가치들마저 모두 전복시키고, 인간을 포함한 이 행성의 모

든 생물체에게 근대적 가치를 지속할 것인가, 신속히 지금
껏 이룬 성취를 되돌아보고 포기할 것인가, 하는 절체절명
의 선택을 요구하고 있다고 생각합니다. 근대적 인간활동
의 결과 야기된 기후변화 같은 것이 바로 이 다급한 선택
의 요구가 한가한 말장난이 아니라는 것을 증거하고 있습
니다.

오늘 인류가 직면한 이 선택의 갈림길에서 자유로운 사
람은 아무도 없다는 게 제 생각입니다. 켄 윌버가 말하듯
이 "근대성의 존엄이 근대성의 재앙 속으로"(켄 윌버, 《모든
것의 역사》, 대원출판사) 우리를 밀어넣은 것입니다.

그러나 영화나 그것이 진짜 삶을 그리고 있지는 못하지
만 한국에서 특히 발달되었다는 텔레비전 드라마보다 더
대중들에게 영향력을 미치지 못하는 '소설'이 문학판에서
그 장르에 대한 대접이라는 면에서 여전히 압도적인 우선
순위와 영예를 차지하고 있는 것은 참으로 기이한 현상이
라고 생각합니다. 한국의 소설은 '조세희, 황석영, 이문구'
등으로 요약해 말할 수 있는 1970년대에 만발했다가 '김영
현, 임철우'에게서 끝난 게 아닌가, 생각합니다. 이미 한 시
대를 증언하려는 윤리적·비판적 책무를 저버리고, '비루
한 인간의 욕망과 언어적 탐닉에 집중하는 트리비얼리즘
의 세계(김곰치-이명원과의 대화)'에 함몰된 몰가치적·몰역사
적·몰현실적 집착들이 어떻게 문학이 현실에서 살아 펄펄
작동되던 시대에 받았던 존경까지 거머쥐려는 야무진 꿈

을 꿀 수 있을 것인가, 묻게 됩니다. 그것은 과한 욕심이 아닌가 싶습니다. 제 생각이 오해거나 폭언의 수준으로 전달될지도 모르겠습니다만, 명색이 작가인 저도 더 이상 '지금 소설들'을 읽기가 힘겹고 곤혹스럽다는 이야기만은 밝혀 둡니다.

일반화할 수는 없는 이야기겠지만, 새로운 글쓰기 또한 과거에 그랬듯이 신이 만든 자연이나 인간을 포함한 모든 피조물에 대한 경탄과 예찬으로 복귀해야 할지도 모르겠습니다. 이는 곧 한가하게 자연에 경의를 표할 수 없을 지경이 되어버린 근대에 대한 혹독한 반성과 자책을 수반할 것이며, 그런 사태의 공범자로서의 책임을 다하려는 태도를 담게 될 것입니다. 인류가 저지른 생태계 파괴는 역설적이게도 곧 생태계의 소중함을 깨닫도록 촉구했기 때문입니다.

문학이 삶이 아니라면 역겹다

작가란 보통 사람이 알아들을 수 있는 쉬운 말로 당대가 직면한 가장 절박한 문제를 마치 조선조 선비들이 목숨을 내걸고 그랬듯이 직언하는 사람이라고 생각합니다. 그 직언에 반드시 높은 정신의 격과 부드럽고 아름다운 미적 문채(정취)가 수반되어야 가히 문학이라 일컬을 수 있겠지만,

어쩌면 그런 놀라운 작업은 소수의 천재들에게만 가능한 노릇일지도 모릅니다. 천재작가가 아니라고 해서 그렇다고 글 읽은 자로서의 '직언'의 책무까지 저버릴 수는 없다는 게 '오늘'을 살고 있는 한 글쟁이로서의 제 생각입니다. 더욱이 한 시대를 뒤덮고 있는, 일찍이 겪어보지 못한 난공불락의 난제(생태적 위기)가 인간성을 파괴하고, 오염시키고, 근원적으로 인간의 속성에 대해 질문하게 하는 자기파괴적 성격을 띠고 있다면, 직언의 가치는 더욱 절실하다고 할 것입니다. 그러한 생각은 바로 '위대한 문학'이 제게 가르쳐준 것이기도 합니다.

아룬다티 로이라는 작가가 있습니다. 소설이라는 해묵은 장르를 통해서라기보다 에세이를 통해 이 세계의 거대한 폭력에 직설적으로 개입하는 인도의 작가입니다. 부커상 수상 이후, 아룬다티 로이는 댐 건설 반대운동이나 세상에서 가장 버림받고 연약한 것을 옹호하는 일들에 뛰어들었습니다. 그녀의 문학적 재능이 따낸 부커상 수상으로 말미암아 주류문학 귀족층에 쉽게 편입되어 인도 중상류층의 다함없는 존경과 사랑, 높은 수익이 보장되는 '정신 없는 세계'로 치달을 수도 있었으나, 아룬다티 로이는 델리 고급 사교장의 정회원보다는 인도 정부의 눈엣가시가 되는 길을 선택합니다. "왜 그딴 일에 개입하느냐?"는 질문을 받은 로이는 "그것은 제가 작가이거나 활동가이기 때문이 아닙니다. 인간이기 때문에 관여하는 것입니다"(아룬다티 로이, 《9월이여 오라》, 녹색평론사)라고 답합니다.

로이가 덧붙입니다. "나는 인도 국가와 엘리트들에 의해 사랑받는 작가가 아니라, 인도의 강과 계곡의 기억 속에 있는 작가가 되고 싶다"고. 그러나 이런 감동적인 말에 아무런 감흥을 못 느끼는, 화석의 마음을 지닌 한심한 문학주의자들은 여전히 틀에 박힌 질문을 해댑니다. "왜 소설을 쓰지 않고 문학사에서 다뤄지지도 않을 그따위 에세이나 써대느냐?"고. "왜 아까운 재능을 낭비하느냐?"고. 로이가 (미간을 찌푸리며) 답합니다. "나는 소설가이기 때문에 소설을 쓰지는 않는다. 쓸 것이 있을 때만 쓰며, 이런 위기의 시대에 무사태평하게 소설 따위를 쓰고 있을 수는 없다"(가라타니 고진, 《근대문학의 종언》, 도서출판b)고.

로이의 말을 이 나라의 문학주의자들은 소설 쓰기에 실패해 에세이스트로 전락한 한물간 정치 편향의 작가가 내거는 자기변명쯤으로 치부할지도 모릅니다.

겸연쩍음을 무릅쓰고 개인적인 이야기를 하나 올리겠습니다. 2007년에 녹색평론사를 통해 《달려라 냇물아》라는 산문집을 펴냈습니다. 이 나라 문학기자들 가운데 누구도 제 산문집이 나왔다는 이야기를 다뤄주지 않았습니다. 심지어 제가 한결같은 신뢰를 보내고 있는 《한겨레》나 역시 같은 믿음을 갖고 있는 《경향신문》조차, 제 산문집에 대해 신간 소개는 해주었지만, 문학 담당 기자들은 외면했습니다. 제 산문집을 문학으로 간주하지 않았던 것입니다.

하지만 다행히 문광부 무슨 선정도서에는 올라 출판사에 다소나마 손해는 끼치지 않았으며, 주간지 《시사인》에서는 연말에 '올해의 환경책'으로 다뤄주기도 하더군요. 문학판 바깥사람에 의한 관심이었습니다.

해가 넘어가고 《계간문예》에서 '가천환경문학상' 수필 부문에 뽑혔다고 연락이 왔습니다. 소설 당선작은 없었고, 시와 수필 부문만 수상작을 뽑은 모양입니다. 상금이 문제였습니다. 소설은 1,500만 원이었고, 시와 수필은 500만 원이었습니다. 왜 소설은 다른 장르 세 배의 상금이 책정되었을까? 소설 당선작이 안 뽑혔으니 망정이지 뽑혔더라면 배가 아파서 두고두고 억울하고 분통할 뻔했습니다. 그래서 수상 소감을 통해 이 나라 문학판의 고질적인 장르계급에 대해 제 딴에는 매우 겸손한 어조로 말했습니다. "며칠 만에 자판을 두드려 뚝딱 얇은 장편집 한 편을 써 내놓는 소설가도 있고, 평생에 걸쳐 시집, 시조집 한 권을 묶어내는 시인도 있다. 상금으로 그 가치를 표현한 장르 간의 이 해괴한 차별은 도대체 누가 허락했는가? 다음 해부터는 그러지 말았으면 좋겠다"라고.

에세이 부문으로 상을 받았으니 이제 저는 공인된 에세이스트가 되었을까. 누가 저더러 "왜 소설을 안 쓰느냐?"고 물으면 저는 아룬다티 로이가 했던 말을 빌릴 게 아니라 "응, 어쩌다 에세이로 '문학'상을 받았어. 그래서 에세이도 쓴다니깐" 그렇게 답할 수 있게 되어 다행일까. 농으로 하는 이야기지만, 이보다 희극적인 농담도 없을 것입니다.

오늘 이 나라, 문학이라는 외진 골목길에서 패거리 지어 놓고 있는 사람들은 '소설'이라는 장르에 대해, 더 나아가 문학에 대해 깊고도 뿌리 깊은 착각을 하고 있는 것 같습니다.

예술사학에서는 미적 표현 매체 형식에 따라 공연과 전시예술, 음악, 문학으로 범주화되고, 표현 매체의 독자성에 따라 여러 하위 장르로 구분하고 있는 것으로 압니다. 그러나 이 고전적 범주에 따른 장르 구분은 오늘날 해체일로에 있다고 합니다. 장르 구분이 어려운 컴퓨터예술이 그렇고, 전통양식을 달리하는 민족예술 분야는 장르 구분의 의미가 아예 없다고 합니다. 판소리를 어디다 넣을 것인가? 포스트모던에서는 예술장르 간 융합을 넘어서 전통적인 것과 초현대적인 것, 팝문화와 고급문화가 현장에서 뒤섞여 나타난다고도 합니다(이장섭, 〈소통 없는 예술〉, 《세계일보》, 2008.8.14.).

이 나라, 특히 문학판의 장르에 대한 고정관념은 작가나 비평가 할 것 없이 예술사의 과거 한 지점에 고착되어 있습니다. 서양 예술의 준거가 우리나라에 이식되어, 이식된 문화가 늘 그래왔듯이, 본토에서보다 더 보수화된 경우가 바로 이 해묵은 장르계급이라고 여겨집니다. 달리 말해, 18~19세기에 서양에서 '문학'이라고 인정한 형식만이 그 정의상 문학이라고 간주되고 있습니다.

그런 한심한 고정관념을 지닌 글판 친구들이 우정 어린 얼굴로 충고를 해대곤 했습니다. "무슨 환경운동이야! 소설을 쓰라구, 소설을. 그게 남는 장사라니까. 그리고 얼른 학위를 따서 대학에 들어가야 애들을 공부시킬 것 아냐!"

심지어 제 뒷전에서는 이런 소리도 들려왔습니다. "저 친구, 소설을 못 쓰니까 저 짓 하는 것 아냐?"

그 말을 한 이는 대학 선생이었습니다. 그 '교수'에게 제가 어쩌다 몰두하게 된 환경운동이나 그런 현실을 담은 제 에세이는 '저 짓거리'였는데, 그에게 소설 혹은 문학은 무엇이었을까, 생각하게 됩니다. 고담준론을 일삼지만 알고 보면 천박하기 짝이 없는 문학관을 지니고 있는, 덜떨어진 문학주의자들이 제게 가장 '재수 없는 사람들'이 된 것도 그즈음부터였는지 모릅니다.

시인 장정일이 "문학이 직업이 아니라면 역겹다"고 말한 적이 있는가 봅니다. 같은 말일 수도 있지만, 저는 그의 말을 "문학이 삶이 아니라면 역겹다"고 고쳐 말합니다.

장르계급에서 벗어난 진정한 작가들

진주만 공습 후에 미국에서는 논픽션이 문학으로 자리 잡게 되었다고 합니다. 2차대전으로 700만 명이 해외로 나가 새로운 장소와 문제와 사건에 맞닥뜨렸습니다. '소설가'의

'느린 리듬과 암시적인 진술'에 독자들은 인내심을 잃어버렸습니다. 문학지는 논픽션을 싣기 시작했고, 이는 위대한 논픽션 황금기의 시작을 의미했습니다. 현대의 고전이 된 레이첼 카슨의 《침묵의 봄》이나 트루먼 커포티, 노먼 메일러 등이 이룩한 빼어난 작업들이 그것이었습니다(윌리엄 진서, 《글쓰기 생각쓰기》, 돌베개).

미국의 경우에는 그 이전 사람이긴 하지만 헨리 데이비드 소로를 떠올리지 않을 수 없습니다. 생전에 단 두 권의 책만 출판했으나 그것도 초판이 다 팔리지 않았던 소로를, 우리는 그가 20세기에 끼친 심대한 영향뿐 아니라 그가 남긴 산문의 아름다움과 깊은 성찰과 그의 삶의 가열한 실천으로 말미암아 '위대한 작가'였다고밖에 달리 부를 말이 떠오르지 않습니다. 그가 '소설'이라는 형식의 글을 쓰지 않았기에 그가 한 작업이 '그 짓'이었을까, 생각하게 됩니다.

에두아르도 갈레아노라는 작가가 있습니다. 젊은 날 기자 시절에 쓴 뜨거운 책 《수탈된 대지》(범우사)로 우리에게 먼저 알려졌으나 연전에 그의 대표작인 3부작 서사시 《불의 기억》이 한 가난한 1인출판사에 의해 우리나라에서도 발간되었습니다.

나는 역사가가 아니다. 다만 작가로서 빼앗긴 아메리카의 기억, 특히 사랑이 경멸에 내몰린 땅 아메리카의 기억을 되찾는 데 일조하고 싶을 뿐이다. 나는 그 땅과 이야기를 나누고, 비밀을 공유하고 싶다. 나는 객관적인 글을 쓰려고 노력하지 않았다. 그런 글은 원하지 않았고, 또 불가능했다. 냉정한 거리를 유지할 수 없었기 때문에 차라리 편을 들었다. 그러나 후회는 없다. 이야기 하나하나는 확실한 문헌자료에 근거를 두고 있으며, 비록 이야기는 내 방식대로 풀어냈지만, 모두 실제로 일어난 일들이다.

—에두아르도 갈레아노,《불의 기억》, 따님

저는 갈레아노가 스스로를 규정한 '작가'라는 말에 깊은 공감과 감동을 느끼게 됩니다. 그러나 스페인어권뿐 아니라 영어권에서조차 인정하는 위대한 지성 갈레아노를, 한국에서는 그가 단지 '소설가'로 등단하거나 소설이라는 장르를 채택하지 않았다는 이유로 여전히 '작가'라고 부르는 데 주저할 것입니다.

스스로 '잡문가'라고 멸칭했던 루쉰 역시 교과서에도 나오는 그의 몇 편의 소설보다 평생에 걸쳐 에세이에 더 심혈을 기울였습니다. 소설가가 아니라 인간으로서 그는 중국의 당대 현실에 치열하게 대응했고, 그의 직언이었던 잡문은 그가 소설이라는 그릇에 담은 것보다 더 큰 반향을 자아냈던 것입니다. 루쉰의 문학(정신)이 리영희 선생님이나 신영복 선생님 등 우리 사회의 '어른들'에게 끼친 영향에 대해서는 따로 첨언이 필요하지 않을 것입니다. 작가 이문열도 그의 첫 산문집(《時代와의 不和》, 자유문학사, 1992)

의 '작가의 말'에서 "에세이 또는 수필은 가장 고급한 문학 장르며, 인류의 중요한 지적知的 유산은 바로 그 에세이라는 장르가 담고 있다는 믿음 때문이었다"며 에세이라는 장르의 본래 자리와 의미에 대해서 썼던 걸 본 기억이 있습니다.

"나의 언어가 나의 무기다"라고 언명하고 있는 멕시코 사파티스타의 마르코스 부사령관 역시 저는 매우 뛰어난 우리 시대의 '작가'라고 생각합니다. 우리나라의 어떤 소설가도 마르코스 부사령관보다 아름답고 명료하게 자신의 사상이나 신념을 그토록 격조 높게 문학적으로 풀어낸 것을 본 적이 없습니다. 마르코스 부사령관을 형성시킨 체 게바라 역시 혁명가이기 이전에 뛰어난 작가라는 것을 저는《체의 일기》에서 느낍니다.

방금 우리 곁을 떠난 권정생 선생도 단지 동화작가였을까, 이 대목에서 질문하게 됩니다. 개인적으로 저는 그분의 소문난 동화보다 그분이 남긴 산문집《우리들의 하느님》(녹색평론사)이나《죽을 먹어도》(아리랑나라)에서 그분의 분노와 쾌도난마하는 명료한 사상과 깊고 뜨거운 신념과 소망을 더 깊이 느끼게 되곤 합니다. 만약 권정생의 정신을 그분이 정성을 기울인 동화라는 틀에서보다 그의 산문에서 더 깊이 느낀다면, 그의 산문 역시 '그의 문학'을 이야기할 때 온당하게 존중받아야 하지 않을까, 생각합니다. 송곳으로 폐부를 찌르듯이 가차없는 그의 산문 때문에 제게 권정생 역시 '일개 동화작가'가 아니라 한 사람의 '아름답고 큰 작가'로 남아 있습니다.

에세이는 시, 소설이라는 건축물이 조립되는 과정에서 발생하는 톱밥이 아닙니다. 소설이 죽자 이때다, 하면서 새로 탄생한 글쓰기 형식은 더욱이 아닙니다. 본래부터 에세이는 당대 사람살이의 이야기였던 것입니다. 그래서 일찍이 김종철 선생님 같은 이는 "우리 시대의 진정한 문학은 시나 소설이 아니고, 어쩌면 르포작가나 저널리스트들이 하고 있는 것인지 모른다"(김종철,《시적 인간과 생태적 인간》, 구모룡과의 대화, 삼인)는 발언을 했는지도 모릅니다. 최근 비평가 이명원과의 대화에서 김종철 선생님은 이 주제와 관련해 '들사람의 목소리가 약화된 것'으로, 혹은 '지식인과 문학인의 왜소화'로 요약하기도 합니다.

"문학은 정치, 종교, 도덕을 넘어선다. 그것은 역으로 끊임없이 정치, 종교, 도덕에 대해서 짐을 지고 있다는 것이다"라는 말을 한 이는 사르트르였습니다. 이 말은 뒤미처 문학의 영구혁명론으로 넘어갑니다. 혁명과 문학의 보수화의 대안으로 제기한 사르트르의 영구혁명론에 기대 말한다면, 생태계 위기의 시대는 그 어느 때와도 다른 혁명적인 문학(관)을 요구하고 있는 게 아닌가 생각됩니다. 그것은 곧, 인간이란 어떤 존재인가, 인간은 지금 자신과 이 행성에 도대체 어떤 짓을 저지르고 있는가, 하는 피할 재간이 없는 '최초의 질문'에 봉착했다는 점에서도 그러합니다. 그렇지만 제가 쓴 글들이 논에 들어온 멧돼지를 쫓을 빈 깡통보다 나은 구실을 할 수 있을지 늘 염려되고 자책되는 바 있습니다.

요산은 저를 이 자리에 초대한 구모룡 선생님에 의하면, 그것을 '생태에세이'라고 명명하기도 전에 수많은 환경과 생명에 대한 감동적인 에세이를 쓰셨다고 합니다. 요산의 문학에서 그분이 쓴 에세이를 배제하는, 서둘러 보내버려야 할 태평스럽고 자기기만적인 문학주의 시대의 어리석음을 범하지 않기를 소망하는 것으로 제 두서없는 긴 이야기를 마치겠습니다.

(2008년)

이 글은 2008년 10월 24일 부산에서 열린 '요산 김정한 선생 탄생 100주년 기념 제11회 요산문학제'의 세미나 '리얼리즘의 시대는 끝났는가?'에서 발표한 것이다. 이후 《녹색평론》(2008년 11~12월, 통권 103호)에 재수록되었다.

최성일 장례식 가는 길

머릿속에 생긴 이물질로 인해 오래도록 고통을 겪어오던 출판평론가 최성일이 지난 2일 저녁에 세상을 떠났다. 다음 날인 일요일 오전, 전화로 부음을 전해준 이가 고인과 나눈 인연을 내용으로 하는 애도의 글도 같이 부탁했다. 나는 글 부탁에 대해선 선뜻 응낙을 못 했다. 그것이 잔이라면 마시고 싶지 않은 잔이었다.

그를 끝으로 본 게 지난 3월이었다. 인천적십자병원이었다. 그때도 그는 사람을 알아보지 못했다. 얼굴이 부어 있었다. 오래도록 햇빛을 못 보고 형광등 불빛 아래에 누워 있었기에 본래 하얀 얼굴이 더욱 창백해 보였다. 중환자실이 넘쳐 일반 병실로 옮겨져 있었지만, 그 병실의 환자들은 모두 고인처럼 중환자실에서도 이미 포기한 환자들이었다. 본래 잘 웃던 얼굴인지라 얼추 보면 그 얼굴은 웃고 있는 것 같았다. 환자의 몸에 여러 장비들이 연결되어 있었고, 입과 코에도 관이 꽂혀 있었다. 눈을 떴다 감았다 했다. 내가 보기에 그는 누가 찾아왔는지 알고 싶어 하는 것 같았다. 아내 신순옥씨가 말했다. "가끔 의식이 돌아오곤 했지만 이젠 아예 안 돌아오네요"라고. 그런 말끝이었을 것이다. 그가 갑자기 온 힘을 다해 머리를 허공에 퉁겼다. 박병상 인천도시생태연구소장, 장성익 전《환경과생명》주간, 그리고 내가 그의 병상 끄트머리에 서 있었다. 그의 머리는 금세 허공에서 떨어졌다. 그러곤 눈을 감았다. 누가 왔는지 알아보지 못한 데 대해 불쾌해하는 것 같았다. 아니다. 그는 반가움을 표하기 위해 사력을 다해 몸을 일으켰을 것이다. 우리는 그가 이제 다시 일어나지 못하고 떠날 것이라고 짐작해야 했다. 마음이 아팠다. 젊은 아내는 말할 수 없이 의연하고 침착해서 우리는 큰 감동을 안고 집으로 돌아왔다.

그가 병실에 누워 있던 것을 처음 본 것은 2004년 서울대병원에서 뇌종양 수술을 하기 직전이었다. 수술 전에 그는 삭발 상태였다. 찾아온 이들에게 불안감을 주지 않으려고 그는 시종 웃었고, 웃음 밑에 깔려 있는 태도는 담담함이었다. 무서운 수술이지만 받아들이겠다는 자세가 역력했다. 수술은 성공적이었다. 그랬기 때문에 작년 가을 다시 발작이 찾아오기 전까지의 수년간, 환경판의 여러 크고 작은 일이 있으면 아무렇지도 않게 그와 만나곤 했었다. 뇌종양 수술을 마치고 늘 조심하며 살아야 하는 사람답지 않게 그는 수술 전과 다를 바 없이 한결같았다. 의식을 지닌 그를 최후로 본 게 언제였던가? 작년 가을 이전이라는 것만 떠오른다. 자꾸만 그의 웃는 얼굴이 떠오른다. 미치겠구나, 왜 그는 그렇게 자주 웃었을까?

이 원고를 청탁한 이에게 나는 조금 더듬거리며 "내가 그에 대해 뭘 써야 할지 모르겠다. 장례식장에 가서 다시 연락을 하겠다"고 말한 뒤, 통화를 끝내고 휴대폰을 확인해보니 지난밤 늦은 시각에 그의 아내로부터 그가 세상을 떠났다는 문자가 와 있었다. 시골에서 나무를 칭칭 감고 있는 칡덩굴을 자르던 일을 하다가 늦게 귀경한 나는 제때 휴대폰을 열어보지 못했던 것이다.

알고 있던 사람이 세상을 떠났다는 소식을 들으면 나는 가슴이 쿵쾅쿵쾅, 뛴다. 목덜미에서부터 뜨거운 것이 치밀어 오르며 혈압이 높아진다는 것을 시방 내가 이렇게 범상하게 표현하고 있는지도 모른다. 하루에 한 번 먹는 혈압약을 그렇다고 두 번 먹을 수도 없다. 알고 있던 사람이 천천히, 자주, 떠나기 시작한다. 우리는 그가 갈 줄 알았다. 그렇지만 이건 좀 너무한 일이라고 말하고 싶다. 물론 우리 곁에는 너무 이른 나이에 떠나는 사람들이 적잖지만, 그의 경우에도 나이가 들어 떠난 게 아니기 때문이다. 1967년생이니까 한국 나이로는 마흔다섯이고, 예를 들어 신문의 부고란 같은 데에서 간주하는 나이로는 마흔네 살이다.

아무리 가는 데에 순서가 없다지만, 쉽게 떠나버리기에는 너무 좋은 나이가 아닌가.

머리를 감고, 딴에는 점잖은 옷을 찾아 입고, 안 신던 구두까지 꺼내 신고, 집을 나설 때, 바깥에는 비가 억수로 쏟아지고 있었다. 금년 치 장마가 시작되고 두 번째 폭우였다. 2호선 지하철을 타고 신도림까지 가야 1호선으로 부평에 이르고, 그곳에서 다시 신연수역으로 가는 인천 시내 지하철로 갈아타야 장례식장에 이르게 되어 있었다. 지난 3월에도 그런 코스로 병실을 찾았었다. 내 집에서는 너무나 먼 거리였다.

잠실나루역에서 전철에 오른 뒤, 나는 겨우 한 정거장째인 잠실역에서 갑자기 내렸다. 책방에 들르기 위해서였다. 우산의 빗물을 털어 누군가 구겨버린 비닐봉지에 말아 넣은 뒤, 나는 잠실의 지하 책방에서 어렵잖게 책 한 권을 골랐다. 주머니에 들어갈 수 있는 부피의 책이어야 했다. 책방에 들어간 지 5분도 안 되어 재까닥 골라 값을 치른 책은 살림지식총서 369번 《도스토예프스키》였다. 세 번이나 갈아타야 할 머나먼 지하철 행로 동안 볼 책을 고르려고 책방에 들르기도 했지만, 후배의 장례식장에 가는 걸음이 딴에는 무거워서 샛길로 조금 새면서 당도할 시간을 조금이라도 지연하려고 그랬는지도 모른다.

지은이는 도스토옙스키를 주제로 여러 논문을 쓴 박영은이라는 러시아문학 학자였다. 그가 쓴 책의 24쪽에서 27쪽까지에는 1849년 2월 22일 도스토옙스키가 형장에 끌려가 교수형을 당하기 직전에 한 극적인 체험이 기술되어 있었다. 페트라스프스키 회원 20명이 8개월간 감옥에 있다가 급하게 사형 절차를 치른 뒤에 형장에 끌려갔을 때, 연병장에는 단두대와 말뚝 20개가 준비되어 있었다. 죄수들이 두 줄로 자리를 잡자 일렬횡대로 서 있던 집행관이 사형 선고문을 읽고 총을 겨누는 순간, "안 죽여도 된다"는 황제의 집행유예령이 내려진다. 이것은 "자칭 민중을 사랑한다는 조무래기 지성인들을 한번쯤"(24쪽) 질겁을 할 정도로 혼쭐내주기 위한 차르의 연극이었다. 널리 알려져 있듯, 도스토옙스키의 이 특별한 체험은 20년쯤 지난 뒤 그의 《백치》 1부 5장에 자세하게 묘사된다.

사형 판결문이 낭독되고 집행유예가 내려지기까지 15~20분쯤의 시간 동안, 몇 분 뒤에는 갑자기 죽게 될 것이라는 확신에 차 있던 그 짧은 순간, 도스토옙스키는 '요지부동의 처형을 목전에 둔 인간의 마지막 5분' 동안에 일어날 수 있는 정신의 변화에 대한 치밀하고 예사롭지 않은 심리묘사를 인류에게 선사했던바, 그 대목은 이렇다.

사제 한 명이 십자가를 들고 그들 각각에게 다가갔습니다. 살아 있을 시간은 5분도 남지 않았을 것 같더랍니다. 훗날 그는 그 5분이 끝없는 시간의 확장, 거대한 재산처럼 느껴졌답니다. 그는 이 5분 동안에 최후의 순간 같은 것은 생각할 필요가 없을 만큼 충실한 생활을 할 수 있을 것 같은 느낌이 들어 그동안에 할 여러 가지 일들을 처리했다

는 겁니다. 우선 동료들과의 작별에 2분의 시간을 쓰고 이
세상을 떠나기에 앞서 자기 자신의 일을 생각하는 데 2분,
그리고 나머지 1분은 마지막으로 주위의 광경을 둘러보는
데 썼다는 것입니다. 이렇게 세 가지 일을 결정하고 그대
로 실행에 옮겼는데, 그는 그 일을 상세히 기억하고 있었
습니다.

—박영은,《도스토예프스키》, 살림, 2009, 25~26쪽

최성일이 세상을 떠나기 전의 마지막 5분은 어땠을까?

그를 죽음에 이르게 한 기관이 심장도 아니었고, 콩팥
도 아니었고, 간도 쓸개도 아니었고, 뇌였기에 그가 맞닥
뜨렸을 5분에 대해 아직 지상에 살아 있는 우리가 마구 추
측하기란 참으로 어렵다. 어떤 책에서 보니 이집트 사제들
은 사람이 죽어 미라를 만들 때 그의 내세를 위해 뇌는 버
렸지만 심장은 몸속에 보관했다고 한다(빅터 J. 스텐저,《물리
학의 세계에 신의 공간은 없다》, 김미선 옮김, 서커스, 2010, 98쪽).
마음은 심장에 있는가, 뇌에 있는가? 붓다가 아난에게 마
음을 어디 내놓아보라고 주문했다. 범람하는 최근의 뇌과
학 쪽의 학설은 마음이라 일컫는 정신현상이 있다면 그것
을 관장하는 기관은 심장이 아니라 뇌일 것이라고 단정하
는 분위기로 알고 있고, 느끼고 있다. 이집트의 사제들이
틀렸다는 이야기다. 그럴까? 심장과 뇌의 어떤 신비로운
물질이 인간이 생각을 할 때 같은 반응을 한다는 이야기도

나는 듣거나 본 기억이 있다. 그래서 나는 비록 뇌에 이상이 생겼지만 최성일은 마지막 5분을 그의 망가지지 않던 심장으로 스스로 잘 정리했으리라 믿는다. 그의 마지막 5분에 뇌를 다쳤다는 이유 때문에 두 손을 놓고 함락되지는 않으리라 믿는다. 그는 명민한 사람이었고, 부지런한 사람이었고, 누구나 쉽게 버리는 신문지도 그냥 안 버리고 스크랩하던 사람이었기 때문이다. 이 나라의 몇 안 되는 뛰어난 출판평론가였기에 출판사에서 그에게 흔쾌하게 보내주었던 책들의 제목을 그는 한 권도 안 빠뜨리고 꼼꼼하게 자신의 공책에 기록했던 사람이기 때문이다. 그게 출판사에 대한 예의라고 생각했던 이였다. 그는 권위의 사람이라기보다는 권위에 저항했던 사람이었다. 그런 그가 오래도록 의식을 잃은 상태로 죽음에 이르렀다곤 하지만, 그의 심장마저 엄습해온 죽음의 권능에 무방비로 쉽게 함락당했을 리가 없다, 나는 그렇게 생각하고 싶다.

그는 죽음에 어떻게 저항했을까?

남긴 말이 없으니 알 재간이 없다. 말이 없으면 '없는 것'이다. 공식적으로 그가 세상에 남긴 것은 그의 책들이다. 세상에 책을 남기다니. 놀랍고도 두려운 일을 그가 한 셈이다.

아내에게는 의식이 잠시 돌아왔을 때, "수고했다"고 말했다고 한다. 문학평론가 권성우 선생과 같이 그의 아내로부터 들었는데, (우리는) 그 말이 "고마웠다"는 말로 들렸다.

3월에 병실에 갔을 때, 아내는 다른 말도 덧붙였다. 아이들에게 한 말이었다.

"서해는 인해를 잘 돌봐주거라. 인해는 누나 말 잘 듣고."

서해는 초등 5학년의 딸이다. 인해는 이제 초등 1학년의 아들이다.

15년간 200여 명의 기라성 같은 사상가들을 성실하게 요약하면서 빼어난 리뷰를 작성했던 이가 남긴 의식적인 말이라고 하기에는 너무나 평범하고 소박하다. 우리 모두는 이 세상을 떠날 때 너무나 쉬운 말을 할 수밖에 없다. 공부를 많이 한 사람도, 외국어를 많이 알아서 우리말에 외국 말을 자주 섞어 쓰던 이들도 떠날 때는 어려서 쓰던 모어 중에서도 쉬운 말 몇 마디를 남기곤 한다. 갑갑하다, 든가, 너무 어둡다, 든가, 아프다, 든가, 무섭다, 든가, 착하게 살아라, 든가, 미안하다, 든가, 고맙다, 든가…… 그런 말 정도를. 그럴 수밖에 없다. 그게 몸을 가진 인간이다. 인간이 겨우 그 정도라는 것을 알아야 한다. 바로 그런 이유 때문에도 우리는 싱싱한 얼굴로 천년만년 살 것처럼 잘난 체활동할 때에도 자신에게나 타인에게나 한없이 겸손해야한다. 살아 있는 시간이 아주 잠시라는 것을 잠시도 잊어선 안 될 것이다.

2호선 신도림역에서 1호선으로 갈아탄 뒤에는 책을 읽

기가 힘들었다. 그 이야기를 하기 전에 하나 빠뜨렸구나. 신도림역을 한 정거장 앞둔 2호선 대림역에서 나는 또 그만 내렸다. 대림역을 신도림역으로 잘못 알았던 것이다. 내 본래 주의 부족한 사람이긴 하지만, 왜 그랬을까? 나도 내가 저지른 짓을 모르는데, 누가 나를 분석할 수 있을까? 같은 노선의 다음 전철을 기다렸다가 다시 올라탄 뒤 신도림역에서 1호선으로 갈아탔다. 신도림역에 이르는 동안 조금 멋쩍어진 나는 내가 왜 그런 실수를 했을까, 다시금, 골똘히 생각해보았다.

부평까지 가는 1호선 안에는 이주노동자들이 많았다. 이미 책을 다시 꺼내 읽는 일은 불가능해졌다. 도스토옙스키가 20년이나 흐른 뒤에야 그 '5분'에 대해 다른 입을 통해 말했다는 사실에 대해 생각해보았다. 비가 그치지 않았다. 창밖으로 보이는 개천에는 거대한 황토물이 넘실거리며 아파트 단지 언저리를 감싸고 흘렀다. 여러 지류에서 넘칠 듯이 흘러내려 큰물에 합류하는 물빛이 모두 황토빛이었다. 급하게 공사 중인 4대강의 장마 모습들은 어떨까, 상상해보았다. 내가 차창 밖으로 본 곳은 아마도 안양천이었을 것이다. 내 옆에 서 있는 청년들은 네팔에서 온 줄로 알았더니 필리핀에서 온 젊은이들이었다. 한두 마디 건넨 뒤 웃었더니 그들도 웃었다. 마음속으로 그들이 다치지 말고 돈 많이 벌어 귀국하기를 바랐다. 아랍 쪽에서 온 친구들도 보였다. 그들은 모두 턱수염이 있었다. 이슬람에서는 턱수염을 사내가 반드시 길러야 하는 것으로 여긴다고 알고 있다.

비에 젖은 나무들이 바람에 흔들렸다. 다시금, 세상을 떠난 최성일에 대한 생각이 났다. 그는 다시는 장맛비를 못 보고, 바람에 흔들리는 나무를 못 볼 것이라는 생각이 들었다. 얼마 동안일지 모르지만 나는 어쨌거나 지금 황토물과 다 젖어 흔들리는 나무들을 보고 있고, 그는 어젯밤부터 더 이상은 이 세상의 어떤 풍경도 못 본다.

신연수역에 내리니 5시경이었다. 지상으로 올라오기 전에 역사에서 장성익 주간과 조성일씨를 만났다. 조성일씨는 장 주간과 같이 오랫동안 계간 《환경과생명》에서 일하던 젊은이다. 지금은 폐간된 생태잡지 《환경과생명》에서 그들이 일할 때 우리는 자주 만났었다. 환경책 목록집 《환경책, 우리 시대의 구명보트》 같은 비매품 책자를 만들었는데, 그러한 편집 작업도 최성일과 같이한 적이 있다. 그래서 고인과 동갑인 조성일씨가 문상을 온 것이다. 나와 겨우 12년 차이인데, 내 의식 속에는 그들을 '젊은이들'로 여기고 있다. 다시는 돌아갈 수 없는 마흔네 살 정도의 나이를 나는 아마도 부러워하고 있는지도 모른다. 이십대로는 다시 돌아가고 싶지 않다. 빌어먹을 청춘, 빨리 지나가기를 늘 바랐었다.

조성일씨 역시 뇌종양에 걸려 수술을 받은 적이 있다. 그뿐인가 공교롭게도 그의 아이들도 고인이 남긴 아이들과 나이가 같았다. 그래서인지 조성일씨가 말했다.

"제 집사람이 부음을 듣고 많이 안타까워했습니다. 저랑 비슷한 게 많아서 그랬을 거예요."

장성익 주간은 나를 만나던 순간, 책 한 권을 재킷 주머니에 쑤셔 넣으려 했다. 서둘러 그랬는지 책이 그의 주머니에 쉽게 들어가지 않았다. 얼핏 보니 존 그레이의 《하찮은 인간, 호모 라피엔스》였다. 연전에 한 매체(《사시인》)에 그 책에 대한 서평을 쓴 적도 있었기에 아는 체를 했더니, 그가 겸연쩍어 했다. 그나 나나 장례식장에 오면서 각기 따로 출발했으면서도 책 한 권씩을 부적처럼 주머니에 꽂고 왔던 것이다. 언제쯤 이 인간들이 책에서 벗어날 수 있을까? 특히 장례식장에 가는 이런 날, 이런 폭우 속에서는 전철에서 그냥 흔들릴 일이지, 꼭 주머니에 책 한 권 챙겨야 직성이 풀린단 말인가? 책은 무엇인가? 남의 생각이나 남의 느낌들이 글자로 묶여 있는 서물이 아니겠는가? 왜 잠시라도 죽음의 소식에 멍한 상태로 혼자 힘으로 집중하고 몰두하지 못할까? 실로 하찮은 인간들이 아닐 수 없다.

지상에 올라온 뒤, 적십자병원으로 꺾이기 직전의 구멍가게에서 우리는 또 꾸물거렸다. 영안실에 당도하기 전에 담배를 한 대 피우자고 합의했기 때문이다. 비는 그치지를 않았고, 우산을 썼지만 내 어깨는 금세 다 젖었는데도 나는 목이 탔다. 구멍가게에서 캔커피를 하나 샀다. 장 주간과 조성일씨는 뭘 골랐는지 모른다. 캔커피로 목을 축이고 나서야 가게 옆 건물의 계단 아래에서 비를 피하며 우리는 담배 한 대를 꼬나물었다.

　그가 너무 좋은 나이에 갔다는 말을 했고, 남겨진 아이들 이야기도 했다. 그리고 조성일씨와 고인이 같은 나이에 뇌종양 수술, 아이들의 나이가 같다는 것 등, 세 가지가 공교롭게 일치하고 있다는 이야기를 한번쯤 더 나눴다.

　준비해간 부조금을 영안실 입구에 마련된 흰 봉투에 넣고 이름을 쓴 뒤에 나는 담배 한 대를 더 피웠다. 잠시 후, 피할 수 없이 영정 앞에 섰다. 늘 그가 자신의 책에서 즐겨 사용하던 사진이 영정 안에 있었다. 그것은 그의 옆모습이었다. 그가 남긴 책의 책날개에 저 사진이 더러 흑백으로 담겨 있곤 했는데, 영정 안의 모습은 컬러사진이었다. 배면은 붉은색이었다. 그것은 단풍이든가 붉은 담처럼 보였다. 목덜미를 덮는 외투 깃으로 보아 초겨울쯤의 사진이었다. 책에서도 자주 봤으니 저것은 그가 좋아하던 사진임에 틀림없었다.

　그것이 누구든 영정 앞에 두 손 모으고 서서 그것을 바라볼 때 차오르는 그 특별한 감정에 대해서는 어떻게 설명해야 옳을까? 모습은 비록 살아 있을 때의 그 모습이되, 그 모습이 영정이라는 형식의 틀 속에 확고하게 담겨 있으므로, 그의 모습은 영원 속으로 잠겨버린 셈이다. 여전히 지상의 시간을 누리고 있는 이들이 영정 앞에서 향을 피운다. 영정 앞에서는 누구나 공손해질 수밖에 없다. 영정과 영정을 바라보는 사이의 심연은 불가해하고 오늘도 깊다. 고인과 오열을 터뜨려야 마땅할 관계를 가졌던 이들은 대개 영정을 바라보는 그 순간 무너지곤 한다. 두 번 깊숙이 오래 엎드려 고인의 명복을 빌었다. 그의 목소리와 웃음소리가 떠올랐다. 목덜미에서 뜨거운 기운이 두서너 줄기 뒤통수 쪽으로 오르는 것이 느껴졌다.

망자에 대한 읍을 마치고 발을 조금 오른쪽으로 움직여 몸을 돌리는 순간, 그곳에는 여덟 살짜리 상주 인해가 고등학생쯤으로 보이는 고인의 조카와 같이 서 있었다. 큰딸 서해는 여식女息이라 상주의 자격이 없다는 완강한 유가儒家의 풍습이 그곳에서도 작동하고 있었다. 사내 조카는 도우미, 결국 우리는 여덟 살짜리 상주에게 크나큰 위로를 하는 처지가 되었다. 옛 어른들이라면 이때 아이에게, 아이 엄마에게 무슨 말을 건넸을까? 아무것도 제대로 배우지 못하고 나이만 들었다는 자괴감이 들었다. 할 말이 얼른 떠오르지 않았다.

"천붕天崩이 무너졌나이다, 슬픔의 끝까지 애곡하시되 부디 몸을 상하지는 마시기 바랍니다."

이렇게 말할 수 있도록 교육받은 시대는 그 위엄과 바람막이 같은 튼튼한 격식으로 인해 의젓한 시대였다고 말해도 된다. 우리는 이럴 때 할 말을 배우지 못한 세대였다. 어린 상주와 절을 하는 순간, 뜨거운 것이 이번에는 눈두

덩 쪽으로 치솟았다.

상주와 인사를 나누고 돌아서니 부조함 옆에 그의 책 두 권이 보인다.

한 권은 얼마 전에 출간된 《어느 인문주의자의 과학책 읽기》(연암서가)였다. 최성일의 관심은 베스트셀러 혐오와 사상가에게만 국한된 게 아니라 과학 영역에까지 미쳤다. 스티븐 제이굴드와 하이젠베르크의 자서전에 대한 이야기 도 있었지만, 내게는 그가 중학 때 여러 날에 걸쳐 읽었다 는 칼 세이건의 《코스모스》 이야기가 특히 기억에 남는다. 이 땅에서 괄목할 만한 대활약을 펼치는 어떤 잘난 제자는 그를 하늘처럼 떠받치고 있지만 에드워드 윌슨에 대한 최 성일의 시선은 곱지 않다. 윌슨의 원주민 책임론이나 미국 중심주의, 그리고 과학과 기술에 대한 낙관주의에 대해서 최성일은 특유의 까칠한 어조로 비꼬고 있었고, 다카기 진 자부로에 대해서는 깊은 신뢰를 보내고 있었다. 생태운동 가들, 생태학자들에 대한 최성일의 신뢰는 깊다. 사람들은 그런 최성일에 대해서는 잘 모른다.

이 과학책 서평집은 어떻게 출간되었는가. 그러고 보 니 할 이야기가 있다. 지난 3월에 박병상 소장의 연락을 받 고 그의 병상을 찾았을 때다. 장성익 주간, 박병상 소장, 그 리고 나는 우리가 온 것도 모르고 가쁜 숨을 몰아쉬는 최 성일을 바라보면서 망연자실할 도리밖에 없었다. 병동 복도 끝자락의 비상구 바깥 난간에서 담배를 피우다 문득 병문안에 감사를 표하는 아내에게 "묶지 않은 원고가 있겠지요?"라고 물었다. 그의 아내가 "있다"고 말했다. 우리 세 사람은 말은 안 했지만, 이 책이 출간되면 그가 살아 있을 때 한 권의 책이라도 더 발간한 셈이 되지 않겠는가, 라는 표정을 서로 나눴다. 살아는 있되 의식이 없는데, 한 권의 책이 더 발간된들 그게 무슨 의미가 있을까만, 세 사람의 같은 속내는 책이 묶이면 많지야 않겠지만 인세가 병원비에 조금이라도 보탬이 되지 않겠는가, 그런 것이었다.

무슨 방법이 없을까, 궁리하다가 아내에게 물었다. "최성일씨가 친하게 지내던 출판평론가가 누구였느냐"고. 한기호 소장과 이권우 선생의 이름이 나왔다. 두 분 다 출판평론가로서 활발한 활동을 하고 있는 이들이 아니겠는가. 누구든 좋으니 그들의 전화번호를 알려달라고 했다. 최성일씨의 아내는 이권우 선생의 번호를 가르쳐주었다. 그래서 그에게 전화를 했다. "병상에 왔다"고 한 뒤에 "그에게 묶지 않은 원고가 있다고 들었다, 책을 묶어드리는 게 어떻겠느냐"고 조심스레 말을 건넸다. 이권우 선생은 나와 생면부지였으나 따뜻하고 극진한 어조로 전화를 받아주었다. 그는 흔쾌히 "출판사를 알아보겠다"고 말했다. 목소리로 느껴지는 그의 어조에서 그가 예의 바르고 따뜻한 사람이라는 게 느껴졌다. 고마웠다.

그리고 얼마 후 5월에 발간 된 책이 바로 《어느 인문주의자의 과학책 읽기》였다. 누구도 특별한 관심을 안 가진 그 과학책 서평집은 최성일이 썼지만 이권우 선생이 묶은 책이다. 선뜻 책을 펴내준 연암서가에도 이 기회를 빌려 감사의 마음을 표한다. 그런 우정을 우리는 잊어서는 안 될 것이다. 책은 고인의 아내가 우편으로 내가 주중에 일하고 있는 시골로 보내주었다. 책을 잘 받았다고 답신을 하면서 나는 지난번 문안 갔을 때 당신의 의연함과 침착함에 깊이 감동했노라는 말을 덧붙였다.

그러고 보니 그 책으로 인한 이야기가 또 있구나. 책이 나온 얼마 후였는데, 박병상 소장이 출판기념회를 하자고 연락을 해왔다. 저자가 의식도 없이 누워 있는데 무슨 출판기념회를? 싶었다. 의식이 멀쩡한 사람이라 하더라도 나는 출판기념회에 참석하는 것은 여전히 쑥스럽다. 그러나 평소 과묵하고 착하기만 한 박병상 소장의 제안에 반대 의견을 내기는 어려웠다. 엔간하면 가보려고 했으나 나는 그때 마침 시골에서 오두막을 짓고 있었기 때문에 부득불 불참했다. 나중에 듣자니 장서가 예진수 선생, 환경정의의 오성규 사무처장, 그리고 박병상 소장, 장성익 주간이 그 이상한 출판기념회에 참석했다고 했다. 나는 박병상 소장이 원하는 대로 출판기념회 비용만 곧바로 송금했다. 비용이라는 게 별게 아니라 그의 가족에게 축하금을 전달하는 것이었다. 그들은 그날 오래도록 술을 마셨다고 했다. 나는 시골에서 내 오두막 공사를 돕는 시골의 이웃과 같이

술을 마셨다.

그리고 6월 초순의 어느 날 그의 아내로부터 편지가 한 통 왔다. 나는 그 편지를 그대로 옮기지는 못하겠다. 아무리 선의와 우정에 대한 감사의 편지라 하더라도 사신이 아닌가. 그러나 나는 내 방식으로 편지의 일부는 소개하고 싶다.

서해와 인해 어머니 신순옥씨는 "남편을 들여다볼 때마다 남편의 반쪽은 이미 저세상으로 떠나버린 것 같은 느낌이" 든다고 말하면서 "알맹이가 빠져버린 빈껍데기 같다고나 할까요. 그런데 오늘 병원을 나오면서 저 역시 빈껍데기가 되어가고 있는 걸 깨달았습니다. 남편과 지금까지 함께한 시간 속에서 일궈낸 삶이라고 불린 것들이 모조리 빠져나가버린 지금, 제 존재감이 설 자리는 그 어디에도 없는 것 같습니다. 아이들이 이 빈자리를 채워줄까요? 존재감이란 게 온전히 저 혼자만으로 이뤄진 것이 아닌, 관계망을 통해 얻어진 것이어서 한쪽을 상실하고 나면 뒤뚱거릴 수밖에 없나 봅니다"라고 말했다. 서해와 인해 어머니가 덧붙였다. "이토록 헛헛할 수가 없습니다. 봄기운이 무르익어 초여름으로 접어드는 세상은 초록으로 저리 눈부신데, 남편은 무엇을 위해 저리 힘든 사투를 벌이는지 모르겠습니다. 대자연처럼 남편도 제 몸에서 오는 계절을 맞아 생명의 봉오리를 밀어내면 얼마나 좋을까요?"라고 묻고 있었다. 아내의 바람이 우리의 바람이기도 했다. 슬프고 무겁고 간절하면서 깊은 편지였다. 그리고 편지는 "최성일씨의 출판 기념 행사는 조촐하게 잘 치렀습니다"라고 불참한 내게 알리면서 "주인공은 정작 잠이 들고 잠든 사람 가슴과 배 언저리에 책과 봉투를 얹어놓고 사진을 몇 장 찍었습니다. 참석하신 분은 박병상, 장성익, 예진수, 오성규 선생님입니다. 참석하신 분들께 저자의 책에 하고 싶은 말을 남겨달라고 제가 부탁을 하였습니다. 출판기념회에 저자 사인을 받아가지 못한 마당에, 오히려 사인을 해주고 가는 꼴이 되었습니다. 나중에 남편이 가져가게 할 생각입니다"라며 비록 불참했지만 축하금으로는 참여했던 나에 대한 극진한 인사를 덧붙였다. 무엇보다도 편지의 맨 끝줄이 읽기 힘들었다.

"남편의 몸 상태는 악화만 되어가고 있습니다. 점점 더 가라앉고 있습니다."

책을 펴내자는 제안은 비록 내가 했지만 정작 출판기념회에는 불참한 나는 땅속에 그와 같이 묻을 메시지를 남기지 못했기에 이토록 힘겨운 심정으로 이토록 재미딱지 없는 긴 글을 쓰고 있는지도 모른다.

빈소 앞에 놓인 다른 한 권의 책은《책으로 만나는 사상가들》(한국출판마케팅연구소)이었다. 하드커버의 800쪽짜리 묵직한 책이다. 본디 이 책은 같은 제목으로 최성일 살아생전에 5권으로 묶여 나온 책이었다. 책을 펴낸 한국출판마케팅연구소에서 최성일은 짧은 기간이었지만 직원으로 일한 적도 있다. 그러나 첫 책은 2002년 '책동무 논장'에서 나왔다. 그는 첫 책의 '감사의 말'에서 "책을 엮으면서 감사의 말을 쓸 때가 제일 기쁘다"고 하면서 연재 지면을 허락해준 《도서신문》의 박철준 '선배', 당시 임재걸 주간, 강병국/이영진 편집장에 대한 인사부터 밝힌다. 책으로 정작 묶게 된 것은 당시 편집장이었던 강병국 변호사가 권해서라고 하며 후하게 책정해준 원고료에 대한 감사를 빠뜨리지 않는다. 그런 분들의 노력으로 한 젊은이가 오매불망 원하던 프리랜서, 혹은 출판칼럼니스트로 살 용기를 얻었다는 것을 우리는 알 수 있다. 사람은 누군가의 도움을 받고 도움을 주면서 살 수밖에 없다. 그 간명한 이치를 업신여기면 안 될 것이다. 혹자는 그를 까칠한 사람이었다고 기억하는 이도 있는 것으로 알고 있지만, 최성일의 인사성은 참으로 유별날 정도인데, 그게 나중에 그를 환경판에 끌어당기는 데 한 역할을 한 내가 겪은 최성일이기도 했다. 그는 글줄이나 쓰고, 다소 알려진 이름들이 흔히 소홀히 대하기 쉬운 보통 사람들에게 극진했다. 누구나 한결같이 대했다. 주변을 잘 살펴보시라. 매우 잘났다고 자타가 공인하는, 실로 훌륭하다고 일컬어지는 사람들 중에도 사람을 차별하고 업신여기고, 지극히 오만하고 경솔하고 방자한 사람들이 얼마나 많은지를.

나는 이번에 빈소에서 한기호 소장을 처음 만났다. 새벽까지 그와 같이 보냈는데, 그 역시 장례식 다음 날 자신의 블로그에 "최성각 선생을 처음 만났다"고 쓰고 있었다. 알고 보니 그는 내 후배뻘 되는 사람이었지만 나보다 높은 연배의 사람으로 보였다. 처음에는 좀 뻣뻣했는데, 그것은 순전히 나를 자신보다 어린 사람으로 간주했기 때문일 것이다. 그러나 새벽녘이 될수록 살아온 이력이 조금씩 밝혀지면서 그가 나를 대하는 태도가 사근사근해졌다. 말하면서 그는 자주 내 무릎에 손을 대곤 했다.

하지만 그딴 게 뭐가 중요할까. 중요한 것은 그가 이번에 큰일을 저질렀다는 것이다. 서둘러 최성일의 책 다섯 권을 한 권으로 묶은 것이다. 그의 직원들이 밤을 새워 일했다고 했다. 그리고 그가 선언했다. "이 책의 수익금은 전량 최성일의 유족에게 드리겠다"고. 그가 한 일은 그뿐이 아니었다. 사망 소식을 듣자 곧바로 자신의 트위터를 통해 세상에 알렸고, 그의 트위터를 통해 빈소를 찾은 사람이 많았기 때문이다. 그는 또한 직업상 성격상 발휘할 수 있는 자신의 능력으로 여러 매체에 부음을 알렸고, 그 소식이 널리 담겼다. 그 직전에 한 권으로 묶은 이 책이 《조선일보》만 빼고 널리, 매우 중요하게 다뤄진 것은 순전히 한 소장 덕택인 것으로 느껴졌다. 토요일에 최성일이 세상을 떠났는데, 토요일 자 이 나라 일간지의 책 소개란에는 《책으로 만나는 사상가들》로 도배되었다고 한다. 나는 시골에서 거위와 닭들과 노느라 보지 못했다. 신문도 우편으로 하루 늦게나 오후에 배달되기에 나는 몰랐다. 그러나 이 책이 발간된 지 이틀 후에, 그러니까 자신의 책이 전화번호부처럼 두껍게 무슨 대종회 족보처럼 한 권으로 묶여져 기사가 터진 날 오후 녘에 최성일은 세상을 떠났으니. 그래서 이미 살아 있으되, 가사 상태였던 최성일의 만년은 지인들의 노력으로 인해 화려했다고 말해도 누가 되지 않을지 모르겠다. 갑자기 세상의 주목을 받게 된 것이 화려한 일이라고 말해도 된다면.

한기호 소장은 과감하고 선이 굵은 사람이었다.

"이 책이 많이 팔렸으면 좋겠어요. 한 3만 권 팔렸으면 좋겠어요. 그래서 최성일의 출판평론가 15년 세월의 퇴직금 정도로 유족에게 전달되었으면 좋겠어요."

그는 글쟁이라기보다는 내가 보기에 출판 사업가 같았다. 매우 대범하고 사내답기조차 하다. 멋있고 아름다운 일은 바라보기에는 쉽지만 실행하기란 쉽지 않다. 과학책 서평집을 선뜻 연암서가에 알선해준 이권우 선생이나 한기호 소장에게 나는 이번에 감동을 받지 않을 수 없다. 같은 시대를 살아가는 한 사람으로서 한 가난한 책벌레에게 그들이 보여준 우정과 용단에 감사의 마음을 표한다. 한 소장이 바라는 것처럼, 나 역시 강준만 교수조차도 최성일의 작업으로 인해 적잖은 도움이 되었다고 술회(책동무 논장에서 펴낸 첫 책의 뒤표지에 붙인 추천사)한 적이 있는 이 책이 많이 팔렸으면 좋겠다.

　이 책은 널리, 특히 젊은이들에게 많이 읽혔으면 좋겠다. 책이 발간되고 이틀 후 저자가 세상을 떠났기 때문에서가 아니라 13년 2개월간 218명의 사상가들을 요약한 리뷰의 정확성과 집요한 성실성 때문이다. '인생이나 사회문제 등에 대하여 깊은 사상을 가진 사람, 철학사상 등에 조예가 깊은 사람'이라는 사상가에 대한 사전적 정의를 자세히 살핀 최성일은 사상가를 '거창한 이론을 지닌 사람'이 아니라 '자기 생각이 있는 사람'으로 간주했다.

　책과 관련된 기준은 두 권 이상의 번역서가 나온 사람, 그리고 《도서신문》에 연재할 때 바로 구입해 읽을 수 있는 사람 등의 조건이 추가되었다. 그리고 최성일의 개인적 취향이 압도적으로 작용했다. 누군들 안 그러랴. 질 들뢰즈, 펠릭스 가타리, 자크 라캉은 너무나 인기가 좋지만 취향이 작용해 첫 책에서는 뺐고, 에리히 프롬도 너무 많은 번역서가 나온지라 뺐다고 했다. 리영희, 김민기, 서경식, 김기협 등이 당연히 포함되어 있지만, 그가 더 오래 살았더라면, 삶의 끝날까지 자기 생각으로 일관한 우리말을 같이 쓰는 사상가들도, 틀림없이 더 풍족하게 다뤘을 것이다.

　"학생들은 누구를 찬양하고 그를 흠모할 필요가 있습니다"라고 레이몽 아롱이 말했다. 최성일은 거기에 조건을 달았다. "아무리 훌륭한 사상가라 해도 그를 무작정 흠모하거나 무조건 찬양하는 것만큼 위험한 일도 없다"고.

바로 그런 반듯하고 건강한 시각 때문에 나는 이 책이 젊은이들에게 널리 읽히기를 바란다. 《책으로 만나는 사상가들》은 어떤 블로그에 애도를 표한 한 독자의 말처럼 이제 '책으로 만났던 사상가들'이 되었다.

　최성일은 까칠한 사람이기도 했다. 만나면 늘 웃었지만, 그의 글에는 독이 있었고, 야유도 적잖았고, 단호한 경멸도 넘쳤다. 2001년에 그가 펴낸 첫 책은 《베스트셀러 죽이기》였다. 한기호 소장은 얼마 전 교보문고의 부탁으로 《베스트셀러 30년》을 정리했는데, 그게 잘못한 일이라는 이야기가 아니라, 최성일은 베스트셀러를 경멸했다. 그런 시각이 최성일의 정체성이 확립되는 기점이 되었다. 그는 화제작에 현혹되지 않았다. 그는 곧 사라질 것들과 오래 남을 것들을 구분하는 식견이 있었다. "읽기 위해 쓰고, 쓰기 위해 읽는" 생활을 자신의 숙명으로 받아들인 최성일은 두리뭉실한 사람이 아니었다.

　이번에 빈소에서 한 사십대 편집자에게서 들은 한 일화도 빠뜨릴 수 없다. 도서관에 책을 납품하는 한 잡지가 있었다. 잡지를 받아 든 최성일은 첫 페이지부터 끝까지 빨간색으로 교열을 보았다. 교정을 본 게 아니라 틀린 문맥, 잘못 설정된 시각, 책(세상)과 현실을 바라보는 두루뭉수리의 불성실을 그는 꼼꼼하게 표기해서 우편으로 잡지사에 보냈다. 그리고 짧은 메모를 첨가했다. "우리, 좀 제대로 합시다"라고.

　그런 작업을 해보라고 누가 시킨 게 아니었다. "제대로 하자"고 말한 최성일은 이 나라에서 어떤 집단보다도 《조선일보》를 경멸하고 가증스럽게 여겼다. 그는 골수 안티 조선 글쟁이였다. 《조선일보》가 제대로 굴러갈 사회를 역류시킨다고 판단했기 때문이었을 것이다. 그는 시인 김수영을 단군 이래 최고의 시인이라는 허튼소리를 불사할 정도로 좋아했고, 언론인이라기보다는 지식인, 그보다는 작가인 고종석의 책은 단 한 권도 빠뜨리지 않고 모두 모아 읽었다고 자주 밝히곤 했다. 작가 고종석은 술을 마시다가 부음을 듣자 바로 달려왔다고 빈소에서 들었다.

　나는 폭우가 쏟아지는 3일 오후 5시 10분부터 발인 날이었던 4일 4시까지 빈소에 있었다. 많은 이들이 다녀갔다. 어린 상주는 엎드려 절 받는 일에 지쳐 나중에는 울음을 터뜨렸다. 놀라운 일은 고인과 생면부지의 사람들이 적잖았다는 사실이다. 인터넷 책방(알라딘)에서 근무하는 젊은이도 그를 생전에 본 적이 없는 이였고, 출판사 사장도 그런 분들이 계셨다. 누구보다 반가운 이는 문학평론가 권성우 교수였다. 그는 내가 앉아 국밥을 받은 건너편 상에 어떤 이와 침통한 얼굴로 앉아 있었다. 권 교수는 내가 믿고 존경하는 몇 안 되는 문학 지식인 중 한 분이다. 나중에 자리가 좀 정리되자 그와 독대해 몇 잔의 소주를 나눴다.

　"최근에 세상을 떠난 문학판의 어른들, 박완서, 박경리 선생님의 빈소에도 저는 안 갔습니다. 그분들을 비록 존경하지만, 제가 굳이 안 가도 될 것 같았습니다. 그러나 일면식도 없는 이 후배 평론가의 빈소에는 달려왔지요. 나는 고인이 보여준 비평정신을 귀하게 여겨왔지요."

한 지식인으로서나 인간으로서 그에 대해 내가 품고 있던 믿음이 잘못된 게 아니라는 게 증명되어 기뻤다. 나는 환경판의 일들에서 최성일의 협조를 많이 받았다는 말로 고인과의 인연에 대해 말했다. 고인에 대한 이야기가 흘러가자 우리는 명색이 글쟁이인지라 어쩔 수 없이 작금의 우리 문학판의 타락과 오염에 대해 개탄했다. 이상한 베스트셀러에 대해서도 짧게 이야기했고, 문학정신이 실종된 데 대해서도 같은 생각이라는 것을 공감했다. 길게 이야기할 가치도 없는 이야기들이었다. 나야 문학판 따위에서 일찍 떠난 사람이지만, 그의 고뇌가 마음 아팠다. 헤어질 때 권 선생은 나의 생태산문집 《날아라 새들아》(산책자)에 수록했던, 〈생태적 위기와 새로운 글쓰기〉를 통렬한 공감의 마음으로 잘 보았고, 그 내용의 일부를 문예지 《문학수첩》에 인용하기도 했다는 말을 건넸다. 우정의 얼굴이었다. 나는 《문학수첩》 몇 호에 실렸느냐고 물어보려 하다가 참았다.

신촌의 내 단골 헌책방 '숨어 있는 책'의 노동환 대표와 언제나 나를 반갑게 맞이해주고 책값도 얼마간 할인해주는 조기남씨도 다녀갔는데, 헌책방에서가 아닌 그곳에서 벌써 칠팔 년째 매주 만나다시피 하는 그들을 만나니 여간 반갑지 않았다.

최성일의 무엇이 일면식도 없는 이들을 폭우를 뚫고 빈소로 향하게 했을까.

사실 그 빈소는 초라하기 그지없는 빈소였다. 창비나 예스24, 푸른숲, 한겨레출판사, 사회평론 등의 대형 출판사들의 화환이 몇 개 놓여 있었고, 나중에 부키의 박윤우 대표, 그린비의 유재건 대표, 인사 나누고 싶었던 사계절의 강맑실 대표, 들녘의 이정원 대표 등 귀한 이들이 다녀갔지만, 그래서 "아아, 최성일은 출판계에서 귀한 사람이었구나", 하는 것이 그가 세상을 떠남으로써 너끈히 증명되었지만, 나는 권성우 선생처럼 일면식도 없는 이들이 순수한 독자의 자격으로 빈소로 달려와 고인의 명복을 빌고 여덟 살짜리 상주와 그 누나를 뜨거운 눈길로 지켜본 데 대해 더 깊은 감동을 받았다.

먼저 쓰기 멋쩍어 미뤘던 최성일과 나와의 인연을 간략하게 기술하는 것으로 이 길고 지루한 글을 서둘러 마쳐야겠다. 최성일을 나는 언제 처음 만났을까? 나는 잘 기억을 못 했다. 그러나 꼼꼼하고 정확한 최성일은 기억하고 있었다. 작년 여름에 펴낸 책에 대한 나의 책, 《나는 오늘도 책을 읽었다》의 서평이 프레시안북스, 바로 이 지면에 담긴 적이 있었는데, 그때 그가 밝혔다. 아마도 1997년께였을 것이다. 《출판저널》로부터 《코끼리가 울고 있을 때》(까치)

라는 책에 대한 짧은 서평을 부탁받았다. 동물들에게도 이른바 고등감정이라 일컫는 감정이 있다는 이야기였다. 도대체 고등감정, 하등감정 따위의 개념이 인간들이 제멋대로 만든 틀려먹은 개념이라는 내용의 책이었다. 당시는 이메일 시대가 아닌지라 글쟁이는 청탁받은 매체의 담당자와 잠시 만나 차도 마시고 밥도 먹으면서 원고를 전달하곤 했다. 당시 내게 청탁을 한 이는 누구였을까? 그곳에도 얼마간 근무한 적이 있는 문학평론 하는 후배 남진우였을까? 아리송하다. 원고를 전달하고 편집실에 들어가게 되었다. 그때 최성일이 그곳에서 근무하고 있었다. 그가 내 글을 본 적이 있다며 내게 인사를 했다. 반갑게 인사를 나눴지만, 낯선 남의 편집실에서 불현듯 만난 한 젊은이를 내가 후일에 다시 기억할 재간이 없었다. 나중에 다른 장소에서 그를 다시 만났을 때 내가 그를 기억하지 못했던 모양이다. 치밀한 성격에다 상처에 민감한 최성일은 그런 나의 몰기억에 대한 섭섭함을 내 책의 서평을 쓰면서 밝히고야 말았다. 프레시안북스 담당자에게 듣기로 최성일은 부탁받자마자 내 책에 대한 서평을 기꺼이 쓰겠다고 말한 모양이다. 그런 그가 고마웠지만, 나는 감사 전화 한 통도 못건넸다. 그 글을 쓰고 얼마 후 그가 발작을 다시 일으켰고, 그 뒤의 시간은 죽음으로 향하는 길고도 힘든 시간의 연속이었다. 의식을 곧추세우지 못한 그를 찾아가본들 그게 뭐하는 짓일까. 서평이 발표된 직후 헛소리를 나누더라도,

통화라도 한 통 했어야 옳았었다.

새나 돌멩이 지렁이에게 풀꽃상을 드리는 방식으로 환경운동을 하던 나는 특히 새만금 살리기 운동에 몰두했다. 갯벌은 끝내 메워졌지만, 이 세상에 책 한 권은 남겨야겠다고 나는 생각했다. 최성일에게 그 작업을 같이하자고 했다. 이번에 묶인《책으로 만나는 사상가들》에도 최성일은 반다나 시바나 레이첼 카슨, 토다 키요시 같은 생태 사상가들에게 극진한 경의를 표하고 있는 것을 눈 밝은 이들은 느낄 수 있을 것이다.《베스트셀러 죽이기》로 집필 활동을 시작한 그는 시간이 갈수록 환경문제, 생태운동에 깊은 관심을 표했다. 활발하게 책 이야기를 펼치는 이들 중에도 최성일처럼 그 문제에 깊은 관심을 쏟는 이들은 지금도 많지 않을 것이다. 그런 점에서도 나는 최성일을 좋아했고, 그래서 그가 너무 일찍 떠난 게 큰 손실로 느껴진다. 최성일, 박병상, 장성익, 예진수 들과 나는 서교동 연구소에서 자주 만났다. 어떤 때는 강화도까지 가서 밤샘을 하면서 책 작업을 했다. 그러기를 몇 달여, 마침내 세상에 나온 책이 풀꽃평화연구소 이름으로 엮은《새만금, 네가 아프니 나도 아프다》(돌베개, 2004)였다. 갯벌은 잃더라도 어떻게 갯벌이 파괴되었는지 한 권의 책으로라도 증언하자, 그런 취지였다.

최성일은 근원주의자라 일컬어지는 어떤 이들보다도 극단적인 생태론자였다.

환경판의 일에 최성일과 어깨동무한 것은 그것뿐이 아니었다. 2002년에 풀꽃평화연구소는 환경정의와 함께 환경책큰잔치를 벌였다. 환경문제를 다룬 책들을 망라해 잔치판을 한번 벌여보자는 취지에서였다. 캐치프레이즈는 "새롭게 읽자, 다르게 살자"였다. 환경책의 범주를 정하고, 어떤 책들을 모아 어떻게 분류할 것인가, 그런 작업을 나는 최성일을 비롯한 여러 동료들과 같이했다. 독서운동이면서 동시에 환경운동이었던 그 작업의 토대를 구축하는 데 최성일은 자신의 식견을 아끼지 않았다. 때로 그와 내가 만나기만 하면 유쾌한 어조로 따따부따 격론을 벌이는 것을 당시 주변 사람들은 매우 즐거워했다고 한다.

그뿐 아니라 환경과생명에서 펴낸 《환경책, 우리 시대의 구명보트》(비매품, 2005)의 편집 작업도 이제 생각하니 그와 같이했던 일이었다.

개인적으로 잊을 수 없는 일은 그가 서울대병원에 처음 뇌종양 수술을 할 즈음이었다. 나는 앞서 밝혔지만, 수술실에 들어가는 그에게 무슨 말인가 했던 모양이다. 자신이 한 말도 정확히 기억하지 못하는 나는 내가 그에게 무슨 말을 했는지 모르지만, 그는 나중에 《책으로 만나는 사상가들 2》(2004)의 권말에 붙인 '감사의 말'에 병원 종사자들에 대한 헌신을 겪으면서 의료계 종사자들에 대한 편견을 반성하는 글을 펼치고, 그 한 자락에 "소설가 최성각 선생님은 '제발 내 말을 듣게'라는 말로 내 영혼을 울렸다"(256

쪽)고 적어놓았다.

그리고 그 책을 내게 보낼 때 속표지에 써넣은 저자 사인에는 "압니다"라고 한 줄을 적어놓았다. 무엇을 알았단 말일까? 내가 무슨 말을 하면서 내 말을 제발 들어달라고 부탁했을까?

아무리 생각해도 기억이 안 난다.

사람 평가에 대단히 인색했던 그가 생전에 그나마 이 못난 사람을 제법 좋아했던 것 같아서 나는 기쁘다. 그런데 이제 그 기쁨이 끝이 났다. 가난했지만 늘 밝았던 사람, 병이 도지면서 한 달에 30~40만 원으로 겨우 살면서도 아내와 아이들과 늘 웃음을 잃지 않았던 사람. 그런데 그가 갔다.

새벽 4시에 나는 그때까지 같이 빈소를 지켜주던 지인들과 자리에서 일어났다. 대안공부공동체의 김종락 대표, 장서가 예진수 선생, 한기호 소장 등이 그들이다. 장지에 까지 가기에는 모두 직장이나 일정 등이 걸려 있었다. 나역시 장지 동행을 할 수 없는 사정이 있었다. 바깥으로 나오자 실비가 내리고 있었는데, 세상은 짙은 안개로 덮여 있었다.

잘 가거라, 최성일.

그리고 저승에 가면 책 같은 것 읽지 말고, 신문 스크랩 같은 것 하지 말고, 글 같은 것 쓰지 말고, 거기도 야구 경기 같은 게 있는지 모르지만 그런 구경이나 하고 살아라. 그대 좋아하는 모차르트나 하루 종일 들으며 지내거라. 거기서도 뇌종양 같은 것 걸리면 곤란하지 않겠는가. 우리도 곧 간다.

(2011년)

'기증책 도서관' 건립을 제안한다

연전에 《나는 오늘도 책을 읽었다》(동녘, 2010)는 매우 천진하고 한심한 제목의 '책에 대한 책'을 펴낸 적이 있었다. 그런 연유로 오늘 아마도 내게 이런 청탁의 기회가 온 모양이다.

시골의 봄날에는 바깥에서 할 일이 많다. 책상 앞에서 침침해지는 눈을 비비며 자판을 두드리는 일보다는 장화 신고 목장갑 끼고 바깥에 나가 거위랑 놀든가 밭에 들어가 김을 매든가, 그것도 아니라면 산에 올라가 땔감을 마련하는 일이 훨씬 바람직해서 엔간하면, 원고 청탁에 응하지 않으려 했으나 책에 대한 이야기를 원한다기에 마지못해 응했다.

책에 대한 이야기는 좋은데, 그것도 마음대로 쓰라고 하니, 어디서부터 어떻게 이야기를 풀어나갈까 막막해지는 것도 사실이다. 하지만, 어떤 계기로 불이 붙어 신명이 나기만 한다면 밤새도록 할 이야기가 곧 책에 대한 이야기일 수도 있다. 왜 그런고 하니, 소문난 책벌레인 박원순 시장이 어린 시절 걸어 다니면서도 책을 읽었다고 하는데,

그와 같은 종류의 추억은 내게도 있기 때문이다. 밥 먹을 때에도 나는 책을 봤다, '변소'에서는 물론이고, 꿈속에서도 나는 책을 봤다, 나는 일찍부터 마을에서 가장 만화책을 많이 지닌 어린이였다, 등등의. 그러나 그런 추억들은 대단찮은 추억들이어서 "그래서 어쨌다고?", 이 한마디 말에 그 즉시 하나 마나 한 이야기가 되고 만다.

그래서, 나는 오늘 이 귀한 지면을 한 책벌레의 사사로운 책사랑이나 책에 얽힌 추억이나 책과 관련한 앞날의 다짐이나 운명론 같은 것으로 채울 게 아니라 어쩌면 말이 될지도 모를, 한 가지 제안을 하는 것으로 채우고자 한다.

시인 구상 선생님으로부터 착상하다

내 제안은 별게 아니다.

도서관을 하나 세우자는 것이다. 어떤 도서관이냐? 이 세상에 한 번도 없었던 도서관이다.

뭔 소리냐고?

그 이야기를 펼치자면, 오래전 구상具常 선생님이 살아 계실 때의 어느 가을, 경기도 안성의 한 칼국숫집으로 장소를 옮겨야 한다. 아마 15년쯤 전이었을 게다. 당시 나는 안성에 있던 모교에 강사로 나가고 있었다. 마침 그즈음 구상 선생님도 시를 말씀하시기 위해 출강하고 계셨다. 내

1970년대에도 그분의 강의를 들었으므로, 나는 비록 시인 지망은 아니었지만, 그 어른의 제자이기도 했다. 몇 사람과 같이 칼국수를 시켰는데, 그때 구상 선생님께서 말씀하셨다.

"내가 이제 곧 갈 텐데, 책을 마음 놓고 맡겨둘 데가 없어. 허허."

말씀 끝에 선생님이 웃으셨다. 선생님이 웃으시면 온 세상이 따라 웃곤 했다. 그분만큼 아름다운 인품을 지닌 사람을 나는 많이 떠올리지 못한다. 그러고 보니, 1970년대 중반의 어느 날, 시를 쓰는 친구와 같이 여의도에 있던 선생님 댁에 묻어가게 되어 그분의 서가를 본 기억이 어렴풋이 났다. 선생님의 서가에는 벽면 가득히 시집으로 가득 차 있었던 것 같은데, 책꽂이 판자는 오래된 시집의 무게로 위태롭게 휘어져 있었고, 꽂혀 있는 얇고 거무튀튀한 시집들은 보풀이 일 정도로 해졌고, 어떤 시집의 책등은 세월에 바래 '이명래고약'처럼 새까맣기도 했다. 아무것도 모를 이십대였지만, "시집으로 가득 찬 벽이 참으로 아름답구나" 느꼈고, "저 벽에 선생님 생전에 만난 좋은 시집들이 거의 다 있을 것이므로 저 벽이 곧 역사일 수도 있겠구나", 하고 생각했다.

선생님의 말씀을 간추리면, "평생 사랑했던 얼마간의 책을 대학에 기증하려 했으나 대학에서는 공간이 없다고 난색을 표하고 있다"였다. 행당동에 있는 모 대학이었다.

그 대학뿐 아니라 다른 대학도 마찬가지였다. 모름지기 대학이라면, 한 나라의 원로시인이 세상 떠날 날을 얼마 앞두고, 지니고 계시던 책을 기증한다면 "얼씨구나" 하고 받아야 옳겠건만, 부동산 투기나 올린 등록금으로 대형건물을 지어 장사하는 일에는 그토록 능숙한 대학이 도서관 공간을 넓히는 일에는 무심하기 짝이 없었던 것이다.

"돈이 되지도 않을 그 책들을 내 자식은 대단한 것들로 알고 있는 것만 같아. 허허허!"

그때 그런 말씀도 하셨던 것 같았다. 돈이 되고 말고를 떠나 내가 '시인의 아들'이라 해도 아버님 생전의 책들을 대단하게 여겼을 테니, 자제분들의 생각은 결코 틀린 생각이 아니라고 본다. 어쨌거나 그 가을 점심 무렵, 안성의 큰길가 허름한 칼국숫집에서 선생님이 잠깐 들려주셨던 책과 관련된 근황이 이토록 오랜 세월 마음속에 남아 있게 될지는 당시에는 잘 몰랐다. 선생님은 세상은 떠났지만, 책벌레들이 이 세상에 와서 책하고 놀다가 떠난 뒤, 그 책들의 처리(?)는 어떻게 할지, 그 문제는 그때 이후부터 내 마음속에서 해결하지 않으면 안 될 매우 심각한 화두로 남게 되었다.

'기증책 도서관'이 건립되면
책벌레들은 편히 눈을 감을 것이다

그 도서관을 일러 언필칭 '기증책 도서관'이라 해두자.

물론 쓰레기라고 말할 수밖에 없는 책들도 엄청 세상에 쏟아져 나와 있지만, 일단 말하기 위해 말한다면, 모든 책은 발행되어 어떤 곳에 보관되는 순간 이미 장서藏書일 텐데, 무슨 헛소리냐고 물을 수 있을 것이다. 벌써 말한 셈이지만, 내가 꿈꾸는 기증책 도서관은 나랏돈이든 도서관재단의 돈이든 그런 공금으로 새 책을 구비해 여럿이 같이 읽고자 보관 유지하는 문화시설로서 존재하고, 운영되는 기존 도서관과는 좀 다르다.

내가 이 세상에 하나쯤 건립되었으면 좋겠다고 소망하는 도서관은 장서가들이 평생 목숨처럼, 혹은 수족처럼 소장하고 있던 책들을 감사와 안도의 환한 마음으로 조건 없이 무상으로 기증하는, 그런 전당포 같은 도서관이다. 맡기되 찾지 않고 미련 없이 세상을 떠난다는 의미에서 '유서遺書 도서관'이라 해도 될 것이다. '헌책도서관'이라 불러도 할 말이 없는데, 그런 빈정거림이야 간단히 처리할 수 있는 것이, 어떤 책도 발간되어 유통되는 순간부터 이미 '헌책'으로 간주할 수도 있을 테니 그것은 문제가 안 된다. 헌책방과 다른 점은 무엇일까? 헌책방은 공공성이 없고, 주인이 어디선가 끝없이 책을 모아 와야 하는 데 반해, 기증책 도서관은 공공성을 지닌 의젓한 도서관인데, 무엇보다도 책이 계속 미지의 책벌레들로부터 기증된다는 점이 차이라면 차이다. 책과 공간과 사람이 도서관의 3대 요소라면, 그런 점에서 장차 누군가에 의해 이 땅에 반드시 건립되리라 믿는 기증책 도서관의 공간 문제는 그 기증자의 기증하겠다는 의지를 말리지 못하고 기증할 책의 양을 가늠할 수 없을 것이므로 도서관 건축물을 아마도 끝없이 증축해나가야 할 것이다. 그래서 기증책 도서관의 이명異名 중의 하나는 '증식하는 도서관'이 될 것이다.

경천동지할 현실이 된 IT시대에 책은 이제 곧 소멸될 것인가, 다른 방식으로 진화할 것인가, 책의 운명이 그 갈림길에 있다는 소리는 진작부터 들렸다. 전자책을 길바닥에서 먹는 간식이라 여기고, 종이책을 제대로 차려진 한정식을 먹는 것과 같다고 말하는 이도 있었던 것 같다. 그뿐인가, '책이 없는 도서관'도 출현할 것이라는 소리도 들린다. 구글 도서 검색 능력을 염두에 둔 이야기일 텐데, 구글의 힘이 아무리 막강하다고 한들, 단언컨대 그게 어떻게 도서관일까? 원전 사고라도 나서 전원이 끊기고 배터리 수명이 다하면 꺼져버리고 사라지는 세계가 구글 도서관의 세계가 아니겠는가.

서둘러 내 생각을 말한다면, 1455년 구텐베르크 이후 우리 시대에 와서 종이책 시대의 조종弔鐘 소리를 듣게 된다고 해도, 여전히 이 세계의 한구석에서는 천천히 신중하게 종이에 활자가 인쇄될 것이고, 그렇게 인쇄된 종이들이 제책되어 묵묵히 유통되고, 독서가의 손에서 조심스레 책장이 넘어가면서 여전히 그 활자들로 인해 마음이 요동치는 것을 즐길 독서가들의 연대기는 계속될 것이라는 믿음을 포기할 수 없다는 이야기다. 다시 말해, 시대가 어떻게 변하든 아랑곳하지 않고 책은 오로지 '종이책'이라고 생각하는 사람들이 있는데, 그들은 평생 책을 읽고, 모으고, 온갖 역경과 구박 속에서도 그 책들을 지켜온 사람들이니, 세상은 그들을 일러 장서가들, 애서가들, 혹은 책벌레들이라 부르곤 한다.

그런데 그들이 인생의 저물녘이 다가옴에 따라 하나같이 남몰래 큰 근심거리에 빠져드니, 그것은 곧, 평생 즐겨 모으고 같이 살았던 이 거대한 책더미들을 어떻게 처리할 것인가, 하는 문제이다.

자식들에게 물려준다?

자식들에게 장서가들의 책들은 '정신의 보고'라기보다는 그저 종이 뭉치의 짐일 뿐이다. 같은 종이라 해도 돈을 물려주면 환호작약하겠지만 책을 물려주면 자식들은 틀림없이 곤혹스러운 얼굴로 처치 곤란해할 게 뻔하다. 아버지나 어머니의 장서이지 자신들이 애써 모은 게 아니기 때문이다. 간혹 어떤 희귀본은 돈이 될지도 몰라, 하는 야무진 꿈을 꾸는 자식들도 있겠지만, 보통 사람들이 보던 책이 돈이 될 기회는 갈수록 희박해질 것이다. 그래서 장서가들은 자식들에게 평생 지니고 있던 책을 물려줄 생각을 포기한 지 오래다.

그래서, 세상을 떠난 뒤 닥칠 책들의 불확실한 행로 때문에 그들은 잠을 못 이룬다.

끝없이 이야기를 생산할 기증책 도서관

짐작건대 평생 책과 같이 살아온 이들의 장서 속에는 어쩌면 국립중앙도서관에도 없는 아주 귀한 책들도 있을 것이다. 이를테면, 노년이 된 그 장서가가 젊은 날 외국에서 구해온 어떤 원서들은 지상에 딱 한 권만 존재할 수도 있을 것이다. 그뿐인가? 이미 절판되거나 여러 이유들로 사라져버린 책들, 어떤 출판인도 다시 찍지 않을 소중한 책들이 어쩌면 장서가들의 책장 속에 숨죽이고 있을 것이다. 그런 귀한 책들이 그 서물書物의 임자가 세상을 뜨기 바쁘게 자루에 담겨 폐휴지로 처리되거나, 근斤으로 계량되어 쓰레기장이나 헌책방으로 흩어지기에는 너무나 아깝지 않은가. 그래서 이 나라 구석구석의 책벌레들이 지켜온 애장서들을 소중하게 담아 오래도록 같이 나눌 가칭, '기증책 도서관'을 하나쯤 건립하자는 것이다.

그리하여 어떤 기증자가 자신의 책들을 기증하는 날, 기증책 도서관에서는 이를테면 '책과 나의 인생'이라는 주제로 시민강연을 열고, 그런 말씀들 또한 쌓이면 다양한 방식으로 재생산할 수 있을 것이다. 홀로 감당하기 벅찰 정도의 장서와 함께 살아온 이들은 그가 학자였든, 단지 평범한 책벌레였든 반드시 주의 깊게 경청할 만한 인생의 지혜를 말씀하실 것이다. 기증책 도서관에서는 그런 기증자들에 대한 감사의 표시로 도서관 입구 벽에 마치 노벨상 수상자들의 사진이 걸려 있는 분위기만큼 품위 있는 장식을 해서 기증자의 명예감을 진작시켜 드리는 것이다. 확실한 것은 기증책 도서관이 만약 건립되어 운영된다면, 기증자들과 그들이 기증한 책의 성격에 의해 아마도 끝없이 이야기가 생산될 것이다. 그런 이야기들의 축적이 결국 문화가 아니겠는가, 싶다.

나는 일개 책벌레일 뿐, 도서관 운동을 하는 사람이 아닌지라 내 이런 생각들이 어떤 경로를 통해 누구에게 전달되어야 구체적인 사업이 되어 현실 속에서 구체화될지 잘 모른다. 나는 그동안 내가 일하고 있는 도시의 지방정부에도 이 제안을 전했고, 칼럼을 쓸 기회가 왔을 때도 그 내용을 밝힌 바 있다. 그뿐인가. 도서관 운동으로 아주 유명한 어떤 인사에게도 이 아이디어를 전한 바 있다. 그렇지만, 내 제안에 문제점이 있는지 아직 무반응인지라 이 일은 현실이 되지 못하고 있다. 한번은 허균과 허난설헌을 선양하는 고향의 작은 모임체에서 허균이 생전에 우리나라 최초의 사설도서관을 건립한 바 있으므로, 강릉시 초당동 그의 생가터에 오늘날의 기증책 도서관을 건립하면 좋겠다는 의사를 표해왔는데, 그들에게는 뜻은 있되 힘이 없었다.

이 특화된 기증책 도서관 건립이 정부나 공공기관의 힘으로 불가능한 일이라면, 책으로 성공을 한 출판인들이 책을 사랑한다고 평소 자주 말해왔으니 그런 단심丹心으로 힘을 합쳐 파주출판단지 같은 장소에 설립하는 것도 어울리고, 멋진 일이 아닐까, 생각한다.

누구에 의해서 어디든 좋다. 기증책 도서관이 이 나라에 하나쯤 건립되어도 괜찮지 않을까? 그런 재미있고 즐거운 도서관이 건립되면 왜 안 된단 말인가?

(2012년)

사티쉬 쿠마르

작은 승려, 평화주의자, 걸었기 때문에 출세한 사람, 뛰어난 편집자, 자연의 스승 등 사티쉬 쿠마르는 다양한 설명으로 소개되는 사람입니다. 그렇지만 제게 사티쉬 쿠마르는 '머리의 사람'이라기보다 '행동의 사람'으로 남아 있습니다. 그는 생각만 하고 앉아 있지 않았습니다. 걸으면서 생각했습니다. 우리 모두 걷는 일로도 세상의 변화가 가능하다고 믿었던 이상주의자였습니다. 그는 두 다리가 신체에서 가장 창조적인 부분이고, 걷기가 에너지의 가장 창조적인 표현이라고 믿었습니다. 영혼은 일상으로부터 단련되어야 한다고 믿었던 사람입니다. 그는 좋은 사상이었지만 그 규율이 사람을 억압한다고 생각한 자이나교에서 야밤에 도망쳐 나온 뒤 마침 지주로부터 땅을 얻어 빈자들에게 나누는 토지개혁운동을 하던 비노베 바베를 따라 나섭니다. 간디는 비노바 바베에게 영향을 주었고, 비노바 바베는 사티쉬 쿠마르에게 영향을 주었습니다.

그러던 어느 날 90세의 나이로 핵무기 철폐를 주장하다가 감옥에 갇힌 버트런드 러셀의 기사를 우연히 마주치고, 사티쉬 쿠마르는 격심한 부끄러움과 함께 '나도 평화를 위해 무엇인가를 해야겠다'고 결심합니다. 바른 생각이라면 지체 없이 행동으로 옮기는 그는 무일푼으로 인도를 출발해 사막과 험한 산과 폭풍우와 눈 속을 걸어 유럽과 미국까지 8,000마일(1만 킬로)에 달하는 평화순례를 감행합니다. 그런 혹독한 평화운동의 대가로 프랑스에서는 감옥에 갇히고, 미국에서는 총에 맞을 위기에 처하기도 하면서 핵무기를 보유한 4개국 지도자들에게 '평화의 차'를 전달합니다. 그것은 '핵무기를 터뜨리기 직전에 차를 한 잔 마시면서 그 짓이 옳은지 그른지 곰곰 생각해보라'는 메시지로서의 선물이었습니다.

2004년 4월 녹색평론사가 마련한 '사상강좌'에 초대를 받아 한국에 온 사티쉬 쿠마르는 처음 걷기를 시작할 때, 파키스탄으로 들어갈 때의 이야기를 들려주었습니다. 한 친구가 지금보다 더 날카롭게 대치 중인 적국에 무일푼으로 걸어 들어가려는 그를 만류하면서 걱정했습니다. 그가 파키스탄에 들어가는 순간 목숨을 잃거나, 설사 살아서 들어갔다고 해도 굶어 죽을까봐 친구는 먹을 것이 든 보따리를 선물합니다. 사티쉬 쿠마르는 음식 보따리를 거절하면서 말합니다.

"이 보따리는 파키스탄 사람들에 대한 불신과 두려움의 보따리이다. 내가 그들을 믿지 못하면서 어떻게 그들의 땅을 통과할 수 있겠는가?"

그렇게 답한 사티쉬 쿠마르는 파키스탄으로 들어가기를 원했기 때문에 들어가게 되었고, 입국하자 그를 알아보는 한 파키스탄인의 집에 초대되어 그 집의 저녁 식탁에 앉게 됩니다. 친구가 준 음식 보따리가 두려움의 보따리였다는 것이 불과 몇 시간 후에 증명된 것입니다. 그가 말했습니다. "세상의 두려움은 내면의 두려움보다 크지 않다"고.

그가 다녀간 뒤에도 이 말은 오래도록 제 머릿속에 남았습니다. '믿으려고 애쓰는 게' 아니라 '정말 믿는다'는 것은 누구에게나 놀라운 일을 일으킨다는 것을 사티쉬 쿠마르뿐 아니라 많은 선각자들이 강조하곤 했습니다. 비폭력의 문화를 건설하는 데에는 지름길이 없다는 것을 그의 생애가 말해주고 있습니다. 그것은 매우 힘들고 고통스럽고 느린 작업이지만, 그런 참을성과 비폭력의 자세가 한 사람씩 한 사람씩 변화시킨다고 그는 믿었습니다.

저는 고통스러운 일이 끊이지 않는 우리 시대에도 사티쉬 쿠마르 같은 이가 계셨고, 지금도 계신다고 생각합니다. 함석헌 선생님이나 문정현 신부님 같은 이가 그런 분들이라고 생각합니다. 그분들은 진리는 어렵고 복잡한 말의 잔치가 아니라는 것을 온몸으로 보여주신 어른들입니다. 사티쉬 쿠마르의 생애가 담긴 이 소박한 책(《끝없는 여정》, 해토)이 '지금 여기'에 살고 있는 우리의 마음을 조금이라도 변화시키는 계기가 되기를 바랍니다. 개개인의 마음

이 변하면, 삶도 변하고, 변한 삶은 그 자체로 아름답고 마
땅한 큰 물결이 되리라 믿습니다.

(2008년)

헬레나 노르베리 호지

그의 반세계화 주장 때문에 우리 사회의 주류들로부터 따뜻한 환영을 받지는 못했지만, 지난해 연말 한국을 방문한 헬레나 노르베리 호지 선생은 매우 귀한 손님이었다. 한국에서도 널리 읽힌 《오래된 미래》의 저자 헬레나가 한국을 방문하게 된 것은 녹색평론사가 주최하고 있는 '21세기를 위한 사상강좌'의 세 번째 초대 손님으로 초청되었기 때문이다. 마침 필자가 일하고 있는 풀꽃평화연구소도 이번 헬레나 방한의 주최 단체 중 하나로 깊숙이 관여했기에 지난 연말 며칠간 그와 함께 시간을 보낼 수 있었다.

사상강좌는 무엇보다도 '지금 이대로의 삶이 과연 지속 가능한 삶인가', 하는 질문에서 비롯되었다. 지구자원은 한정되어 있고 인간의 욕망은 무한정한데, 자기 제어력을 잃어버린 채 끝없는 경제성장론 신화에 바탕을 둔 소비적, 자연 파괴적 삶이 과연 지속 가능할 것인가, 하는 고민을 하고 있는 여러 사람들을 만나 우리 시대 문명의 현주소를 함께 이야기 나눠보자, 그것이 사상강좌의 목적이었다.

스웨덴의 언어학도 헬레나는 젊은 날 여행자로서 배낭

하나 둘러매고 북인도 라다크를 찾는다. 산업사회에서 교육받고, 그 문화권에서 형성된 사고방식을 지닌 헬레나는 라다키(라다크 사람들)의 삶을 보고 충격을 받는다. 비록 외양은 남루하나 하루 종일 얼굴에서 미소가 지워지지 않고, 타인에 대한 친절을 의무라고 생각하는 라다키들의 행복한 얼굴에서 그는 자신이 속한 사회의 허둥지둥 쫓기는 삶에 대해 골똘하게 생각하게 된다.

라다크에서는 어떤 물건도 낭비되는 일이 없었다. 해발 5,000미터의 히말라야 자락에는 물자가 귀하기에 사람들은 모든 물건을 아껴 쓰고, 그렇기 때문에 오염 또한 없었다. 사람들은 많이 웃고, 자주 잔치를 벌이며, 서로 다정하게 대한다. 라다크에서는 화를 내는 사람들이 제일 이상한 사람들로 간주되고 있었다. 그들의 생태적 지혜와 부드러운 삶뿐 아니라 불과 몇십 년 전만 해도 화폐가 없었다는 사실도 헬레나에게는 충격이었다. 같이 일하고, 땅에서 난 소출을 똑같이 나누었기 때문에 굳이 돈을 만들 필요가 없었던 것이다. 노인들을 존경하고 어린이들이 사랑받고, 살아 있다는 놀라운 축복을 매 순간 절실하게 느끼는 사람들의 깊은 평정심은 결국 헬레나를 '라다크 연구자'로 변신시켰다.

라다크 보고서, 《오래된 미래》는 헬레나가 처음 라다크를 찾은 지 16년 후에 작성된 감동적인 문명비교론이다.

헬레나는 인간을 진보시켰다는 '근대성'이 인간을 진정

행복하게 만들었는가, 질문하게 되었다. 결론은 아니었다. 경제성장이 인간을 행복하게 할 것이라는 믿음은 결국 '없던 빈곤'을 만들었고, 회복되지 않는 자원을 고갈시켰고, 감당하기 힘든 공해라는 부메랑을 남긴 것이다. 그의 보고서는 산업사회적 사고방식인 경제성장 지상주의가 인류의 유일한 대안이 아니라는 점을 라다키들의 삶과 대비해 드러냈다. 우리가 이 세상에 부자가 되기 위해 태어난 것이 아니라는 것, 진보라는 개념이 꼭 한 가지 모델만으로 강요받아서는 안 된다는 것이 그의 깨달음의 핵심이었다.

들기로 《오래된 미래》는 전 세계 47개국 언어로 번역되어 읽혔지만, 특히 한국사회에서 가장 폭넓은 반향을 일으켰다고 한다. 그것은 아마도 농경사회였던 한국사회가 전 세계에서 가장 빠른 기간 안에 급격하게 산업사회로 진입했다는 사실과 무관하지 않을 것이다. 자연과 사람의 관계에서 우리도 잠시 전에는 라다키들과 똑같이 친환경적으로 살았던 것이다. 노인을 공경했고, 어린이를 사랑했고, 사람과 사람 사이에서 가장 중요한 가치들을 잃지 않았고, 자연을 외경하면서 또한 감사했던 것이다. 그렇지만 빠르게 진행된 근대화는 잃어버리면 안 되는 것들을 묵살하고 말았다. 자연은 경제성장의 도구가 되었고, 사람들 눈에는 핏발이 섰고, 경쟁은 소수의 승자와 다수의 패자를 만들었고, 소유에 의해서만 행복이 가늠되게 된 것이다. 이런 삶은 진정한 행복과는 분명 거리가 먼 모습들이었다.

그런 점에서 관례화된 경제성장론이 주류 상식이 되어 버린 한국을 찾아온 헬레나의 방문은 뜻깊고 의미 있는 일이 아닐 수 없었다. 헬레나는 라다크를 이야기하기 위해서가 아니라 바로 한국사회를 지배하는 주류 상식에 대해 질문하기 위해 초대된 것이다.

헬레나가 말했다.

"행복이란 무엇인가? 그것은 우선 가족, 친지 이웃과의 좋은 관계에서 비롯된다. 그리고 자연과의 친밀한 접촉에서만 가능하다."

결코 어려운 말이 아니다.

새해에는 주변 사람들과 더 적극적인 친교와 사랑을 나눠야 할 것이다. 그리고 서둘러 사람과 자연과의 올바른 관계를 회복하지 않으면 안 될 것이다. 갯벌의 생명체들, 철새들, 보존되어야 할 숲이 바로 우리의 행복을 돕는 것들이라는 것을 이제는 깨달았으면 좋겠다.

(2004년)

2

우리는 모두 연결되어 있다

A4 한 장에서 구름을 본다

20년도 더 되었을 것이다. 틱낫한의 책에서 '종이 한 장에서 구름을 본다'는 구절을 본 때는. 틱낫한은 달라이 라마, 에크라호트 톨레와 함께 현존하는 세계 3대 영적 지도자로 불린다. 영적 지도자들은 깊은 내용을 간명하게 말하고, 대부분 시적詩的이다. 틱낫한도 그랬다. 그가 한 말은 대충 이런 식이었다.

연인으로부터 연애편지를 받았다고 하자. "그 종이 속에서 구름이 안 보이냐?"고 틱낫한이 묻는다. 그의 이야기인즉 이렇다.

종이는 펄프로 만든다. 펄프는 나무에서 얻는다. 나무는 나무꾼이 도끼를 들고 산에서 벤다. 나무꾼은 나무를 자르다가 땀이 나면 그늘 아래 앉아 땀을 훔친다. 마침 불어오는 산들바람에 얼굴을 맡긴 채 먼 산을 향해 고개를 쳐드니 푸른 하늘에 뭉게구름이 흘러가고 있다.

그런즉, 종이 한 장에는 베어진 나무와 그걸 자르던 나무꾼이 쉬다가 쳐다본 구름이 담겨 있다는 이야기다. 그가 스님인지라 이 이야기는 연기緣起에 대한 우화로 읽을 수도 있을 것이다. 스님이 의도한 말의 진핵眞核이 뭐이었든 간에, 그 후 나는 종이를 볼 때마다 구름을 생각하게 되었다.

코로나19 사태가 3년째 접어들고 있다. 정말 힘들다. 야생(박쥐라 하자)에 깃들어 살던 바이러스가 한번 인간세에 튀어나오자 돌아가지를 않는다. 이 행성의 주인인 양 뻐기고 경계를 허문 인간들이 자신들로 인해 우왕좌왕하는 꼴이 흥미롭나 보다. 인간의 필사적이고 적대적 방역으로 바이러스들도 계속 잡종변이를 거치면서 좀처럼 수그러들 기미를 안 보인다.

처음에는 마스크를 쓰느냐, 마느냐로 옥신각신하다가, 백신이 나온 뒤에는 코로나19에 대처하는 방식도 달라졌다. 신념에 따라 백신을 거부하는 이들도 있지만, 대부분의 나라들은 거듭되는 백신 투여로 코로나19에 대응하고 있다. 그러면서 빈국과 부국 간의 백신 불평등 문제도 대두되었다. 어느 한 나라가 코로나19를 이겨냈다고 해도 그것으로 고통받는 다른 나라가 있다면 그것은 완전한 극복이라 할 수 없건만, '불평등'이라는 인간사회의 한계는 코로나19 대처에서도 여실하게 드러났다. 그뿐인가. '거리두기'는 21세기 벽두에 이 행성에 살고 있는 인류의 기본 매너가 되었다. 사람과 사람은 본래 거리 없이 살아야 하는 호흡공동체인데, 거리를 두고 조심스럽게 숨을 쉬어야 "너도 살고 나도 산다"고 하니, 인간 본성을 거슬러야 하는 이

지침이 황당하기 짝이 없다. 앞에서 걸어오는 사람, 식탁 옆에 앉아 있는 사람, 같이 웃었던 사람이 '바이러스의 활동처'인지 모르므로, 서로 겁을 먹는 것이 예의가 되어버렸다. 기가 막히는 일이다. 여기저기에서 비명이 터지기 시작했다.

《주역》〈계사하전繫辭下傳〉에 "궁즉통窮則通 극즉반極則反"이라는 말이 있다. "궁하면 통하고 극에 이르면 더 갈 곳이 없게 된다"는 말이다. 언제일지 모르지만 코로나19도 필경 끝날 것이다. 죽음을 담보로 한 인간의 다양한 저항으로 결국 코로나19는 인간이 탄생하기 전부터 있었고 같이 살아왔던, 대단히 심각하지 않은 바이러스들 중의 하나로 자리를 잡게 될 것이다.

지금은 비록 재난의 한복판에서 우왕좌왕하고 있지만, 우리가 코로나19로부터 아무것도 배우지 못한 것은 아니다. 코로나19가 준 이익이라고 말하면 돌 맞을 소리지만, 코로나19로 인해 얻은 가장 큰 소득은 우리가 알고 보니 대단찮은 존재라는 자각을 하게 되었다는 점이다. 우리는 대단한 존재인 줄 알았다. 이 행성이 예닐곱 개쯤 되는 줄 알고 '문명'이라는 이름으로, '성장'이라는 광기에 휩싸여 하나밖에 없는 지구를 파괴해왔다. 모든 것이 돈이 될 수 있다고 믿었고, 돈이야말로 인간을 행복하게 하는 궁극적 수단인 줄로 알았다.

아인슈타인이 말했다고 한다. "문제를 일으킨 자들은 문제에 대한 의식이 없다"고. 하지만 문제를 일으킨 우리가 문제에 대한 의식이 싹트기 시작했으니 아인슈타인이 틀린 셈이다. 우리는 알고 보니 우리가 매우 허약한 토대 위에서 살고 있다는 것을 알게 되었다. 코로나19 이후에도 코로나19 이전의 삶처럼 살다가는 더 큰 파국에 직면하리라는 것을 느끼게 되었다. 이 세상은 인간만을 위한 세상이 아니라는 것을 알게 되었다. 세상의 모든 것은 굳건하게 연결되어 있으며, A4 한 장에도 구름이 흐른다는 것을 어렴풋이나마 느끼게 되었다.

만약 우리 모두 종이 한 장에 구름이 흐른다는 것을 알게 된다면 당장의 비명소리에만 신경을 쓰는 척하는 정치가들도 사라지게 될 것이다. 이토록 극심한 코로나19의 고통 속에도 그들은 여전히 '경제성장 타령'이지만.

궁하니 변해야 하고, 변하면 통하게 될 것이다.

(2022년)

'비' 혹은 '물'에 관한 여섯 개의 잡설

1.

중국 청나라 초기에 살았던 김성탄金聖嘆이라는 유쾌한 선비는 어느 여름날, 열흘씩이나 쏟아지는 장맛비에 갇혔다. 마침 친구가 있었다. 둘이 평상에 앉아 그칠 줄 모르고 떨어지는 비 구경만 할 수 없어 내기를 걸었다. "오는 비는 사나흘이 아니라 삼백일을 주야장천晝夜長川 오더라도, 우리는 이 세상 살며 겪었던 여러 일들 중에 우리 둘이 함께 박장대소할 만한 유쾌한 일을 한번 지껄여보자꾸나", 그런 내기였다. 그때 장맛비에 갇힌 무료함을 깨치기 위해 나눈 이야기들을 김성탄은 20년쯤 지나서 기억을 더듬어 〈쾌재快哉 36〉이라는 수필로 남긴다. 〈쾌재 36〉은 너무나 유쾌하고 재미있어서 누구라도 한번 접하면 평생 잊을 수 없는 글이다. 김성탄은 17세기 중반에 사라졌어도 그가 친구와 평상에 앉아 나눴던 한담閑談은 여전히 미소와 박장대소를 자아낸다. 세월을 뛰어넘은 이 일은 글의 무서움인가, 웃음의 힘인가, 알 수 없는 노릇이다.

중국인이 지금도 몹시 아낀다는 〈쾌재 36〉의 첫 이야기는 공교롭게도 시원한 소나기 이야기로 시작한다.

한여름인 7월, 하늘의 불덩어리 같은 해가 쨍쨍 내리쬐는데 바람도 없고 구름도 없어, 앞뒤의 뜨락이 뜨겁기가 사뭇 화로와 같아, 새 한 마리도 감히 날아오지 못하고 있다. 온몸에 흐르는 땀이 가로세로 여울이 되고, 밥상을 마주해 앉았지만 도저히 수저를 들 수 없었다. 삿자리를 가져다가 땅 위에 깔고 누울까 했으나 바닥에 습기가 있어 끓는 기름 위에 누운 듯했고 게다가 파리떼가 날아와 목에 붙고 코에도 앉는데 아무리 쫓아도 가지는 않고, 이야말로 정말 야단이었다.

바로 이때 갑자기 시커먼 구름떼가 뭉게뭉게 모여들어 우르르 쾅쾅 소리를 내더니 난데없는 소나기가 마치 수백만 금고金鼓처럼 소리 내며 줄기차게 내리는데, 처마 끝의 낙수落水가 폭포보다 더하였다. 비로소 몸에 땀이 홀짝 걷고, 땅의 습기도 없어지고, 파리떼도 다 흩어져 제법 밥도 먹을 수 있게 되었다. 이 아니 유쾌한가.

—《세계 수필문학 전집》(중국편), 전수광 외 옮김, 중앙도서, 1983, 232쪽

2.

비가 내리면 그 비의 겨우 5퍼센트가량을 사람이 물로써 사용한다. 나머지 물은 태양 에너지에 의해 끝없이 반복되는 물의 순환에 내맡겨진다. 바다로 흘러가고 수증기의 형

태로 대기 중에 올려보내지고, 다시 비의 형태로 지상에 떨어진다. 이 순환으로 수중환경뿐 아니라 육상환경까지 지배하는 놀라운 생태계가 구축된다. 생명 자체가 절대적으로 물에 의존하고 있는 것이다.

그동안 아주 적은 양의 비로도 인류가 물의 부족을 느꼈던 적은 호모 사피엔스 출현 이후 단 한 차례도 없었건만, 우리는 현재 세계 인구의 여섯 명 중 한 명꼴인 10억 이상의 인구가 안전한 물 공급을 받지 못하고 세계 인구의 절반이 좋지 않은 위생시설에 놓여 있다. 물은 그동안 언제나 너무나 당연하고 풍부한 삶의 조건이어서 심지어 자원으로 취급될 필요조차 없었다. 그러나, 갑작스럽게도, 물은 더 이상 넉넉한 '개방된 자원'이기를 멈추게 되어버렸다. 인구 증가와 끝없는 경제성장과 자원 파괴를 전제로 한 소비중심의 산업구조로 말미암아 불과 수십 년 사이에 물은 세계적으로 풍부한 것에서 국지적으로 희귀한 것으로 바뀌어버리고 만 것이다. 토양오염과 부자나라의 지칠 줄 모르는 오용과 낭비하는 기술이 물의 부족을 가속화시킨 것이다. 물이 인류에게 끼친 해보다 인류가 물에 해를 끼친 게 더 심각해진 것이다. 완전하게 근절하기 힘든 홍수조차도 문명의 발달에 기여했고, 인류는 홍수와 더불어 자연과의 조화로운 공존을 즐기는 법을 배워왔다. 그렇지만 자연과 인간의 공존 관계는 급격하게 단절되고 말았다.

세계 어느 곳이든 산업화 이전의 전통적인 인류는 물을

낭비하지 않았고 자신이 가지고 있는 양보다 더 소모하지 않았다. "지구는 존재하는 모든 인간의 필요를 충분히 만족시킬 만큼은 자원을 제공하지만 탐욕을 만족시킬 만큼 자원을 제공하지는 않는다"는 간디의 말은 금언이 아니라 생활습관이었다. 그렇지만 비를 생명의 물로 사용하는 인간은 본디 넉넉했으나 탐욕과 부주의, 그리고 오만으로 인해 물을 매우 희귀하고 빈약한 자원으로 만들고야 말았다.

비가 내리지 않는 사막에서 사람들은 어떻게 물을 구했는가.

19세기 말 사하라 북부에는 장마철 외에는 물이 없는 우물을 뜻하는 '리르Rhir 와디wadi'의 수맥을 찾던 인부들이 있었다. 이들은 리르 와디의 유명한 분출식 우물을 맨손으로 파곤 했는데, 이는 모래바다 한가운데에 생명과 신선함을 주는 섬이라 할 수 있는 오아시스의 종려나무 숲에 물을 공급하는 엄청난 일이었다. 인부들은 우선 마른 우물을 80미터 정도 파고 들어간다. 그리고 마른 내벽에 갱목을 괴어놓고 어둠 속에서 엄청난 압력으로 지하수의 분출을 막고 있는 석회암 판까지 내려간다. 그리고 인부들 중 가장 나이가 많은 사람에게 우물의 마무리 작업을 위임한다. 그는 홀로 우물 밑바닥 어둠 속에서 천천히 석회암 판을 부수고, 결국 그의 마지막 곡괭이질에 의해 상상할 수 없는 엄청난 힘으로 한때는 빗물로 사막에 스며들었던 물이 솟구쳐 오르게 된다. 물은 순식간에 우물을 가득 채우고, 늙은 인부는 죽거나 비참하게 부상당한 상태로 수면에 떠오르게 된다. 그러고 나서 다른 인부들이 발에 모래주머니를 달고 80미터 깊이를 잠수해 들어가 물이 나오는 구멍을 넓히면 '없던 우물'이 생겨나게 된다(기슬랭 드 마르실리, 《물》, 조유진 옮김, 영림카디널, 1997, 9~10쪽 참조).

필자는 이 감동적인 이야기를 만난 뒤, 〈사막의 우물 파는 인부〉라는 엽편소설을 썼고 같은 제목으로 생태소설집(도요새, 2000)을 펴낸 적이 있다. 필자는 특히, 늙은 인부가 80미터 어둠 속으로 들어가는 일을 기꺼이 받아들이는 장면을 떠올렸다. 전에 수많은 선배들이 그렇게 최후를 맞이하는 것을 지켜보았던 경험과 육신의 노쇠가 그 역할을 떠맡게 한 배경이라는 것을 늙은 인부는 깊이 이해했으리라. 그리고 한 사람 한 사람, 다시는 지상에서 성한 몸으로 만날 수 없는 이웃들과 천천히 엄숙하게 작별인사를 했을 장면을 상상했다. 아득한 옛날, 그러니까 30억 년 전, 생명체가 아직 출현하기 전, 증발에 증발을 거듭하고 요란한 순환과정을 반복하면서 적게는 20미터의 강수량을 많게는 100미터 1,000미터의 엄청난 비를 퍼부은 뒤에야 오늘의 균형을 취한 지표면, 사하라 사막도 한때는 수림 울창한 밀림이었다. 사막이 된 밀림에서 한 방울의 물을 얻기 위해서는 반드시 그렇게 인간 제물을 필요로 했던 것이다. 빗물이 너무 깊숙이 들어가 흐르고 있었기 때문이었다.

얼마 전, 초여름의 우리 사회를 뜨거운 감동으로 휘몬

삼보일배 참회운동의 중심인물이었던 실상사의 수경스님은 2001년 5월, 명동성당에서 정부종합청사까지 감행했던 첫 삼보일배 즈음에 필자에게 그의 은사 스님 이야기를 한 적이 있었다. 당시 삼보일배는 필자가 일하던 환경단체 풀꽃세상과 함께 치렀기 때문에 필자는 스님에게 은사 스님 이야기를 자주 들을 수 있었다.

지금은 돌아가신 그 스님은 수챗구멍에 흘러내리는 밥알을 안타까워하시다가 모든 스님들이 설거지를 마친 뒤, 수챗구멍에 걸린 밥알을 모두 모아 바로 자신의 바리때에 담아 드셨다고 한다. 그뿐인가, 수경스님의 은사 스님은 세수를 할 때도 모아뒀던 빗물을 사용하거나 수량이 풍부한 계류溪流의 아주 작은 양만을 받아 썼고, 세안을 한 물은 반드시 어린 나무에게 주었다고 한다. 선승 수경이 생명운동판에 맹렬하게 뛰어든 것도 다 그런 은사 스님에게 받았던 감화 탓이 아닌가 여겨진다.

사하라의 우물 파는 인부들이나 수경스님의 은사 스님이나 모두 이 작은 별에 97.5퍼센트가 바닷물이고, 그 나머지 적은 양의 빗물에 천지만물이 의존하고 있음을 너무나 깊이 이해하고, 그 이해를 실천으로 옮겼던 이들이다.

3.

어렸을 적, 아마도 예닐곱 살 때였다. 비가 오면 비를 맞으면서 방둑으로 물 구경을 가곤 했다. 방둑에는 어린 꼬마들보다 먼저 물 구경을 나온 어른들이 드문드문 서 있었다. 더러는 우산을 쓰고 있었고, 더러는 비를 맞고 있었다.

대관령에서 흘러내려오는 남대천의 큰물은 장예모 감독의 영화 화면처럼 붉은빛이곤 했다. 공설운동장으로 이어지던 목재 다리가 물살을 버티다가 부러지곤 했다. 다리를 건널 때마다 골타르 냄새가 진동했던 튼튼한 목재 다리는 제법 위용을 자랑했으나, 홍수에는 견디지 못했던 것이다. 다리가 떠내려갔고, 어떤 때는 돼지가 떠내려가는 모습도 보았다. 돼지는 드물게, 그보다는 판자때기나 빛바랜 배춧잎이 더 많이 떠내려갔다.

어른들을 따라 어떤 날에는 십 리 길 바다 어귀까지 큰물을 따라 내려간 적도 있었다. 패배한 적이 없는 병사들처럼 요란한 소리를 내며 쿠당당탕, 흐르던 큰물은 바다에 이르자 유순한 여성처럼 순식간에 풀어져 바다 저 멀리까지 그 누런 빛이 희석되면서 녹아 들어가던 모습이 떠오른다. 푸른 바다에 붉은 강물이 흘러들어가는 모습은 참으로 장관이었다.

비가 그친 뒤에도 큰물은 빛깔은 맑아졌으나 좀처럼 줄지 않았다.

어느 날, 외가의 먼 친척이어서 이야기를 많이 나누지는 못했던 내 또래의 아홉 살짜리 계집애가 물에 빠져 죽었던 곳도 비가 그친 뒤의 그 큰물에서였다. 이름이 점순이였다. 하구에서 건져진 점순이의 몸은 퉁퉁 불어 있었고, 하얀 얼굴이 이상하게도 더 하얘졌다는 인상이 아직도 내게 박혀 있다. 울 어머니의 사촌 딸이었던가, 그런 관계였던 점순이 어머니의 애곡哀哭하는 소리가 아직도 귓전에 들리는 것 같다. 점순이는 말이 없고, 웃을 때 아주 예뻤던 계집애였다. 그 후로 나는 전처럼 신이 나서 물 구경을 나가진 않았던 것 같다. 점순이는 1960년대 초의 어느 장마철, 내가 이 세계에서 만난 첫 죽음이었다.

4.

레이첼 카슨은 《타임》이 뽑은 20세기를 변화시킨 100인 가운데 한 사람이다. 언제나 작가가 되기를 원했으나 그녀는 불현듯 전공을 문학에서 생물학으로 바꾸었다. 《침묵의 봄》이라는 충격적인 DDT 보고서로 미국의 환경정책을 바뀌게 한 그녀는 해양동물학자이기도 했다. 비 오는 날 그녀가 숲속에 들어갔다.

　비 오는 날은 숲을 걷기에 가장 좋은 날이다. 다른 사람들은 어떻게 생각할지 모르지만, 나는 늘 그렇게 생각해왔다. 촉촉하게 젖어 있는 날보다 숲이 생명의 숨결을 세차게 내뿜는 날은 없다. 상록수의 가느다란 잎사귀가 은빛 모자를 쓰는가 하면, 양치류는 열대 숲의 무성함을 닮아가고, 숲의 모든 잎사귀와 풀의 끝자락에 맑은 수정 방울이 맺힌다. 겨자색, 살구색, 진홍빛…… 약간은 생소한 빛깔의 버섯들이 부식토 바깥으로 한껏 고개를 쳐들기도 한다. 숲의 전경이 아닌 배경을 이루던 이끼는, 푸른빛과 은빛에 젖은 신선한 자태로 전경이 된다. 젖은 대지와 하늘이 비록 우울해 보이는 날이라 해도, 자연은 그런 날에 합당한 선물을 준비해두고 있다. 그 선물은 물론 아이들을 위한 것이기도 하다.

—레이첼 카슨,《자연, 그 경이로움에 대하여》,
표정훈 옮김, 에코리브르, 2002, 37~38쪽

문학에서 생물학이나 해양동물학으로 전공을 바꾼 적이 없는 필자는 비 오는 날 숲의 풍경을 이보다 더 잘 묘사할 재간이 없다.

5.

나는 편집자의 의도와는 다르게, '비'라는 막연하기 짝이 없는 주제를 물과 혼동하고 있는 것을 느끼고 있다. 나는 '비'라는 주제를 G. K. 체스터턴처럼 '비의 예찬'에 할애하기는커녕 계속 비를 '물순환의 한 과정'으로 대하고 있다. 심지어 생명 유지 시스템의 근원으로 파악하기까지 한다. 문학을 전공했건만 환경운동판에 뛰어들었기 때문인지도 모른다.

체스터튼은 비를 '우리의 박애주의자'라고 보았으며, 도처에 이 박애주의자는 공중목욕탕을 만들어 남녀 혼욕을 시킨다고 예찬했다. 또한 그는 비를 어떤 미친 위생학자의 거대한 꿈을 실현시키는 거대한 춘계 대청소의 도구로 보았다. '심홍색 구름과 적포도주나 금빛 구름, 만취한 거인들처럼 비에 젖은 나무들이 날치고 비틀거리며 불멸의 목마름으로 고함치며 세계의 건강을 외친다'는 두서없는 묘사도 그의 〈비의 예찬〉에서 만날 수 있다. 비가 빛을 감소할 뿐 아니라 빛을 배가倍加한다는 대목에서는 그가 정말 비를 좋아했던 사람이라는 것을 느낄 수 있다. 하늘을 흐리게 하나, 땅은 빛나게 하는 존재인 비를.

필자 역시 이십대에는 비만 오면 '비 맞으러' 밖으로 튀어 나갔다. 다행히 가까운 곳에 바다가 있었기 때문에 나는 십 리 길 바다에, 더러는 그런 의식儀式에 동의한 친구와, 때로는 혼자 바다에 이르곤 했다. 무엇이라 형언하는데 늘 실패할 수밖에 없는 비 내리는 바다의 면전에서 나는 자꾸만 중얼거렸다. 견디기 벅찬 이십대가 빨리 지나가주기를. 그것은 비 맞으러 바다에 달려가서 거칠게 올렸던 젊은 날의 기도였다.

6.

에모트 마사루는 물에 미친 일본인 학자다. 그는 무려 8년 동안이나 물 연구만 했다. 그의 연구는 주로 물 사진으로 진행되었다. 그는 세계의 파동을 물을 통해 느꼈다. 그는 파동을 측정하는 기계로 물을 측정하곤 했다.

페르시아만에서 다국적군이 이라크를 공격하여 걸프전쟁이 일어난 오후였다. 에모트 마사루가 도쿄의 수돗물의 파동을 측정해보니 인체에 유해한 수은, 납, 알루미늄 파동치가 매우 높게 나타났다. 그는 그 이유를 알 수가 없었다. 기계 고장이 아닌가 하여 몇 번이나 데이터를 살펴보았지만 같은 결과가 나올 뿐이었다.

그가 이 기묘한 결과의 이유를 알게 된 것은 다음 날 신문을 보고 나서였다. 1면에는 걸프전쟁 뉴스가 크게 보도되어 있었다. 그날 하루의 공격으로 베트남전쟁 동안 사용된 것과 맞먹는 양의 폭탄이 소모되었다고 신문은 전하고 있었다. 폭탄이 투하된 장소로부터 몇천 킬로미터나 떨어져 있는 일본에서 거의 동시에 폭탄의 영향으로 보이는 유해 물질의 파동이 관측된 것이다. 페르시아만에 흩뿌려진 유해 물질이 곧장 일본으로 날아온 것도 아니었다. 지구 이면에서 폭격이 시작된 것과 동시에, 폭탄이 가지고 있는 유해 파동이 한순간에 지구 전체에 전달된 것이었다. 파동은 시공을 넘어서 퍼져나간 것이다(에모트 마사루, 《물은 답을 알고 있다》, 양억관 옮김, 나무심는사람, 2002, 129~130쪽). 이 작은 별에서 일어난 모든 일을 그것이 어떤 지역이라 하더라도, 물은 민감하게 감지하고 그 내용을 가슴을 열어둔 이들에게 전달해주고 있다는 게 에모트 마사루가 역설하는 주제다.

비가 내릴 때, 우리는 살아 있다는 일에 감사하고 기뻐

할 필요가 있다. 감당하기 벅찬 많은 비가 내릴 때, 우리는
겸손해질 필요가 있다.

(2003년)

흙에 대한 아홉 가지 단상

흙과 멀어졌으니 흙이 말하는 소리를 들을 수 없게 된 것은 너무나 당연한 일, 그보다 우울한 일은 우리가 결국 '내력'을 잃어버린 사람들이 되고 말았다는 사실이다.

하나. 포유류인 우리로 하여금 편안한 마음으로 직립하게 하고, 모든 유기물질들을 차례차례 분해시킴으로써 살아 있는 모든 것을 대가 없이 키워내는 '흙'이 주제로 떠오른 것은 우리가 나쁜 시절을 맞이했다는 확실한 증거로 여겨진다. 그렇다고 흙을 전혀 볼 수 없는 것도 아니건만, 이런 어불성설 같기만 한 주제가 일정량의 공감을 얻는다면, 필경 이 이야기는 흙을 밟을 수 없는 도시 문명에 대한 이야기로 전개되어 '추억의 흙'으로 마감되기 십상일 것만 같다. 첨언컨대, 흙이 우리 주변에서 완전히 사라진 것은 아니고 그 잘난 도시 문명이라는 것도 대지에 바탕하고 있는 것이 확실한 데다, 인구의 태반 이상의 살림살이가 갈수록 흙과 무관하게 진행되고 있다는 점에서 이 주제는 어쨌거나 설득력은 있다. 무력한 향수에 빠지지만 않는다면.

둘. 2002년 월드컵을 한두 달 앞둔 대한민국 수도 서울에서 가장 눈에 많이 띄는 것 중의 하나가 보도블록을 파헤치는 풍경이었다. 며칠 전에 걸었던 그 보도블록에 아무런 문제가 없었건만, 파헤쳐지고 새 보도블록이 깔리고 있었다. 연말이라면 구청에서 해 넘기기 전에 황급히 써야 할 세금 때문이겠거니 하겠지만, 그 작태는 순전히 월드컵 때문이라는 게 잘 짐작된다. 보도블록 새로 깔면 '한국'이 문화대국이 되는가? 한심한 구청 사람들이다. 한마디로 보기 싫은 풍경이지만, 공사판 쪽으로 절로 눈길이 간다. 거기 파헤쳐진 보도블록 때문에 잠시 노출된 흙을 잠깐이라도 보고 싶었던 모양이다. 하지만 볼 게 없다. 얇은 보도블록 층 아래 숨 막혀 있다가 노출된 흙이라는 게 도무지 감동적이지 않다. 더러 표토 아래로 검은 흙도 보이지만, 대개는 그 색깔이 어떻든 '죽은 흙'이라는 느낌이다. 이내 새로 깔 보도블록을 맞이하기 위해 모래가 가지런히 깔려 있기 십상이다. 멀리 바닷가에서 이런 용도로 운반되지 않았어도 될 모래. 이때 모래는 무정스럽게 착취되는 자연이고 낭비되는 '돈'이다.

셋. 1960년대 중반이었다. 어렸을 때, 아이에게 새 옷을 입혀주면서 어머니가 말하곤 했다.

"흙장난하지 말고, 빨래 만들지 마라."

"조심해라. 흙 묻을라!"

흙장난을 해서 옷에 흙을 묻혀 돌아오면,

"애가 왜 그리 개구지냐? 온몸에 흙투성일 해갖고선……"

하고 말했다. 본격적인 산업사회로 진입하기 전이라 그토록 흙에 의존하던 살림살이 속에서도 어른들은 왜 흙에 대해 다소 적대적이었을까? 정말 빨래하기 힘들어서였을까?

흙을 대하는 인간의 이중적 태도를 생각해보노라면, 사실 조금 놀라운 구석이 있다. 흙은 그 생명력과 모든 것을 수용하는 여성성으로 인해 지나칠 정도로 예찬되기도 하지만, 종종 더러움의 상징으로 기능하곤 한다. 그렇지만 곰곰이 생각해보니, 흙 묻은 옷을 털면서도 어머니가 흙 자체를 그리 미워한 것 같지는 않다.

아이들은 부모가 기르지만 그들을 살찌우는 것은 건강한 흙.

넷. 흙은 인간의 삶에도 절대적으로 유용한 토대지만, 다른 생물들에게도 그렇다. 암석이 풍화되어 표토라고 불리는 부스러기가 된 뒤, 서서히 토양으로 변한다. 토양의 상부는 풍화작용이 활발하며 유기물과 부식이 농집되어 있으며, 그렇기 때문에 식물영양소가 풍부하다. 용탈작용溶脫作用이 활발한 표층 아래 집적대集積帶는 모질물母質物을 포함하고 있다. 그 아래 층이 바로 기반암이다. '기반암'이라 발음하며, 우리는 시간적으로 당대의 자식이면서 공간

적으로 대지의 자식이라는 존재감 혹은 실물감을 느끼게
된다.

오염되지 않은 비옥한 토양 1제곱미터 안에는 약 10억
개 정도의 토양생물이 살고 있다고 한다. 썩은 유기물을
먹고 사는 현미경적 세포에서부터 원생생물을 비롯해 다
른 토양생물을 먹고 사는 포유류에 이르기까지 토양생물
의 종류는 다기다양하다. 100마이크로미터 이하의 미소동
물군도 있고, 단세포적 원생동물, 작은 편형동물도 있다.
지렁이는 토양층에 사는 거대 동물군에 속한다.

필자가 일하는 환경단체 '풀꽃세상'에서는 2001년 일곱
번째 풀꽃상을 바로 인류 최초의 경작자라고 일컫는 '지렁
이'에게 드렸다. 풀꽃세상은 우리 시대의 환경위기가 자연
에 대한 무례한 태도에서 비롯되었다고 생각하고 있다. 그
래서 제일 화급한 일이 '자연에 대한 존경심을 회복하는
일'이라고 생각한다. 그런 생각의 실천으로서 우리는 풀꽃
상을 제정해, 자연물에게 상을 드리는 방식으로 환경운동
을 하고 있다. 존경심 회복이라는 단체의 중심 생각 때문
에 새나 돌멩이, 갯벌의 조개, 지렁이에게 시상하면서, 우
리는 자연스레 상을 '주었다'고 말하지 않고 '드렸다'고 말
하게 된다.

지렁이에게 풀꽃상을 드린 까닭은 무엇보다도 '지렁이
가 2억만 년 전에 이 행성에 출현해 생태계 먹이사슬의 최
하위를 굳건히 지키면서 땅 밑 어둠 속에서 흙을 부드럽고

기름지게 만들다가 여러 다양한 포식자들을 만족시키거나 식물의 자양분으로 살신성인하는 장엄한 최후에 대한 참을 수 없는 감동' 때문이었다. 그뿐인가? 지렁이는 인간의 불충분한 이해에 바탕을 둔 근거 없는 혐오증과 모욕에 하염없이 시달리면서도 아랑곳하지 않다가 마침내 인간의 야만적인 생태계 파괴에 의해 서서히 우리 곁에서 사라져가고 있다. 이에 대한 진심 어린 사과와 뒤늦은 애정의 마음으로 우리는 지렁이에게 상을 드렸다.

대량생산의 강박에 쫓기는 농부들마저 이제는 땅에 대한 존경심을 간직하고 유지하기 힘들어졌다. 농약과 살충제, 제초제로부터 자유로운 땅이 이제 얼마나 남았을까. 그래서 지렁이는 이제 땅의 건강을 담보하는 하나의 척도가 되었다. 지렁이가 살 수 없으면 사람도 살 수 없다는 말은 앞지른 과장이 아니다.

다섯. 누구든지 당대의 자식이다. 그것을 헤겔 같은 이는 "사상은 그 시대의 아들"이라고 표현했다. 1999년 말 통계에 의하면, 이 나라 총 도로의 길이는 87만 534킬로미터이며, 총 도로포장률은 74.7퍼센트이다. 아직 포장되지 않은 길은 17.9퍼센트밖에 안 남았다. 그것도 악착같이 포장하고 말겠다고 야단이다. 비포장은 우리 시대의 불편, 낙후, 소외를 상징하고, 그래서 심지어 악悪이다. 도로 1킬로미터당 자동차 대수를 살펴보았다. 자그마치 127.5대가 1

킬로미터에 서 있는 셈이다.

우리나라의 70퍼센트는 산으로 이루어진 산악 국가, 어려서부터 교과서에서 배웠고 자라면서 실감한 사실이다. 매년 사용 가능한 물 자원의 60퍼센트인 180억 톤을 우리는 산에서 얻고 있다고 한다. 산에는 물을 머금은 나무가 있고, 나무는 언제나 확실하게 토양에 뿌리를 내리고 있다. 산림청의 2000년도 통계에 의하면 산은 우리에게 연간 50조 원, 국민 1인당 108만 원 상당의 혜택을 되돌려주고 있단다. 하지만 개발의 남발로 2000년 한 해 동안에만 서울 남산 면적 297헥타르의 26배에 달하는 7800여 헥타르가 사라졌다고 한다. 유엔 식량농업기구의 보고에 의하면, 한국은 국민 1인당 산 면적이 경제협력개발기구 27개국 가운데 가장 적으며, 최근 10년 동안 산 면적이 줄어든 4개국 가운데 대표적인 나라라고 한다. 부끄럽다. 이 시대가 어디로 가고 있는지 아무도 묻지 않는다. 자연에 대한 두려움 때문에 자연에서 성공적으로 멀어진 도시 문명이 편리하고 휘황찬란할지 모르지만 누구나 내심 불안한 것 또한 사실이다.

하루 종일 흙을 밟지 않고 우리는 살고 있다.

이 시대가 어디로 가고 있는지 아무도 묻지 않는다.

여섯. 추수가 끝나면 마을 아이들과 논바닥에 잘리고 남은 벼 밑둥을 잡아 뽑아 산더미처럼 쌓았다. 검고 짙은 고동색 논판의 흙이 묻어 있는 벼 뿌리는 이튿날 아랫동네 아이들과 치를 싸움의 실탄이었다. 벼 뿌리를 허공 높이 던지고, 거기 묻어 있는 흙을 아랫동네 아이들의 목덜미 속에 비벼 넣으며 우리는 자랐다. 어떤 날은 우리 동네가 대패해서, 논바닥에 퍼질러 앉아 징징 운 적도 있다.

일곱. 나치에 협력했다는 꼬리표가 늘 달려 있지만, 들길을 걷기 좋아해 〈들길〉이라는 두고두고 읽힐 에세이를 남긴 하이데거의 글을 펴본다.

인간은 자기가 계획한 바에 따라 대지를 어떤 질서 속으로 끌어들여 보겠다고 애를 쓰고 있다. 도시의 한 줌 흙은 오늘도 힘겹게 자연을 일구고 있다.

그러나 들길이 이렇게 외치는 소리는 들길에 이는 바람 속에 태어나서 들길에서 나는 소리를 알아들을 수 있는 사람들이 있어야만 이야기를 들려준다. 이런 사람들이야말로 자기네 내력이라는 것을 듣고 있는 사람들이다. 그러니까 자기의 내력 속에 살고 있는 사람들이기도 하다. 이런 사람들은 억지로 만들어낸 세계에서 노예나 시녀 노릇을 할 사람들은 아니다. 인간은 자기가 계획한 바에 따라 대지라는 것, 세계라는 것을 어떤 질서 속으로 끌어들여 보겠다고 애를 쓰고 있다. 하지만 들길이 외치는 소리에 순순히 따르지 않는다면 이것도 허사다. 오늘날 사람들 치고 들길이 외치는 소리에 귀가 어둡지 않은 사람이 어디 있는가. 그러기에 위험이라는 것은 시시각각으로 닥쳐 오고 있지 않은가. 이 사람들 귀에 솔깃한 것이 있다면 그 요란한 기계 소리, 장치 소리뿐이다. 기계니 장치니 하는 것을 거의 신의 목소리라고 생각하고 있지 않은가. 그러니 인간은 심란해지고 길을 잃을 수밖에. 심란한 사람 눈에 단순하기만 한 것은 단조롭게밖에 더 비치겠는가. 단조로 운 것이라면 신물이 난다. 신물이 난 사람들 눈에는 매양 그렇고 그런 것밖에는 보이지 않는 법. 이러다보니 단순한 세계라고 하는 것은 달아나버리고 만 것이다. 단순한 데에 서 오는 그 은은한 힘은 메말라버리고 말았다.

—하이데거,《하이데거의 詩論과 論文-들길》, 전광진 옮김, 탐구당, 1981

하이데거가 산책했던 들길은 풀잎이 흔들리고 먼저 지나간 사람의 흔적이 있는 흙길이었을 것이다. 흙과 멀어졌으니 흙이 말하는 소리를 들을 수 없게 된 것은 너무나 당연한 일, 그보다 우울한 일은 우리가 결국 '내력'을 잃어버린 사람들이 되고 말았다는 사실이다.

여덟. 하루 종일 흙을 밟지 않고 살고 있다. 그렇게 살고 있는 사람들이 많은 줄 알고는 있겠지만, 농부들 앞에서 할 말은 아닌 게 틀림없다. 흙을 밟지 않으니까 흙을 만질 일도 없다. 꽃집 주인들을 제외하고, 대부분의 도시 사람들은 흙과 무관하게 잘도 살고 있다. 인간의 존재 구조를 시간성으로 파악하는 시도를 감행한 이는 하이데거였다. 그렇다면 근원적인 존재 구조로서 공간성 또한 빠뜨려서는 안 될 것이다. 누구랄 것 없이 시간성과 공간성 속에 걸쳐져서 한 존재 구조를 이룬다. 그렇지만 이제 더 이상 '풍토와 인간'이니 그런 말을 해서는 안 된다. 아스팔트 위를 걷거나 달리고, 시멘트 속에서 잠시 쉬다가 시멘트 속으로 들어가 다시 일한다. 시멘트 속으로 들어가기 바쁘게 주식 시세부터 살필지도 모른다. 의학의 발전과 과도한 건강에 대한 관심으로 평균 수명이 늘어났다고 하지만, 철저한 도시 계획에 의한 형식주의, 획일주의 속에서 생을 마감하기에는 왠지 조금 억울하다. 여전히 흙을 토대로 하지만, 흙과 무관하게 살 수 있도록 조성된, 우리가 몸 담고 있는 공간은 누가 만들었을까?

"죽음이 무서워서 인간은 종교를 만들었고 삶이 무서워서 도시를 만들었다"고 말한 이는 스펜서였다고 한다. 그럴듯한 말이다. 우리는 아마도 삶이 무서웠던 모양이다. 삶은 이때 때때로 너무나 가혹한 자연이다. 자연에 가장 완강하고도 영리하게 저항한 이들은 도시 계획자, 도시 지배자들이다. 우리는 그들이 조성한 도시로 꾸역꾸역 몰려드는 것으로 그들이 만든 공간 계획에 적극 동의했고 협력했다. 보도블록을 깔았다가 파헤치는 자들에 대해서 불쾌

함은 느낄지언정 우리 모두 사실 무관심하다. 세금을 잘 쓰라는 항의는 간혹 있을지 모르지만, 흙을 잃어버리고 사는 삶에 대한 항의는 아무도 하지 않는다. 도시는 그런 일을 따지는 일보다 피곤한 일이 더 많기 때문일지도 모른다.

땅이 상품이 되면서 거기 치올려 지은 아파트만 해도 1층은 기피하는 층수다. 7층에서 8층이 로열층이란다. 로열층에 사는 사람들은 '로열'과 아무런 관계없고, 다만 비싼 아파트를 사고팔 뿐이다. 그 속에는 추위도 없고 더위도 없다. 그러므로 추위와 더위의 체험 없이 사는 삶은 '나의 감각'이 없는 삶이라고 말하는 글을 만난 적이 있다. 그리 과장된 말도, 비약도 아니라고 고개를 끄덕이게 된다.

아홉. 유대 땅 창세기의 신화를 인용하지 않더라도, 우리는 흙으로 빚어졌고 끝내는 흙으로 돌아간다. 오염되지 않은 몸을 잠시 지녔다가 깨끗한 흙에 돌려드려야 할 것이다. 그런데 그게 잘 될까, 걱정이다.

(2002년)

흔들리는 생명의 바람

우리는 바람을 바로 볼 수는 없다.

바람을 보기 위해서는 연기나 깃발이나 나뭇잎이 있어야 한다. 피어오르는 연기, 흔들리는 깃발, 살랑거리는 나뭇잎을 통해서 바람을 본다.

우리 신체 중에 바람을 느끼는 것은 튀어나온 볼과 목덜미 사이의 견갑골이기 쉽다. 광대뼈가 서양인들보다 좀 더 튀어나온 우리 몽골리안들은 어쩌면 바람과 더 가까운 인종일지 모른다.

육체의 눈으로는 볼 수 없는 바람을 옛사람들은 어떻게 보았을까.

옛사람들은 바람을 하늘의 기운으로 보았다. 우주의 숨과 기운을 상징한다고 보았다. 바람은 풍작과 흉작을 결정하는 자연의 운세, 그 자체다. 바람을 신령시했고, 공경했고, 누리면서도 두려워했다. 바람이 까다롭고 섬세하기 때문이다.

자연과 지리를 의미하는 풍수風水도 바람에 대한 대접에서부터 비롯한다.

바람은 춤바람, 치맛바람처럼 어떤 행동이나 사건의 동기로도 쓰인다. 한국에서 벌어진 월드컵 때 붉은악마가 일으킨 바람은 바람의 역동성과 환희의 절정이었다. 그 바람은 신바람이었다. 신바람은 단군신화에서 환웅이 거느리고 온 여러 신 중에서 우사雨師, 운사雲師보다 풍백風伯이 앞선 것처럼, 모든 바람 중에서 가장 으뜸의 바람이다.

단군신화를 살펴보아도 그렇고, 피부로 느낄 수 있는 현실에서도 그렇다. 바람이 실어나르는 것은 무엇보다 생명이다. 생명의 씨앗들이다. 생명의 씨앗들은 바람처럼 눈에 보이지 않는다. 더러 눈병도 옮긴다는 버드나무 씨앗은 지나치게 자신을 드러낸 경우지만, 바람이 실어나르는 씨앗들은 대개 눈에 보이지 않는다.

봄이 오면 언 땅이 녹고, 녹은 땅 위에서는 마침내 싹이 돋는다. 연약해 보이지만 무섭고 강인한 힘으로 싹은 줄기를 키우고 무성한 잎을 뻗는다. 땅 위에서 벌어지는 그 조용한 아우성은 누구도 말리지 못한다. 무서운 속도로 대지는 녹색으로 뒤덮인다.

달맞이꽃 한 포기는 35만 개의 씨앗을 세상에 흩뿌린다고 한다. 바람을 타고 이동한 것이 틀림없다. 그러므로 금년 봄에 만나 여름철에 이토록 무성했고, 가을에 시들어진 이 녹색의 장엄한 행진은 모두 지난해에 뿌려진 바람의 작업이라 봐야 한다.

그렇다고 한 식물이 당해 연도에 아무런 일도 하지 않

은 게 아니다. 대지 위에 한 종류의 풀만 자라지 않는 것을 보면 끝없이 바람은 생명을 실어나른다는 것을 알 수 있다. 먼저 자란 놈들이 욱일승천旭日昇天하는 동안에도 그 틈새로 무수한 작은 생명들이 자신의 구실을 다한다.

작은 풀잎에 대해 노래한 시인으로 우리는 불우했지만 아름답고 순결했던 시인, 윤동주를 누구보다 먼저 떠올리게 된다. 시인은 "잎새에 이는 바람에도 나는 괴로워했다"고 노래했다. 신음소리지만 더할 나위 없이 아름답다. 그는 "별을 노래하는 마음으로" 바람을 보았고, 작은 잎새의 흔들림에도 어쩔 줄 몰라 했다. 윤동주의 〈서시〉가 쓰이던 그날 밤에도 "별이 바람에 스치"웠다.

바람은 파도와 함께 더러 삶의 고난이나 위기를 상징하기도 한다. 바람은 때로 '정처 없이 흐른다'는 처연한 허무의 감정도 대변하지만, 태풍이나 돌풍처럼 파괴, 폭력, 황폐를 드러내기도 한다. 그 모든 것이 사실은 생명 순환의 여러 다양한 모습이다.

바람은 그 어떤 자연현상보다도 생명의 이미지와 밀접하다.

'바람을 피운다'고 말할 때의 에로티시즘도 사실 바람의 생명성과 무관하지 않다. 바람의 음습하고 충동적인 힘때문에 그런 말이 생겼지만, 그 바탕은 기실 바람의 생명성이다. 조용하고 얌전하게 잠자는 듯한 공기 속에서도 식물의 씨앗들은 매우 격렬한 짝짓기를 벌이고 있다는 면에서 바람과 생명의 관계는 따로 생각하기 힘들다.

바람은 육상에서만 작동하는 것은 아니다. 바다콩은 1년이 넘도록 바다의 바람인 해류를 타고 6,400킬로미터나 흐른다고 한다. 6,400킬로미터쯤 흐른 뒤에야 바다콩은 싹을 내기 시작한다. 그렇게 흐르면서 생명은 바다의 바람에 자신의 몸을 맡기고 기다린다. 실로 놀라운 인내심이 아닐 수 없다. 해류는 플랑크톤을 흔들리게 하고, 흔들리는 플랑크톤은 물고기의 지느러미 방향에 영향을 준다. 물결 아래에서는 끝없이 산호초가 흔들리면서 자란다.

바람은 어떻게 생기는가. 대기 온도의 차이가 만든 압력이 서로 충돌할 때, 그 밀도에 의해서 바람이 생긴다고 우리는 알고 있다. 기압이 높은 곳에서 낮은 곳으로 삐져나가는 공기의 흐름이 곧 바람이다. 즉 기온 차가 기압 차를 일으키는 원인이 되고, 그것이 공기에 작용하는 힘이 곧 바람이다. 바람에 대한 기본적인 상식만 들여다봐도 바람 자체가 곧 운동이고, 운동은 생명의 특성이라는 것을 이내 이해하게 된다.

때로 사람들이 없는 바람을 만들기도 한다. 방앗간에서 재를 날릴 때 사람들은 방아실 부채로 바람을 일으켰고, 부엌에 불을 지필 때도 아궁이 부채를 쓰거나 풍로를 만들었다. 선비들은 합죽선合竹扇을 흔들었고, 아이들은 파초나 연잎으로 부채를 삼아 바람을 일으켰다.

부채로 작고 아름다운 바람을 일으키던 인간은 스스로

제어하지 못한 욕망의 바람을 주체하지 못해 결국 큰 바람을 일으키고야 말았다. 산업사회 진입 이후 인간은 세계를 오로지 자원가치나 욕망의 수단으로 삼고, 만능의 과학과 기술의 맹신으로 건들면 안 되는 것까지 건들고야 말았다. 활시위를 너무 당긴 것이다. 그 결과 일견 무질서해 보였지만 일정한 균형 속에서 불던 바람의 흐름이 흔들리고 뒤틀려지고 말았다.

지구촌 도처에서 일상처럼 일어나고 있는 기상이변이 곧 그것이다. 피면 안 되는 시기에 꽃이 피고, 해류의 현상도 설명할 길이 없어져버렸다. 엘니뇨, 라니냐가 그것이다. 높새바람이 어떤 지방에는 가뭄을, 어떤 지방에는 비를 뿌린 것과는 비교할 수 없는 대혼란의 시대를 지금 우리는 살고 있다. '장마철'이라는 말이 이제는 사전에서 사라지게 되었다. 아무 때나 폭우가 내리고, 다른 쪽은 폭염과 가뭄이 지속된다. 지진과 쓰나미는 이제 드물게 일어나는 자연현상이 아니라 도처에서 일상처럼 엄습하고 있다.

화석연료의 지나친 의존은 대기 중의 이산화탄소의 양을 증가시켰고, 높아진 지구 온도는 천천히 빙하를 녹였으며, 그 결과 해수면이 높아지고 있다. 온대에 자리 잡아 문명을 일으킨 해안의 도시들은 금세기 말 이전에 물에 가라앉을 것이라는 불길한 예측이 현실로 드러나고 있다. 물의 도시 베네치아의 골목에는 바닷물이 차올라 오랜 유적이 소금기로 덮혔다. 사람의 힘으로 바다의 수위를 조절하는 거대한 프로젝트를 벌이고 있으나 자연의 위력 앞에 그 무망한 노력은 낙관할 만한 수준은 아니다. 투발루 같은 섬나라는 지구온난화로 인해 나라의 침몰을 선포한 뒤, 유엔에 생태적 난민 신청을 해둔 상태다.

그런 의미에서 기상이변은 바람이 저 자신의 질서로 흐르던 것을 인위로 뒤흔들어 고이게 만들고 썩게 만든 것이라 할 수 있다. 복잡계인 바람의 질서를 뒤흔들고 깬 것보다 인류의 오만이 극에 달한 적은 일찍이 없었다.

바람은 생명을 실어나르는 오묘한 운동이었고, 깨면 안 되는 질서였다. 생명의 바람이 본래의 제자리를 잡아야 한다. 인류 모두 지금이라도 깨진 바람의 질서가 우리에게 요구하는 막중한 일에 전념한다 해도 지금 진행 중인 재앙의 속도를 늦추기 힘들건만, 자연을 대하는 우리의 태도는 여전히 오만불손하고 무지하기 짝이 없다.

실로 걱정스러운 일이다.

(2005년)

'100년 후'에 우리는 없다

'100년 후'를 미루어 짐작하기 전에, 얼추 '100년 전'에 일어났던 일을 떠올려보자. 세계 최강을 자랑하는 소련의 발틱함대가 조선해협으로 파견되었다. 발틱함대는 아프리카 남단을 돌아 조선해협까지 항해하느라 지쳐 있었다. 1905년 5월, 일본국 연합함대는 발틱함대를 어렵지 않게 궤멸시켰다. 미국이 개입한 포츠머스조약 체결로 말미암아 열강은 발틱함대를 궤멸시킨 일본의 한반도 지배를 묵인하게 된다.

그 후 100년이 흘렀다. 한반도에서 일어난 여러 형태의 변화는 가히 경천동지할 만했다. 일제가 물러간 뒤, 한반도는 동족 간의 전쟁으로 두 동강이 났고, 북녘 사람들은 못 말리는 특유의 '깡'으로 인류 역사상 초강대국인 미국과 '핵무기 보유'로써 맞짱을 뜨고 있고, 남녘에서 출범한 '대한민국'호는 독재정권 아래에서도 놀라운 저력을 발휘해 폭발적인 성장을 이뤄내 세계 10위 안팎의 경제 대국이 되었다. 그러나 급성장을 한 경제 규모와 달리 국민의 의식 수준은 이른바, 선진국으로 진입하기에는 여러 부문에서 아직도 함량 미달인 게 사실이다.

'100년 후'를 폐건전지와 대량생산 대량폐기로 인한 쓰레기 문제로 짚어보자는 게 이 글의 목적이다.

어떤 이는 100년은커녕 10년, 길게는 30년쯤 후도 예측할 수 없다고 말하고 있다. 예측 불가능성의 가장 큰 이유는 이미 여러 징후들로 닥치고 있는 기후변화라는 재앙 때문이라 할 것이다. 지구온난화로 인한 기후변화는 과학자들조차 그 원인이 '인간활동의 결과'라는 것을 고백하기까지 오랫동안 뜸을 들였다. 그러나 이제는 자연을 욕망 충족의 자원가치로만 파악한 고엔트로피 문화로 말미암아 지구온난화가 발생했고, 걷잡을 수 없는 가속이 붙었다는 것을 누구나 인정하고 있다. 미래학자나 이 방면에서 고민을 많이 한 지성들이 "지금 당장 변하지 않으면 공멸을 피할 수 없다"고 경고하건만, 그런 경고들은 쇠귀에 경 읽기인 것이 현재의 상황이다.

정치가들은 '녹색성장'이라는 말을 마치 대단한 광맥이라도 찾은 양 환색하며 말하지만, 그 말의 형용모순이나 허구에 대해서는 모르고 있거나 알려고 하지 않는다는 것도 그 한 사례다. 친환경적인 개념과 같이 통칭되는 '녹색'이라는 개념과 '성장'이라는 개념은 복합명사가 될 수 없는 개념이기 때문이다. 성장은 필연적으로 환경을 변화시키는데, 이는 곧 자연의 착취를 수반하지 않을 재간이 없는 일이다. '지속 가능한 개발(발전)'이라는 말이 허구인 것과 마찬가지다. 세계 최고의 경영자들은 근원적 환경론자들처럼 그 말의 허구성을 누구보다 깊이 이해하고 있다. 자신들이 누구인지, 자신들의 목표가 무엇인지 또렷하게 알고 있기 때문이다. 그러나 대부분의 사람들은 그런 말의 실현이 가능한 줄로 착각하고 있다.

폐건전지를 대하는 태도 하나만 예로 들어보자. 알다시피, 금년에야 전체 건전지의 90퍼센트를 차지하는 일반 가정용 건전지가 의무 재활용 대상에 포함되었다. 환경부 폐기물 통계자료에 의하면, 2004년도 우리나라 폐기물 발생량은 303,500톤/일이다. 이 중, 생활폐기물이 16.5퍼센트인 50,007톤/일이다. 폐건전지 발생량은 연간 15,000톤으로서 그중 13,500톤이 생활폐기물에 같이 버려지고 있다.

가정용 니켈카드뮴 건전지는 인체에 유해한 중금속인 카드뮴이 개당 2~3그램 함유(니켈카드뮴 건전지의 평균 12퍼센트)되어 있다. 정부 통계에 의할 경우, 500톤의 폐니켈카드뮴 건전지가 소각 혹은 매립되거나 가정에 보관되어 있는 상황이므로, 연간 약 60톤의 카드뮴이 폐건전지를 통해 배출되거나 배출될 상황에 놓여 있는 것이다. 망간 혹은 알칼리 망간 건전지는 니켈카드뮴 건전지나 수은 건전지에 비해 유해성이 덜하지만 소각이나 매립될 경우 망간, 아연 등의 중금속을 유출하며, 특히 건전지 내 전해질로 강알칼리 성분의 물질을 사용하고 있어 토양오염의 우려도 불러일으킨다. 또한 일반 건전지에는 수은이 최고 27퍼센트가량 함유돼 있다고 한다. 0.2~0.5그램의 수은중독은 곧 사망에까지 이르는 양인데 건전지에는 최고 1.7그램까지 포함되어 있다고 한다. 미나마타병이 곧 그것이다. 우리나라에서도 온도계를 만드는 공장에서 일하던 노동자들이 수은중독에 걸려 사회적 문제가 된 적이 있으며, 경북 경주시에서는 폐건전지를 운반하던 차량에서 화재가 일어나 폐건전지가 폭발해 주민들이 대피하는 소동(2003년)도 있었다.

하지만, 2008년 6월 28일, 한 매체(YTN)가 취재한 보도에 의하면, "건전지 재활용이 반년째 전무"했다. 앵커는 이렇게 말하고 있다.

"폐건전지를 모아놓는 집하장입니다. 전국에서 수거된 건전지가 산더미처럼 쌓여 있습니다. 주로 올해 새로 의무 재활용 대상이 된 가정용 건전지들입니다. 집하장에는 이처럼 수거된 건전지가 160톤가량 쌓여 있지만 반년 동안 재활용되지 못하고 방치돼 있습니다. 재활용을 위한 분담금이 제대로 걷히지 않고 있기 때문입니다."

생산업체 관계자에게 마이크를 들이밀었다.

"한 기업에서 그 부분에 대해서 부담금을 물게 되면 이익 측면에서나 어떤 기업 운영화 측면에서 굉장히 좀 금액적으로 부담스럽습니다."

우리나라 건전지 시장 규모는 1,000억 원. 10여 개의 건전지 생산업체가 총매출액의 1퍼센트 미만의 분담금을

'생산자책임재활용제도(EPR 제도)'에 따라 분담하기로 법령으로 의무화해서 부과하고 있다. 환경부는 건전지 재활용을 독려하면서 "연간 15,000톤의 건전지를 재활용하면 연간 200억 원 이상의 경제적 효과를 가져다준다"고 광고하고 있다. 그런데 업체는 부담스럽다고 법이 정한 분담금을 안 내놓고, 160톤이나 대책 없이 집하장에 쌓아놓고 있으면서 10억 원이 안 걷혀 정부는 업체를 처벌할 생각도 없이 위의 광고대로라면, 190억 원을 그냥 버리고 있다는 이야기가 된다.

폐건전지 처리에 임하는 자세로만 살펴본 이 현실이 바로 녹색성장, 지속 가능한 발전이 안고 있는 함정인 것이다. 이런 태도로 앞으로 100년이 흐른다면, 어떻게 될까? 지구온난화는 가속되고, 기후적으로는 지난 10만 년 동안 경험하지 못했던 따뜻한 기후를 겪게 될 것이다. 섭씨 5도 정도의 기온 상승으로 신생대 제4기에 해당하는 홍적세 초엽부터 지금에 이르는 수백만 년 동안 우리는 가장 더운 지구를 겪게 될 것이다. 정치, 경제적 변동은 물론 현재의 국가 개념은 필연적으로 공중 분해되거나 상상할 수 없는 변화를 맞이하게 될 것임에 틀림없다. 종전과는 다른 전쟁이 일어날 것이고, 처음 겪는 전염병이 창궐할 것이다. 그러한 예고된 비극을 지연시키거나 유일한 대안은 바로 '지금 당장', 저성장, 저엔트로피 문명으로의 대전환이 일어나지 않으면 안 될 것이다.

정치가들이나 기업가들이 '녹색'이라는 말을 사용하기 시작한 것이 희망의 단초가 될 수 있을까? 어림도 없다. 그러나 보통 사람들이 달라지면 '달라진 정치가'를 선택할 수 있을 것이다. '대량생산' '끝없는 경제성장' '집약적 농업' 등의 불가능한 환상에서 벗어나 '저성장' '탈집중화' '소농의 가치'가 자리 잡는 사회를 선택할 만큼 우리 개개인이 변화되지 않으면 단언컨대, 희망이 없을 것이다.

(2008년)

먼저 말을 바로 써야 한다

근래 나만 느끼는 것일까, 하루에도 여러 차례 이상한 말 버릇들을 만난다. 뭔고 하니, 사람이 아닌 사물이나 현상에 경어를 쓰는 말버릇이 그것이다. 주로 서비스업에 종사하는 젊은이들이 그런 말을 쓰는데, 그 추세가 점점 늘어나는 것 같다. 이를테면 이런 식이다.

"이 카레라이스는 7,000원이세요" "왼쪽으로 죽 나가면 비상구가 계세요" "거스름돈은 없으세요" "이 만년필은 저것보다 비싸세요", 이런 식이다.

그런 말을 들을 때에는 참으로 난감한 심정이 된다. 간혹 용기를 내 "이 카레라이스는 7,000원이에요, 라고 말하거나, 왼쪽으로 죽 가면 비상구가 있어요, 라고 말해도 잘못 쓴 말이 아니에요"라고 말하기도 한다. 그러면 대부분은 즉시 부끄러워한다. 부끄러워하지도 않는 이들은 자신의 말이 어떻게 잘못 쓰였는지 몰라 어리둥절해한다. 이 손님은 왜 이상한 소리를 하실까, 그런 표정이다. 누가 그렇게 시켰을까? 손님에 대한 친절이 극단적으로 강조되다 생긴 현상일까? 분명 잘못된 일이다.

그러나 사실 그보다 더 심각한 말의 전도현상과 왜곡이 있다. 누구나 동감하고 피부로 느끼는 '환경문제'란 말만 해도 그렇다. '주변 상황'을 말할 때가 아니라 생태계 위기로 인한 여러 문제들을 일컬을 때 우리는 쉽게 그 말을 사용한다. 그러나 그 말은 바로 그런 문제를 일으킨 장본인인 사람이 이 행성의 주인임을 전제로 한, '사람중심주의'의 말이다. 지구온난화로 인한 기후변화, 늘어나는 사막화 현상, 높아지는 해수면, 지진이나 가뭄 홍수 등의 재해 등, 작금의 여러 생태계 위기를 일컬을 때 우리는 관행적으로 '환경문제'라고 말한다. 하지만 정확하게는 '생태문제'라고 고쳐 말해야 할 것이다. 그 해결책이 곧 인간활동에 대한 진지한 반성적 질문에서 시작되어야 할 터인즉, 여전히 인간중심주의적인 가치관으로는 사태를 바로 보기 어려울 것이다. 우리가 지구라는 이 닫힌 행성의 여러 생명체들과 어울려 사는 한 존재일 뿐이라는 겸손함의 회복이 그 어느 때보다 절실한 때이다. 그런 겸손한 자세를 회복하기 위해서 먼저 할 일은 말을 바로 쓰는 일일지도 모른다.

흔히 '지구를 살리는 50가지 방법' 같은 말도 자주 들린다. 그런 책 제목도 이젠 흔하게 눈에 띈다. 그러나 곰곰 생각해보자. 지구를 살리다니? 여전히 우리는 이 행성에서 아주 특별한 능력을 지닌 존재로서 망가진 지구를 살릴 수도 있다고 생각하고 있는 것이다. 물론 과학적으로는 태양도 수명이 있고, 지구도 수명이 있을 것이다. 그러나 그것은 인간의 상상력 너머의 시간일 것이다. 망가지는 것은 지구가 아니라 지구에 의존해서 살고 있는 생명체들, 곧 생태계일 것이다. 지구는 45억(?) 년 이전의 대폭발 이후, 한때는 불덩어리였다가 한때는 얼음덩어리이기도 했다. 한때는 공룡이 살았고, 지금은 다른 생명체들의 허락도 없이 인간이 이 행성의 주인인 양 행세하고 있다. 공교롭게도 '생태'와 '경제'의 영어 말뿌리는 '에코eco'로서 같다. 에코는 '집'을 뜻하는 그리스어 '외코'에서 유래했다고 한다. 에코노미economy는 '지구를 이용하는 방식'이다. 그런데 그 방식이 집을 해치는 쪽으로 진행되고 말았다. UN의 기후위원회 보고서에 의하면, 지구온난화의 최대치가 섭씨 2도를 넘지 못하게 제한하려면 2050년까지 이산화탄소 발생량을 85퍼센트 줄여야 한다고 한다. 줄일 수 있을까? 그런데 줄여야 한다. 끝없는 성장이 살길이 아니라 '탈성장'이 곧 살길이다. 그런데도 우리는 지금 대부분의 서비스업체 직원들처럼 말을 잘못 쓰고 있다. 돌이킬 수 없도록 생태계를 난폭하게 파괴하면서 '생태계를 복원한다'고 말하고 있으며, '녹색'이라는 힘겹고 어려운 말을 돈벌이가 되는 일 도처에 마구 갖다 붙이고 있는 것이다.

마음을 바로잡고, 말을 바로잡지 않으면 곧 스스로 속이는 일이 될 뿐 아니라 무서운 재앙을 끝내 피할 수 없게 될 것이다.

(2015년)

'빤스' 고무줄로 새총을 만들자

먼저 리영희 선생이 생각난다. 군부독재 시절《우상과 이성》《전환시대의 논리》로 '사상의 아버지'라 불리던 리영희 선생님, 풍風을 맞아 한쪽 손을 떠시면서도 반전집회에 나와 팍스아메리카나의 멸망해 마땅할 전쟁질에 대해 강도 높게 성토하시던, 우리 시대의 어른 리영희 선생. 바로 그 어르신네는 댁에서 화장실 변기에 소변을 서너 차례 보고서야 물을 내리신단다. 물론 뚜껑은 닫으실 게다. "냄새는요?" 하고 여쭸더니, "냄새라는 게 처음엔 고약하지만 익숙해지면 괜찮어". 오줌 싸고, 레버를 내릴 때 나는 요란한 물소리에서 그의 얼굴이 소용돌이친다.

마이클 무어라는 미국 다큐멘터리 감독도 제법이다. 마이클 무어는 지난번 오스카상 시상식 때 전쟁광 조지 부시를 열변을 토하며 '조지고 부심'으로써 더 유명해진, 귀엽게 생긴 뚱뚱한 백인이다. 코믹 다큐의 신경지를 개척했다는 그의 작품 〈로저와 나〉는 고통에 차서 심각하게 봤지만, 얼마 전 수입된 그의 최고작, 〈볼링 포 콜럼바인〉은 아직 못 봤다.

152

그는 자기야말로 '몹쓸 놈 중에서도 몹쓸 놈'이라고 떠들어대는데, 이유인즉 자신이 재활용을 하지 않기 때문이라고 덧붙인다. 왜 재활용을 하지 않느냐 하면, "쓰레기 재활용은 일주일에 한 번 교회에 나가는 것과 같아서, 한 번 갔다 오면 임무를 다한 것같이 마음이 가벼워져, 또다시 일주일 동안 많은 죄를 짓는 데 전념할 수 있게 되기 때문"이란다. 미국'넘'들은 확실히 죄의식 문화에 갇혀 있는 게 이 말에서도 증명된다. 그가 다시 묻는다. "솔직히 말해서 당신은 재활용통에 넣은 신문이나 콜라 깡통들이 어디로 가는지 본 적이 있는가? 재활용 공장으로 간다고? 누가 그러는가?"

평소 백인을 악마의 기호로 여기던 나도 이 백인 녀석만큼은 귀여워하지 않을 수 없다.

자유민주주의와 맘에 안 들면 무차별 침공이라는 모순된 짓을 아무렇지도 않게 자행하는 깡패나라 미국뿐 아니다. 우리나라 재활용 체계도 알고 보면, 웃기기는 마찬가지다. 우리도 6종 분류 체계에 의해 쓰레기를 버린다. 그렇지만 재활용률은 5퍼센트도 안 된다고 보면 된다. 사오 년 전 통계뿐이어서 대충 말해도 된다. 주부들이 열심히 음식쓰레기, 종이 신문지 버리는 날 명심했다가 '분리 배출'하면 거의 '통합 수거'해가는 게 현실이다(분리수거는 틀린 말이다). 내가 버린 음식쓰레기가 사료화, 비료화되는지 아무도 모른다. 종이류는 확실히 조금 재활용되지만, 나머지 쓰레기는 지구를 살린다고 돈 주고 산 쓰레기비닐봉투에 무지막지하게 담겨져 대형 소각장에서 태워지거나 매립지에 파묻힌다. 음식점, 거대한 건물, 백화점에서 내쏟는 쓰레기 양을 생각해보시라. 그뿐인가. 아파트 단지 귀퉁이에 어김없이 눈에 띄는 버려진 소파나 비닐장판이나 멀쩡한 장롱들, 컴퓨터 모니터와 플라스틱 쓰레받기들을 생각해보시라. 태우면 영락없이 다이옥신이 나와 대기가 오염되고, 묻으면 좀처럼 안 썩거나 썩는다 해도 침출수 콸콸 나와서 강이나 바다를 거쳐 다시 우리에게 돌아온다. 나한테도 돌아오고 사랑하는 내 새끼들에게도 돌아온다.

산업사회로 진입한 이래 환경문제의 핵심은 사실 쓰레기 문제다. 산업폐기물은 이 나라에 지도도 없고 통계도 없고, 어디로 사라지는지 아무도 모른다. 하지만, 가장 큰 쓰레기는 두말할 것 없이 핵쓰레기다.

쓰레기 생각하면 머리가 쓰레기 뭉치처럼 엉키고 냄새마저 나려고 한다. 해법은 쉽다. 재활용하려 들 게 아니라 쓰레기를 배출하지 않는 게 제일 훌륭하고 착한 일이다. 쓰레기를 배출하지 않으려면 재활용을 해야 하니까, 같은 말이긴 하다.

무엇부터 할까. '불필요한 생산'을 하지 않는 게 옳다고 생각하는 지방자치단체장과 국회의원을 뽑아야 한다. 대통령까지 쓰레기 문제 교육을 시키면 금상첨화다. 하지만 서민 대통령인 줄 알았더니 영부인의 골프 실력을 보니,

이번 대통령도 환경문제에 관한 한 물 건너간 게 확실하다. '잘산다'는 일이 '대량생산-대량소비-대량폐기'를 통해서만 가능하다고 믿는 지도자들에게는 지도받을 게 없다. 그들을 어떻게 처리해야 옳을까? 묻자니 그 독성으로 말미암아 악취 날 것이고, 태우면 다이옥신보다 더 지독하게 공기를 오염시킬 것이다. 그러니 지도자들에게 거는 희망을 신속하게 접어버리고, 우리부터 재사용, 재활용하는 수밖에 없다. 어떤 재사용, 재활용 지침이 있을까? 구청이나 환경부나 '쓰레기문제해결을위한시민운동협의회'에서 권고하는 내용도 옳고, 좋다. 그렇지만 그런 데서 놓친 실천 사례는 뭐 없을까.

리영희 선생처럼 오줌 싸고 한 번에 물 내리지 말자. 지린내라는 대가를 치르면서 배울 게 있을 거다. 너무 잘 만든 이쑤시개도 가능하면 스무 번쯤은 쓰자. 성철스님은 평생 이쑤시개 서너 개밖에 안 쓰셨다지 않는가. 성철스님도 하셨는데, 우리 같은 범인이 왜 못 하랴. 누구 주기엔 너무 낡은 옷들은 찢고 오려서 나비도 만들고 꽃도 만들고 풍뎅이도 만들어서 다른 구멍 난 옷에 붙여 '깜뿌라찌' 해보자. 짬뽕 시킬 때 따라온 나무젓가락도 일단 모아두자. 구멍이 너무 헐렁거리는 시멘트 벽에 못 박을 때 나무젓가락 쪼가리 쑤셔 넣고 망치질해본 적이 있는가? '아이스케키' 먹고 남은 막대기도 (무조건) 모아두자. 다 해진 칫솔도 모아뒀다가 '빤스 끈'으로 묶으면 멋진 솔이 될 것이다. 구두도 닦고, 변기도 닦는 거다. 이 어찌 멋진 일이 아닐까. 빤스 끈은 새총 만들 때도 그저 그만이다. 거기 새총에 돌멩이를 재워서 누구를 꼬눌까? 변심한 애인?…… 어버이날 스승의날 생일날, 왜 번번이 비싼 꽃을 살까? 한 번 산 꽃은 필히 여러 차례 돌리고, 받은 꽃다발은 반드시 해체해서 여러 사람을 여러 기회에 즐겁게 해드려야 옳지 않겠는가? 혹일찍 일어나면 병원의 새벽 영안실에 가봐라. 입관 끝나고 서둘러 떠난 빈소에는 엄청난 꽃들이 버려지거나 누군가 '도리'할지니, 새벽 영안실보다 꽃인심이 좋은 데는 이 세상 어디에도 없을지니. 빈 소주병에 꽃을 꽂아보라. 바람도 없는데 꽃잎이 취해 흔들릴 것이다. 방바닥의 머리카락 주워 목도리를 만드는 일도 괜찮을 거다.

대량생산, 대량소비 하면서 아름답다고 생각했던 것들을 이제 재검토해야 한다. 아름다움은 정의 내리기 나름, 쫀쫀하게 살지 않으면 안 된다. 사람에게는 더 많은 정을, 소비는 숙고 끝에 더 팍팍하게 하지 않으면 안 된다. 많이 버리고 사는 일, 그거 멋이 아니다. 죄짓는 일이다.

(2003년)

'한살림'은 계속 우리 시대의 구명보트일 수 있을 것인가

온 세상에 텔레비전이 켜져 있다. 광고와 뉴스 외에도 엄청나게 자주 먹을거리 이야기, 건강 이야기가 흘러나온다. 소문난 음식과 건강을 다루는 프로그램이 있다. 이 세상에서 좋다는 것은 다 소개되고 있다. 요리사도 나오고 산나물에 미친 사람, 해조류에 미친 사람도 나오고, 마늘에, 콩에, 약초에, 참기름에, 식초에 미친 사람, 암에 걸렸는데 아직 안 죽은 사람들이 나온다. 병원에 있어야 할 의사들은 기다리고 있다가 전문가로서의 도장을 적시에 찍어준다. 미안하지만, 한마디로 미친 사람들이다. 건강과 먹을거리에 대한 그들의 초조와 믿음과 각오는 천년만년 살고야 말겠다는 의지로 타오른다. 아무도 그 먹을거리들이 어디에서 어떻게 생산되고, 그것들이 자라는 대양과 산천이 얼마나 치명적으로 오염되어 있는지에 대해선 말하지 않는다. 누구도 후쿠시마 이야기는커녕 이 나라의 핵발전소 이야기는 안 한다. 누구도 농약 이야기는 안 한다. 그래서 나는 그 프로그램이야말로 공상과학소설보다 더 비현실적인 프로그램이라고 생각하며, 세상이 엉망진창이 되어도 나만은 좋은 것 악착같이 찾아 먹고 기필코 만세를 누리고야 말겠다는 그들의 푼수 없는 이기심에 혀를 차다가 나중에는 연민의 감정마저 인다.

지난해 내가 사는 시골 연구소에 농사짓겠다고 젊은 부부가 왔다. 사십대 초반인 그들은 500평 지인의 땅에 거름을 하고 지난 6월 초에 서리태를 심었다. 콩에 할애한 면적은 350평가량, 나머지 땅에는 배추나 무, 깨를 심었다. 한해 내내 가물거나 큰비가 내리거나 등의 하늘의 일, 병충해 등의 땅에서 일어나는 일들에 노심초사하면서 갖은 애를 써서 10월 하순경 수확을 했다. 그리고 콩을 말렸다가 11월 초 탈곡을 했다. 얻은 콩의 총량은 102킬로그램. 우리 먹을 것과 최소한의 선물을 한 뒤에 판매할 양을 추려보니 86킬로그램. 지인들을 통해 판매는 한 달 만에 끝났다.

판매 수입은 125만 6,000원. 거기에서 포장비 발송비 빼고 나니 106만 원. 그것이 순수입일까? 아니다. 퇴비 만들기 비용, 트랙터나 관리기 대여비와 기름값, 예초기 수리비 등을 계산해서 순수 콩 수입만 헤집어보니, 56만 원가량이 된다.

한 젊은이가 농사지을 수 있는 세 계절에 비지땀, 진땀을 흘려가면서 농사지어 얻은 수입이 56만 원이다. 그들이 탈곡을 마치고 정성스레 콩을 골라 포장지에 담고 저울에 콩을 달고 있을 때, 이 나라 어떤 사람들은 주식 차액으로 하룻밤에 물경 2~3조 원을 벌었다는 뉴스가 흘러나왔다.

이런 끔찍하고 아연실색할 시스템이 허용되고 그것이 아무렇지도 않게 여기지는 세상이 계속 유지되어야 할까, 유지되어도 괜찮은 것일까. 이 체제를 유지하려는 어떤 명분과 합리화로도, 이런 시스템은 망측스러운 난센스다.

　이런 나라에서 '한살림'의 위치는 어디쯤 자리 잡고 있을까? 한살림은 계속 우리 시대의 구명보트일 수 있을까? 며칠 전에 손바닥에 사마귀가 번져 율무를 구하러 한살림 매장에 들렀다. 매장 앞에 디자인이 예쁜 외제 소형차 한 대가 공회전하고 있었다. 육십 나이에도 순화시키지 못한 내 성정 때문에 매장 문을 열면서 한마디 내뱉었다. "공회전으로 대기는 오염시켜도 내 먹을 것은 한살림 것이라? 차를 공회전시키는 사람들에게는 물건 팔지 말아야 한살림 정신 지키는 것 아닙니까?" 매장 활동가에게 말했지만 내 목소리는 매장 안 모두가 들을 수 있을 만큼 충분히 크지 않았나 싶기는 하다.

(2015년)

갯벌

갯벌을 영어로는 'wet land'(젖은 땅)라고 표현하고 있었다. 그 젖은 땅을 스무 살도 훨씬 넘어 처음 보았을 때의 충격과 놀라움이 먼저 생각난다. 필자는 이 나라 동해안에서 출생한 사람이라 젖은 땅을 본 적이 없었다. 1970년대 대학 시절, 어쩌다 친구들과 대천 언저리에 놀러 가게 되어 처음 갯벌을 보게 되었는데, 갯벌이라기보다 서해안을 맞닥뜨린 첫인상은 "이게 어떻게 바다란 말인가? 이 누런 똥물 같은 데서 어떻게 해수욕을 할 수 있단 말인가?"였다. 바다라면 모름지기 맑고 푸른 물이 가득 넘치도록 채워져 넘실거려야 하고, 하염없이 그 가득 찬 물이 출렁거리면서 파도를 만들고, 눈부신 포말을 만들고 햇살을 퉁겨내면서 무슨 살아 있는 생물체처럼 번쩍거려야 옳지 않겠는가. 그게 동해안에서 자란 바다에 대한 내 확고한 선입견이었다. 이 지구별이 물로 가득 찬 암석 덩어리가 아니라 영적인 생명의 기운이 있다는 가이아 사상이 조금도 낯설지 않게 접수된 것도 어려서부터 본 그런 역동적인 바다에 대한 인상 때문이었는지 모른다. 하지만, 젖은 땅, 서해안의 인상은 그게 아니었다. 밀물 때의 바다는 누런 황토빛이거나 은빛이었고, 썰물 때 드러나는 갯벌의 젖은 개흙은 지저분해 보였다.

그 후, 나이가 들어 갯벌과 깊은 인연을 맺게 된 것은 새만금 소동 때문이었다. 새만금사업이 이 나라 초기 개발론자들에 의해 발상되고 진행된 것은 오래전 일이나, 본격적으로 그 사업의 타당성이나 갯벌 가치에 대한 토론이 왕성해지기 시작한 것은 1990년대 말부터인 것으로 기억한다. 1990년대 말이면 필자가 어쩌다 환경운동에 깊숙이 빠져들어 정신을 못 차리던 때와 같은 시기이다. 새만금사업, 문제 있다는 문제의식은 곧 갯벌의 가치에 대한 이해가 증대된 것과 같이 심화되었다. 그 운동에 깊숙이 빠져 다양한 방식으로 새만금을 살리려고 애쓰다보니 자연 새만금 갯벌뿐만 아니라 이 나라 서해안의 다른 갯벌에도 자주 가게 되었고, 갯벌이 그냥 '젖은 땅'이 아니라 대단한 가치를 지닌 땅이라는 것을 알게 되었다.

동해안의 땅 기운이 성질머리 사나운 젊은 땅이라면, 서해안의 땅 기운은 언제나 부드럽고 푸근한 누님 같고 고모 같고 곰삭은 할머니 같은 땅이었다. 나중에야 알았지만, 누천년에 걸쳐 형성된 서해안 갯벌은 하늘로부터 우리 민족이 물려받은 '세계적인 갯벌'에 속한다는 평가를 받고 있었다. 먼저 산업화로 들어간 나라들이 갯벌 가치를 모르고 모두 매립을 하고 난 뒤에야 매립을 후회하면서 일컫는 이야기이겠지만, 이를테면 새만금 갯벌의 경우 세계 5대 갯벌에 속한다는 사실도 알게 되었다.

그런데 그 갯벌을 단지 죽은 땅, 노는 땅, 젖어 있을 뿐 아무것도 생산하지 못하는 무용無用의 땅으로 간주한 이 나라 초기 개발론자들이 책상 위에 펼쳐진 지도만 보고 금을 죽, 그어서 매립하려 든 것이다. 그것이 바로 새만금사업이었다. 이른바 '국토의 효율적 이용 및 경작지 확대로 인한 식량안보론'이 그것이었다. 큰마음으로 이해해서 그들은 그때 온통 나라를 부흥시켜야 한다는 일념에 빠져 있었기에 그런 무지스러운 발상을 했다고 치자. 그 후, 갯벌이 단지 노는 땅, 죽은 땅이 아니라는 것이 널리 판명되었음에도, 그리고 매년 여의도의 수십 배 면적만큼 논이 사라지고 있고, 쌀이 남아도는데도 갯벌을 메워 농지를 만들겠다는 고집(사업 목적)이 어불성설로 드러난 마당인데도 악착같이 방조제를 쌓아 갯벌을 죽인, 후기 정권들의 국민 기만극은 참으로 애달픈 일이 아닐 수 없다.

갯벌이란 어떤 땅일까? 갯벌은 조석의 차이로 인해 드러나는 '갯가의 넓고 평평하게 생긴 땅'으로서 연안습지의 일부분으로 정의된다. 습지보전법에 정의된 내용을 보면 연안습지는 간조와 만조 차로 드러나는 해안의 공간으로서 내륙습지와 대비되는 의미로 사용되고 있다. 이 정의에 의하면 연안습지는 해안의 바위 해안, 모래 해안, 갯벌을 모두 포함하고 있지만 갯벌이 그중 가장 큰 규모를 차지한다. 흔히 갯벌은 '자연의 콩팥' 혹은 그곳 갯벌에서 살고 있는 생명체들을 인간의 눈으로 바라보면서 '바다의 유치원', 사람들이 버린 것들이 큰 바다에 닿기 전에 걸러진다는 실용성에서 '자연의 청소부'로도 불려왔다. 질퍽질퍽한 개흙은 얼핏 보면 죽은 땅, 쓸모없는 땅으로 여겨지기도 했지만, 그곳은 신비로운 생명의 격전장이며 자연의 질서가 완벽하게 구현된 어머니의 땅이기도 하다. 그곳에 떨어지는 노을의 심미적 가치 또한 빠뜨릴 수 없다.

또한, 일찍부터 사람들은 갯벌을 중심으로 전통적인 마을을 형성해왔고, 갯마을 사람들은 대를 이어 갯벌을 밭으로 여기며 생존해왔으며, 독특한 해양생태계와 경관은 이 땅에 어울리는 해양문화와 전통의 풍습을 낳았다. 갯벌과 사람의 상생의 관계가 한 번도 떨어진 적이 없었다. 그뿐인가, 갯벌은 거기 사는 수만 가지 갯것(갯벌 생명체)들의 터전일 뿐 아니라 그것들을 먹어야 날 수 있는 힘을 얻는 철새들의 낙원이기도 하다. 이 지구별을 근거로 살아가는, 숫자를 헤아릴 수 없을 정도로 다양한 철새들이 이 나라의 서해안 갯벌을 경유한다. 도요새의 경우, 그 뭉툭한 부리는 갯벌을 파헤치기 좋게 누천년에 걸쳐 진화해왔다. 그런데 우리 시대에 이 나라 갯벌 중에 가장 큰 새만금 갯벌을 죽이고 만 것이다. 삼보일배 도중에도 야간공사를 감행하면서 마지막 남은 4공구 방조제 공사가 날림으로 끝난 뒤, 갯마을 주민과 시민단체들이 소송을 걸자 대법원은 2006

년 3월 16일 "이유 없다"고 판결을 내림으로써 새만금사업에 면죄부를 주었다. 그때 한 신문의 사설은 "신은 아름다운 생명의 피륙을 선물했지만, 대한민국은 갈갈이 찢어 걸레로 쓰기로 했다"(《한겨레》, 2006년 3월 17일)고 탄식했다.

그보다 훨씬 전인 2000년 3월, 필자는 자연물에게 상을 드리는 방식으로 환경운동을 펼치던 환경단체 '풀꽃세상'에서 일하고 있었는데, 갯벌에 살고 있는 조개인 '백합'에게 풀꽃상을 드리면서, 다음과 같이 새만금사업을 비판했다. 아래는 제5회 풀꽃상의 상패 내용이다.

> 갯벌은 갯지렁이가 꼬물대고, 망둥어가 설쳐대고, 농게가 어기적거리고, 수백만 마리 찔룩이와 저어새가 끼룩거리는 생명의 땅입니다. 또한 해일과 태풍이 오기 전에 모든 생명체에게 재해의 예감을 느끼게 할 뿐 아니라 자연의 파괴력을 완화시키기도 하는, 은혜로운 땅입니다. 그러나 갯벌 가치에 대한 무지와 오판으로 인해 사라지게 될지도 모를 갯벌과 갯벌 생명체에 대한 심각한 우려를 금할 수 없습니다. 이에 우리는 '조개 중의 조개'라 불리는 백합에게 제5회 풀꽃상을 드리는 것으로 갯벌과 갯벌 생명체에 대한 말로 다할 수 없는 애정과 함께 그들이 영원토록 갯벌에서 살아가기를 바랍니다.
>
> —2000.3.26. 풀꽃세상을위한모임

새만금의 경우, 아직 갯벌을 살릴 기회는 있다. 지금이라도 방조제를 트면 된다. 그렇지만 새만금 방조제 공사이후, 세상의 흐름은 그나마 있던 나머지 갯벌마저 모두죽이고 있는 분위기다. 땅에 대한 몰이해와 회복할 길 없는 폭력이 지금 우리 사회를 뒤덮고 있다. 참으로 안타까운 일이다.

(2007년)

"행인들에게 피해를 줘서는 안 돼"

언제부터인가 우리 사회 도처에서 자신의 주장을 펼칠 때, 삼보일배라는 방식을 택하는 것을 볼 수 있다. 개인적 주장이나 사회적 공명을 원하는 주장을 할 때 삼보일배를 즐겨 채택하는 원인은 무엇일까. 자신의 주장이 관철되기를 원하면서 동시에 형언할 수 없는 고통을 담보로 내놓는 이 특별한 방식이 아마도 주장의 설득력을 강화할지도 모른다는 기대 때문인지도 모른다. 삼보일배는 언제부터 그토록 유명해졌을까. 아마도 지난해 초여름 전북 부안금 새만금 해창갯벌에서 서울시청까지 800리 길을 성직자 네 분이 삼보일배로 당도한 이후부터였을 것이다. 처음에는 환경운동하는 성직자들로부터 시작되었지만, 지금은 노동운동하는 사람이나 다른 단체들, 심지어 정치권에서도 삼보일배를 자기표현의 효과적인 무기로 사용하기에 이르렀다. 지난 선거에서는 어떤 국회의원이 냉담해진 사람들의 마음을 사로잡기 위한 최후 수단으로 삼보일배를 채택하기도 했다. 그래서인지 '삼보일배는 과연 만능인가?' 하는 질문까지 나오는 것을 보았다.

삼보일배는 본디 우리 불교문화 전통은 아니다. 불가佛家에 절을 통해 수행하는 여러 형태의 수행 방법과 기도 형식은 있지만, 길바닥에 몸을 던져 절하며 몸을 옮기는 일은 티베트의 민중적 기도 형식이다. 일생 중 한 차례, 카르마를 풀기 위해 카일라스 성산聖山을 향해 오체투지해 나아가는 티베탄들의 '일보일배'가 그것이다. 국내에서는 통도사에서 사찰 수련의 방식으로 삼보일배를 했다는 소리도 들리지만, 삼보일배가 산문山門 바깥의 시민운동 사회에서 확고한 사회의식과 시대정신을 거느리고 실시된 때는 2001년 5월 24일, 수경스님과 문규현 신부님 두 분에 의해 진행된 '명동성당-청와대'까지의 삼보일배가 처음이었다.

당시 필자는 환경단체 풀꽃세상의 실무자로서 제6회 풀꽃상을 실상사의 도법스님, 수경스님, 연관스님 세 분에게 드린 이래 특히 수경스님을 자주 뵙고 있던 터였다. 새만금 문제의 해법을 고심하던 수경스님께서 문규현 신부님과 단식도 하시고, 할 수 있는 가능한 노력을 다 기울이신 뒤에 얻은 결론은 '새만금 문제는 새만금만의 문제가 아니다'라는 것이었다. '새만금'을 포함한 우리 시대 반생명의 광기와 물신주의에 우리 모두 책임이 있다는 것이었다. 그러므로, 우리 모두 엎드려 참회하지 않으면 안 된다는 삼보일배 참회운동이 탄생한 것이다. 그런 배경의 진정성 때문에 지난해 삼보일배는 바라보는 많은 사람들로 하여금 깊은 생각에 젖게 만들었다고 본다.

당시 운동판의 첫 삼보일배를 감행한 수경스님과 문규현 신부님을 모시고 삼보일배라는 개념을 만든 인연으로 필자는 어쩌다, 그 후 삼보일배 이야기를 자발적이든 부탁을 받아서든 자주 하게 되었다. 필자는 삼보일배 이야기가 나오면 꼭 2001년 5월, 첫 삼보일배 때, 광교 네거리를 건너던 이야기를 하곤 한다. 첫 삼보일배는 많은 사람들의 주목을 받고 있지 못할 때였다. 그렇지만 삼보일배라는 자기표현 방식 자체가 처절과 참혹함의 극치였다는 점에서는 그해에도 마찬가지였다.

명동을 빠져나와 국민은행 본점을 거쳐 당시 조흥은행 앞, 광교 횡단보도를 건널 때였다. 당시에도 정상적으로 집회 신청을 한 상태라 삼보일배는 경찰의 보호를 받고 있기는 했다. 경찰은 느슨한 걸음걸이로 교통정리를 하고 있었다. 그런데, 수경스님께서 광교 네거리에서 갑자기 삼보일배의 속도를 마치 등에 불이라도 난 것처럼 급하게 당기시는 것이었다. 문 신부님 또한 마찬가지셨다. 뒤따르던 사람들은 일순 조금 당황했다.

"행인들이나 교통에 피해를 주면 안 돼!"

빠른 걸음으로 세 걸음을 걷고 급하게 한 차례 절하며 횡단보도를 건너시던 도중, 스님이 중얼거리셨다. 젖은 수건과 찬물 한 통을 옆구리에 낀 필자는 스님의 '뜨거운 머리'를 담당하게 된 처지였기에 그 목소리를 횡단보도 노상에서 또렷하게 들을 수 있었다.

필자에게 그 쉽고 짧은 한마디는 깊이 가슴을 찔렀다. 아무리 스스로 설정한 공익의 목적으로 대사회적 발언을 합법적인 보호 아래 수행하더라도, 지나가야 할 차와 건너야 할 행인들에게 피해를 주어서는 안 된다는 마음. 그 마음은 운동합네, 하고 세상에 더러 드러내는 투정과 불필요한 적대감과 설익은 특권의식을 일거에 돌아보게 만드는 일침이었다.

사람을 감동시키는 말은 본래 그렇게 쉬운 말일지도 모른다. 사람을 감동시키는 행위는 본래 그렇게 상식적이어야 하는지도 모른다. 어떤 목적으로 삼보일배를 하든, 삼보일배가 아니라 설사 혁명을 하더라도 그렇다.

"행인들에게 피해를 줘선 안 돼!"

이 말은 사회의 '좋은 변화'를 바라지 않는 사람들도 핑곗거리로 유용하게 쓸 수 있는 말이라 사실 조심스럽게 사용해야 할 말이긴 하다. 그렇지만, 운동하는 사람이든 조용히 자신의 분수를 지키려는 사람이든, 그때 스님이 하신 말씀과 서둘러 광교 네거리를 건너던 모습은 '한 인간의 태도'로서 오래오래 기억에 남는다.

(2004년)

나는 분노한다, 녹색성장을

시골 내 마당에는 거위 다섯 마리와 닭 열 마리가 돌아다'녔'다. 그뿐인가. 때 없이 마당에 내려앉는 '이름 모를 새'들과 서너댓 마리의 들고양이 가족, 그리고 밤이면 어김없이 마루창으로 찾아오는 손바닥만 한 황색 나방까지 합치면 내 마당은 나 말고도 무수한 생명체가 이용하고 있다. 닭들이 한가롭게 엉덩이를 흔들며 돌아다니다 바닥에서 무엇인가를 재빨리 집어먹는 것을 보면, 마당에는 닭의 눈에는 보이지만 내 눈에는 안 보이는 것들이 엄청나게 많이 살고 있다는 것을 짐작해야 한다. 그러니 '내 마당'이라 말한다는 것은 사람들끼리의 화법으로서는 맞는 말일지 모르지만, 기실은 틀린 말이다. 그곳은 거위와 닭들과 들고양이, 산새들과 나방의 마당이며, 거미가 줄을 치는 공간이기도 하고, 지렁이가 꼬물거리고, 풍뎅이가 알을 낳는 곳이기도 하다. 마당에 개울의 물을 끌어들였더니 물고기마저 흘러가거나 잠시 머무니 내 마당은 집짐승, 들짐승, 날짐승, 곤충들, 물에 사는 것들의 공유지이다. 자주는 아니지만, 개울가로는 고구마밭에 볼일이 있는 멧돼지도 지

170

나가고, 눈이 오면 고라니 발자국도 찍힌다.

　내 비록 주중週中이긴 하지만, 시골 생활을 시작한 것이 벌써 7년째다. 처음 한두 해는 시골 생활이 참으로 힘들었다. 해도해도 일이 끝이 안 보였다. 계절이 어떻게 지나가는지 느낄 겨를도 없이 일에 치여 쩔쩔맸다. 베고 돌아다보면 다시 고개를 쳐드는 무서운 풀과 상대해야 했고, 급하게 지은 집은 늘 문제를 일으켰기에 끝없이 수리를 해야 했고, 장작을 사지 않기로 결심했으므로 연중 들과 산에서 땔감을 준비해야 했고, 장마가 오기 전에는 개울의 하상을 낮춰야 했고, 마늘 농사 때문에 추수가 끝나면 볏짚을 구해야 했고, 겨울이면 눈을 쳐야 했다. 시시콜콜하게 밝히기 곤란하지만, 순전히 내 무능력 때문에 치러야 했던 일들도 숱했다. 전기톱날이 엄지와 검지 사이를 스쳐 지나가 피를 뚝뚝 흘리며 시내 병원까지 가 꿰맨 적도 있었고, 양파를 포장했던 엉성한 주황색 그물을 뒤집어쓰고 말벌집을 따는 소동도 있었고, 매년 뱀으로 인한 긴장감 속에서 살아야 했다.

　다시 닭 이야기로 돌아가자. 그런데, 지금 내 닭은 아홉 마리다. 뒷산을 터전으로 살고 있는 야생 백구 두 마리가 있는데, 며칠 전 그 녀석들이 마당에 침입해 한 마리를 물고 간 것이다. 처음에 물고 갈 때 나는 현장을 놓쳤다. 그러나 생닭 맛을 본 집채만 한 개들이 다시 내 마당에 침입했을 때는 바로 걸렸다. 닭들이 미친 듯이 꼬꼬댁거리자 나는 맨발로 튀어나가 잡히는 대로 물바가지를 꼬나 잡고 벽력같이 소리를 질렀다. 이미 한 놈의 입에는 내 암탉 한 마리가 물려 있었다. 물바가지를 던졌고, 그것도 모자라 장돌을 집어던졌다. 던지고 또 던졌더니, 물고 있던 닭을 놓아버리곤 산속으로 줄행랑을 쳤다. 개의 송곳니에서 풀려난 닭은 절뚝거리며 내가 서 있던 쪽으로 미친 듯이 달려왔다. 그 광경을 나는 잊지 못한다. 내가 자신을 구했다는 것을 내 암탉은 느끼고 있었던 것이다. 닭은 무사히 돌아왔지만 창고 그늘에 앉아 오래도록 할딱거렸다. 등판의 털이 벗겨진 틈새로 피가 배어나온 허연 살이 보였다. 마침, 얼마 전 마당에 널브러져 있던 폐목들을 태우다가 발바닥에 녹슨 못이 박혔을 때 쓰고 남은 소독약이 있었기에 녀석의 등판에 부었다. 그러곤 '후시딘'이었는지 '마데카솔'이었는지 외상연고를 급하게 찾아 치약 짜듯이 짜 암탉의 등판에 처발랐다. 녀석은 살고 싶었는지 등판을 내게 맡기고 얌전하게 치료에 응했다. 내 엉터리 치료가 끝나고도 상처받은 암탉은 이틀이나 앉았던 자리에서 꼼짝 않고 몸을 추슬렀다. 아무 때나 암탉의 등판에 오르는 장닭이 다친 녀석의 등판에도 올라탈까봐 염려스러웠지만, 장닭 역시 암탉의 고독한 치유기를 봐주는 눈치였다.

뒷산의 야생 개들이 내 마당에 침입한 이후, 나는 더 이상 닭들을 풀어놓지 못한다. 언제 또다시 산중 백구들이 나타날지 모르기 때문이다. 이제 내 마당의 평화는 깨져버

172

린 셈이다. 마을 사람들은 나더러 이참에 그 들개들을 잡아달라고 주문했다. 하지만 내 무슨 재간으로 들개들을 처치할 수 있을까? 자주 민폐를 끼쳐 마을 사람 모두에게 비난을 받는 그 백구들도 처음부터 야생은 아니었다. 어느 해 복날 개를 잡아먹으려고 끌고 온 자들로부터 죽을힘을 다해 탈출해 야생 들개가 되었다는 것을 마을 사람들 모두 알고 있다. 칸트의 《영구평화론》에 나오는 이야기였던 것으로 기억하는데, 평화는 자연상태가 아닌 게 틀림없다. 자연상태는 사실 늘 전쟁 중이다.

그러나 이 개인적이고 한가로운 전쟁보다 더 근심스럽고 심각한 것은 내 나라에서 벌어지는 '녹색' 사기극이다. 뒷산의 들개들이야 내가 감당할 수 있을 만큼의 근심거리에 속하지만, '녹색성장의 아버지'가 벌이고 있는 국토 유린과 거기 갖다 붙이는 '녹색'으로 회칠한 어불성설은 참으로 견디기 힘들다.

얼마 전 시화호 조력발전소 기공식 때 '이 아버지'는 또 '녹색성장' 이야기를 하셨다. 세계 5대 갯벌에 속하는 서해안 갯벌을 다 죽이는 시화호 조력발전소 건설은 진짜 녹색을 생각하는 이라면 달려들 수 없는 반환경적 사업이다. 집권 이후 마치 신명神命이라도 받은 듯이 '4대강 죽이기'에 몰두했던 집념만으로는 도무지 성이 차지 않는지 이 아버지는 전력 생산이라는 미명을 앞세워 2017년까지 3조 9,000억짜리 토목사업을 또 시작했다. 이 아버지의 신민臣

民들은 다른 일에도 그랬듯이 "전력 생산한다니 그러는가 보다", 하고 마냥 물끄러미 바라만 보고 있다.

나는 이 아버지가 벌이고 계신 일들을 국가의 이름으로 자행하는 범죄라고 생각한다. 집권 내내 내 나라는 이 초법적 폭거를 말리지 못했다. 겨우 30퍼센트대 지지율로 선출된 권력이 이 나라 산천과 우리 삶에 끼치고 있는 전대미문의 야만적 개발 광풍은 '민주주의'라는 이름으로 안전하게 보호받고 있다. '왕정이냐 민주정이냐?'라는 해묵은 주제를 이 정권 들어서보다 더 골똘히 생각해본 적도 없었던 것 같다.

'녹색성장'이라는 개념은 마치 2007년 러시아가 개발한 핵폭탄급 신형 폭탄에 그것이 원자폭탄이 아니어서 방사능을 배출하지 않는다는 이유로 러시아 합참 차장이 '친환경폭탄'이라고 이름 붙인 것만큼이나 어불성설이고 형용모순의 극치다. '녹색'은 이미 우리가 누리고 있는 것만으로도 족하다는 겸손의 세계관이고, '성장'은 이 세계를 아직 개발되지 않는 무궁무진한 자원으로 간주하는 반생태적, 공격적 세계관이다. 대립하는 두 세계관을 한데 묶어 자신이 세계로부터 추앙받는 '녹색성장의 아버지'라고 자임하는 이 사람은 시대가 허락한 확신범이거나 오매불망 토목사업에 눈먼 중증 환자이거나, 둘 중의 하나이다.

'녹색성장'이라는 말장난은 이어 '공생발전'으로 연결되었다. 공생발전을 피력하는 앞부분만 들으면 마치 근본

생태론자의 강연을 듣는 것 같았다. 그러나 뒷부분까지 다 들어보면, 공생발전의 이름으로 '원전 르네상스'를 꽃피우겠다는 결의로 이어지니 이것 역시 개념의 도착倒錯으로 판명되고 말았다. 누구의 입김인지 요즘은 '생태계'라는 말도 자주 입에 올리신다. 벌린 입이 다물어지지 않는다. 어쨌거나 공생발전의 이름으로 수백 년 지켜오던 국가 보호림 가리왕산 2,400헥타르는 단 2주 동안의 올림픽 축제를 위해 활강경기장이 될 것이고, 시작은 있으나 천문학적인 준설 경비로 공사의 끝이 보이지 않는 4대강사업은 회복 불능의 재앙이 될 것이다.

'후쿠시마'는 처음에는 편서풍 타령으로 극구 막아내더니 나중에는 자연상태에서도 방사선에 쐬인다는 얼치기 과학의 이름으로 생명 가진 이들의 마땅한 불안을 봉인해버렸다. 핵산업으로 먹고사는 핵마피아들과 주류 언론은 '앞으로도 전력을 많이 쓸 것이니 핵발전소 증설은 피할 수 없다'는 담론으로 후쿠시마 여론 죽이기에 안간힘을 썼고, 성공했다. 불안해하고 깊은 우려 속에서 다른 길을 모색할 권리가 봉쇄된 것이다. 제4세대 기술이니 어쩌구 하면서 원전 기술을 개발하고 원전 증설을 강행하는 자들과 그것을 관리 감독, 감시하는 자들이 같은 통속인 나라는 일본과 우리나라뿐인데, 일본이 터졌으니 이치로 볼 때 다음 사고는 한반도이기 쉽다. 하지만 핵산업으로 호의호식하는 이 '나쁜 자식들'은 '후쿠시마가 한국이 원전 강국이 될 기회다'라고 호언하고 있다. 이럴 수가 없다.

이것이 내 나라의 권력자들이 이 나라를 운영하는 방식이다. 그들보다 더 끔찍한 것은 '탈핵'의 기회가 왔건만 바로 보기 힘들어하는 우리 시대 대중들의 무관심이고, 책 읽은 자들의 한심한 음풍농월이다.

나는 내 닭을 공격하는 뒷산의 들개들보다 녹색성장과 공생발전, 그리고 후쿠시마 이후에도 끄떡없는 내 이웃들의 태평함이 더 무섭다.

(2011년)

3

인생은 슬프지만 아름답다

불량청소년과 문학

십대 후반, 나는 이른바 불량청소년이었다. 인구 5~6만의 빤하디빤한 지방 소도시의 길고도 긴 밤시간, 아지트였던 양복점의 미닫이 출입문을 조금 열고 나팔바지 달달 떨며 행길에 가래침 찍찍 뱉다가, 간혹 건수 생기면 자전거 체인 들고 텅 빈 공설운동장으로 달려가 다리 건너 불량청소년들과 패싸움이나 해대곤 했다. 하지만 그 짓도 매일 되풀이되는 일이 아니어서 어느 날 하도 심심해 책상 앞에 엎드려 아무도 몰래 단편소설이라는 것을 써보았다. '아무도 몰래'라고 말하는 까닭은 그딴 짓을 하는 것을 친구들이 알면 코피 철철 흘리며 오랜 시간 내가 쌓아온 불량청소년으로서의 내 찬란한 이력에 손상이 갈 것 같아서였다. 마르케스는 "왜 쓰느냐?"는 우문에 "친구들을 즐겁게 해주기 위해 쓴다"라고 말했다는데, 나는 친구들이 알면 쪼다라고 여길 것만 같아 불안에 떨며 돼먹지 않은 습작을 했던 것이다. 문학과 친구들에 대한 오해였다. 더 나아가서는 나 자신에 대한 오해였다.

아마도 그즈음이었을 것이다. 묵은 《사상계》에서 해외

문학 리뷰를 만났다. 1960년대 후반, 이미 폐간되어 도서관에서나 만날 수 있었던 그 낡은 잡지에서 남아프리카의 한 흑인 작가가 말했다. "나는 이 세계를 이해하기 위해 작가가 되었다"라고. 나중에 그 잡지의 흑인 작가가 누구였는가, 곰곰 생각해보니 아마 프란츠 파농이 아니었던가 싶다. 그가 아니어도 상관없는 일이긴 하다. 세계를 이해하기 위해 소년이 할 여러 짓들로서 가출과 출가라는 게 있는 줄은 알았지만, '작가가 된다'는 이야기는 처음 들었다. 그 한마디 대수롭지 않은 말은 소년에게 조금은 충격적이었다. 이미 학교에 적은 두고 있었지만 일찌감치 학교 공부를 접은 시골의 한 불량청소년이 품고 있던 세계에 대한 영문 모를 갈증의 해갈책으로서 그 말이 육박해왔고, 얼마간 나는 다른 문학도들이 그랬듯이 몸살을 앓았다. 이십대 초반, 지방신문 신춘문예에 단편소설이 당선될 때까지, 그러고도 한 10년쯤은 정말 그런 것 같기도 했다. 문학으로만 세상을 읽었다. 하지만 이 세계를 이해하기 위해서는 참으로 여러 가지 '길'이 있다는 것을 알게 된 지금, 나는 그렇게 생각지 않는다. 누군가의 표현대로, 문학은 세상의 여러 골목 중의 하나일 뿐이었다.

글쟁이들보다는 글판 바깥의 친구들이 더 좋았다. 글쟁이들을 만나면 재능이라기보다는 보잘것없는 성과를 서로 견주고, 내가 보기에는 대수롭지 않은 일들을 화제로 삼아 서로 적당히 깔보는 것 같았다. 커다란 상금과 문학상을 받은 한 선배는 시상식 날 밤 술자리에서, "이제 니네들하고는 레벨이 달라졌지!"라고 말하는 것도 들었다. 발설하고 싶어 꾹 참았던 속내를 드러내놓고 그가 아직 술이 덜 취했는지 얼른 사과하기는 했지만, 그 당황한 얼굴은 매우 인상적이었다. "문학에는 일등만 있다"라는 말을 자주 하던, 같이 상을 받은 건너편의 한 시인이 보인 추태도 마찬가지였다. 나는 그 문학지상주의자들이 품고 있던 욕망과 속(俗)스러운 한풀이의 내용물을 아주 잘 느낄 수 있었다.

나는 그런 방식으로 말하는 글판 친구들이 싫었다. 그래서 글판과 거리가 먼 친구들과 어울려 놀았다. 생각해보니 이십대에는 노동판이나 감옥에 자주 들락거리던 친구들, 삼십대에는 8,000미터급 설산을 타는 산꾼들과 어울려 놀았다. 그러다 사십대에는 환경운동판의 친구들과 어울려 놀기 시작했다. 글판의 친구들보다 이들이 훨씬 삶에 닿아 있었고, 정직했다고 떠올리게 된다.

책 읽기도 그랬다. 카프카가 소설보다 전기를 더 좋아하고 읽었다듯이 나도 소설보다는 엉뚱한 책들이 더 좋았다. 소년 때의 감동을 잃어버린 모양이다. 이십대 때에 내가 읽던 소설은 이른바, '70년대 작가들'이었다. 그 이후, 우리 작품들을 그때처럼 읽었던 적이 별로 없었다. 우연찮게 얼마간, 작가가 되려는 학생들도 만났었으므로 한두 마디 떠들어야 하는 '공부'로는 읽었지만, 작정하고 읽었던 책이 별로 떠오르지 않는다. 문학이 사회를 극명하게 반영하던 시대였던 70년대 작가군들은 그토록 휘황찬란했고, 무성한 삼림이었다. 예를 들어, 삼중당 문고판 《삼포 가는 길》은 마치 '카프카'를 아끼듯, 아끼던 책이었다. '조세희'는 지금도 그 삶이나 작품이 여전히 하나의 지침이다.

많이 놀았으므로, 이제는 '친구들'에게 칭찬받기 위해서라도 글을 쓰고 싶다. 놀되, '작가'라는 의식을 지니고 놀게 만들어주었던 70년대 선배 작가들에게 진 마음의 빚을 조금이라도 갚고 싶은 것도 사실이다.

(2003년)

나를 만든 것은 고향의 '어른들'이었다

나는 '강릉시 임당동 109번지'에서 나서 자랐다. 대문에서 왼편으로 고개를 돌리면 옥천동 땅이었고, 옥천동 땅은 포남동 땅으로 이어진다. 어른들은 '남전 아래 철둑 밑'이라고 그 장소를 설명했다. '남전'이란 한국전력을 뜻한다. 왜 '한전'을 '남전'이라 명칭했는지 모르겠다.

고향은 내게 어떤 의미로 육박해오는가. 누구나 그렇겠지만 사람은 고향에서 형성된다. 고향이 내게 가르쳐준 것은 어떤 상황에서든 사람은 '사람답게 살아야 한다'는 것이었다.

전쟁이 휴전으로 돌입한 지 몇 해 뒤에 태어났으니 내 의식이 형성되던 때는 1950년대 말, 1960년대 초반이었다. 사람들은 가난했지만, 늘 웃고 있었다. 보릿고개 어쩌구 하면서 그 시절을 타개했어야 할 고약한 시간으로 회상하지만, 내 기억의 1960년대 초는 꼭 궁핍의 세월만은 아니었다. 가난해도 모두 고르게 가난했기 때문에 사람과 사람 사이에 불화와 지나친 경쟁은 없었다. 마을에서나 시장에서나 사람들은 늘 밝은 얼굴이었고, 생기에 넘쳤던 것으로 기억한다. 일제 때부터 요지부동인 소문난 부자 '최부자', 그리고 극장이나 목재소나 산판을 갖고 있는 일부를 뺀 대부분의 사람들은 고르게 가난했고, 그랬기 때문에 서로 악다구니로 쌈박질하고, 눈에 쌍심지를 켤 일이 없었던 것 같다. 생존을 위한 어른들의 고투에 대해 속속들이 알 수 없는 아이의 눈으로 보기엔 그렇게 느껴졌다.

우리 집에서 철둑을 따라 조금만 걸으면 수령 500년이 넘었다는 은행나무와 근처의 보진당葆眞堂이 나타나고 거기를 지나면 중앙시장이 나왔다. 16세기 때 어떤 문중에서 지은 그 별당을 우리는 'ㄴ' 자를 빼고 불렀다. 중앙시장은 그때도 지금 못지않게 붐볐다. '이까'(오징어)나 도루묵, '얭미리'(양미리)를 가득 싣고 가는 '리야까'(리어카)에서는 생선들이 철석철석 바닥에 떨어졌다. 지나가던 사람들이 아무렇지도 않은 천역덕스러운 얼굴로 길바닥의 생선을 한두 마리쯤 주웠다. 지금처럼 오염되지도 않았고, 난류가 밀려오지도 않은 동해는 동해안 사람들을 충분히 '멕'이고도 남을 만큼 넉넉한 제철의 어물들을 선사했다. 입고 있는 옷들은 남루했고, 더러 아주 힘든 사람들은 어떤 흉년에 모주('술찌개미'라고도 불렀다)를 먹기도 했다. 그렇지만 그런 해는 아주 가끔이었다. 모두들 열심히 일했고, 어른들이 서너 명만 모이면 웃음소리가 끊이지 않았던 것 같다. 시내 한가운데에서 자란 내게 어렸을 적의 고향 풍경, 특히 어른들의 풍경은 그랬다.

강릉의 자연 풍광으로 말할라치면 지금도 그렇게 생각하지만, 온 세상 어디에도 이렇게 아름다운 곳은 없을 것이다. 자꾸 멀쩡한 것들을 허물고, 그저 높이 세우고, 흐르는 물길을 막고, 불필요한 댐을 짓고, 말 없는 자연을 난도질해대서 그렇지, 천혜의 자연 풍광은 나이 들어 적잖은 나라를 돌아'댕'겼지만 강릉만 한 데가 많지 않았다. 바다나 거기 언저리 솔밭에 부는 솔바람이나, 대관령의 노을이나 은어떼가 놀고 자라가 잡히던 맑은 남대천, 진달래 개나리 흐드러지게 피던 화부산, 그런 자연이 '한 사람'을 만든 것도 부인할 수 없는 사실이지만, 아무래도 한 아이를 '사람'으로 형성시키는 것은 어른들이 만든 토착문화라 할 수 있다. 어른들은 자주 말했다. "하늘 무서운 줄 알아야 한다"고. "그건 사람의 경우가 아니다"라고. 유독 그때 많이 들은 말이 '하늘'과 '경우'였다. 경우라는 말은 이때 '도리' 혹은 사회적 규범이라는 뜻이다. 어쩌다 못된 놈을 비난할 때 동원되던 말도 "겡우도 없는 자식 같으니라구"였다. 마을에는 윗사람이 있었고, 노인들과 아이들이 존중받았다. 생각해보면 난리가 멈춘 지 몇 해밖에 안 되었는데도 어른들이 '하늘'과 '사람의 도리'를 일상생활 속에서 그토록 굳건하게 강조한 것은 거의 불가사의한 일로 느껴진다.

이윽고 한 사람이 주도했던 무섭고 놀라운 개발시대를 맞이해 이제는 그때와는 비교할 수 없을 만큼 잘살게 되었다. 많이 생산하고, 많이 버리며 살게 되었다. 그러면서도 언제나 나보다 더 가진 놈들 때문에 울화가 치민다. 웃음은 사라졌고, 전에 없던 병도 많이 생겼다. 먹을거리는 믿을 수 없게 되었고, 자식새끼들의 미래는 왠지 더 고달플 것만 같다. 장마도 사라졌고, 논이 무너지고, 철길이 끊어지고, 산사태도 자주 발생한다. 잡히던 고기도 안 잡히고, 미래는 누구한테 물어도 그리 밝지 않다. 이게 어떻게 된 일인가?

전쟁도 앗아가지 못했던 그 가난했던 시절의 사람살이를 받쳐주던 정신적 힘은 어디로 사라졌단 말인가. 정녕 자본의 힘이 총칼의 힘보다 정말 더 '빡시단' 말인가?

우리가 취하고 나아가야 할 길은 자연을 파괴하고 인간성을 잃으면서까지 이룩해야 할 건설과 개발의 길이 아니다. 그 길은 부자를 더 부자로 만들고, 우리 서민들을 더 핍진하게 만들 그런 길이다. 비슷하게 살고, 자연에 대해 존경심을 회복하고, '하늘'을 어려워하고 사람과 사람 사이에서는 '경우'가 흐르도록 해야 한다. 그런 노력이 아닌 모든 헛된 노력은 우리를 정말 가난하게 만들 것이다.

(2003년)

말향고래와 멸치떼

죽은 자에게는 죽음이라는 질문이 산 사람의 언어로 답할 수 없는 일이기 때문에, 또한 죽은 자에게는 죽음이라는 문제가 이미 아무 문제도 되지 않기 때문에, 죽음의 문제는 언제나 산 사람의 문제다. 그리고 그 죽음이라는 것도 언제나 '내 죽음'이 문제다. 뉴스에 나오는 죽음, 평전에 나오는 죽음, 먼 나라의 전장戰場에서 죽은 자의 죽음은 내 죽음은 아니다. 《사기》에 나오는 죽음도, 《플루타르크 영웅전》에 나오는 죽음도, 인디언 멸망사 《나를 운디드니에 묻어주오》에 나오는 죽음도 내 죽음은 아닌 것이다. 추석이나 설 명절마다 고속도로에서 규칙적으로 일정량의 사람들이 죽는 일 또한 내 죽음이 아니기 때문에 내게 영향을 미치지 않는다. 그 죽음들은 '흐르는 죽음'이라 해둬도 될 것이다. 에이즈나 사스로 죽은 사람이라고 해도 그렇다. 지하철 참사라 해도 사실은 그렇다. 하지만 그때 죽은 사람들이 내 부모 형제이거나 친구이거나 옛 애인이었을 때는 상황이 달라지긴 한다. 그리움으로, 회한으로, 혹은 내가 아직 살아 있다는 확인으로 '아는 사람들'의 죽음은 우리들 일상을 무겁게 내리누를 것이다.

내게도 그런 체험이 있다.

1993년 언저리에 나는 누님과 세 형님 중의 한 형님을 잃었다. 우리 집안을 일찍부터 아는 사람들은 '줄초상'이 났다고 표현했다. 아버님 산소 제단 아래 팔뚝만 한 굵기의 뱀이 허물을 벗어놓고 사라진 때도 그즈음이었다. 한해 상간에 생때같은 자식을 둘이나 잃은 어머님은 일찍 세상을 떠난 남편의 묘에서 발견한 커다란 뱀의 허물을 어떻게 이해해야 할지 몰라 아랫입술을 깨무셨을 것이다. 올해 86세인 어머님은 그때 태어난 이 땅의 어른들이 그런 일에 맞닥뜨렸을 때 대개 그러하듯이 고향의 용한 점쟁이를 찾았다. 그것은 아주 자연스러운 일이 아닐 수 없다. 어머니가 정신과 의사를 찾을 수는 없는 일, 어머니 세대에게 향리鄉里의 용한 점쟁이는 신탁神託일 수밖에 없다. 어머니는 자식을 둘이나 잃었던 그해, 점쟁이가 뱀의 허물을 어떻게 해석했는지 끝내 밝히지 않았다.

죽은 누님과 형님은 형제들 중에서 내가 가장 여유 있는 살림살이가 아니었건만, 동생인 나의 집을 거쳐 중환자실로 들어갔고, 중환자실에서 일반 병실로 잠시 이동된 후 죽음을 맞이했다. 그들은 가난하게 살았다. 아홉 형제 중에서 그들은 본인 탓이든 세월 탓이든 공부도 많이 하지 못했다. 둘 다 안간힘을 쓰며 살았다. 공교롭게도 둘 다 당뇨병이 있었다. 삶이, 가파른 한국사회의 삶이 그들을 사십대 중반, 사십대 초반에 병들어 먼저 세상을 떠나게 했던 것이다. 당뇨는 천천히 진행되었고, 삶은 그들을 당뇨 치료를 하도록 허락하지 않아 합병증으로 번지게 만들었고, 두 사람 다 나중에는 극도로 고통스러워하다가 세상을 떠났다. 누님이 살았을 때 매형이었던 사람은 누님이 돌아가시자 애곡哀哭하다가 타인의 자리로 조용히 물러갔다. 둘째 형수님 또한 마찬가지였다. 고인들 다 자식이 없었다. 그래서 집안에서는 그들과 한때 짝을 이뤘던 사람들이 조용히, 천천히 우리 집안에서 사라진 일을 자연스럽게 받아들였다.

"엄마, 그래 점쟁이가 뭐라 그러던가?"

뱀의 허물이 아버님 산소에서 발견된 얼마 후에 어머니에게 물었다.

"그거 알아 뭐하게!"

어머니가 낮은 목소리로 퉁명스럽게 대답했다.

그때 나는 고향의 오래된 이웃들이 우리 집안의 좋지 않은 소식을 '줄초상' 운운하는 소리로 요약하고 있는 것을 알고 있던 터였다. 타인의 불행에 사람들은 위로의 형식으로 다시금 상처 입은 사람들의 마음에 못을 박는 일이 종종 있다. 가장 최상의 위로는 아무 말도 하지 않는 것이라는 것을 아는 사람들은 많지 않다. 아무 말도 하지 않거나, 유가儒家에서 가르치는 형식적인 말이라면 괜찮다. 하지만, 안타까워하는 얼굴로 혀를 차면서 위로의 주석을 붙이는 순간, 그 속에는 산 사람의 한시적 우월감과 "당신들의 불행이 내 불행은 아니다"라는 차가운 거리감이 스며들게 된다. 초상을 당한 뒤, 자주 안 보던 사람이 잘 차려입고 나타나는 일도 위로를 위해서가 아닌 경우가 많다.

'줄초상'이라는 단어를 듣는 순간, 나는 중얼거렸다.

'만약 이 집안의 불행이 좀 더 계속되어야 한다면 그다음은 내 차례이기를……'

하지만 종교가 없는 나는 누구에게 그 말을 빌어야 할지 몰랐다. 그래서 내뱉듯이 중얼거렸다. 하늘을 우러러 내뱉지는 않았지만, 나는 실제 그런 심경이었다. '씨발, 또 이런 일이 터져야 한다면 죽음인지 나발인지 나한테 와라!' 그런 심사가 되어 있었다. 《모비 딕》의 에이허브 선장 같은 등급의 반발감이었을까. 산다는 일이 대단한 일이 아니라는 시건방진 허무감 때문이었을지도 모른다. 가난했고 불행했던 두 형제를 잃고 난 뒤, 말하자면 나는 "올 테면 와라", 하는 심정이 들 만큼 황량해졌다. 그런 내 심사와 관계없이 1990년대 초반 우리 집안을 엄습했던 죽음의 행진은 두 명의 형제를 앗아가는 것으로 일단 멈췄다. 나는 가난하고 불행하게 살았던 내 형제들 두 사람이 그들의 고달팠던 삶보다 어쩌면 더 평안한 곳으로 갔다고 생각한다. 그들에게 삶이란 행복해질 수 있는 기회를 포착하는 법을 배우지 못한 피곤하고 험하고 드센 격전장이 아니었을까 싶다. 그들 많이 배우지 못하고, 그랬기 때문에 삶의 한 변방에서 안간힘 하며 단지 살아내기 위해 애썼던, 평범하기만 했던 소시민들이 품었던 소망이 얼마나 단순하고 소박했을까, 그 생각을 하면 인생은 여지없이 쓸쓸한 일이라는 생각이 든다.

누님이 중환자실에 있을 때였다.

고통이 극에 찼을 때, 그녀가 한때 교회에 다녔던 적이 있었기 때문에 누군가 "목사님을 불러주랴?"고 물었다.

그때 코나 입에 잔뜩 호스를 물고 있었기 때문에 말을 할 수 없었던 누님은 단호한 기세로 '아니, 필요 없다'고 고개를 저었다. 나는 그런 누님을 잊을 수가 없다. 누님은 죽음을 예감하고 있었지만, 직업적 종교인의 어설픈 위안을 거절했던 것이다. 누님은 당당히 이 고통이 어서 끝나기를 기다리는 것 같았다. 나는 그런 누님이 이 세상의 어떤 위인보다 더 당당하게 느껴졌다. 어쩌면 누님은 죽음 직전에 신을 찾는 일이 신에 대한 실례이거나 염치없는 짓이라고 느꼈는지도 모른다. '어서 이 참을 수 없는 고통을 마감하고 내 힘으로 죽음을 맞이하리라', 누님이 목사님이 필요 없다는 뜻으로 짧게 고개를 가로저었을 때, 나는 누님의 심사를 그렇게 읽었다. 그런 누님의 고독한 결단에 동감하되 누님이 곧 갈 길에 동행할 수 없는 멀쩡한 처지여서 나는 괴로웠고, 그 괴로움 때문에 병원 복도 끝 창문 난간에 머리를 오래도록 기대고 흐느꼈던 기억이 있다. 하지만 나는 목사님의 위로를 거절한 누님을 지금도 자랑스럽게 생각한다. 비록 가난하게 살았지만, 누님은 자존심이 있었던 것 같다. 어떤 자존심이었을까. 누님은 삶에 대해서나, 죽음에 대해서나, 신에 대해서나, 인간에 대해서나 품위 있게 대응했다고 생각한다. 죽음이 '무無를 향해 열린 문'이 아니라, 그것이 영적 차원이든 부활을 통해 재생된 물리적 공간 개념이든 만약 천국이 있다면, 그 천국에는 내 누이와 둘째 형님처럼 살아생전에 비참하게 살았고, 이 세상에 아무것도 남기지 못했던 평범한 사람들이 제일 대접받으리라고 생각한다. 만약 천국이라는 위안처가 그런 사람들로 채워지지 않는다면, 천국이나 극락이란 도대체 무슨 소용이 있을까, 그게 여전한 내 생각이다.

티베트인들은 '삶이란 태어남과 죽음 사이에서 끊임없이 출렁거리는 파도일 뿐이다'라고 본다. 또한 티베트인들은 출렁이는 파도를 우리가 정직하게 응시한다면, 누구나 허공에 붕 뜬 상태로 애매모호하게 삶을 영위하고 있음을 알 수 있을 것이라고 말하기도 한다. 우리 마음이 쉴 새 없이 혼란과 명료함 사이를 오락가락한다는 이야기다. 나는 '출렁거리는 파도'라는 말에 특히 동감한다. 그 말은 바다에서 자란 내게 상당한 실감으로 육박해온다. 파도를 바라본 사람들은 안다. 끝없이 밀려오는 파도와 그 포말들이 눈부시도록 아름답지만, 얼마나 덧없이 사라지는가를. 흐린 날의 파도도 있고, 갠 날의 파도도 있다. 파도와 포말은 그럴 때마다 빛깔이 달라진다. 여러 삶들도 그렇게 설명할 수 있을까, 모르겠다.

죽음에 대한 질문은 어쩔 수 없이 삶에 대한 질문일 수밖에 없다. 공자도 그 비슷한 이야기를 한 것으로 안다. "죽음의 일을 내가 어찌 알겠는가?" 사실 성경에도 그런 구절이 보인다. "죽은 자의 일은 죽은 자에게 맡기고", 그 비슷한 말 말이다.

나는 죽음 이후의 일을 모른다. 아직 경험해보지 않았기 때문이다. 그래서 나는 죽음이라는 주제가 삶에 도움이되는 것 같지만, 그래서 자주 '미구에 틀림없이 닥칠 죽음을 생각하라'고 자주 요구받고 있지만, 실은 그리 실용적인주제가 아니라고 생각한다.

죽음이란 무엇일까.

모든 고등종교는 죽음과 관련해 여러 장치를 마련해놓았다. 그래서 종교학은 죽음학이라 할 수도 있다. 논리적으로, 때로는 질문하면 안 되는 도그마로 오래된 종교들이마련해놓은 여러 장치들은 오늘도 성역 같은 위용을 과시한다. 구원설이 있고, 윤회설이 있는 모양이다. 이상하게도그런 설들이 나를 한 번도 흔들었던 적은 없었다. 구원은'여기 이곳'에서 일어나지 않으면 안 된다는 게 내 변함없는 강박증이다. 천국이나 내세를 나는 공간적인 장소로 생각할 수가 없다. 여기 이승의 몸이 사후에 그대로 어느 곳으로 이동된다는 것을 나는 상상할 수 없기 때문이다. 상상 너머에 있는 믿음의 문제에 대해서 냉소적인 나는 영혼이라는 말도 자주 사용하지 않는 말 중의 하나이다. 나는 그저 '영혼'이라는 말을 물리적인 폭력에도 굴하지 않는 혼백의 힘 정도로 이해한다. 사후에 처리된 몸은 태우면 재가 될 것이고, 묻으면 흙의 일부가 될 것인데, 그러면 밥을 똥으로 만들던 내 위장과 대장, 누가 꼬집으면 "아야!", 하고 소리치던 신경조직, 달리 말해 내 몸과 분리될 수 없는 본능도 사라질 것이다. 내가 없는데 영혼은 어디 있을 것이며, 나 없는 영생은 또 무슨 난데없는 선물일까? 그러니 종교적 믿음이 없는 내가 할 말은 아니지만, 기독교에서 말하는 '부활'이 내게는 약속일 수가 없을 것이다. 고대 중국의 사생관을 설명하는 음양설에도 '생-사-재생'의 영원한 순환론이 있었다는 것은 그 공통점에서 어쨌든 놀라운 일이 아닐 수 없다. 잘 알지 못하는 일에는 침묵해야 하는 게 옳다고 본다. 그게 모르는 영역에 대한 예의일 것이다.

　나는 다만 신성이 배제된 '인간 예수'를 거의 매일 생각할 따름이다. 내가 좋아하는 그분 말씀은 "진리가 너희를 자유케 하리라"라는 말이다. 그다음으로 좋아하는 말은 "너희에게 겨자씨만 한 믿음만 있다면 산을 옮기리라", 그 비슷한 말씀이다. 진리를 선택할 수 있는 인간의 능력에 대해 그분은 격려하셨고, 인간의 나약함을 그분은 안타까워하신 것 같다. 성전 앞 장사치들에게 진노했던 그분이 가장 강조했던 게 '율법의 완성'이 아니라 '믿음 사랑 소망'이었고, 그중에서도 '사랑'이었다는 것은 생각하면 할수록 감동적이다. 그래서 그분을 사랑하는 분들이 할 일은 사랑의 실천으로 말미암은 구원이 '바로 지금 여기'에서 가능해지도록 애쓸 일이라고 생각한다. 그분이 하신 말씀을 나는 그렇게 받아들일 뿐이다. 사랑하기 위해, 사랑의 실현 때문에 그 장애물들과 싸우는 일이 그분에 대한 존경을 유지하는 일이라고 생각한다.

윤회는 전생의 나를 현생의 내가 기억하지 못하고 있는 한, 다음 생의 '그'와 '오늘의 나'와 아무런 관계가 없다는 게 내 기본적인 의심이다. '착한 일을 하면 좋다'라는 뜻 이상으로 윤회설이 나를 흔든 적은 없었다. 더욱이 불가에서 업보를 이야기하면서 잘못 살면 축생으로 떨어진다고 아무렇지도 않게 말할 때, 나는 당혹한다. 미물이 밟힐까봐 지팡이를 짚어 경고한다는 불교의 극단적 생명 사랑이 윤회설에 이르면 어떻게 '축생'을 그토록 차등하고 경시할수 있을까. 사람으로 태어난 일의 놀라움을 깊이 헤아려 바르게 살라고 말하기 위해 든 비유겠거니, 하면서도 불교의 현실주의와 인간중심주의에 쓴 미소가 번진다. 하지만 석가모니 붓다가 긴 생애 동안 시멘트보다 더 단단하게 카스트가 편재되어 있는 힌두 사회에서 "사람은 모두 평등하다"는 말을 하기 위해 애쓰신 노력을 생각하면 마음속으로부터 깊은 감동을 받게 된다. 그가 활동하던 바라나시나 사르나트에 다녀온 이후 붓다에 대한 존경심은 더욱 깊어졌다. 니체는 "밤하늘에 빛나는 아름다운 별들, 그중 하나에 인간이 살고 있다. 지구는 아름답다. 그러나 인간이라는 부스럼이 있다"고 말했다. 그의 염인厭人에도 불구하고, 이 행성이 예지로 반짝이는 아름다운 별이 된 것은 석가모니 부처님이나 예수님 같은 분들이 이 별에 다녀가셨기 때문일 것이다. 하지만 신화가 된 종교, 신성의 빛으로 둘러싸인 도그마들엔 여전히 흥미를 느끼지 못한다. 나 같은 사람은 어떻게 분류될까. 기독교에서는 교만한 사람이라고 할 것이고, 불교에서는 미망에 사로잡혀 있는 설익은 아집 덩어리 중생이라 할 것만 같다. 미안하지만, 상관없는 일이다.

산다는 일은 덧없는 일일지도 모른다. 그런 생각이 흐리멍덩한 정신일 때는 잘 안 들지만, 또렷한 정신일 때는 칼날처럼 엄습한다. 덧없기 때문에 대부분의 사람들은 필사적으로 몸을 위하는 것 같고, 어떤 이들은 약간의 물질적 평안을 얻은 뒤에는 이름을 남기려고 기를 쓰는 것 같다. 어떤 이들은 예술작품을 남겨 불멸에 값하려고 할 것이다. 예술가에게 작품이 목적인가, 불멸이 목적인가, 하고 묻는 것은 다른 문제 같다.

죽음과 함께 떠오르는 것은 무엇보다도 죽음이 최종적인 일이라서 받아들여야 하는 상실의 고통일 것이다. 자연의 경이로움과 위대한 예술작품이나 감동적인 저작물이 선사한 몸 떨리는 감동, 들꽃의 반가움이나 시시하지만 작은 소망이 실현되었을 때의 기쁨, 사랑의 좋은 추억, 친구들과 소득 없이 우정을 나누던 시간들…… 그런 것들과의 영원한 작별은 생각만 해도 고통의 극치이다. 삶과 죽음에 대해 많이 오래 생각한 이들이 그 끝에 내놓은 성찰과 가르침은 넘치고도 넘치건만, 보통 사람에게 죽음은 모든 친숙한 것들과의 절대적 단절이 주는 공포일 것이다.

나는 내가 죽으면 몸은 썩어 없어지고, 혼이 있다면 그 혼은 내가 알 수 없는 거대한 흐름 속으로 수증기처럼 흡수되리라 생각한다. 그것도 사실은 내 알 바가 아니다.

유순한 말향고래가 멸치떼를 쫓는다. 고래의 아가리 안으로 수천수만의 멸치떼 중의 일부가 흡수되어 들어간다. 그래서 멸치떼의 일부는 고래가 포만할 때까지 고래 배 속으로 들어가 분해된다. 달리 말하면 고래의 일부가 된다. 수명을 다한 고래 또한 얼마의 시간이 흐른 뒤 분해되어 다른 생명체들의 먹이가 된다. 이 사슬의 무한굴레를 나는 '흐름'이라고 본다. 생명현상이라 해야 하나. 혹은 그 흐름을 '우주의 진아眞我'라 불러도 되겠다. 서양 사람들처럼 표현한다면, '본래적 실존'이라 해도 좋다. 그것의 모양이나 형상은 너무나 현묘해서 노자 할아버지식으로 말한다면, 이름 붙일 수 없을지도 모른다. 어쨌든 그 품은 넉넉할 것만 같다. 어둠이라 해도 넉넉한 어둠일 것이고, 빛이라 해도 따뜻한 빛이리라 생각한다. 그 속의 일부로 들어가되, 좋은 기운으로, 자연스러운 보탬으로 얇게 한 겹, 알 듯 모를 듯 포개지고 말 것이다. 그러면 그뿐이라고 생각한다.

그렇게 생각할진대, 내가 아무런 노력도 하지 않고 거저 얻은 이 생을, 귀한 이번 기회를 반듯하게 잘 살지 않으면 아니 된다. 생각해보면, 매 순간 감사와 경탄의 소리가 새어나오지 않을 수 없다. 그러므로 잘 살아야 한다는 결단은 출가하는 젊은 승려의 결심처럼 매 순간 새롭고 단단해지지 않으면 안 된다. 그게 아마도 삶에 대한 예의일 것이다. 어쩌다 환경운동을 하게 된 필자에게 삶이란 거저 얻은 재화에 대한 감사와 보답의 피할 수 없는 작은 실천의 기회일지도 모른다. 그 일이 책 읽은 사람의 책무에서 조금이라도 벗어날 수 있는 것과 병행되기를 바랄 뿐이다.

내 누님이나 둘째 형님처럼 필경 나 또한 죽음의 목전에서 얼마간의 참을 수 없는 고통을 겪겠지만, 그 고통 속에서도 허황한 위안을 구하거나 구차스러운 회한에 빠지지 않기를 바랄 뿐이다. "사람이 못나 형편없이 시간을 보냈지만, 허락한 여행 내내 깊이 감사하는 마음으로 보냈습니다", 그렇게 중얼거리게 되기를 바랄 뿐이다. 어이없이 당찬 욕심일지도 모른다.

(2004년)

'어머니'는 내게 잔혹한 글감이다

일주일만 있으면 어머니는 여든셋이 되신다. 허리는 꼬부라지셨고, 머리는 백발 층을 넘어서 이제 완전히 은회색이시다. 가끔 뵙는 어머니 얼굴을 당신의 넷째 아들은 제대로 쳐다보지 못한다. 말할 때도 옆에 어머니가 계신다는 것을 다만 의식하면서, 허공에 말하듯 몇 마디만 툭툭, 내뱉는다. 그러면서도 핏속으로 뜨겁고 둔중한 것이 지나간다. 위력적인 시간의 불가항력성에 함부로 굴복당하고 싶지 않은 거센 것이 치민다. 나는 불효다. 어머니 생전에 불효였으므로, 어머니 사후에도 불효일 것은 영락없는 사실이다. 어머니를 생각하면, 나는 행복해져서는 안 된다. '어머니'라는 주제는 내게 잔혹한 글감이다.

내 이십대 중반에 돌아가신 아버님은 어머니에게 엄부嚴父셨다. 아버님은 말이 없었지만 어머니는 아버님의 눈짓하나만으로 아버님이 원하시는 것을 이행하지 않으면 안되었다. 20세기 한반도에서 80여 년을 살아낸 당신의 생애를 생각하면 현기증이 날 지경이다. 옥계 금진에서 염전을 하던 혹부리할머니가 어머니의 할머니였다고 한다. 20

세기 초였을 것이다. 염전이 어려워지자 고조할머니는 딸과 손녀들을 모두 북쪽의 고도古都 강릉의 이곳저곳에 차례차례 내다 팔듯이 툭툭, 내던졌다고 했다. 혹부리할머니 외에 외가에는 내 머릿속에 각인된 인물이 없다. 혹이 턱까지 내려왔다던가, 성질이 불같아서 장정들을 부지깽이처럼 마구 다루었다던가, 그런 전설 같은 이야기가 증조모에게 늘 달라붙어 있었다.

어머니가 아버지를 만난 것은 스물한 살. 역시 아버지도 선친들을 십대에 잃어버린 사고무친의 이십대 청년이었다. 나라 잃은 무학無學의 선남선녀가 기댈 것은 몸뚱아리 하나였을 게다. 근면은 습성이 아니라 절박한 생존에 대한 예의였을 게다. 어머니는 아홉의 자식들을 낳았다. 내가 태어나기 전에 벌써 누님 한 분과 형님 한 분은 저세상으로 떠났다. 사내로서는 끝으로 태어난 내 뒤에도 누이 둘을 더 낳으셨다. 집안에 군식구가 많았다. 밥은 큰 가마솥으로 했고, 김장은 300포기 정도 했던 것으로 기억한다. 나는 사십대 후반까지 어머니가 손을 놓고 멍하니 앉아 계시는 것을 본 적이 없다. 늘 움직이셨다. 일찍 할머니에 의해 버려졌지만, 모두 90세까지 누리신 이모들도 어머니처럼 돌아가시는 날까지 몸을 움직이셨던 분들이었다. 나는 이 세상에 어머니 손이 만지지 못할 것은 없다는 것을 진작부터 알고 감동한 적이 있다. 나는 내 손으로 할 수 있는 일의 한계를 일찌감치 느꼈으므로, 어머니를 시방 똑바로 바라보지 못할지도 모른다. 고단하기만 했던 어머니는 말이 없는데, 아들은 '고단한 인생을 말하는 사람'이 되어버린 게 나는 못내 부끄럽다.

성남동 중앙시장에서 건어물상을 하시던 아버님은 아버님 연세 사십대 중반에 가게를 때려치우셨다. '국민학교' 때 기억으로도 시장의 가게는 아주 큰 것이었다. 집어등같이 크고 붉은 불빛이 가게에 가득 넘쳤고, 벽과 천정까지 마른 어물이 가득 쌓여 있었다. 성남동 어물시장 길바닥에는 도루묵이나 '이까'가 워낙 지천이라 발에 밟혔고, 더러는 시궁창에 그냥 흘러갔다. 동해가 흉년이었던 적은 한 번도 없었던 것 같다. 마당에서 석쇠로 꽁치를 구우면 기름이 뚝뚝 땅바닥에 떨어져 고였고, 냄새가 마을에 진동했다. 아버님은 남대천에서 '앵미리' 덕장도 하셨다. 새벽부터 밤늦도록 일하시던 어머니는 아버님보다 늘 늦게 주무시는 것 같았다. 하지만 아버님은 마침 내가 중학교에 들어가던 즈음에 가게를 때려치우셨다. 형님들은 난리 직후였는데도 유치원에 다닐 정도로 윤택한 어린 시절을 보냈다고 한다. 하지만 그건 내 인생이 아니었다.

무슨 이유였는지, 어느 날 갑자기 시장 한복판에서 슬쩍 비켜선 아버님은 돼지를 기르기 시작하셨다. 어머니는 성남동, 임당동, 옥천동 구석구석을 초롱을 머리에 이고, 돼지 꾸정물을 거두기 시작하셨다. 초롱에서 흘러내린 꾸정물이 어머니 머리의 '또바리'를 적시고, 어머니 이마로 흘러내리곤 했다. 사춘기에 접어든 나는 앉으나 서나 발기되어 어쩔 줄을 몰랐다. 그 소년이 꾸정물 '리야까'를 끌었다. 여덟 초롱들이 지엠시 트럭 기름통이 내가 끌던 리야까에 장착된 꾸정물 통이었다. 내가 리야까를 끌었고, 어머니가 꾸정물을 내 리야까에 실어날랐다. 골목 끝 한식당으로 사라진 어머니를 기다릴 때, 마침 하교하던 여학생들이 얼굴을 조금 찡그리며 내 리야까 옆을 조금 비켜서 지나갔다. 한참 만에 어머니가 한식당 뒷문으로 머리에 꾸정물이 가득 찬 초롱을 이고 나타나시곤 했다. 어머니와 아들은 말이 없었다.

어머니에게 어느 날 책을 사달라고 졸랐다. 말없이 어쩔 줄 몰라 하던 어머니가 "그게 그레 보고 싶다면 봐라", 하셨다. 휘문출판사에서 나온 《니체 전집》 5권이었다. 거금이었다. 1969년도 판, 권당 1,000원. 어머니가 형제들 몰래 월 500원씩 10개월쯤 할부금을 내주셨다. 나는 십대 후반의 책들을 다 잃어버렸지만 《니체 전집》만은 아직 지니고 있다. '다른 니체'를 읽어본 적이 없다. 나는 '어머니의 니체'로 인식의 쪽문을 처음 설레는 마음으로 두드렸던 것이다. 어머니가 이 세상에 안 계셔도 그 책들은 내게 머물 것이다. 하지만 다시 열어볼 것 같지는 않다.

아버님은 내가 결혼하던 이듬해에 돌아가셨다. 누이의 공부가 아직 끝나지 않았을 때, 마침 형님들의 사업도 어려움에 빠졌던 것 같다. 어머니와 나, 그리고 내 아내는 누이의 공부 때문에 몇 년간 고통스러운 시간을 보냈다. 누이 졸업식 때, 나는 바보처럼 식장 뒤편 벽에 기대서서 오래 울었다. 누이가 졸업 후 발령이 나자, 형님들의 형편은 다시 나아졌고, 긴 고생의 시간이 끝난 듯했다. 하지만 어려운 시간이 지나가자 형제간의 불화가 원인이 되어 어머니와 나는 서먹서먹해졌다. 소설과 삶의 차이란 그런 것이 아니겠는가 싶다.

나는 휴대폰을 자주 꺼놓고는 한다. 껐던 휴대폰을 갑자기 생각났다는 듯이 다시 켜면서 나는 언젠가 이 전화기로 어머니가 늙게 되신 소식을 듣게 될 것이라는 생각을 한다. 녹음을 확인하지 않는 버릇은 언제부터 생겼을까. 잘하면 어머니가 세상을 떠나시는 것을 볼 것이고, 집 밖 멀리 헤매 다닌다면 아버님 때 임종을 못 지켰듯이 또 그렇게 될 것이다. 예고된 불효를 주체할 수가 없다. 스탈린이 보낸 자객에 의해 망치에 맞아 죽은 트로츠키는 '인생은 아름답다'라고 말했다지만, 늙으신 어머니를 생각하면, '인생은 아름답지만은 않다'는 게 내 생각이다.

(2002년)

203

인생은 슬프지만 아름답고,
세월은 속절없다

아주 오래전 이야기다. 어머니 말에 의하면, 아버지가 바람둥이라고 했다. 그것을 "에이구, 말도 마라. 니 아버지, 엄마 속을 엔간히도 썩였지"라는 식으로 어머니는 표현했다. 하도 어린 날에 들은 말이라 그게 무슨 뜻인지 몰랐다.

사춘기쯤 지나서야 나는 바람둥이라는 게 무슨 뜻인지 알게 되었다. 아버지가 어머니 외에도 다른 여성들과 친하게 지냈다는 이야기였다. 나는 그런 아버지가 이상하게도 신기했고, 재미있었고, 심지어 조금 과장해서 말하면, 자랑스럽기조차 했다. 왜 자랑스럽기조차 했는지는 잘 설명하지 못하겠다. 그러나 아버지는 다른 집 아버지들처럼 노골적으로 다른 여성을 집 안에 들이거나 그러시진 않았다. 내 어린 시절만 해도 드문드문 한집에 두 여성과 사는 마을 사람들이 있었다. 동네 사람들도 그러려니, 하는 눈치였다.

세월이 더 흘렀다. 큰형은 나와 열댓 살가량의 나이 차가 난다. 큰형에게 직접 들은 이야기는 아니지만, 워낙 대식구였는 데다 우리 집에 얹혀사는 군식구들이 많아서 누구한테 들은 이야기인지는 기억이 잘 나지 않는다. 귓전으로 듣고, 매우 재미있구나, 그러고 만 이야기다.

큰형은 군대 생활을 대구에서 했다. 어느 날 큰형은 휴가 때 대구 시내의 큰 음식점을 찾아간다. 찾아갔는지 어떤 여인이 큰형의 부대에 찾아와서 바깥으로 끌어냈는지 알 도리가 없고, 중요하지도 않다. 당시만 해도 종전된 지 얼마 안 된 때라 군에 간 젊은이들은 배를 많이 곯았다고 한다. 해방된 지 얼마 안 되어 난리를 겪은 터라 가난하기도 했지만 병사들이 그렇게 배를 곯았던 데에는 틀림없이 어떤 놈들이 식량을 미리 빼먹은 것도 작용했을 것이다.

여인은 큰형을 좋은 음식점에서 배불리 잘 먹이고, 용돈까지 집어주었다고 했다. 그리고 큰형을 다시 부대로 보내기 위해 헤어질 때에는 마치 자식처럼 배웅을 한 뒤, 눈물까지 내비쳤다고 한다.

그 여인이 누구인가? 바로 아버지의 옛 연인이었다.

그 이야기를 전해준 이가 큰형에게 물었다고 했다. "그래, 그 여인은 지금 어디 살고 있는가?"라고. 그러자 큰형은 서울 무교동에서 큰 음식점을 하는 것으로 안다고 답했다. 그러나 그 후에는 다시 보지 못했다고 했다.

적어놓고 보니 아무것도 아닌 이야기다.

그런데도 나는 가끔 이 이야기가 생각나곤 한다.

여인은 어떻게 옛 연인의 자식이 대구에서 군 생활을 하고 있는지 알았을까? 누가 연락을 했을까? 아버지와 헤어진 여인이 그동안 서로 연락을 나눴단 말인가?

아아, 그러나 이 이야기는 얼마나 오래전 이야기인가?

내 나이 벌써 오십대 중반을 넘었고, 큰형은 이제 칠순을 바라본다. 아버지와 어머니는 모두 일찍부터 이 세상 사람이 아니다. 큰형에게 좋은 식사를 대접하고 용돈까지 집어주었다는 그 여인도 틀림없이 이 세상 사람이 아닐 것이다. 옛 애인의 자식에게 밥 사주고 용돈 쥐여주고, 돌려보낼 때 그 여인은 왜 울었을까?

나도 알게 된 그 일을 어머니인들 모를 리가 없었을 것이다. 그러니 "말도 마라, 니 아버지는 바람둥이였고, 내 속을 많이 썩였느니라"고 말씀하셨을 것이다.

어머니도 그렇지만, 그 일을 큰자식에게 들었던 아버지는 그날 어떻게 하루를 보냈을까?

이 세상 사람들 모두 이야기보따리를 몇 삼태기씩 지니고 살아간다. 한세상 살아낸다는 일은 슬프고, 지내놓고 나면 아름답다. 그리고 언제나 세월은 속절없이 지나간다. 쉬지 않고 흘러가는 세월 속에 사람도 흘러가고, 이야기도 흘러간다.

(2010년)

내 롤 모델은 내 아버지다

내 롤 모델은 아버지다. 육친이 삶의 표상이라고 고백하는 나는 잘못된 사람일까? 누가 뭐라 해도 할 수 없다. 내 나이 어느덧 오십 후반, 나는 한 게으른 불량 선비로 이 세상을 살아오면서 수많은 사람을 만났지만 내 아버지보다 '훌륭하고 괜찮은 인간'을 만난 적이 없다. 문화예술계의 대단한 명망가들도 억수로 많이 만났고, 시민운동판에서 오랫동안 일을 해왔기에 거기서도 잘난 이들을 많이 만났다. 그러나 겸손하고 아름다운 사람들은 대개 무명의 민초들이었지 이른바, '잘난 사람들'은 아니었다.

아버지가 살아 계신다면 100세를 바라보시게 될 것이다. 태어나보니 나라가 일제에 강점당해 있었고, 파란만장한 격동의 한 세기가 시작될 즈음, 아버지는 열 살 무렵에 양친을 모두 잃었다고 한다. 망국의 백성이면서 또한 고아 소년이 된 것이다. 어린 동생을 등에 업고 아버지는 고향인 양양에서 강릉까지 걸어가셨다. 소년들의 왼쪽으로는 바다가 출렁거렸을 것이다. 그 10여 년 뒤, 아버지는 어머니를 만나고 스물셋에 시내 한복판에 손수 집을 지으셨다.

얼마나 열심히 사셨던가를 알 수 있다.

옛사람들은 그 아랫세대인 우리보다 조숙했다. 닥친 운명에 직면해 흔들리지 않았고, 엄살떨지 않았고, 의연했다. 학교를 다니지 못한 아버지는 홀로 글을 깨우치고 셈본도 혼자 깨우치셨을 것이다. 아홉 남매를 낳으신 아버지는 그 식솔들을 위해 시내 중앙시장에서 건어물장사를 하셨다. 내가 태어날 때는 그러셨다. 그전에 어떤 일을 하셨는지 나는 잘 모른다. 듣기로 짐자전거로 대관령 너머 경성까지 짐을 싣고 가셨다가 강릉으로 돌아올 때도 역시 자전거 뒤에 가득 짐을 지고 오셨다고 한다. 대관령을 넘으실 때는 호랑이가 나타나기도 했다고 한다. 젊은 날 단오터 씨름장에서는 황소를 탄 적도 있었다고 한다.

아버지는 장사였다. 아버지는 커다란 솥에 국을 끓여 마을 사람들과 같이 왁자하게 나누는 것을 좋아하셨다. 아버지는 내게 사람이 손을 아끼면 안 된다고 가르쳐주셨다. 무엇이든 할 수 있는 그 놀라운 손을 자신만을 위해 사용해서는 안 된다는 말씀도 덧붙이셨다. 그리고 사람은 언제나 '하늘'을 어려워해야 한다고 말씀하셨다. 사람이 하는 짓과 생각을 하늘은 다 굽어내려 본다고 하셨다. 그 하늘은 애당초부터 민초들의 가슴속에 있었던 내면의 하늘이기도 했다.

백부는 술주정뱅이였다. 결혼만 하면 술 때문에 큰어머니'들'이 이내 도망치셨다. 큰아버지 결혼을 아버지는 일곱 차례나 성사시켜 드렸다. 새로 나타난 큰어머니 얼굴에 익숙해지려 하면 이내 새 큰어머니로 교체되곤 했다. 아버지는 형제들을 그렇게 평생 챙기셨다. 아버지는 무학이었지만 마을 사람들이 어려워하고 존경했던 것으로 기억한다. 남의 어려움에 지극정성으로 대했고 궂은일에 솔선했고, 경우가 바르셨기 때문이었을 것이다. 난리 때는 한 젊은 여성이 여러 군인들에게 능욕을 당하는 것을 제지하시다가 몰매를 맞아 석 달이나 앓아누우셨다고 했다. 그 후로 아버지는 국가가 하는 일에 대해서는 일체 함구하셨다. 슬픈 일이 아닐 수 없다. 아버지는 대개 말이 없으셨다. 말보다는 몸을 먼저 움직이셨고, 자신이 타인을 위해 한 일에 대해 자랑하지 않았다. 자라면서 나는 인품이라는 게 무엇인지 알게 되었는데, 그런 인품을 나는 아버지에게서 배웠다. 못난 자식들을 얻어 부모로서의 의무를 온몸을 다 태워 수행하신 뒤, 아버지는 63세라는 너무나 이른 나이에 세상에 아무런 흔적도 안 남기고 조용히 돌아가셨다.

아버지를 생각하면, 내 삶의 꼬락서니가 너무나 볼썽사납고 한심해 남몰래 깊은숨을 들이마셨다 내뱉곤 한다.

(2011년)

외롭고 심심해서 책을 읽었다

가난했지만 늘 웃던 60년대의 어른들

휴전된 지 2년쯤 후, 내가 태어난 곳은 바닷가 소도시였다. 서쪽에는 대관령이라는 높은 산이 있었고, 시의 남쪽에서 흐르는 커다란 개천은 바다로 흘러갔다. 인구 5만의 시는 바다에서 10리가량 떨어져 있었다. 나는 시의 한복판에서 태어났다. 먼 데 산보다는 걸핏하면 바다로 가곤 했다. 여름에도 갔고, 겨울에도 갔다. 때로는 물이 흐르는 대로 따라 걷다보면 저절로 바다에 이르곤 했다.

중앙시장은 내가 태어났던 임당동 109번지에서 10분 거리에 있었다. 그곳에 가면 해물이 많았다. 오염되지 않은 바다는 철마다 갖가지 어물들을 사람들에게 제공했다. 양미리, 명태, 오징어, 도루묵 같은 해산물이 생각난다. 어른들은 리어카에 해산물을 잔뜩 싣고 비좁은 시장길을 뚫고 다녔다. 리어카에서는 도루묵이나 양미리, 오징어 들이 길바닥에 뚝뚝, 떨어졌다. 가난한 사람들은 바닥에 떨어진 물고기들을 주워 집으로 가져가 저녁 반찬으로 쓰곤 했다.

고기가 많이 나는 철에는 골목마다 생선을 굽는 냄새가 진동하곤 했다. 그 당시의 생선들은 이상하게도 기름기가 많아 숯불화로에 석쇠를 올려놓고 구우면 그 기름진 냄새가 아주 멀리 퍼졌고, 석쇠 아래로는 뚝뚝, 기름이 떨어지곤 했다. 아직 오염되기 전의 산천은 그렇게 기름졌다.

전쟁이 끝난 지 얼마 뒤인지라 사람들의 살림살이는 누구랄 것 없이 어려웠다. 그러나 특별히 잘사는 사람들도 별로 없었고, 대체로 모두 고르게 가난했기에 사람들은 서로 비교하는 마음에서 생긴 불만은 그리 많지 않았던 것 같다. 내 어렸을 적 기억 속에 남아 있는 어른들은 늘 웃고 있었다. 옷차림은 남루했으나 어른들은 몇 사람만 모이면 파안대소를 하면서 웃었다. 아저씨들도 자주 웃었고, 아줌마들도 모이면 늘 소리 내 웃었던 것 같다. 그래서 '어렸을 적 어른들'은 잘 웃는 사람들이라는 인상으로 내게 박혀 있다.

텔레비전이 생기기 전인지라 사람들은 늘 골목이나 시장에서 자주 만났고, 만나면 웃으면서 끝없이 이야기들을 나눴다. 텔레비전이 생기고, 사람들이 해만 지면 자기 집으로 들어가 문을 꼭꼭 걸어 잠그고 자기 집 텔레비전을 보면서부터 이웃 간의 왕래가 줄어들었다고 나는 생각한다. 당시에도 라디오는 있었다. 그렇지만 라디오가 없는 집들도 있어서, 인기 있는 연속드라마가 방송되면 사람들이 모두 라디오가 있는 집 마루 한복판에 중요한 물건으로 모셔

진 라디오 앞에 모여 귀를 기울이곤 했다. 당시는 월남(베트남)에 우리 국군을 파병한 때인지라 월남전 소식이 많이 나오곤 했다. 라디오에서는 청룡부대, 백호부대의 맹활약과 함께 사이공, 구정공습, 그런 소리들이 들리곤 했다.

수줍음 많았던 사춘기를 맞이하다

생각해보니 내 초등 시절은 참 행복하게 보냈던 것 같다. 나는 대가족의 사내로서 막내였다. 위로 형이 셋이었고, 누님이 한 분, 여동생이 둘이었다. 부모님은 인자했고, 특히 나는 아버지를 따랐다. 사랑을 받았고, 사랑을 줄 동생들이 있었고, 집에는 동물들도 있었다. 개도 있었고, 염소도 있었고, 어떤 시기에는 돼지도 키웠다. 집의 마루에는 늘 동네 사람들로 북적거렸다. 동네 사람들 모두 부모님처럼 마을의 아이들을 사랑했다.

초등과정을 마치고 중학에 들어간 뒤, 나는 남보다 일찍 사춘기를 맞이했던 것 같다.

사춘기는 1차적 성징이 나타나고, 목소리가 변하는 등 몸의 작은 변화가 일어나기 시작하고, 세상이나 사물을 보는 의식도 복잡해지면서 의젓한 한 사람의 어른으로 성장하는 시기다. 무엇보다도 '나'는 누구인가? 그런 문제로 생각을 많이 하게 되는 시기이기도 했다.

그즈음에 《선데이서울》이라는 주간지가 창간되었다. 마을 형들이 그 주간지를 보면서 킬킬거리곤 했다. 형들의 웃음이 보통 때와 달라 호기심이 일어서 잡지를 보니까 잡지의 중간쯤에 화보가 있었는데, 그 화보에는 벗은 여인의 흑백사진이 담겨 있었다.

여학생들에게는 숫기가 없어서 말 한마디 못 건넸지만, 나는 잡지에 담긴 벗은 여인이 참으로 아름답다고 생각했다. 그리고 내 몸은 그 여인에 대해 더 잘 알고 싶어서 안달을 냈다. 나도 마을의 형들처럼 주간지의 화보를 찾아서 책상 서랍에 감추어놓고 여성에 대한 생각이 날 때마다 꺼내 보곤 했다. 오래오래 들여다보았지만, 어찌할 재간이 없었다. 벗은 여인의 모습이 분명히 내 몸의 일부를 자극했지만, 그 자극을 어떻게 해야 할지 몰랐다.

마침 그즈음 불알친구 한 사람이 내게 수음을 가르쳐주었다. 처음에는 친구가 야릇한 표정을 지으면서 가르쳐주는 그 이상한 짓에 저항감을 느꼈지만, 이내 그 이상한 짓에 익숙해졌다.

몸이 자라면서 머릿속에는 늘 여성에 대한 생각으로 가득 찼다. 이야기가 통하고, 서로 친하다고 말할 수 있는 여학생 친구가 한 명쯤 있으면 참 좋겠다고 생각했으나 그런 여학생 친구를 가질 수 있는 방법을 몰랐다. 간혹 친구 중에 여학생 친구가 있는 녀석들을 보면 몹시 샘이 났지만 자존심 때문에 부러움을 내색하지는 않았다.

고향의 내 집에서 학교를 가자면 대관령을 바라보면서 서쪽으로 올라가야 했다. 시의 가장 유명하고 큰 여학교는 동쪽 끄트머리에 있었다. 내가 서쪽을 향해 등교할 때 여학생들은 동쪽을 향해 등교했다. 등교할 때의 발걸음은 바빠서 서로 마주 볼 겨를이 없었지만, 오후 녘 하교할 때의 걸음걸이는 집에만 가면 되는 일이었으므로 한없이 느긋해졌다. 여학생들은 무리 지어 시의 한복판으로 들어오면서 깔깔대고 웃었지만, 집으로 향하는 나는 여학생들 무리를 뚫어야 했는데, 그럴 때마다 가슴이 두근거리고 얼굴이 빨개지곤 했다. 남학생들 무리를 여학생은 잘도 뚫고 지나가는 것 같은데, 남학생인 나는 여학생들 무리를 뚫고 지나가는 게 참 힘든 일이었다. 그런 곤혹스러운 날 밤이면 서랍 속에 감춰져 있던 벗은 여인의 모습을 끄집어내서 오래도록 바라보곤 했다.

공부보다는 나팔바지를 입고 밤거리를

내가 불량학생으로 낙인찍힌 것이 언제부터였던가. 아마 중2 무렵이었던 것 같다. 나는 그때 손에 살이 끼었는지 늘 학교의 유리창을 깨곤 했다. 친구들과 장난치다가, 때로는 옆 반 애와 싸우다가 유리창을 깨곤 했다. 아침에 일어나면서 결심하곤 했다. 오늘은 절대 유리창을 깨지 말아야

지, 하고. 그러나 그런 결심을 한 날에도 어김없이 유리창을 깨곤 했다.

담임선생님은 생물 선생님이었는데, 중2와 3학년, 2년을 거푸 담임을 맡으셨다. 담임은 다른 애들이 유리창을 깨면 엄한 얼굴로 야단치신 뒤, "내일 갈아 끼워라", 그러곤 끝이었는데, 내가 유리창을 깨면 반드시 교무실로 불러 심하게 매질을 하곤 했다. 어떤 때는 피가 나도록 얻어맞았다. 나는 얻어맞으면서 졸업식 때 담임을 결단코 그냥 두지 않으리라 입술을 깨물고 다짐했다. 지금은 그분에게 아무런 감정이 없지만, 같은 잘못을 저질렀던 다른 친구와 차별해 체벌했던 담임을 당시에는 용서할 수 없었다.

밤이면 시내 양복점에 놀러 가 바짓가랑이를 늘리곤 했다. 당시 나팔바지가 유행이었다. 나팔바지란 남진이나 나훈아 같은 가수들이 유행시킨 것이었는데, 그들의 원조는 엘비스 프레슬리였다. 무릎에서 발목에 이르는 바짓단의 넓이를 바람에 펄럭일 정도로 넓게 만든 바지였다. 심한 경우에는 20인치, 23인치까지도 늘렸다. 나팔바지와 반대되는 유행은 맘보바지였다. 맘보바지는 내 윗세대 형들 때 유행했던 옷차림이었는데, 그 바지는 무릎에서 발목까지의 바짓단이 아주 좁았다. 전후에 들어온 미국문화의 영향으로 아마 맘보바지는 〈이유 없는 반항〉의 제임스 딘이나 리처드 베이머가 출연했던 〈웨스트 사이드 스토리〉 같은 영화 주인공들에게서 유래했는지 모르겠다.

아무튼, 학교 공부와는 담을 쌓은 친구들과 어울려 양복점 아지트에서 담배를 나눠 피우고, 양복점 누나와 실없는 농담 따먹기를 하면서 길을 가는 또래의 학생들이 있으면 불러 세웠다. 그러곤 "왜 밤도 깊은데 공부는 않고 싸돌아다니느냐?"고 꿀밤을 때리고 뺨을 때려주곤 했다.

얼마나 웃기는 수작인가? 그런 충고를 들어 마땅한 애들이 오히려 멀쩡한 모범 학생들을 불러 세우고선 말도 안 되는 적반하장의 충고를 하면서 때리기까지 하다니.

학교에서는 영화관에 가도 처벌을 했고, 밤에 단오장에 서커스 구경을 가도 처벌했다. 다른 학교 애들과 깊은 밤 공설운동장 같은 곳에서 패싸움을 해서 몇 명이 병원에 실려간 적도 있었다. 그럴 때 처벌을 받는 것은 그 사안의 중대성으로 비추어보아 조금도 억울하지 않았지만, 1960년대 중반 시골 소도시에서 영화나 서커스 등 겨우 허락된 대중문화를 향유했다는 이유로 처벌을 받았을 때는 정말 신경질이 났다.

어른들이 만든 학교라는 제도와 내가 동의한 적이 없는 학칙이 가소로웠다.

내가 입고 있던 나팔바지는 시내에서 가장 넓은 축에 속했다. 걸으면 바짓단이 서로 부딪쳐 소리가 펄럭펄럭 날 지경이었다. 누가 봐도 그 행색은 불량학생의 행색이었을 것이다.

가출

그러던 어느 해 겨울, 종착역인 강릉역에서 무작정 기차에 올랐다. 이른바, 가출이었다. 당시에는 칙칙폭폭, 소리를 내며 시커먼 연기를 허공에 내뿜는 무연탄을 때는 기차가 있었다. 기차는 바닷가를 끼고 남하해서 영주까지 간 뒤에 다시 북상해서 원주를 거쳐 청량리에 도착했다. 강릉에서 청량리까지 가자면 8시간 이상 걸리는 밤기차였다.

영주 못 미쳐서 홍익회 직원한테 먼저 걸렸고, 이윽고 검표원한테 무임승차했다는 죄목으로 걸렸다. 검표원은 어린 나를 호송하는 사람들에게 인계했다. 나는 호송원 두 사람에게 객차와 객차 사이의 승강구 언저리에서 거의 죽을 만큼 얻어터졌다. 그런 뒤, 이튿날 새벽 홍익회 사람이 삼립빵을 하나 먹으라고 준 뒤, 청량리역의 제복을 입은 사람에게 나를 넘겼다. 얻어맞는 동안 입술이 터져 삼립빵을 씹는데 피도 같이 섞여 기묘한 맛이 났다. 청량리역에 근무하는 아저씨들은 매우 바쁜 얼굴로 나를 일단 화물 보관하는 창고에 처넣고는 문을 잠가버렸다.

배고프고, 얻어터져 온몸이 쑤셨지만, 나는 화물 보관 창고에 내던져지자 가마니와 지푸라기로 요를 만든 뒤 바로 잠이 들었다. 화물 창고에는 쌀이니 간장통이니 메주 같은 것도 쌓여 있었다. 동이 트자 육중한 문틈 새로 햇살이 흘러들어왔다. 이윽고 문이 열리면서 나는 작은 사무실에 불려나가 이름과 주소, 무작정 기차에 오른 장소와 그 이유에 대해 말하라고 종용받았다. 나중에 서울에 친척이 있냐고 하길래, 정말 그러고 싶지 않았지만 큰형님의 이름을 댔다.

결국 나중에 큰형님이 도착해서야 풀려나올 수 있었다.

형님은 청량리역 광장을 가로지른 뒤, 처음 보이는 중국집으로 나를 데리고 갔다. 중국집에서 나는 짜장면이나 짬뽕을 시키지 않고 울면을 먹었다. 내가 시켰는지 형님이 시켜주었는지, 모르겠다. 뜨거운 울면을 먹다가 나는 울었다. 그래서 나는 지금도 중국집에 가면 울면을 먹지 않는다. 그때 생각이 나기 때문이다.

큰형님은 가출해서 서울에 온 어처구니없는 어린 동생을 야단치기는커녕 서울 구경을 시켜주었다. 남산에 올랐고, 동물원이 있던 창경궁(당시에는 창경원)에도 가봤고, 불타기 전의 대연각 건물도 보았다. 명동에도 가보았고, 북악스카이웨이도 타보았다. 서울은 크고, 화려하고, 무엇보다도 사람들이 많았다.

며칠에 걸쳐 서울 구경을 시켜준 큰형님은 고향으로 나를 보낼 때 비행기에 태워 보냈다. 비행기에 태우면 다른 곳으로 샐 수가 없다고 생각하셨을까? 당시 서울과 강릉 사이에 마침 국내선이 출항하고 있었다.

중2 말, 겨울에 나는 그렇게 해서 서울 구경과 난생처음 비행기를 타보았다. 어머니는 그런 막내에게 놀라 야단을 치면서 우셨고, 아버님은 아무 말도 않으셨다.

아주 나중에야 알았지만, 큰형님은 그때 다니던 직장을 그만둔 뒤 새 직장을 찾지 못한 실업 상태였다고 했다.

심심해서 펼친 문학전집과 사상전집

고등학교는 얼마 전에 돌아가신 노무현 대통령처럼 실업계 고등학교에 갔다. 내가 다닌 중학은 영동의 수재들만 모인다는 명문이었지만, 부모님은 막내인 나까지 대학에 보내기 힘들다고 판단해 상업고등학교에 보내신 것이다. 나는 대한민국에 태어나 인문계고등학교에 진학하지 못하고 상고에 간다는 게 뭘 의미하는지 잘 몰랐다.

중학 때의 담임이 진로를 결정하던 즈음에 어머니를 학교로 불렀다.

"이 아이를 왜 상고로 보내느냐?"고 담임이 물으셨던 모양이다.

어머니는 내 담임에게 "위로 형들, 밑으로 동생들이 많아서 대학에 보낼 형편이 못 되어서 그런다"고 답하셨을 것이다. 담임은 "이 아이는 거기 가면 안 된다"고 하면서 "돈 때문이라면 학비를 대주겠다"고 한 모양이다.

집에 돌아온 어머니가 그 이야기를 내게 전했다. 나는 "그 XX가 그렇게 말했을 리가 없다"고 펄쩍 뛰었다. "다른 애들이 유리창을 깨면 가만 놔두고 내가 깨면 반드시 피가 나도록 팬 자식이 그 자식이다, 그렇게 말했을 리가 없다, "엄마, 소설 쓰지 마!", 그랬다.

중학 때 담임은 나를 아마 다른 애들보다 내심 더 아끼셨던가 보다. 어머니가 전해준 말 때문에 졸업식 마치고 담임에게 복수하려는 마음에 혼란이 생겼다.

상고에 가서도 1학년 때에는 늘 사고만 쳤다. 1학년 1학기 첫 시험에서 평균 99점을 받았다. 당연히 전교 일등이었다. 그런데 바로 그 첫 학기에 처벌을 세 번이나 받았다. 지금은 워낙 세월이 흘러 무슨 일로 그렇게 처벌을 많이 받았는지 기억도 안 난다. 늘 옷이 찢겨 있었고, 얼굴의 상처는 아물 날이 없었다. 눈에는 살기가 끼어 있었고, 그럼에도 그 눈이 겨냥하는 표적이 없어 사실 늘 무료했고, 기본적인 정서는 우울이었다.

교사들은 이 이상한 아이를 신속하게 포기했다. 아무도 나에게 충고하거나 사람을 만들려고 하지 않았다. 중학 때 담임처럼 교무실로 불러 패는 선생님도 없었다. 선생님들끼리 말하기를 "이 아이는 때려서 될 아이가 아니다"라고 말했다고, 나중에 들었다.

나는 그때 왜 그랬을까?

충분히 사랑받았고, 풍족하지는 않았지만 잘 자란 나는 왜 나팔바지가 되었을까? 이른바 모범생들의 이기심과 쪼다스러움이 역겨워서 험하고 고단한 불량학생의 길로 들어갔을까? 분명 거기에는 사내답다는 것에 대한 소년다운 유치한 오해가 있었을 것이다.

당시 내 행동은 분명 이 세상에 대한 반항의 외양을 띠고 있었지만, 반항의 구체적인 대상이나 납득할 만한 내용이 없었다. 솔직히 말해서 대학이 좌절되었다는 게 무슨 의미인지도 잘 몰랐다. 미래에 대한 꿈도 없었고, 되고 싶은 것도 없었고, 하고 싶은 일도 없었다. 그저 모든 것이 못마땅했다. 아침이면 소변 때문인지 다른 이유에서였는지 늘 발기가 되어 있곤 했다. 십대 후반이었으니 참으로 좋은 나이였다. 그 좋은 나이에 나는 누구로부터도 좋은 지도를 받지 못했던 것이다.

학교 공부는 일찌감치 전폐했다. 교사들이 그들 직분에 어울리지 않게 이상한 불량학생에게 지레 손을 놓아버리자, 사고를 치고 처벌받고 무슨 영웅이나 된 체 으시대는 일도 지겨워지기 시작했다. 너무나 심심했다. 동료들은 왠지 모두 어리게 보였다. 외지에서 강릉까지 통학하는 나이 들어 학교에 들어온 애들의 초대를 받아 기차를 타고 북평이나 묵호 등지로 나가 해변에서 30원짜리 라면땅 안주에 소주 됫병을 까고, 타지에서 놀러 온 애들과 쌈박질이나 한 뒤, 이튿날 새벽기차를 타고 강릉으로 돌아오곤 했다. 그런 새벽녘에 나는 하염없이 슬펐다. 자기혐오감으로 거의 죽고 싶을 때도 많았다.

그러다 어느 날, 너무나 심심해서 학교 도서관에 갔다.

도서관에는 정음사판 문학전집과 을유문화사판 문학전집이 있었다. 사르트르나 카뮈, 카프카 같은 작품을 읽었다. 도스토엡스키나 헤르만 헤세도 읽었다. 폐간된 잡지 《사상계》를 통해 '4·19혁명 특집' '실존주의 특집' 같은 지면을 찾아보았다. 뜻도 모르면서 키르케고르도 읽었고, 니체나 소크라테스도 읽었다. 장준하도 알게 되었고, 김구 선생의 《백범일지》도 보았다. 수업시간에 그런 책을 읽어도 선생님들은 나에게만은 아무 소리도 안 했다. 왜냐면, 교사가 포기한 학생이었으니까.

그래서 고2 때부터 졸업 때까지는 오로지 학교에 책을 읽기 위해 등교했다. 하루 종일 나는 책을 읽었다. 아침부터 하교할 때까지, 집에 와서도 새벽녘 잠들 때까지 문학전집과 사상전집을 읽었다. 인문계에 간 애들이 입시 공부를 하고, 상고 친구들이 은행에 입사할 공부를 할 때 나는 문학전집이나 사상전집을 한 권 한 권 읽어나갔다.

돌이켜 생각해보니 책이 결국 나를 '다른 사람'으로 만든 것 같다. 책 속에서 살아 펄펄 뛰는 생면부지의 위대한 망자들이 나를 조용한 책벌레로 만든 것이다. 누구도 나를 지도하지 않았지만 책 속의 인물들이 내게 뭔가 지침이 되기 시작했다. 책의 세계는 정말 새로운 세계였다. 감탄스러웠고, 놀라웠고, 경이로웠다. 책 속의 주인공들은 나와 비슷한 생각을 가지고 있는 친구들이 많았다. 나는 점점 말이 없는 사람이 되어갔다.

어느 날 《사상계》의 북리뷰라는 코너에서 어떤 흑인 작가가 말하는 것을 보았다.

"나는 이 세계를 이해하기 위해 작가가 되었다"고 그가 말했다. 그가 누구였는지 모른다. 그 한 구절로 나는 이 세상에 '작가'라는 족속들이 있고, 그런 영역이 있다는 것을 새삼스럽게 알게 되었다. 그 이전에 내가 보았던 작가들에 대해서 다시 생각해보았다. 그들이 글로 인간에 대해, 세상에 대해 말했던 것이 무엇이었던가, 곰곰 생각해보았다.

나는 아무도 몰래 글을 쓰기 시작했다. 누구에게도 보여주지 않고, 오로지 나 자신을 위해 글을 쓰기 시작했다. 만약 문학이 아니었다면, 나는 어떤 사람이 되어 있을까?

너무나 쓸쓸하고, 적막하게 외로웠던 내 청소년 시기는 그렇게 흘러갔다. 나는 이 시기가 어서 지나가 달라고 매일 천지신명께 빌었다. 그래서인지 지금도 나는 그 시절로 돌아가고 싶은 마음이 눈꼽만치도 없다. 청소년기는 내게 참 가혹하고 지루하고 힘든 시간이었다. 그러나 그때 문학이 내게 가르쳐준 것은 그 후 지금까지 나를 지탱하는 힘의 원천이 된 것만은 틀림없다.

(2009년)

4

도대체 산다는 일은 무엇일까

'가평 사내'는 식당을 이내 찾았을까?

며칠 전, 서울-춘천고속도로 가평휴게소에서 듣고 본 일이다. 서울에서 늦게 출발해 그때 시각이 저녁 9시쯤이 되었다. 휴게소 식당은 늦은 시각이라 '되는 음식'이 있고, '안 되는 음식'이 있었다. 메뉴판을 열심히 쳐다보다가 마침내 '버섯해장국'을 골랐다. 카운터에 말했더니, 어린 소녀가 웃으면서 "버섯매운탕은 안 되세요, 손님. 여기 써 붙인 것만 되세요"라며 카운터 앞의 메모판을 가리켰다. 이 소녀도 서비스업에 종사하는 다른 사람들처럼 '매운탕'에 경어를 사용하고 있었다. 유심히 들어보시라. 사람들이 근래 존칭할 필요가 없는 물건에 존칭을 붙이는 말버릇을 자주 느끼게 될 것이다.

'되는 음식' 중에서 뭘 골랐는지 기억이 안 나지만(못 먹은 버섯매운탕은 기억나니, 참 사람이란 이상한 존재다) 음식을 시킨 뒤, 식탁에 앉아 번호가 뜨기를 기다리고 있는데, 갑자기 카운터 쪽에서 고함이 터져 나왔다.

"내가 벌써 30분을 기다렸단 말야. 30분을. 세상에 이런 법이 어딨어? 어엉?"

오십대 후반의 사내였다. 목소리가 쩌렁쩌렁했다.

"이 집에서 나 안 먹을 거야. 당장에 환불해!"

어린 소녀는 얼굴이 빨개져서 주방 쪽을 돌다 봤다가 다시 고개를 돌려 화를 내는 손님에게 연신 "죄송합니다", 하며 사과를 했다.

워낙 분노가 극에 달한 상태인지라 소녀는 사내가 지불했던 돈을 환불해주었다. 카드로 계산했는지 취소 작업을 한 뒤에 사인을 해야 했는데, 사내는 사인을 마치 전위 화가가 그림을 그리듯이 거칠게 갈겨서 했다. 그러곤 사인을 하는 작고 검은 플라스틱 막대를 허공에 던져버렸다.

그런데 참으로 인상적인 것은 음식을 기다리다 참다못해 화를 벌컥 내고 다른 식당을 찾아가겠다는 사내의 뒤에 오종종하게 생기고 키가 매우 작은 그의 아내가 서 있었다는 점이었다. 아내는 아무 소리도 않고, 분노가 폭발한 남편의 뒤에 조용히 서 있었다.

마침내 사내가 마지막 분풀이를 했다.

"내 어디 사는지 알어? 나 가평 사람이야. 다신 이 식당에 오나 봐라. 사람들한테 여 오지 말라고 동네방네 떠들고 다닐 거야, 알았어?"

그리고 '가평 사람'은 출구 유리문을 향해 씩씩거리며 걸어 나갔다. 아내 역시 남편의 뒤를 종종걸음으로 따라 나갔다. 다른 탁자의 어떤 사람들은 그들의 뒷모습을 보면서 빙그레 미소를 짓는 것 같았다. 나 역시 사태를 정확히 이해하게 되었으므로, 가벼운 마음으로 웃었는지도 모른다. 그런데 오래 기다리다가 마침내 내 음식이 나와 식사를 하면서도 30분이나 기다리다 뿔이 나서 나가버린 가평 사는 부부의 뒷모습이 자꾸만 생각났다. '가평 사람'이라는 것 외엔 내세울 게 없는 그는 지금쯤 톨게이트를 벗어났을까? 지금쯤 다른 식당을 찾아 들어갔을까? 집으로 직행해 밥을 지어 먹었을까? 아니면 구멍가게 같은 곳에서 '단팥빵'과 '서울우유' 같은 것으로 허기를 채웠을까? 부부는 차 안에서 무슨 이야기를 나눴을까? 공중 앞에서 싸워본 적이 별로 없어 보이는 사내는 어쨌든 자신의 의사를 분명히 밝혔지만, 아내의 의사는 무엇이었을까? 사내가 분노를 표출하는 일에 아내는 동의했을까? 사내가 배고픈 것만큼 아내도 배가 고팠을까? 허기에 남성이 강할까, 여성이 강할까?

그나저나, 나는 왜 그 부부의 뒷모습이 이렇게 오래 생각날까? 배가 고파 식당을 찾았을 때 사람은 어느 정도 기다릴 수 있을까? 왜 가평 사내의 아내는 한마디도 않고, 남편의 뒤만 쫓았을까? 아아, 도대체 산다는 일은 무엇일까?

(2006년)

우리 곁의 이름 모를 조용한 의인들

저는 아주 오래전에 새나 돌멩이나 갯벌의 조개에게 '풀꽃상'이라는 이름의 환경상을 드리는 방식으로 환경운동을 하다가 근래에는 시골에서 거위도 키우고 닭도 치고, 산에서 땔감도 그러모으며 놀고 있습니다. 친구들은 이런 제 팔자를 '상(개)팔자'라고 하면서 놀리기도 하고, 진심으로 부러워하기도 합니다. 놀리는 친구들에게는 놀리는 속내에 제가 모르는 특별한 것이나 있는지 한번쯤 생각해봅니다. 그러나 부러워하는 친구들에게는 "자네들도 나처럼 살 수 있어. 그렇다니깐!", 하면서 진심으로 격려해줍니다.

그냥 놀면 세상이 정말 제 팔자를 상팔자인 줄로 알까봐, 저는 연구소www.naturepeace.net를 개설해 그 허공판을 이용해 매주 웹매거진을 발행해 올립니다. 그러기를 벌써 473호를 발행했습니다. 셈본을 해보니 얼추 10년이 되어가는군요. 처음에는 저 혼자 발행하다가 나중에는 저희 연구소 대표이신 정상명 선생과 같이 올렸습니다. 그러다 최근에는 첨샘, 박삼균, 김성동 형, 한상용 등 외부 필자의 글도 받아 올려 나눠 읽곤 합니다.

최근에 올린 웹진의 내용은 산에서 길을 잃은 개 두 마리와 고라니 새끼를 연구소로 데려왔다가 개들은 시청의 유기견 보호소에, 고라니는 대학의 연구소에 맡기는 과정에 대한 이야기였습니다. 그런 주제로 이야기를 나누다가, '예띠풀'님이라는 아이디를 가진 칠순의 노학자가 다신 댓글이 아주 인상적이었습니다. 아래 글은 그분이 저희 연구소의 웹진판에 다신 댓글입니다.

"인사동에 갔다가 화실 문이 잠겨 있어서 점심만 먹고 되돌아왔습니다. 비가 억수로 쏟아지는데 택시를 기다려도 모두 빈 택시가 없습니다. 그런데 마침 내 앞에서 내리는 손님이 있었습니다. 나는 잽싸게 앞자리에 올라탔습니다. 내가 기사에게 고맙다고 인사를 했더니 기사는 방금 내린 손님이 조금 더 가서 내려야 하지만 내가 서 있는 것을 보고 저 손님을 모시고 가라고 했답니다. 얼굴도 모르지만 그 마음에 고마움을 거듭 표하면서 즐겁게 사무실까지 왔습니다. 요금을 내려고 미터기를 보니 미터기가 0입니다. 기사에게 지적을 했더니 자기도 깜빡했답니다. 늘 타고 다니시는 요금을 달라고 했습니다."

이미 다 느끼셨겠지만, 조금 더 상황을 잘 이해하기 위해 다시금 어떤 일이 일어났는가, 살펴보겠습니다. 어떤 분이 폭우 속에서 인사동에서 택시를 잡아탔는데, 서 있는 곳에 마침 택시가 서더라, 택시를 타서야 알게 된 사실이 방금 내린 손님이 실제로는 더 가서 내리게 되어 있었는데, 폭우 속에서 택시를 잡는 다른 이를 위해 미리 내려준 것이었다는 이야기입니다. 그 사실을 안 노학자와 그 사실을 전한 택시기사는 '그분'의 아무렇지도 않고 묻히기 쉬운 작은 마음 씀씀이에 대해 이야기를 나누다가 택시기사는 미터기를 내리는 것을 잊었고, 노학자 역시 미터기가 내려졌는지 신경 쓸 겨를이 없었다는 이야기입니다.

정말로 이 일이 일어난 상황은 폭우 속에서 너무나 조용하고 은근하기만 합니다. 비가 오는 저녁의 인사동 거리는 어디나 그렇겠지만 붐볐을 것입니다. 택시를 잡으려는 사람, 내리는 사람, 우산을 든 사람, 우산을 준비 못 해 비를 맞고 총총걸음을 걷는 사람들로 붐볐을 것입니다.

택시기사라는 증언자가 없었더라면 어떤 분의 그 작은 친절은 영원히 묻힐 수도 있었을 것입니다. 친절이라 해도, 그분은 그 친절에 대한 답례도 받지 못합니다. 왜냐하면 자신이 미리 내림으로써 우중에 택시를 잡는 수고를 조금이라도 덜게 된 사람이 그 사실을 모를 수도 있고, 이미 본인은 택시에서 내렸고, 새로운 손님이 탄 택시는 빠르게 빗방울을 튕기며 사라졌을 테니 말입니다.

저는 참으로 사소해 보이는 이 작은 사건을 접하고 왜 그렇게 한참 동안 마음이 뜨거워졌는지 모릅니다. 어렵게 말할 게 없다고 봅니다. 이 세상에는 그렇게 모르는 이를 위해, 아무런 답례도 기대하지 않고, 작은 친절을 베푸는 사람들이 있다는 것, 할 수만 있다면 어떤 상황에서든 우

리가 바로 그런 사람의 흉내를 내면서 살아야 한다는 것,
그게 어쩌면 전부 다일지도 모릅니다.

(2012년)

귀로 본다
: 귀에 대한 다섯 가지 단상

귀는 태초부터 종말 이후까지 작동한다

먹고 자고, 영화관에 가거나 목욕을 하거나 섹스를 하거나 인간은 태어나서 죽을 때까지 헤아릴 수 없는 행동을 한다. 그것들은 특유의 규칙과 리듬을 갖고 있다. 데스몬드 모리스는 그러한 인간의 행동들을 '행동사상行動事象'이라 표현한다. 각각의 사상은 무수한 각각의 동작으로 분할되는데, 그 동작들은 '자세-움직임-자세-움직임'의 무한한 연쇄일 수밖에 없다. 태어나서 죽을 때까지 우리는 각각의 동작을 100만 번 이상 되풀이한다고 한다. 되풀이, 되풀이.

그런데 얼굴의 양 측면에 달려 있는 얌전한 '귀'는 외견상 아무런 동작도 하지 않는다. 더러 귀를 쫑긋 세우는 토끼나 부채처럼 펄럭이는 코끼리의 귀나, 귀를 등 뒤로 눕히고 주인에게 달려오는 강아지의 귀가 '귀의 표현'으로서 얼른 떠오르기는 한다. 하지만 다소 퇴화된 것이 사실이지만, 사람의 귀는 좀처럼 동작의 연쇄를 보이지 않는다. 있는 듯 없는 듯, 늘 한자리에 매달려 있을 뿐, 동작에도 인색하고, 그 표현은 요지부동이다. 그렇다고 귀가 작동하지 않는 것은 아니다. 귀는 태어나서 죽을 때까지 사실 작동을 멈춘 적이 없다. 어머니 배 속에서부터 어머니의 심장 박동에 귀 기울인다는 귀의 작동은 어쩌면 심장이 멎고 난 뒤에도 여전히 다른 기관보다 오래갈지도 모른다. 임사 체험을 이야기하는 친구들에 의하면, 숨이 멎어도 귀만은 자신의 죽음을 애통해하는 사람이나 흡족해하는 사람들의 소리와 표정을 다 접수한다고 한다. 귀로 보는 것이다. 그런 의미에서 귀의 동작은 100만 번으로 한정할 수 있기는커녕 태어나기 이전부터 죽음 이후까지 되풀이된다고 봐야 한다. 귀는 그 생겨난 본래의 사명을 잠시도 멈추지 않는다.

빗물을 받아들이는 대지 같은 귀

심장을 엔진으로 가진 귀는 눈과 입처럼, 벌름거리는 코처럼 경솔하지 않다. 그래서 정확한 대칭 상태를 유지하는 귀는 바위 밑의 노송 같기도 하고, 때로는 쓸모없는 짜투리나 장식처럼 보이기도 한다. 만약 귀가 때 없이 벌름거리거나 자주 움직이면 반드시 그 귀는 필경 소리들을 선별하게 될 것이다. 소리를 선별하는 일은 뇌의 일이지 귀의 일은 아니다. 귀는 빗물을 받아들이는 대지처럼 단지 모든 소리를 수렴할 뿐, 판단하지 않는다. 그래서 귀는 자주 스펀지에 비유되곤 하는 모양이다. 봄눈이 녹는 들판 같기도 하다.

개와 시각장애인들을 위한 음악회, '귀로 본다'

2003년 5월 18일, 강원도 춘천에서는 이 세상에 두 번 있기 힘든 음악회가 벌어졌다. 초청된 소프라노도 관중도, 그런 음악회를 발상한 내용도 그렇다.

그 전말은 이렇다. 춘천에는 이외수라는 소설가가 살고 있다. 흔히 기인이라 통하는 그가 오래전부터 그곳에 살고 있기 때문에 '춘천'과 '이외수'는 어떤 사람들에게 같이 떠오르기도 할 것이다. 안개, 이외수, 마라톤, 호수…… 등의 말들은 춘천을 표상하는 코드들이다. 춘천이 이외수를 그 코드에 맞게 대접하는 것 같지는 않지만, 이외수는 춘천과 함께 보통명사로 발음되기 십상이다.

오래된 내 선배다. 30년도 전에 나는 그를 만났다. 그가 춥고 배고프던 시절 하도 사람들에게 자주 얻어맞아 그는 젓가락을 던지는 연습을 했다. 피나는 연습 끝에 그는 가히 도인의 수준에까지 이르렀다. 원하는 곳에 정확하게 젓가락을 던질 수 있게 되었다. 그가 그런 경지에 이르자 밥이 생긴 것은 아니지만, 사람들에게 얻어맞는 일은 현격하게 줄어들었다. 그가 젓가락을 던지던 시절, 나는 그를 만났다. 그는 이제 잘 팔리는 소설가로 성공했다.

외수 형이 어느 날, 소프라노 이윤아의 음악을 직접 눈으로 보고, 귀로 듣고 싶어졌다. 미국에서 활동하는 이윤아씨가 모처럼 한국에 와 체류한다는 소식을 들었기 때문이다. 외수 형은 돌아다니는 것을 극도로 싫어해서 이윤아를 춘천에 모시기로 작정했다. 머리는 총명하나 잔머리는 발달하지 못한 외수 형은 어렵게 생각할 것 없이 사비를 들여 이윤아를 모셨다. 그는 특이한 음역을 갖고 있는 아름답고 젊은 소프라노를 혼자 들을 만큼 욕심이 많은 이는 아니었다. 전국의 시각장애인(그는 팸플릿에 '시각장애우'라 표현했다)을 모셨다. 시각장애인들에게는 눈이 성한 이들보다 발달된 귀가 있기 때문이었다. 그는 처음에, 많은 사람들이 쉼 없이 찾아오기 때문에 자신의 집 대문 위에 뚝딱 가건물처럼 지어 올린 '격외선당格外仙堂'에서 조촐한 음악회를 벌이려 했다. 형은 기획자를 자임했고, 형수는 음악회 경비 담당 겸 행사 담당자로 임명되었다. 하지만, 격외선당에는 앉은뱅이 다탁과 붓과 몇 개의 방석은 있었지만, 피아노도 없었고, 스포트라이트도 없었다. 음향기기는 더구나 없었다. 할 수 없이 장소를 집 앞의 한림대학교 일송아트홀로 변경했다.

마침내 음악회가 열리는 날, 전국의 시각장애인들이 하나씩 둘씩 안내견을 앞세우고 음악당으로 모여들었다. 전국에서 500~600명가량의 시각장애인들이 모였다. 그것 자체가 장관이었고 감동이었다. 개를 앞세우고 음악회에 천천히 모여드는 500여 명의 시각장애인들을 본 적이 있는가. 그런 그림을 상상해본 적이 있는가.

시각장애인들은 음악당 맨 앞줄부터 앉도록 했다. 그들을 안내하는 교육받은 충견忠犬들은 주인의 앞에 앉게 했다. 시각장애인들의 손에는 형이 사비를 들여 제작한 점자 팸플릿이 한 권씩 쥐어져 있었다. 소프라노 이윤아는 자신을 초청한 사람이 '유명한 소설가 이외수'라는 것은 들어 알고 있었지만, 자신의 음악을 듣기 위해 모인 사람들이 시각장애인이라는 사실은 잘 모르고 있었다. 알고 있었다 손 쳐도 그 풍경을 상상하지는 못했을 것이다. 무대에 올라선 소프라노는 격심한 충격을 느꼈다. 다른 그 어느 때보다 더 열심히, 다른 그 어느 무대보다도 더 순결한 마음으로 노래를 부르기 시작했다. 시각장애인들은 더듬이와 함께 무엇보다 귀가 발달되어 있다는 것을 잘 알고 있는 소프라노에게 그 음악회는 두렵고도 가슴 떨리는 일이 아닐 수 없었다.

놀라운 일은 시각장애인들이 데리고 온, 그들의 안내견들이었다. 몇백 마리의 개들이 석상처럼 앉아서 귀를 모아 이윤아의 음악에 빠져들었던 것이다. 소름 끼치도록 아름다운 풍경에 모두들 경악했다. 천만 원이 넘는 사비를 들여 음악회를 마련한 외수 형 내외도, 다른 성한 청중들도 그 충격과 감동은 마찬가지였다. 조용히 눈물을 흘리는 사람들도 있었다. 국제적인 소프라노인 이윤아는 길지 않은 음악 인생을 통틀어 그보다 충격적인 청중을 만난 적이 없었으리라. 아마 다시는 이런 청중 앞에서 노래 부를 기회는 없으리라는 것을 누구보다 그 소프라노는 느끼고 알았을 것이다.

음악회가 끝나자 시각장애인들은 일제히 자리에서 일어나 이윤아와 이외수 부부에게 감사했다. 하지만, 감사를 그들에게 되돌릴 사람들은 음악회를 열었던 이외수 부부와 소프라노였다.

나중에 미국에 돌아간 이윤아는 "그때 춘천에서 시각장애인들 앞에서 노래를 부를 때 받은 충격과 감동의 기운을 고스란히 살려 뉴욕에서 벌어진 당해 연도 오디션에서 세 번이나 프리마돈나를 따냈다"고 인사했다고 한다.

'작가 이외수와 전국의 시각장애우들과 함께하는 봄음악회'는 금년에도 개최된다. 지난해에는 돈이 모자라 못 했고, 금년에는 5월 28일 역시 같은 장소에서 가질 생각이라고 한다. 내년부터는 그가 이주해 죽을 때까지 살기로 마련 중인 강원도 화천 골짜기(감성마을)에서 벌어질 것이다. 귀 있는 자들만 모여 가졌던 음악회 타이틀은 '귀로 본다'였다.

큰 귀가 부귀를 상징하지는 않는다

부처님은 귀가 컸다고 한다. 크기도 했거니와 전설에 따르면, 아예 귀를 통하여 태어났다고도 한다. 힌두의 태양신 수리아의 아들 카르나도 귀에서 태어났다고 한다. 귀는 종종 성적 상징들을 거느리기도 한다. 그래서인지 유고슬라비아에서는 외음外陰의 속어를 '다리 사이에 있는 귀'라고 부르고, 고대 이집트에서는 간음한 여자를 처벌할 때 귀를 잘라냈다고 한다.

그렇지만 크고 잘생긴 귀는 종종 귀인의 상징으로 작동되기 일쑤인 문화에서 나는 자랐다. 귓불의 상태는 그가 지닐 재물의 양을 가늠하는 척도로도 사용되곤 했다. 웃기는 이야기가 아닐 수 없다. 쪽박귀는 잘산다더라는 속신과 관계없이 쪽박귀를 가진 내 실형實兄 중의 한 분은 평생 어렵게 살고 있다.

무엇보다도 광주학살의 주역들 중 하나로서 '6·29선언'이라는 사기극으로 그의 보스 전두환에 이어 대통령이라는 고급공무원을 역임했던 노태우씨의 귀가 생각난다. 그는 보통 사람들보다 큰 귀를 가졌다. 본인도 자신이 노력해 얻지 않은 그 큰 귀를 얼마나 자랑스레 생각했을까. 아니나 다를까, 그는 본의와 다르게 '보통 사람론'을 자주 펼쳐 '진짜 보통 사람들'을 자주 헷갈리게 하더니만, 겉으로는 부드럽게 바보처럼 웃었지만 재임 중 치부에만 골똘했다. 겁이 많은 사람인지 약은 사람인지 모르지만, 몇십만 원밖에 없다는 똥배짱의 전씨 성을 가진 보스와 달리 재판을 받은 뒤 적잖은 돈을 세상에 다시 내놓긴 했지만, 재직시 챙긴 돈을 딸내미를 시켜 스위스 은행에 꼬불쳤다느니 하는 구설수에서는 자유롭지 못했다. 큰 귀가 그렇다고 지혜로운 자를 상징하는가. 아니다.

귀의 크기와 생김새에 대한 속신은 절대 믿을 게 못 된다. 귀뿐이겠는가. 통계라는 이름으로 사람의 얼굴에 대한 편견을 관상학으로까지 밀어붙인 결정론 숭상의 문화는 '자신의 삶을 책임진 아름다운 얼굴'에 대해 무관심하거나 난폭하다. 그런 담론을 즐기는 자들이 대체로 권력 지향적이거나 물신적 가치관의 노예이기 일쑤라는 것도 덧붙여 둔다.

귀는 장식품이 아니다

귀의 청력에 대한 과학적 접근은 다른 깨달음의 근거를 증거하기도 한다. 사람은 태어나면서부터 청각이 쇠퇴하기 시작한다고 한다. 갓난아기는 1초에 16에서 3만에 이르는 주파수의 음파를 알아낼 수 있다고 한다. 사춘기에 이르면 그 상한의 능력은 2만 주파로 떨어진다. 60세에 이르면 약 1만 2,000으로 떨어지고, 이후 계속 떨어진단다.

나이 든 사람이 자신의 잘못된 주장을 고치려 하지 않는 것도 귀의 청각 쇠퇴와 무관하지 않다. 들어야 할 바른 소리를 못 듣고, 이미 들었던 좋은 소리들 중에서 나쁜 소리만 저장해놓고 그것만이 절대선인 양 고집하기 때문이다. 그러므로, 흔히 우리가 가래침 뱉듯 발음하는 '보수 우익 꼴통들'은 머리가 잘못된 사람들이 아니라 사실 귀가 나쁜 사람들이다.

산천을 파괴하는 대가로 경제를 살리자는 권력자들도 알고 보면, 귀가 몹시 나쁜 사람들이다. 산천이 말하는 소리를 듣지 못하기 때문이다. 개의 청력은 지하수가 흐르는 소리도 듣는다고 한다. 개만도 못한 사람들이 너무나 난폭한 결정을 자주 내리곤 한다. 그런 문맥이라면, 지율스님은 용케도 '잘 굶는 사람'이라기보다 귀가 좋은 사람이라 봐야 한다.

귀가 좋은 사람은 귀가 잘생긴 사람이 아니라 겸손한 사람들이다. 공포와 두려움이나 챙길 이익이 원인이어서 겸손을 가장한 사람들이 아니라, 천성이 겸손하거나 세상의 놀랍고 벅찬 일들을 잘 정리한 뒤에 겸손을 체득한 이들은 틀림없이 청각이 좋은 사람들일 것이다.

그래서 예수는 귀의 마땅한 능력에 대해 자주 말씀하셨는지 모른다. "귀 있는 자는 들으라." 복음을 듣지 못하는 자들의 귀는 장식일 뿐이라는 무서운 말씀 같다. 하지만 지하철에서 매서운 눈빛으로 복음을 공포나 흉기로 사용하는 자들은 어찌 된 심판일까.

그것이 훌륭한 사람이든 산천의 소리든, 남의 말을 잘 듣는 것은 말을 많이 하는 것보다 백배 천배 절실하고 중요한 일이 아닐 수 없다.

(2005년)

소인배들의 약속도 위대할 수 있다

옛날 사람들은 참 이상하다. 같은 문화권이었으므로 새해이니만치, 중국의 고사故事를 하나 소개함으로써 옛날 사람들과 지금 우리와의 차이에 대해 한번쯤 생각해볼까 한다.

위나라 환공桓公의 부인 강씨는 제나라 여인이었다. 위나라로 시집을 가던 중 채 도착하기도 전에 남편 될 환공이 시해되었다. 나라에서는 그 동생을 세워 선공宣公이라 했다. 강씨의 측근들은 수레를 돌려 제나라로 돌아가자고 했지만, 강씨는 "무슨 소리냐"며, 위나라로 가, 남편상 3년을 지켰다. 선공이 '한솥밥'을 먹자고 청했다. 즉, 형은 죽었으니 나랑 살자는 이야기였다. 강씨는 단호하게 거절하면서 시를 한 수 지어 스스로 맹세했고, 위나라에서 일생을 마쳤다.

시는 《시경詩經》에 남아 전해지는데, 이런 내용이었다.

"내 마음 돌이 아니기에 굴릴 수 없고, 내 마음 돗자리가 아니기에 둘둘 말 수가 없네."

얼굴도 못 본 남편에게 지킨 절개가 무섭다. 무서운 옛날 사람들이 또 있다.

당나라 가직언賈直言은 귀양을 가면서 부인 동씨에게 "내 지금 가면 생사를 예측할 수 없으니, 혼자 살 생각 말고 다른 방도를 마련하시오"라고 말했다. 동씨는 대답 없이 머리를 따서 묶고 남편에게 손수 올려달라고 했다. 그리고 맹세하기를 "당신이 오기 전에는 이 머리를 풀지 않겠어요"라고 했다. 20년이 지나서야 남편이 살아 돌아왔다. 동씨 부인이 20년 만에 머리를 풀고 목욕을 하는데, 머리카락이 한 올도 남지 않고 다 빠져버렸다고 한다.

가직언은 그날 밤, 대머리가 된 아내를 20년 만에 안았을 것이다.

이런 '끔찍한' 옛날 사람들과 오늘 우리들은 참으로 다르다. 우리도 맹세하고, 약속하고, 언약하지만 이토록 서슬 퍼렇고 비장하지는 않다. 약속에, 절개에, 의리에 목숨 걸지 않는다. 시詩로써 자신을 묶지 않는다. 대머리가 되도록 끔찍한 상태에 자신을 밀어 넣지 않는다. 신하가 두 임금을 섬기면 불충不忠이고, 여자가 두 남편을 섬기면 실절失節이라 했다. 목숨 걸고 지킬 '절'이 우리에게는 아마 없는가 보다. 《대학大學》에 "군자는 현기현이친기친賢其賢而親其親 하고 소인은 낙기락이이기리樂其樂而利其利 하나니"라는 구절이 있다. 군자는 어짊을 친애로이 여겼고, 소인배들은 그저 '즐거움과 이익'을 좇는다는 이야기다.

지금 우리 살아가는 모습을 곰곰 살펴보노라면, 명분을 앞세우던 군자의 시대는 지나갔고 유쾌한 소인배들의 시대인 것만 같다. 비장한 약속 따위보다는 실리가 더 중요하다. 고작 하는 약속이라는 게 '새해 금연 약속'이거나, 몇 살까지 1억 원을 모으겠다는 것 정도다. 출세하고 성공하겠다는 의지는 있어도, '훌륭하고 위대한 사람'이 되겠다는 자기 약속은 없는 것만 같다.

그런데 지난 연말에 감동적인 편지 한 통을 받았다.

"선배님이 말한 대로 용철이를 다시는 안 때리겠다고 약속했고, 지금껏 그 약속을 지키고 있습니다. 처음에는 그런 아빠를 안 믿던 용철이도 점차 나를 믿게 되었습니다. 이제 우리 가정에는 더 이상 폭력은 없습니다. 귀한 충고를 해주신 선배님께 감사드립니다. 봄이 오면 용철이와 같이 선배님을 뵈러 가겠습니다."

시골에 사는 후배가 보낸 편지였다. 지난여름 후배가 사는 산골 골짜기에 갔다가 그들 부자가 살아가는 모습을 보았다. 후배는 귀농을 해서 농사도 짓고 벌도 치고 힘겹게 살고 있었는데, 하나밖에 없는 자식이 더러 잘못을 저지르면(자기 마음에 안 들면) 손찌검을 하곤 했다. 그래서인지 부자지간에 살가운 정이 흐르지 않고 있었다. 그래서 나는 "자네 혹시 자랄 때 맞고 자라지 않았는가?" 하고 물었다. 아니나 다를까 "그렇다"고 후배가 답했다. "그래, 지금 자네는 어린 자네를 때리던 아버지를 어떻게 추억하나?" "날 때리던 얼굴만 기억나지요", 후배가 답했다. 그다음 이야기는 뻔하다. "자네도 용철이가 이다음에 자네 얼굴을 떠올릴 때 그런 성난 모습만 떠오르기를 바라는가?"
등등의.

하룻밤 자고 헤어질 때 후배가 약속했었다. "이제 애를
안 때리겠습니다, 선배님!"

한두 계절이 지난 뒤, 그런 편지가 온 것이었다.

약속은 자신에게든 타인에게든 말로, 혹은 마음의 각오
에 의해 자신을 묶는 행위다. 자신이 묶었으므로 풀 수 있
는 이도 당사자뿐이다. 어떻게 푸느냐? 그 약속이 이행됨
으로써 푸는 게 가장 마땅할 것이다. 약속이 이행되기 전
에 풀면 상승의 기분이 아니라 하강의 기분을 느끼게 될
것이다. 그런 하강의 기분이 쌓여서 좋을 일은 없다. 약속
을 지키면 지킨 만큼 자기 긍정의 기분에 휩싸이게 될 것
이다.

새해다. 우리는 옛날 사람이 아니므로 너무 거창한 약
속은 못 하더라도, 지킬 수 있는 작은 약속을 신중하게 하
고, 그 이행을 위해 애쓰자. 그래서 조금 더 자신을 사랑하
고, 기분 좋은 상태로 만들어야 하지 않겠는가. 건강한 자
기애自己愛에서부터 타인에 대한 관용과 사랑도 가능할 것
이기 때문이다.

(2008년)

젊은이들에게 건네는 다섯 개의 질문

밤새도록 비를 맞아본 적이 있는가?

이 질문은 '빗속에서 밤새도록 서 있어본 적이 있는가?'로
고쳐 들어도 괜찮다. 미쳤다고 빗속에서 밤새도록 서 있을
까? 옷이야 한번 젖었으니 다시 젖을 리가 없겠지만, 그렇
게 오래도록 비를 맞으면 체온이 떨어져 감기 걸린다. 그
런데도 그런 어리석은 짓을 해본 적이 만약 있다면, 그 시
기는 어쩔 수 없이 젊은 날이고, 그렇게 서 있었던 곳은 여
자친구 집 근처이거나 남자친구 집 근처이기 십상이다. 젊
은 날에는 사랑도 중요하고, 우정도 중요하다. 나이 들면
대체로 그런 어리석은 짓 안 한다. 나이 들면 어떤 경우라
도 신중하게 몸을 가려서 행동한다. 가려서 행동한다는 신
중한 태도는 대개 현명하고 지혜로운 덕목으로 간주된다.
나이가 가르쳐준 덕목이라고 여긴다. 그러나 애석하게도
그것은 그만큼 젊은 날의 찬란한 맹목과 아름다운 어리석
음에서 멀찌감치 이탈해 있다는 것이므로, 곧 한없이 불쌍
하고 한심한 연령에 들어갔다는 이야기다.

젊음이란 무엇일까? 밤새도록 연인(친구)의 집 근처 골목길에서 비를 맞고 서성인다고 해도 달라질 것이 아무것도 없다는 것을 잘 알면서도 그 자리를 벗어나지 못하는 고집이 아닐까? 그런 외통수가 아닐까? 그런 한심한 서성거림, 그 자체가 젊음이 아닐까?

어떻게 젊은 사람이 해서 마땅한 짓만 골라 할 수 있단 말인가? 그런 젊음이 만약 있다면 그야말로 젊음의 수치라 할 만하다.

나는 젊은 날, 밤새도록 비를 맞은 적이 있다. 애인이 나 몰래 다른 사내를 만난 것이다. 우연히 둘이 걸어오다 나한테 들켰다. 그 사내를 흠씬 두들겨 팼다…… 아득한 신라시대의 어느 달밤에 여러 개 다리가 휘감겨 있는 것을 보고 춤을 추었다는 처용이라는 사내는 도대체 어떻게 생겨먹은 친구란 말인가. 아라비아 사람처럼 생겨먹은 모양이다. 나는 처용이 아니었을 뿐 아니라 흉내 내고 싶지도 않았으므로 곤혹스러워하는 애인은 거들떠보지도 않았다. 그런 와중에 애인은 어디론가 사라졌다. 흥분한 나는 나 몰래 다른 사내를 만난 그런 야비한 애인의 얼굴을 보려고 하지 않았던 것 같다. 그렇지만, 나중에는 걱정이 되었다. 애인이 하숙하던 집 근처 골목길에서 서성거렸다. 이장희의 노래(《불 꺼진 창》)가 마음속에서 흘러나왔다.

"지금 나는 우울해 왜냐고 묻지 말아요 아직도 나는 우울해 그대 집 갔다 온 후로 오늘 밤 나는 보았네 그녀의 불

꺼진 창을 희미한 두 사람의 그림자를 오늘 밤 나는 보았네 누군지 행복하겠지 무척이나 행복할 거야 그녀를 만난 그 사내가."

그런데 비가 왔다. 비가 온다고 해서 우산을 쓸 것인가? 이미 몸과 마음은 불덩이였는데, 비가 그 몸과 마음을 식힐 수 있었을까.

내가 겪은 일은 대충 그런 시나리오다.

밤새 비를 맞고 서 있다고 해서 달라질 일은 없다. 그러나 어쩌겠는가. 그 방법밖에는 없는 것을.

그대들, 젊은이들이여! 할 수 있는 한 열렬하게 사시라. 연애든 뭐든. 그리고 너무 약은 선택만 골라서 하지는 말기 바란다. 좀 바보 같더라도 그대들 본능에 충직하기 바란다. 잔머리보다는 가슴에서 울려 나오는 뜨거운 명령에 순종하기 바란다. 그러다 더러 얻어터지고, 비도 맞고, 열병에도 걸리고, 병원 응급실에도 실려가고 그러기 바란다. 거기까지만 해라. 그렇다고 일부러 그러진 마시고. 모름지기 젊음이 뭔가. 가슴이 시키는 대로 살아야 하지 않겠는가, 그 말이다.

사람을 죽을힘을 다해 패본 적이 있는가?

어쩌다 평화주의자인 데다 온순(?)하기 짝이 없는 내가 왜 자꾸 사람 패는, 이따위 폭력적인 이야기를 일삼고 있을까? 지금은 고라니처럼 선량한 눈빛에 소리도 별로 안 지르고, 심지어 과묵하기까지 한 점잖은 사람이 되어버렸지만, 믿거나 말거나, 젊은 날 나는 승냥이 눈빛이었다. 젊은 날이라기보다 소년 시절에는 매우 고약하고 거칠었다. 공부가 싫었고, 학교가 싫었고, 바람에 흔들리는 미루나무처럼 맨날 심심하기만 했던 소년 시절이 견디기 힘들었다. 진종일 껌을 씹어봐도, 앞주머니에 두 손을 찌르고 골목 여기저기에 침을 찍찍 뱉어봐도, 심심했다. 할 일도 없었고, 하고 싶은 일도 없었다. 교사들은 스승이라기보다 월급쟁이들이라는 게 확실하게 판명되었고, 늙으신 부모는 여러 식솔들의 생계 때문에 실업계 고등학교에 집어넣은 십대의 넷째 아들에게 따로 신경 쓸 겨를이 없었다.

하고 싶은 일은 있었지만 그런 일들은 모두 돈이 드는 일이었다. 1960년대 시골 소도시의 한 평범한 소년에게 어떻게 돈이 허락될까? 영화관에 갈 돈도, 서커스 천막에 들어갈 돈도 없었다. 지금 아이들은 용돈이라는 말을 모두 알고 있고, 정기적으로 용돈을 받고 있는 것 같지만, 당시에는 누구도 부모에게 용돈을 받는 아이가 없었다.

자주 싸웠다. 반 아이들과 싸웠고, 옆 반 아이와 싸웠고, 한 학년 위의 아이와 싸웠고, 다른 학교 아이들과 싸웠다. 가방 속에는 소설책과 만화책, 그리고 '구리스'가 꿀처럼 번질거리는 낡은 자전거 체인이 들어 있었다. 어디에 누군가에게 쓸지 모르지만, 전업사에서 전봇대를 설치할 때 사용하던 쇠뭉치도 하나 허리에 차고 있었다. 해 뜨면 맨날 싸움질이었다. 남을 패는 일이 쉬운가? 팬 것만큼 온몸이 상처투성이였다. 그러고도 힘이 남아 뜻 모를 고함을 치며 아스팔트 위를 돌멩이처럼 떼데구르르 구르곤 했다.

세월이 흘렀다.

어느 날 문득, 그때 나랑 싸우던 아이들의 얼굴이 떠오르기 시작했다. 물론 내가 누군가를 팼다고 말할 정도의 아이들은 고약한 녀석들이긴 했다. 전학 온 학생을 단지 전학 왔다는 이유로 괴롭혔든가, 가난한 데다 설상가상으로 성적까지 좋지 않아 주눅이 든 아이들을 이유 없이 모욕을 주고 괴롭히는 녀석들이었든가, 아이들 도시락을 미리 열어 하얀 밥에 김치에서 떨어진 게 틀림없는 고춧가루를 묻힌 녀석들이었든가, 그런 녀석들이었다. 비록 내가 정의의 사도는 아니었지만, 그런 녀석들을 패주었던 일이 기억난다. 그런데도 그 얼굴들이 문득 그리워지기 시작했다. 세월은 그 악동들을 어떻게 변모시켰을까?

후일, 만나보니 직업에 따라 그 직업에 맞는 사고방식으로 살고 있었다. 어린 시절 악동의 흔적은 찾아보기 힘들었다. 나는 그들의 살아가는 이야기를 열심히 들었고, 할 수 있는 한 그들보다 먼저 술값을 내기 위해 애썼다. 새삼 어린 시절의 일들로 정색하고 사과를 할 수도 없는 일이었다. 그러나 할 말은 내게도 있다. 나는 사람을 팰 때,

내 주먹에 온 힘을 다 실었던 적은 단언컨대 한 번도 없었다고.

어른들에 의해 구제 불능의 불량학생으로 분류되었지만, 나는 내 주먹에 내 생이 다 실린 힘을 준 적은 없었다. 나는 내 불우감과 답답함, 넘치는 욕정, 풀릴 길 없는 미래, 아무것도 되고 싶지 않았고 내 힘으로는 딱히 어쩔 재간이 없었던 시골 소도시의 고요와 한적함에 저항했던 것이지, 적군과 싸웠던 게 아니었기 때문이다.

소년을 지나 청년이 되었고, 이후 험한 여행을 하면서 피할 수 없이 누군가와 몸으로 대해야 할 때가 더러 있었다. 그렇지만 나는 언제나 내 힘을 다 쓰지는 않았던 것 같다. 주먹에 힘을 다 실을 정도로 미워할 사람은 없었던 것만 같다. 젊은 그대들, 어쩌다 사람과 싸우게 되더라도, 죽도록 패지는 말기 바란다. 아니다. 죽도록 사람을 패더라도, 주먹에 온 힘을 다 넣지는 말기 바란다. 다시 말해서 죽을힘을 다해 누군가를 미워하지는 말기 바란다. 그럴 만한 상대가 어디 있을까? 알고 보면, 나나 그대들처럼 그가 만약 인간이라면 결국 불쌍한 존재가 아니겠는가?(하지만 예외가 있다. 명명백백하게 수차례 위장전입을 한 사실이 밝혀졌건만 '니들이 나한테 돌을 던질 수 있느냐? 돌 던지는 너희를 이해할 수 없다'고 강변하는 고위관료들, 장관들, 뇌물을 처먹고도 결백하다고 대법원에 상고하는 후안무치한 교육계 인사들, 이런 자들은 기회만 허락된다면 제대로 한번 패버리고 싶다. 그대들도 아마 그럴 것이다.)

죽어가는 생명을 살려낸 적이 있는가?

이번에는 고상한 이야기를 한번 해봐야겠다. 나는 지금 서울에서 사흘쯤, 나머지 시간은 시골에서 보낸다. 시골은 시간이 갈수록 좋아진다. 내 나이 오십 중반. 벌써부터 시골에서 살게 된 것을 나는 큰 복이라고 생각한다.

시골의 삶은 여러 가지로 설명할 수 있겠지만, 내 생각에는 생명과 맞닥뜨리는 일이 많은 곳이라고 말하고 싶다. 채소밭이 그렇고, 마당 앞의 논이 그렇고, 산의 나무들이 그렇고, 마을에 내려오는 짐승들과 벌어지는 일들이 그렇다. 바닥의 뱀과 고라니, 하늘의 황새, 독수리, 수리부엉이는 일상이다. 한번은 멧돼지가 개울에 나타나서 꽥꽥거리기도 했다. 몸을 얼어붙게 만드는 실감나는 생명체가 아닐 수 없다. 시골에서 만나는 것들은 큰 짐승만이 아니다. 작은 짐승들, 곤충들도 많다.

나는 천성적으로 살아 꼼물거리는 것을 잘 죽이지를 못한다. 죽이는 게 생리적으로 싫다. 바로 그런 이유로 누군가 나를 죽이려 든다면 그 상황을 대단히 싫어할 게 틀림없다. 하지만 이렇게 근사하게 말하고 있지만, 어쩔 수 없이 시골 생활 5년에 뱀은 몇 마리 죽일 수밖에 없었다. 현관 안에까지 뱀이 들어왔기 때문이다. 그때까지는 뱀을 없애지 못하던 때인지라 현관에 들어온 독사 두 마리는 간신히 집어 바깥 콩밭으로 던졌지만, 그 이후부터는 뱀을 잡기로 결심했다. 주변이 산이라 뱀을 없애면 없앤 만큼 줄어들 것이라고 누군가 충고해주었기 때문이다.

뱀은 사실 인간을 물지만 않는다면 한없이 무해한 생명체이지만, 같이 시골 생활을 하는 동료들을 너무나 질리게 만든다. 현관에 뱀이 출현한 이래 한두 해는 눈에 띄는 대로 잡기로 작정하고 그렇게 했다. 그렇지만, 뱀을 죽이고 나면 그 후유증이 며칠은 갔다. 그래서 그런 불상사를 겪지 않기 위해 근래에는 그물망을 쳐서 아예 뱀과 맞닥뜨리지 않는 길을 선택했다.

뱀 이야기는 이쯤에서 멈추고, 제목 그대로 죽어가는 것들을 살리는 이야기를 마저 해야겠다. 막상 써놓고 보니 대단찮은 것 같아 쑥스럽다.

한번은 비를 맞아 죽어가는 병아리가 있었다. 실내로 안고 들어와 물기를 닦고 담요를 덮어주고, 헤어드라이기로 털을 말려주었다. 그리고 가녀린 몸체를 부드럽게 두드려주면서 죽지 말고 살아내라, 하고 말해주었다. 병아리가 살아났다.

한번은 아파트에서 잘라 버린 버드나무가 있었다. 화목으로 쓰려고 차에 싣고 왔는데, 그 버드나무 토막에서 잎이 돋아나왔다. 잎의 기운이 만만찮아서 마당 복판의 작은 연못에 며칠쯤 담가놓았더니 잎이 더 무성해졌다. 살겠다는 의지가 아무리 봐도 심상찮아서 땅을 파고, 거름을 넓게 주고, 부엽토로 다져 넣어 잘 심었다. 그랬더니 잘린 토막에서 가지들이 나오고, 잎이 무성해지기 시작했다. 수년 후, 버드나무는 시시껄렁한 오두막집만큼 커졌다.

앞집 개가 병이 들어 비실비실해지더니 죽을 것 같았다. 앞집 주인과 같이 비썩 마른 개를 깨끗이 씻긴 뒤, 역시 말로 구슬렸다. 죽지 말아라, 사는 게 더 좋지 않겠니? 달리 할 일이 없어 따뜻하게 해주고, 먹을 것을 정성껏 마련해주고, 자꾸만 죽지 말라고 했더니 거짓말처럼 살아났다. 물론 제 힘으로 살아났을 것이다.

대충 그런 일들이 떠오른다. 차를 몰고 가다가 개구리나 맹꽁이가 길을 횡단할 때, 잠시 멈춰 서서 기다린다, 이런 투의 이야기는 누구나 하는 일이니까 말을 꺼내기조차 싱겁다. 대단찮은 이야기를 길게 해서 미안하다.

죽어가는 생명체를 혹 만나면 그것이 무엇이든 일단 살려내려고 하는 게 어떻겠는가? 방법이 따로 있겠는가. 할 수 있는 한 따뜻하게 해주고, 먹을 것을 주고, 살아나라, 살아나라, 자꾸만 말해주면 된다. 그러면 대개 살아난다. 그런 경험은 사람을 매우 기분 좋게 할 뿐 아니라 왠지 자신이 조금은 쓸모 있는 인간이라도 된 것 같은 착각을 하게 만들어서 좋다.

땅에 무엇인가를 심어본 적이 있는가?

도시에서 사는 사람들에게는 그럴 기회가 별로 없겠지만, 땅에 무엇인가 심고 그것이 잘 자라도록 마음속으로 빌고, 가능한 노력을 하는 것은 참으로 해볼 만한 일이다.

그렇지 않겠는가.

내가 존경하는 한 분이 어느 날, "고향을 떠날 때 나무를 심고 떠났다, 그리고 잊었는데, 세월이 흘러 고향에 가보니 나무가 자랐더라, 고향을 떠난 뒤 내가 한 일들 중에 저 나무가 조용히 자라는 것만큼 가치 있는 일이 있었을까, 생각하게 되었다", 그 비슷한 말씀을 한 적이 있다. 그분이 고향을 떠나서 한 일과 나무가 무럭무럭 자라준 일과 어떻게 단순하게 비교할 수 있을까만, 그 이야기가 담고 있는 의미는 심장했다.

무엇인가를 땅에 심는다는 것은 사람으로 하여금 그런 심장한 상념에 빠지게 한다. 기회가 허락된다면 오래 변하지 않을 땅에 나무든, 화초든, 콩이든, 옥수수든 자기 힘으로 무엇인가를 심어보기 바란다. 그리고 그것이 자라는 것을 때로는 흐뭇한 마음으로, 때로는 애타는 마음으로 지켜보기 바란다.

사족처럼 덧붙이는데, 젊은이들은 모름지기 손에 흙을 묻히는 일을 사양하지 말기 바란다. 손을 아끼지 않는 사람의 얼굴은 단정하다. 그 얼굴은 부드럽고, 그 자체로 빛

난다. 몸을 움직이는 것을 경시하는 어떤 지성의 성취도 나는 믿지 않는다.

진실한 사랑을 만나기 위해 어떤 준비를 하고 있는가?

1970년대에 대학을 다닌 나의 정서나 믿음들을 요즘 젊은 이들의 감각으로 보면 아마 구닥다리라 할 것이다. 나는 그때 어떤 게 진실한 사랑인지도 몰랐다. 나 역시 오랫동안 사귀던 여자친구가 있었다. 나는 그때 젊다기보다 어렸으므로, 어떻게 사랑을 하는지 잘 몰랐다. 상대방에게 온 힘을 다해 지극정성을 다하면 그것이 바로 사랑인 줄로 알았다. 에리히 프롬의 《사랑의 기술》 같은 명저를 접하면서 그 감탄할 만한 내용에 밑줄을 긋긴 했지만, 그 내용을 내면화하지는 못했던 것 같다. 지금도 기억나는 구절은 만약 어떤 사람이 누군가를 진심으로 사랑한다면 그가 어떻게 평화와 꽃을, 아름다운 것을, 그리고 이웃을 사랑하지 않을 수 있겠는가, 하는 대목이다. 진짜 사랑은 그렇게 사람을 진화시키고, 좋은 방향으로 고무, 고양시킨다는 게 에리히 프롬과 같은 건전한 사람의 통찰이었다. 틀림없이 맞는 말일 게다.

사귀던 여자친구는 떠났다. 그러고도 나는 많은 여성을 만났다.

그나저나 사랑이란 어떤 물건일까?

"사랑은 역사의 흐름을 바꾸고, 괴물을 진정시키고, 창작 의욕을 고취시키고, 슬프고 외로운 이들에게 기운을 북돋아주고, 터프가이를 감상에 젖게 하고, 포로가 된 이들을 위안하고, 강한 여자를 미치게 만들고, 보잘것없는 이를 영예롭게 해주고, 온 나라를 떠들썩하게 하는 스캔들을 일으키고, 벼락부자를 파산시키고, 왕을 꼼짝 못 하게 한다."

이 글은 《천 개의 사랑》(다이앤 애커먼, 살림)이라는 책의 앞머리에 있는 구절이다.

하지만, 이렇게 거창하고 소문난 사랑이 아니어도 좋다. 그저 장삼이사의 소박하고 진실한 사랑이면 족하다. 젊은이들이여, 혹시 그런 진실한 사랑을 갈구하는가?

일생 동안 참으로 하늘을 우러러봐도 땅을 굽어봐도 자신 있게 말할 수 있는 진짜 사랑을 만나고 싶은가? 그런 소망이 구세대의 헛된 소망이라고? 그렇게 말하는 이가 있다면 나이 들어봐라. 사람은 결국 진실한 사랑을 갈구하리라 믿는다.

어떡하면 좋을까? 방법이 없다.

진실한 사랑을 만나자면 우선 그런 사랑이 이 세상에 있다는 믿음을 의심하지 않아야 한다. 반드시 그런 사랑을 한번 하게 되리라는 믿음을 포기하지 않아야 한다. 남모르게 매일같이 그런 확신을 키워야 한다. 설사 죽을 때까지 진짜 사랑을 못 한다고 해도 그런 소망에 정성껏 물을 주고, 김을 매주기 바란다. 어제보다 오늘, 오늘보다 내일 스스로 생각해도 더 멋진 사람이 되기 위해 노력한다는 것은 결과와 상관없이 그 자체로 괜찮은 일이 아니겠는가.

(2009년)

한 출판사가 '대한민국 20대는 답하라'라는 부제와 함께 젊은이들에게 질문을 하는 방식으로 여러 필자의 글을 모아 《인생기출문제집》(북하우스, 2009)이라는 책을 펴냈을 때, 청탁을 받고 쓴 글인데, 군데군데 철없던 시절의 폭력 이야기가 나온다. 책이 발간된 뒤, 학교폭력으로 불구가 된 아우를 둔 한 독자가 출판사를 통해 "학교폭력이 무슨 자랑이라고 뻔뻔스럽게 폭력을 예찬하고 있느냐? 너 같은 자들 때문에 내 아우가 불구가 되었다"고 거친 항의를 해왔다. 그 편지를 받고, "내로남불처럼 들리겠지만, 나는 비록 정의의 사도는 아니지만, 당시 내 기준으로 봤을 때 악랄한 짓을 하는 애들만 때려줬다. 자랑질을 하려고 쓴 것은 결코 아니었다"며 정중하게 위로와 사과의 답신을 한 적이 있다. 독자는 충분히 납득되지는 않았지만, 내가 보낸 장문의 편지에 담긴 정중함과 솔직한 고백을 수용하겠다고 출판사에 답신해왔다고 들었다.

행복한 가정보다는 '아름다운 가정'을

햇살 좋던 지난 5월 어느 날, 나는 두 번째 주례를 부탁받았다. 환경단체 일을 할 때 회원으로 만난 젊은이의 부탁이었다. 결혼식 장소는 고도, 전주였다. 결혼식 당일, 나는 무엇보다도 양가 어른들과 양가 친척들을 최선을 다해 섬기고, 모시라고 당부했다. 그런 노력들은 아무리 애를 써도 충분하지 않은 일이라고 강조했다. 부모가 그대들을 깨끗하게 새 옷을 입혀 여기 세우기 위해 얼마나 애쓰고 노심초사했는지는 소월의 시처럼 그대들이 부모가 되어봐야만 아는 일, 이유를 묻지 말고 양가 어른들에게 최선을 다하라고 거듭 당부했다.

나는 늘 느꼈던 일이지만, 성혼선언문의 구태의연하고 상투적인 문구가 마음에 안 들었다. 누가 언제 작성했는지도 모를 감동 없는 성혼선언문에는 언제나 '신랑신부'로 시작한다. 그래서 나는 주례로서 그것을 읽어야 했을 때, 일부러 '신부신랑'이라고 고쳐 읽었다. 신부의 이름자 뒤에 붙는 '계집애 양孃' 자도 문제적이다. '여女' 자 옆에 붙은 그 복잡한 '쌀 과襄' 자는 '돕는다'는 뜻을 가진 한자인데, 그러므로 아가씨를 뜻하는 '양孃' 자는 '장차 혼인하여 남자를 도울襄 여자'라는 뜻이다. 참으로 틀려먹은 남존여비의 구습에서 비롯된, 타기해야 마땅할 한자어가 지금도 전국 방방곡곡에서 낭독될 성혼선언문에 그대로 박혀 있다.

하지만 그 자리가 구습을 타파해야 할 혁명의 장소가 아니었으므로 꾹 참고, 주례를 계속했다. 신랑의 직업은 한의사이고, 신부는 교사이길래, 옛날 선인들은 아이를 학교에 맡길 때, "선생님, 이 아이의 몸은 제가 만들었지만, 이 아이의 정신과 영혼은 선생님께서 맡아주십시오"라고 말했다는 것을 상기시켰다. 교직은 그토록 막중한 직업이기에 신부가 발령을 받고 처음 교단에 섰을 때의 마음을 늘 잊지 말라고 부탁했다. 교사가 아이들을 떠나 다른 데 눈을 팔면 그보다 큰 비극은 없다고 경고했다.

의사인 신랑에게는 12세기의 위대한 철학자이자 의사인 마이모니데스의 기도를 소개해주었다. "환자가 고통받는 나의 친구임을 잊지 않게 해주소서. 그리고 내가 그에게서 질병만을 따로 떼어 생각하지 않도록 하소서"라는 기도를. 그러면서 환자는 질병이거나 수입의 원천이 아니라는 것을. 그대들의 직업은 사회가 보상을 해주는 책무의 직업이라 열심히 성실하게만 살면 저절로 풍요롭게 살 테니 절대 보통 사람들 이상의 물질적 욕망을 품지 말라고 신신당부했다. 욕심이 과하면 그대들은 그대들의 신성한 직업을 모욕하는 것이고 스스로의 삶을 격하시키는 짓이라고 겁을 주었다.

　주례 초반부터 나는 하객들에게 굵은 목소리로 당부했다. "만약 오늘 여기 오신 분들이 이 결혼식을 축하하기 위해 오셨다면 지금부터 조용히 하시라"고. 그래서인지 결혼식 내내 마치 무슨 비밀결사 모임처럼 긴장되고 정숙해졌다. 그런 하객들의 협조가 얼마나 고마운지.

　내 가정, 내 새끼만 생각하는 '덜 자란 사람'이 아니라 언제나 이웃과 사회를 생각하는 성숙한 사람으로 끝없이 성장하기를 또한 부탁했다. 모두 행복만 추구하는데, 살아 보면 늘 행복한 사람도 없고 늘 불행한 사람도 없더라, 그러니 행복한 가정을 만들려고 노력하기보다는 아름다운 가정, 멋있는 가정, 존경받는 가정을 이루기 위해 애쓰라고 당부했다. 그게 더 어렵지만 보람찬 일이라고도 덧붙였다. 다시금 양가 어른들을 섭섭하게 하지 말라고 당부당부하면서 주례를 마쳤다. 신랑은 내 주례사대로 살겠다고 약속했고, 신부는 울었다. 감동의 눈물이었을까? 이상한 주례 선생 때문에 힘들어서 울었을까, 잘 모르겠다.

(2008년)

프리드리히 황제의 언어 실험

'르네상스 전성기의 인간형'을 대표하는 신성로마제국의 독일 황제 프리드리히 2세(1194~1250)는 흔히 자기 시대를 200~300년 앞서 산 인물로 일컬어진다. 그는 회의적인 과학 이론가였고, 정치적으로도 수완가였으며, 기민한 재치, 독립심, 승부욕이 대단했다고 하며, 호기심이 넘쳐서 주변의 과학자들과 함께 별의별 실험을 다 했다고 한다. 신성로마 황제, 시칠리아 왕, 수학자, 예언자, 언어학자 등 다양한 설명이 따라다니는 그는 13세기 전체를 통틀어 가장 위대한 인물을 한 사람만 꼽으라면 꼽힐 만큼 대단한 인물이었던 모양이다. 태어날 때, 아들의 정치적 입지를 위해 그의 어머니는 시장 바닥에 천막을 치고 수백 명의 주민이 지켜보는 가운데 아기를 낳았다고 한다. 그토록 증인들이 많이 필요했던 것은 아들의 정통성에 딴소리를 못 하게 하려는 의도였다. 갑자기 난데없는 서양사 공부를 하려는 게 아니다.

절대권력자 프리드리히가 저지른 매우 무식하고도 이상한 실험을 소개하기 위해서다. 이 이야기는 한 수도사가 기록으로 남긴 실화인데, 프리드리히는 아기가 태어난 후 자라면서 가장 먼저 어떤 언어로 말하는지 알고 싶었다. 그래서 그는 유모에게 명하기를, 아이에게 젖을 먹이고 씻어주긴 하되 단 한마디도 말을 걸지 말라고 했다. 아이들이 가장 오래된 언어인 히브리어로 말하는지, 아니면 그리스어 라틴어 아랍어, 또는 부모의 언어로 말하는지 알고 싶었기 때문이다.

그러나 그의 노력은 허사로 끝났다. 아이들이 모두 죽어버리고 말았기 때문이다. 아이들은 유모들이 쓰다듬어주고 반가운 얼굴과 사랑스런 말로 대해주지 않으면 살 수 없었던 것이다.

프리드리히가 그 후 언어와 인간에 대해 어떤 이해에 도달했는지는 필자는 더 이상 모른다. 이야기는 거기서 끝난다. 그렇지만, 프리드리히의 이 언어 실험은 그의 의도와 상관없이 인간이란 어떤 존재인가를 드러내고 있다. 아기는 젖과 물, 제때 기저귀를 갈아주는 것만으로는 한 인간으로서 살아남기에 부족하다는 것을 이 실험은 증명하고 있다. 인간에겐 먹는 일 외에 무엇이 더 필요할까? 따뜻한 말, 혹은 사랑이다.

음식점 주인들은 남녀 손님이 들어와 음식을 시키는 순간, 그들이 오래된 부부 사이인지, 연인 사이인지 대번에 알아챈다고 한다. 음식점 주인은 비싼 음식을 시킬 경우, 영락없이 연인 사이(부적절한 사이?)로 간주한다는 이야기다. 부부는 결코 비싼 음식을 시키지 않는다는 것이다. 거기에 음식점 주인들은 하나 더 덧붙인다. 음식을 기다리고 먹는 동안, 대화가 많은 손님들은 최소한 부부는 아니라는 것이다. 별로 비싼 음식을 시키지도 않는 부부들은 별 대화도 없이 묵묵히 밥만 먹는다는 이야기다. 대단찮은 관찰이긴 하지만 음식점 주인들의 증언이 맞다면, 사람들이 비싼 음식과 다정한 대화는 연애할 때나 유효한 기술이지 이미 부부가 되고 나면 쓸모없는 삶의 기술로 간주하고 있다는 것을 암시하고 있다.

'쓰다듬어주는 행위와 반가운 얼굴과 사랑스런 말'은 꼭 부부에게만 필요한 것은 아닐 게다. 부모와 자식 간에도 그럴 것이고, 친구, 선후배 사이도 그럴 것이다. 그런데도 이 간단명료한 진리가 실천되는 일은 왜 그토록 어려울까. 지금 바로 여기, 가장 가까이 있는 사람에게 그 누구한테보다도 더 친절해야 할 것이다.

아파치 인디언들의 결혼 축시

이제 두 사람은 비를 맞지 않으리라.
서로가 서로에게 지붕이 되어줄 테니까.

이제 두 사람은 춥지 않으리라.

서로가 서로에게 따뜻함이 될 테니까.

이제 두 사람은 더 이상 외롭지 않으리라.
서로가 서로에게 동행이 될 테니까.

이제 두 사람은 두 개의 몸이지만
두 사람의 앞에는 오직 하나의 인생만이 있으리라.

이제 그대들의 집으로 들어가라.
함께 있는 날들 속으로 들어가라.

이 대지 위에서 그대들은
오랫동안 행복하리라.

(2007년)

'한 사람'과 세 번 결혼한
내 친구 이야기

겨울이면 시골에서 교편을 잡고 있는 친구들이 서울 나들이를 왔다가 연락을 준다. 젊은 날, 나도 짧은 기간 동안 교직에 있었기에 오십 중반이 되도록 여전히 교직에 있는 친구들이 많은 편이다. 교장이 된 친구도 있고, 교감이 된 친구도 있고, 평교사로 일관하겠다는 멋진 친구들도 있다. 직업이 한 개인에게 끼치는 영향은 너무나 지대해서 그들에게는 교사들 특유의 공통점이 있다. 이를테면, '조중동' 같은 신문만 보고, '한겨레나 경향'은 '좌빨들'의 신문이라는 편견도 그들 상당수에게 배어 있는 공통점 중의 하나였다. 세월이 흐르다보니 세계를 흡수하는 매체의 차이가 곧 엄청난 '생각의 차이'로 드러나, 이제는 겨울이라 해도 서울 나들이를 해서 연락을 주는 친구들이 점차 줄어들어 최근에는 한두 명밖에 없다. 생각이 다르면 옛 친구도 멀어진다고 나는 생각한다. 쓸쓸한 일이지만, 어쩔 수 없는 일이거니, 여기고 있다.

　이번 방학에 서울 나들이를 해 연락을 준 친구는 아예 신문 같은 것을 보지 않고 살고 있다. 그럼, 그는 어떻게 이 세상에서 일어나는 일들을 취하고 있을까? 모름지기 교사라면 누구보다 현실에 대한 정확한 이해를 하고 있어야 하는 게 아닐까? 그렇지만 나는 이번 겨울에 연락을 취해온 친구에게 그딴 것을 따져 묻지 않았다.

친구는 강원도 오지에서 홀로 자취를 하면서 자꾸만 줄어드는 시골 아이들을 가르치고 있었다. 무성하던 머리는 많이 빠지고, 흰머리도 많이 보였다. 세월의 힘은 모질고도 가차 없어서 싱싱했던 젊음의 흔적은 증발되듯 사라지고, 초로의 기색이 완연했다.

"지금 자네 처가 옛날의 그 사람이겠지?"

"그럼."

"잘 있는가?"

"몰라. 아마 잘 있을 거야."

그가 대답했다. 참으로 요상한 대답이 아닐 수 없다. 그러나 그가 그렇게 대답한 데에는 이유가 있다. 그는 태어나서 세 번 결혼을 했는데, '한 사람'과 두 번 이혼하고, 역시 같은 사람과 또다시 결혼했다. 그러니까 첫 결혼에서 세 번째 결혼 사이에 두 번의 이혼을 치렀다는 이야기다. 장성한 뒤, 그는 이혼과 재결합을 거듭거듭 하느라 많은 시간을 보낸 셈이다. 그 흔치 않은 이력의 자세한 내막을 뉘 있어 자세히 알랴! 다만, 확실한 것은 그의 거듭되는 결혼과 두 번쯤 감행했던 이혼이 모두 '같은 사람'이었다는 것뿐.

그의 이력은 우선 아무나 흉내 내기 힘들어서 재미있고, 그다음에 드는 생각은 "이것은 지독한 사랑일 수 있다"는 해석이 가능하기도 하다. 그러나 내가 보기에 그런 것 같지는 않다. 왜냐하면 얼추 눈치로 느꼈지만, 지금 그는 별거 중인 것 같기 때문이다. 봄이 오면 어김없이 다시 핀 봄꽃이 너무나 아름다워서 세 번째 이혼을 한 뒤, 한 육십쯤 지나 다시 결합할지도 모를 일이다. 충분히 그는 그럴 수 있는 개성을 가진 친구였다. 나중에 듣자 하니 세 번까지는 아니지만, 이와 비슷한 사람들도 적잖이 있는 것 같았다.

이혼을 결혼 생활의 실패라고들 흔히 말하는데, 그게 과연 옳은 표현일까. 해로를 전제로 했을 때의 오래된 상투적인 표현인데, 그것이 왜 실패일까? 그나저나 결혼의 성공, 실패라는 말이 과연 온당한 말일까? 그런 잣대라면 시골에서 홀로 밥해 먹고 사는 내 고향 친구는 현재까지 세 번이나 '성공한 사람'이 아니겠는가.

(2009년)

허망한, 범죄의 추억

후배 한 사람이 문득 지나가는 말처럼 '문창과'를 일컬어 '저주받은 학과'라고 말한 적이 있었다. 물론 아주 오래전 일이다. 그로부터 몇십 년이 지났는데도, 그 말이 왜 이리 오래도록 생각나는지 모르겠다. 문학 하는 행위를 그 깊은 이해와 상관없이 천형天刑으로 비유하곤 하던 자학의 버릇 때문인지도 모르겠다.

저주받은 학과에 모여 저주받은 친구들과 보냈던 그 참담했던 세월을 회고하노라니, 나 또한 다른 선배들이나 후배들처럼 강의실보다는 술집부터 떠오른다.

1970년대 후반, 졸업을 얼마 앞둔 겨울이었다. 술집에 들렀더니만, 늘 술집에서 만나곤 하던 동기 여학생이 찌그러진 알루미늄 원탁 탁자 귀퉁이에 머리를 처박고 흐느껴 울고 있었다.

"왜 우냐?", 하고 물었더니, 대답은커녕 울음소리가 더 커졌다. 술을 권했더니, 한 잔 들이켠 뒤 그제야 털어놓는데, 우는 이유가 참으로 실소할 내용이었다.

"난 니네들 알다시피 맨날 술 마시고 연애나 하느라 이번에 졸업을 못 하잖어! 그런데 집에서는 내가 이번에 졸업을 하는 줄로 알고 있단 말야. 시발, 졸업식 날 부모님들이 오실 텐데, 시발, 학교에서는 나한테 졸업장을 안 줄 거 아니니? 그러니 시발, 지금 내가 술 마시고 울 수밖에 없잖어, 안 그래? 시발!"

그 애는 기쁠 때나 슬플 때나 늘 입에 욕설이 붙어 있던 애였다. 술집에 먼저 와 있던 술꾼과 나중에 당도한 술꾼들이 모두 그 딱한 사정을 알게 되었으나 일제히 난감해할 뿐, 달리 뾰족한 수는 없었다.

"그렇담, 가짜 졸업장이 있으면 그날 부모님을 속일 수 있겠군."

누군가 말했다.

"그걸 말이라 하니? 니네들은 내가 이렇게 울고 있는데, 그것도 하나 못 만드니?"

그 애는 기본적으로 술꾼인 데다 욕도 잘했지만, 생떼도 잘 쓰던 애였다.

"가라 졸업장이라? 이 일을 어쩐다냐!"

모두 난감한 얼굴로 술잔만 거푸 들이켰다.

마침 그때 충무로에서 인쇄업와 관계되는 일을 하고 있는 선배가 생각났다.

"내가 한번 만들어보마!"

그러곤 며칠 후, 선배에게 자초지종을 이야기했고, 선배는 "알았다"고 한 뒤, 모월 모일 저녁 무렵에 충무로 S빌

딩 건너편 골목의 모 인쇄소로 오라고 말했다. 갔더니 인쇄소 사장은 직원들을 모두 퇴근시키고 인쇄소 셔터를 내린 뒤, 내가 미리 준비해간 전년도 졸업장을 유심히 살폈다. 그러곤 가짜 졸업장 인쇄 작업에 들어갔다. 선배와 인쇄소 사장과 나는 마치 프랑스 갱영화에 나오는 위폐범들처럼 단 한 장의 가짜 졸업장을 인쇄하기 위해 긴장한 얼굴로 작업을 했다. 인쇄를 마친 뒤, 금빛 꽃송이 스티커는 전해에 졸업한 선배가 빌려준 졸업장에서 조심스레 떼서 붙였다. 이마에서는 땀방울도 조금 솟아난 것 같기도 하다. 늦은 밤, 가짜 졸업장을 성공적으로 인쇄한 뒤, 우리는 담배 한 대를 꼬나물고 마치 금고에서 주먹만 한 다이아몬드를 무사히 끄집어낸 사람처럼 득의의 감정에 휩싸였던 기억이 있다.

졸업식 날, 검은 가운을 입은 그 애가 그 일회용 졸업장으로 부모를 얼마나 성공적으로 잘 속여 넘겼는지에 대해서는 들은 바 없다. 졸업식을 마치자 나는 곧바로 광산촌으로 떠났다.

그 범죄의 공소시효가 너끈히 지났을 만큼 세월이 아주 많이 흐른 뒤에 우연히 그 애를 만났다. 그때 그 일로 생색내고 싶은 마음은 눈곱만큼도 없었으나 어쩌다 그 이야기가 나왔는데, 그 애는 말하기를 "그랬어? 그때 그런 일이 있었어?"라고 짧게 말했다. 차가운 돌바닥에 낙숫물 한 방울이 떨어져 튀는 것같이 말했다. 그 순간, 30년도 전의 그날 밤 인쇄소에서 내가 저질렀던 '범죄의 기억'이 그토록 허망할 수가 없었다. 나는 그때, 그 작업을 하다가 발각되면 신성해야 할 내 졸업은커녕 옥살이를 할지도 모른다는 긴장감에 떨었었다.

그 애의 비인간적이고 몰상식한 반응을 접하자 나는 이를 악물고 결심했다. 금후로 죽을 때까지 다시는 가짜 졸업장을 인쇄하기 위해 애쓰지 않겠다고.

(2013년)

보통 사람을 차별하는 보통 사람들

제법 한참 전의 일이다. 당시 나는 환경단체 풀꽃세상 일을 하고 있었다. 이 세상에 없던 단체를 만들었기 때문에 온 힘을 다 쏟아야 했다. 늘 새벽녘에 집에 돌아가곤 했다. 환경운동한다는 인간이 차를 끌고 다닌다는 비판도 받았지만, 당시만 해도 차와 '이혼'할 형편이 안 되었다. 단체는 마포구 서교동, 내 집은 잠실, 깊은 밤 늘 강변북로를 달렸다. 집으로 돌아오면서 나는 낮의 일을 머릿속에서 정리하곤 했다. "나는 오늘 한 시민운동가로서 내가 만난 사람들과 일에 성심을 다했는가? 내가 말한 것이 진실이었으며, 내가 바라는 일에 혹 경멸할 만한 사심은 없었는가?" 묻곤 했다. "나는 오늘 회원들에게 충분히 친절했으며, 내가 오늘 표한 분노는 정당한 것이었는가?" 묻곤 했다.

4년여 시간을 거의 늘 새벽녘에 귀가했다. 그렇게 무지막지하게 몸 부서져라 일할 때였는데, 새벽녘에 아파트 단지로 돌아오면 늘 차를 세울 곳이 없었다. 차를 못 세워, 단지에 도착했건만 여러 차례 뱅뱅 돌 때도 많았다. 하지만 나는 별로 짜증을 내지 않았다. 한 번도 차를 딱지 접듯 접어서 뒷주머니에 넣고 집 안으로 가져간 적은 없었기 때문이다.

어느 날 새벽녘이었다. 사람들은 잠에 떨어졌고, 차들은 꽉 찼고, 나는 그날도 이곳저곳 귀가할 때 소요된 시간보다 더 오래 헤맸다. 그래도 자리를 못 잡자 하는 수 없이 아파트 입구에서 대로로 이어지기 직전의 노변에 차를 세웠다. 그러곤 집에 들어가 세수만 하고 쓰러졌다.

몇 시간 못 잤을 때인데 요란한 벨이 울렸다. 낡은 아파트인데도 앰프 시설은 되게 좋아서 전화 벨 소리보다 더 요란했다. 아내가 조금 전 잠든 나를 깨웠다.

"여보, 차 빼달라는 전화예요."

"아 참, 방금 잠이 들었는데…… 정말 너무하는구나!"

투덜거리면서도 키를 찾아들고 나가지 않을 수 없었다. 집에서부터 제법 먼 거리라 눈을 비비며 부아가 치민 상태로 걸어가보니, 경비가 나를 마치 기다렸던 죄인을 만난 듯이 딱딱거렸다.

"여기다 차 세우면 어떡해요?"

"어떡하긴요? 딴 차들 다니는 데 지장 없잖아요?"

그러면서 차를 치워주려고 하는데, 문득 내 앞차와 뒤차가 상당히 비싼 차종들이라는 것을 알게 되었다. 그래서 태어나면서부터 몸에 밴 본능적인 평등의식과 비판정신으로 나는 경비 아저씨에게 물었다.

"저, 아저씨! 이 차들도 연락했나요?"

내 난데없는 질문에 그들은 꾸물거렸다. 아아, 빌어먹을! 박봉에 야간근무를 하는, 늙었지만 완강한 '완장'들이 내 앞과 뒤의 비싼 차들의 주인들에게는 연락을 하지 않았던 것이다. 겸연쩍었는지 그들은 되레 내게 짜증을 냈다.

"아, 이 양반! 차 빼달라니 웬 말이 이렇게 많아?"

세상에 이런 적반하장이! 반말은 평소 누구한테도 참기 힘들다. 차를 빼주려고 운전석에 앉았던 나는 내 지프에서 조용히 내렸다. 그러곤 곧바로 소리를 질러대기 시작했다.

"야, 이 개털 같은 인간들아! 왜 누군 깨우고, 누군 안 깨우는 거지? 비싼 차 주인들 잠 좀 더 재우라고 푼돈이라도 받았어?"

나는 평소 가정교육을 잘 받아 장유유서도 잘 알고, 태생이 누구한테 절대 먼저 시비를 거는 사람이 아니지만, 차격車格이라기보다 찻값을 보고 차별대우한 가여운 그들에게 열을 받지 않을 수 없었다. 나는 내 본성과 달리 거의 반말조로 고래고래 소리를 질렀다. 평소에도 큰 편이지만, 내 목소리는 소리 지르기로 작정했다고 하면, 엄청 크다. 사람들이 '데모질'이라 하는 시위만 해도 무릇 내 생애에 얼마나 잦은 일이었던가.

날이 훤해지면서 출근하던 사람들이 구경꾼으로 모일 정도로 나는 지랄을 떨었다. 나중에는 단지의 모든 경비가 다 달려들었다. 많이 모일수록 서글픈 차별에 항의하는 내 어조는 더 단단해지고 강건해지고 야물어지고 풍성해지고 거칠어지고 완벽해졌다. 나중에는 아파트 관리소장까지 왔다. 아니다. 내가 소리소리 지르면서 관리사무소에 갔던 것만 같다. 결국 아파트 단지에서 벌어 먹고사는 사람들 모두에게 사과를 받아냈다.

'정말로 잘못했다'고 그들이 거듭거듭 사과했다.

"앞으로 3,000만 원짜리 차나 500만 원짜리 중고차나 똑같이 연락할 거요, 안 할 거요?"

관리사무실을 완전 장악한 나는 정복자처럼 호통치며 재발 방지의 다짐을 촉구했다.

"예, 앞으론 꼭 그렇게 하도록 주의를 주겠습니다."

완장을 채워줬더니만 '권위'를 편향적으로 사용한 늙은 부하들을 대신해 관리소장이 정중하게 사과했다. 이건 완전 코미디였다. 하지만 참 쓸쓸한 이야기다. 500만 원짜리 중고차를 타는 나랑 그들이 계층적으로 그나마 좀 더 가까울 텐데, 왜 그들은 3,000만 원짜리 차주들의 잠을 보호했을까? 곰곰 생각해보면, 우리 보통 사람들이 일상에서 모욕받고 차별받는 것은 꼭 가진 자, 힘이 센 자들로부터가 아니다. 호텔 입구에서 그렇고, 고급 레스토랑에서도 그렇다. 그래도 조금이라도 비슷한 계층들끼리 서로 봐주고 살아야 하지 않겠는가. 형제애까진 아닐지라도 그게 이치에 맞는 일이 아니겠는가.

(2007년)

위대한 바보들

아시다시피 이 나라의 고질적인 지역주의를 타파하려고 애썼던 고 노무현 대통령에게 붙여진 애칭이 바로 '바보'였다. 바보에 대해 한번 짚어보자는 이 기획도 바보의 충격적인 죽음에 의해 비롯되었을 것이다. 그가 어쩌면 진짜 바보가 아니었을까? 그런데 살았을 때에는 너나없이 줄줄이 업신여기고 욕을 해대던 바보가 그렇게 결연하고도 비참한 방식으로 세상을 떠나버리자 왜 이리도 갑자기 바보가 그립지? 지금 우리는 바로 그 그리움에 대해 왠지 파헤쳐봐야 할 것 같은 강박감에 휩싸여 있다.

그의 사후, 그의 죽음에 대해 만화경 속의 거울처럼 보는 이에 따라 각기 다른, 매우 아전인수식 여러 분석들이 나왔다. 모두 자기 입장에서 그의 죽음을 풀었다. 그게 인간의 한계일 것이다. 확실한 것은 500만 명에 이르는 거대한 군중이 눈물 철철 흘리며 애도한 '노무현'은 실제 노무현이 아닐 수도 있다는 것이 내 생각이다. 그렇지만, 그가 바보였다는 것, 최소한 바보에 가까운 인간적인 정치인이었다는 데에 대해서만은 대부분 후한 점수를 줄 것이다.

'이라크 파병' '새만금 죽이기' '자본에 항복하기' 'FTA 광분' 등 분명한 실책도 없지 않았지만, 무엇보다도 그가 비권위적인 정치인이었기 때문이다. 가히 지금 이 시기는 안쓰러운 마음으로 가볍게 불렀던 애칭이 불멸의 아이콘이 되어가는 순간이다.

누구를 일컬어 바보라 하는가? 예수의 생각으로 짐작한다면 너른 길을 마다하고 '좁은 길' 끝의 작은 문을 택하는 사람들일 것이다. 바보에 대한 이야기가 더 전개되기 전에 서둘러 사전을 뒤적여봤더니 '바보'는 ① '지능이 부족하고 정상적으로 판단하지 못하는 사람', ② '어리석고 못나게 구는 사람을 욕하거나 비난하여 이르는 말'(금성판 국어사전)이라 적혀 있다. 확인하고 자실 것도 없는 자의字意를 확인하기 위해 바보처럼 사전을 뒤적이다니, 바보가 바보론을 쓰고 있는 우를 범하고 있다는 자괴감을 떨치지 못하겠다. 그렇지만 내 사전은 현실에서 말이 자의와는 다르게 쓰이기도 하다는 데에 무신경했다고 볼 수밖에 없다. 우리가 누군가를 바보라 할 때는 '바보 자식'이 있고, 경탄의 마음을 감추지 못하는 존경 어린 바보도 있다는 데 대해 사전은 아랑곳하지 않았던 것이다. 바보 사전이라 해도 되겠다.

바보 이야기와 함께 퍼뜩 떠오르는 인물은 《사기史記》 〈소주전蘇奏傳〉에 나오는 미생尾生이다. 다리 밑에서 여인과의 약속을 지키기 위해 기다리다 홍수에 휩쓸려간 인물이 곧 미생이었다. 여인과의 약속 때문에 익사할 때까지 '다리 밑'을 고수했던 미생을 어이없는 바보로 기억하는 것은 바보가 아닌 보통 사람들은 홍수가 밀려오면 그 자리를 지키지 못하더라도 비난받지 않는다는 것을 알고 있기 때문이다. 천재지변에도 굴하지 않은 고집쟁이 미생은 가히 위대한 바보라 할 만하다. 미생지신尾生之信이라는 무서운 말도 그로 인해 생겼다.

또 누구를 떠올릴 것인가. 《바보 이반》이라는 작품을 남긴 톨스토이를 빠뜨릴 수 없다. 누구의 것이어서도 안되는 땅을 사고파는 것이 죄악이라는 헨리 조지의 사상을 접하자 지니고 있던 엄청난 부와 이미 세계적인 작가의 반열에 올랐던 귀鬐를 헌신짝처럼 버리고 늙고 외로운 방랑자로서 시골 간이역에서 얼어 죽은 톨스토이는 그 자체로서도 바보였지만, 러시아에만 있는 오래된 민중의 전형을 바보 이반이라는 인물로 형상화했다. 우리 문학에서 이문열이 〈익명의 섬〉을 통해 드러낸 정액 냄새 진동하는 바보 '깨철이'와는 질이 다르다. 깨철이 이야기가 나와 하는 말이지만, 사실 예전에 우리 농촌에는 어느 마을이든 바보 한 사람쯤은 너끈하게 품고 있었다. 누가 부려도 새경을 주지 않아도 되었고, 애어른 할 것 없이 편안하게 홀대해도 피차 적의가 없었고, 아무것도 표나게 하는 일 없지만 모든 마을 일에 한 바보로서 연기처럼 스며듦으로써 마을이 비로소 온전해지는 그런 바보 한 명쯤은 거느리고 살았다. 농촌이 붕괴되면서 바보도 사라졌다.

　헨리 데이비드 소로도 바보 중의 바보였다. 하버드대학 출신이었건만 그는 콩코드의 아버지 연필공장에서 잠시 일하다가 콩코드 호숫가에서 오두막 하나 짓고 콩밭을 파헤치는 두더지를 타이르며 자연의 신성함에 대한 위대한 기록을 남긴다. 그의 실험은 실패로 간주되었고, 후에 인류의 유산이 되었지만 《월든》은 생전에 처절하게 외면당했다. "단 한 사람의 정직한 사람이라도 노예를 소유하기를 그만두고 그 때문에 형무소에 갇힌다면 미국에서 노예제는 폐지되리라"고 믿었던 소로는 바보 중의 바보였다. 내가 낸 세금이 멕시코 전쟁에 쓰이기를 원치 않는다는 이유로 읍내 유치장에 투옥된 뒤 쓴 《시민의 반항》은 간디로 하여금 "부당한 법에 고의로 저항하는 것"이 바보들의 의무라는 것을 깨닫게 했다. 가난한 사람들과 똑같은 고통을 겪어야 사람의 도리를 다하는 것이라고 믿고 공장 노동자로서 끝내 영양실조로 죽었던 시몬 베유, 칼 폴라니 가문의 위대한 이상주의자들, 지나칠 정도로 대접받는 종신 교수직을 버리고 전면적인 낙오자, 자발적으로 주변 인물을 자처한 뒤 식당 청소부 일을 했던 호이나키나 그의 멘토였던 위대한 아나키스트 애먼 해나시 또한 한심하게 연명하듯 살고 있는 우리를 부끄럽게 만드는 바보들이 아닐 수 없다.

　위대한 바보들의 행렬은 이곳 우리 땅에도 가열차게 진

행되었다. 남명 조식 같은 선비들의 결단이 그러했고, 이름 없이 산화한 의병들이 그러했고, 깨질 줄 알면서도 하늘을 열려고 했던 동학도들이 또한 꿋꿋하게 비극적인 바보의 길을 걸어갔다. 근현대사에 전태일을 비롯해 민중으로부터 칭해진 무수한 열사들 또한 바보들이었다. 벗과 이웃이 당한 이유 없는 학살에 분연히 총을 든 광주의 시민군들 역시 외롭고 처절한 바보들이었다. 큰 바보를 고대했고, 그 바보에 근접하려 했던 함석헌 옹 역시 바보 열전에서 빠뜨릴 수 없겠다. 끝없이 낮아져야 한다는 것을 몸소 보여주신 무위당, 인세 전부를 굶는 아이를 위해 내놓고 청빈을 실천하신 권정생 선생님의 삶 또한 아름답고 기품 있는 바보의 삶이었다.

바보들의 특징은 《대학大學》이 묘파했듯이, 소인들과 달리 일신의 즐거움과 이익樂其樂而利其利에 몰두하지 않았다는 공통점이 있다. 우리는 똑바로 바라보고, 뭔가를 알게 된 것을 실천하려는 단순하지만 올바른 바보의 삶을 모두 일찍부터 버렸다. 두루 얍삽해졌고, 비루해졌고, 스스로 노예의 삶을 살면서도 자신이 약은 줄로만 아는 소인배의 삶을 살고 있다.

그나저나, 바보 노무현을 죽이고도 모자라 애도하는 사람들을 반인륜적인 태도로 모욕함으로써 계산에 없던 그의 세찬 부활에 직면한 세력들은 어떻게 불러야 옳을까? 아무래도 사전에 등재된바, '못난 바보들'이라 불러야 마땅할 것만 같다. 오늘 이 나라를 매우 불길한 기운으로 몰고 가는 힘센 바보들 때문에 우리 소인배들, 참으로 심신이 어둡고 괴롭다.

(2009년)

5

속절없이 시간은 흐른다

'후쿠시마 이후'에도 우리는 끄떡없구나

봄이면 늘 접하게 되는 시 한 구절이 있다. 왕소군王昭君이 오랑캐胡地 땅에서 읊은 슬픈 시, 〈춘래불사춘春來不似春〉이다. 비운의 미녀가 이 시를 남긴 이래 한자문화권에서는 어쩌면 매년 봄에 이 시를 떠올리곤 했을 것이다. 봄이 왔건만 봄 같지 않은 일은 이 시가 출현한 2,000여 년 이래 매년 일어났을 테니 말이다. 하지만, 금년 봄에 이 시는 유난히 각별하다. 두말할 것 없이, 후쿠시마 원전 사고 때문이다.

사고가 터지고, 우리는 참으로 깊은 충격 속에서 보냈다. 사고 직후 일본인이 보여준 침착한 태도에 세계는 존경심마저 표했다. 그들은 양떼처럼 당국의 지시대로 사고에 대처했다. 오열도 억눌렀고, 마냥 질서정연했다. 모든 것을 잃고서도 그토록 침착한 민족성에 나는 되레 전율했다. 저 침착성과 순종의 얼굴로 지난 세기에 동아시아에 저지른 끔찍한 폭력이 떠올랐기 때문이다. 믿었던 당국이 끈질기게 사실을 은폐하고, '잘난 일본'도 기실 위기 대처 능력이 형편없다는 것이 판명되자 마침내 일본인들마저 원전 반대 시위를 하기 시작했다. 얌전하던 시위는 점차 격렬해짐으로써 존경해야 할 얼굴은 순종하는 얼굴이 아니라 저항하는 얼굴이라는 것을 보여주었다.

이웃 나라인 우리는 무능력하게 후쿠시마 사태를 지켜볼 도리밖에 없었다. 정부와 기상청은 편서풍 타령만 해쌓았다. 방사성 물질이 '행운의 편서풍' 때문에 우리 사는 곳으로는 안 날아올 테니 안심하라는 이야기였다. 하지만, 편서풍이 동남풍으로 바뀌면 어떡하나? 하늘의 일을 우리가 얼마나 잘 알고 있을까? 전문가들은 방사성 물질이 "설사 한반도에 유입된다 하더라도 극미량"이라 하면서 엑스레이를 찍어도 소량은 피폭됩니다, 어쩌구, 하는 낡아빠진 비유를 남발했다. 애당초 빌어먹을 비유였다. 기준치는 대체 누가 정했단 말인가? 진짜 전문가란 "그 분야에 대해 내가 알고 있는 게 얼마 안 된다"는 것을 누구보다 잘 알고 있는 사람이다. 우리가 이번에 텔레비전에서 만난 전문가들은 가짜들이었다. 원전사업으로 이익을 얻고 있는 자들, 곧 '핵 마피아들'이 전문가를 자처했다.

기쁨 없는 봄꽃이 피었고, 속절없이 시간은 흐르고, '후쿠시마'는 이제 그저 '주요 외신' 정도로 넘어가버렸다. 체르노빌 사고와 같은 수준의 사고라는 것을 사고 친 나라마저 인정했지만, 내 나라 '원전 르네상스'는 요지부동이다. 계획대로 이 땅에 원자력발전소가 착착 건설된다면 수년이래에 세계 최고의 원전 밀집도를 자랑하는 나라가 될 것이라 한다. 그런 게 르네상스라면 죽음의 르네상스다. 말의 오용은 '4대강 살리기'라는 말처럼 그침이 없다. 핵 문제는 환경문제의 핵이다. 핵이 지닌 반생명성, 곧 죽임의 능력 때문이다. 황사는 짙어져가고, 후쿠시마에서 방출된 죽음의 방사성 물질은 우리의 대책 없는 망각과 체념의 능력과 상관없이 우리 삶을 뒤덮고 있다. 자연으로부터의 고립을 자처한 대가다.

우리는 이제 다시는 '후쿠시마 이전'으로 되돌아갈 수 없다. 그뿐인가. 빙하가 녹고, 산호초와 꿀벌마저 빠르게 사라져간다. 이 모두 가녀린 생명의 기초들이다. 희망은 생명의 지속을 전제로 한다. 우리의 무능력과 무심 때문에 우리는 이제 함부로 희망을 품을 수도 없게 되었다. 그런 점에서 지금 이곳이 바로 왕소군이 말했던 오랑캐의 땅이다. 그 어느 때보다 오래된 욕망의 습관과 지금처럼 살아야 한다는 생각을 바꾸는 용기가 필요하다. 그래야 다시봄이 올 수 있을 것이다.

(2011년)

쓰레기 소각정책, 망국으로 가는 길

팔을 삐신 S 선배님께

먼저 그동안 격조했음을 사죄드립니다. 책상에 엎드려 주무시다가 벌써 여러 날, 팔이 불편하시다는 얘기를 얼핏 들었습니다. 쉰이 넘은 선배님 나이에 책 읽다가 아직도 소년처럼 그냥 엎드려 주무시는 모습을 생각하면 실소와 함께 외경의 마음도 금치 못하겠음이 솔직한 심정입니다. 어디 용한 분을 찾아 침이라도 한번 맞아보시는 게 어떨지 싶습니다.

조석으로 선선한 가을바람이 불기 시작하던 지난해 8월 말 이후, 저는 참으로 이상한 일로 참 정신없는 나날을 보냈습니다. 만나야 할 지인이나 바깥일과는 거의 두절된 채 이렇게 해를 넘겨 겨울의 깊숙한 곳까지 들어왔습니다. 오로지 그동안 격조했음에 대한 변명으로 들어주시길 바랍니다.

무슨 일 때문이었느냐고요? 마을 일 때문이었습니다. 그 일 외에 제게 중요한 일이 따로 없는 것처럼 두 계절을 그렇게 지냈습니다. 살다가 이렇게 어떤 일에 함몰한 적이 있었던가 싶을 지경이었습니다. 종종 저는 가족들에게는 지난가을부터 오늘에 이르기까지 제가 치르게 된 시간을 무슨 혹독한 여행 중인 것 같다고 말하고, 바깥 사람들에게는 재난에 빠졌다고 말하곤 합니다.

서울시가 일으킨 재난

이 재난을 일으킨 주체는 서울시였습니다. 서울시가 제가 사는 아파트 마을에 쓰레기 소각장을 짓는다는 바람에 일어난 재난이 바로 그것입니다. 끝없는 시위와 집회, 갖가지 공청회와 심포지엄, 형사들의 때 없는 전화, 대책위 결성, 반대의 반열에 나섰지만 아집과 독선, 거물의식에 빠진 일부 주민들, 구청 동사무소 일부 통반장 등을 비롯한 관변단체들의 온갖 방해공작과 음해, 환경단체들의 냉소와 무관심 등, 이제 다시금 돌이켜봐도 그동안의 시간들은 가히 '재난'이라고밖에 말할 수 없는 시간들이었습니다.

경기도의 어느 마을은 새벽 4시에 착공식을 했다는 소리도 들립디다만 여기 상계 소각장의 착공식 경우는 도적들처럼 그런 신새벽에 하지는 않고, 뻘건 대낮에 하되 몇천 명의 전경들 보호 아래 슬그머니 했지요. 1993년 8월 30일의 일이었습니다. 전경들이 반체제 세력 진압에 쓰이거나 상대방이 격렬해지기도 전에 먼저 격렬해져서 노동운동을 진압할 때나 쓰이는 줄 알았더니, 행정부가 발주하는 건설공사의 착공식 때도 그렇게 요긴하게 쓰이는 줄은 몰랐습니다. 시에서는 고집스레 꼬박꼬박 '자원회수시설'이라 부르고, 우리는 자연스레 '소각장'이라 부르는 그 시설물이 그렇게도 '필요하고 좋은 것'이라면 주민들의 갈채와 덕담 속에서 착공되어야 마땅할 터인데, 소각장 건설 착공식은 그렇게 비밀스럽게, 혹은 주민들 참석조차 차단된 공포 분위기 속에서 후딱 치러지곤 한다는 걸 이제 잘 알게 되었지요. 경기도 군포시의 경우는 추석 연휴 첫날(1993.9.29.)에 시의회가 긴급임시회의를 열어 소각장설치 동의안을 의결했다고 합니다. 공권력 비호 아래 착공된 저희 상계 소각장 말고 다른 곳의 경우도 전격적이고 기습적으로, 요식행위처럼 절차를 밟은 것은 마찬가지였습니다.

착공식 무효 선언과 함께 시위가 시작된 것도 바로 그즈음이었습니다. 소각장 인근 아파트 단지의 수천 명 주민들이 매일 밤 거리로 뛰쳐나오기 시작했습니다. 시위 주민들이 도로를 점거하는 바람에 애꿎은 사람들 귀가가 늦어진 게 한 열흘은 계속되었을 것입니다. 담벼락이나 인근 공원에 열을 맞추어 드러누워 있거나 쉬고 있는 전경들과 그들을 운반해온 수십 대의 '닭장차'가 마을 언저리에 새로운 풍경으로 자리 잡게 되었습니다. 국민이 원치도 않았고 시키지도 않았건만 나라를 위한답시고 나타나 대통령도 돌아가며 해먹던 군인 아저씨들이 집권할 때, 안암동이나 신촌, 신림동 등지의 대학교 언저리에서나 볼 수 있었던 풍경이 애잔하고 평화롭기 그지없던 아파트 밀집 단지 언저리에서 펼쳐진 것입니다.

시위로 인해 착공식 당일부터 부상자가 속출하기 시작했습니다. 다친 사람 중에는 노인들, 주부들, 임신 중인 부인들도 있었다 합니다만, 한 20여 명 이상의 부상자가 생겼고, 그 와중에 어떤 이는 전경의 방패에 찍혀 귀를 50바늘이나 꿰매는 안타까운 일이 벌어졌습니다. 나중에는 구속자도 네 명이나 생기게 되었습니다. 물론 이 모든 것이 공동대책위원회가 출범하고, 깡통 쇠붙이를 두드리던 야간 불법집회에서 집회신청을 한 뒤 합법집회로 선회하기 전의 착공식 직후 한 보름간의 일이긴 합니다만, 이즈음의 사태를 보고 어떤 이는 '작은 광주사태'였다고 회고할 정도였으니 주민이든 경찰이든, 마을의 공무원이든 얼마나 피곤했겠습니까.

언론의 반응

언론은 시위 모습을 단순한 사건 기사로 몇 번 다루었습니다. TV 매체에서도 찍어갔고, 방영하기도 했습니다. 그러나 주민들의 시위를 바라보는 언론의 한결같은 논조는 '한심스러운 님비현상', 혹은 '지역이기주의'였습니다. 공익을 우선할 줄 모르는 혐오시설 기피자들로 주민들이 규정되었습니다. 어떤 매체에서는 기자 칼럼이나 사설을 통해 그 이기심을 준열하게 꾸짖기도 했습니다. TV에서는 마침 '한의사 약사 분쟁'과 함께 집단이기주의를 설명하는 아주 중요한 단골 필름으로 소각장 반대 시위 필름이 흘러나왔습니다. 한 TV의 아침연속극에서는 정박아나 지체부자유아랑 같이 살 수 없다고 항의하는 주민들과 소각장 건설을 반대하는 사람들이 '같은 사람들'이라는 맥락에서 그려지기도 했습니다. 주민들은 그런 매체의 몰이해와 폭력에 입술을 깨물며 치를 떨었습니다.

주민들의 이유 있는 항의를 집단이기주의로 모는 그러한 다양한 언론 작업 속에는 고도의 정치공학적 배려가 담겨 있다는 것은 잘 추측되는 일입니다. '화장실과 안방이 가까이 있지 않느냐? 당신들 이익보담은 공익이 우선돼야 하는 거 아니냐' 하는 논조가 대중매체에 의해 확산되기 시작했습니다. 무섭고 놀라운 왜곡이었지만, 대꾸할 가치도 없는 논조들이었습니다. 왜냐하면 그 논조들이 아무런 고민 없이 내뱉어진 1차적인 반응인 데다 사태에 대한 무지와 이중성에 기초하고 있기 때문입니다. 한 번도 쓰레기 처리 문제에 대해 고민해본 적이 없는 사람들이, 소각장을 짓겠다는 사람들이 토파討破하는 주장만으로 펼치는 논조들이었습니다. 이중성이라는 얘기는 소각장 민원을 비판하는 사람들이 그 일이 자기와는 관계없다는 인식에 서 있다는 의미에서의 이중성입니다. 소각장 지어달라고 서울시에 애원하면서 소각장 건설 프로젝트에 적극 참여한 폐기물학회의 어떤 학자는 한 환경단체가 개최한 공청회의 연사로 나와 말하기를, '물론 나도 우리 동네에 소각장 짓는다면 도시락 싸들고 나서서 반대를 하지요'라고 말한바, 그런 맥락에서의 이중성 말입니다. 남에게는 요구하면서 자신은 수용할 수 없다는 사고방식에서 한 치도 벗어나지 못한 사람들에 비해 우리는 서울시가 일으킨 이 재난으로 인해 말할 수 없이 성숙해졌습니다.

'우리 마을에 짓지 말라는 이야기가 아닙니다. 정말 지어야 한다면 우리 동네부터 지으세요. 그러나 지금은 아닙니다. 쓰레기 성상性狀 자체가 외국과는 다른데 저런 외국 기술로, 하루 800톤이라는 엄청난 양을 왜 태워 없앤답니까! 쓰레기도 자원인데요. 소각장 안 짓고 가능한 대안의 실천에 우리가 만약 실패한다면 지금 지으려는 것보다 더 큰 소각장을 지어달라고 요청하겠습니다! 제발 시간을 좀 주세요.'

이 정도 이야기를 이제 우리 동네에 사는 누구나 할 수 있을 지경이 되었으니까요. 핵 위협에 대한 각성이 최초의 민감한 사람들에게서 대중에게 전파되는 데 30년이 걸렸다는 기록과 견주어보면, 소각장 건설 예정지에 사는 주민들의 환경에 대한 각성과 성숙은 가히 눈부신 속도라

할 만합니다. 서울시가 우리 주민 모두를 환경문제에 관한
한, 반쯤은 전문가로 만든 셈입니다. 재앙에도 늘 교훈이
있다는 걸 서글프지만, 느낍니다.

집단이기주의가 아니라 집단이타주의

집값 땅값 하락을 염려한 지역이기주의에 우리 반대운동
이 바탕하고 있다는 곱지 않은 시선에 대해서는 거의 대답
할 필요조차 안 느끼지만, 그 지적은 사실 지역사랑주의라
고 고쳐 해석할 수도 있을 것입니다. 자본주의 사회의 기
반과 동력이 바로 인간의 그러한 '제 것 열심히 챙기는' 이
기심에 기초하고 있음을 조금이라도 알고 있다면, 개인적
으로는 인간의 그런 이기심을 정당화하고 싶은 마음이 손
톱만큼도 없지만, 오히려 육체를 슬퍼하듯이 늘 내부의 욕
망과 이기심을 가증스러워하고 혐오스러워하는 사람이지
만, 좋습니다, 그런 멋있는 비난이 최소한의 설득력이라도
얻자면 그 지적은 도덕적으로 아주 훌륭한 분의 지적이어
야만 할 것입니다.

'그런 분이 오늘 누구냐'고 절망적으로 말하기 전에, 오
히려 여기 우리들의 이 운동을 저는 집단이타주의라고 말
하고 싶습니다. 물론 제 말은 아닙니다. 우연히 책을 뒤적
이다가 접하게 된 집단이타주의라는 개념은 케이비cave 이

론에 바탕하고 있더군요. 라틴어로 케이비는 '조심하라'라는 뜻입니다. 한 무리의 새가 초원에서 풀을 뜯고 있습니다. 무서운 매는 멀리 있어서 아직 새떼를 보지 못했습니다. 눈이 좋았던 이 새는 즉시 혼자 덤불 속으로 숨을 수도 있었겠지요. 그러나 그건 어리석기 짝이 없는 짓이지요. 다른 동료 새가 매의 눈길을 끌고야 말 테니까요. 최초로 매를 발견한 개체의 최선의 방책은 이때 무엇이겠습니까. 동료에게 빨리 경고를 주어 그들을 조심하게 함으로써 그들이 자기도 모르게 매를 불러들일 가능성을 줄이는 것이지요. 혹은 요란하게 경계음을 냄으로써 다른 동료들을 같이 날도록 부추겨, 모두 확실하게 안전한 숲속으로 숨는 일일 것입니다.

우리 마을의 소각장뿐 아니라 이 땅의 모든 소각장 건설을 반대하는 저희의 이 눈물겨운 목소리를 저는 동시대의 다른 동료들에게 보내는 경계음으로 생각합니다. 그리고 우리 혼자 이 위험에 노출되어 있는 것이 아니라는 것을 적극적으로 알린다는 면에서 집단이기주의라기보다는 집단이타주의라 보고 싶습니다.

지난해 경우 새 정부가 대부분의 민원을 일단 님비현상 Not in my backyard syndrome 으로 파악, 전가의 보도처럼 휘두르고 있는 외래 학설에 대해서도 그렇습니다. 면밀하게 검증되지 않은 한 서양 학자의 관찰이 우리 현실에 맞지 않을 수도 있을 터인데, 어떤 이유에서였는지 '님비'라는 개념은 정당한 민원을 원천 봉쇄하고 짓누르는, 지배 이데올로기를 옹호하는 매우 유용한 학설로 둔갑하여 매우 날카롭게, 방어적으로 쓰이는 것을 봤습니다. 지난해 그러한 행정부의 태도에 편승하던 일부 언론의 불성실한 여론 조작에 대하여 매카시즘을 떠올린다는 유의미한 지적도 있었음이, 상기되기도 합니다.

'일반적으로 님비를 집단이기주의에서 찾고 있으나 님비 중에는 정당한 것이 상당히 있다'고 학자들도 인정하고 있으며, 소각장 건설 반대 민원의 경우 "정당하다고 인정되는 범위를 훨씬 초과하여 요구하거나 건전한 상식에 비추어볼 때 정당한 이유 없이 합의를 거절하는 행위"(선우용준, 〈우리나라 님비현상의 심화요인 분석과 해소방안〉)에 해당하는 것은 아이러니컬하게도 주민들이라기보다는 서울시가 일관되게 보여준 모습들이었습니다.

'태워 없앤다'는 상식이 안고 있는 문제점

선배님도 사실 그동안 무엇인가를 끊임없이 쓰면서, 버리며, 살아왔지만 한 번도 쓰레기 문제에 대해 골똘히 생각해보시지 않았으리라 생각됩니다. 조금도 이상한 일이 아닙니다. 저도 그랬으니까요.

이십대부터 제가 좋아하던 소로의 《월든》을 뒤적였더

니, 머클래씨족 인디언들의 '첫 곡식 잔치'는 헌 옷과 더럽혀진 물건들, 그리고 마을 전체를 깨끗이 청소하여 쓰레기를 모은 뒤, 이것들을 남은 곡식과 식료품들과 함께 한 무더기로 쌓아 불 질러 태워버리는 것으로 시작했다는 구절이 보입니다. 일종의 정화제淨化祭였습니다. 아득한 인디언 얘기까지 거슬러 올라갈 필요가 없겠지요. 우리 조상들도 불로 동네를 씻고, 묵은해를 씻고, 마음을 씻어왔습니다. 사람이 땅의 조그마한 일부일 뿐이라는 것을 잘 알고 살았던 옛날에는 살림살이 모든 게 완전히 순환되었습니다. 그 행복하던 시절에는 어디에서나, 누구나 그렇게 불로 세척되고 정화되고, 고양되었습니다.

시의 소각장 건설 정책에 맞서 주민들이 격렬하게 반응하자 그것을 바라보며 사람들이 표한 첫 반응은 '태우지 않으면 어쩌겠단 말이냐?', 하는 것이었습니다. 또한 그렇게 여론을 몰고 갔다는 얘기는 앞서 드렸습니다.

그렇게 신경질적으로 반응하는 사람들이 간과하고 있는 점, 두 가지. 그들은 아직도 우리가 아메리카 인디언처럼 수렵시대를, 혹은 농경사회를 살고 있는 것으로 착각하고 있는 사람들입니다. 혹은 어렸을 때 고향을 떠난 뒤, 고향 들녘에서 낙엽이나 마른 나뭇가지를 태우던 향수를 여태껏 가슴속에 간직하고 있는 사람일 수도 있겠지요. 지금은 농경사회가 아니고, 지금 서울시가 전량 태워버리려는 쓰레기가 낙엽이나 나뭇가지가 아니라는 사실에 조금만 생각이 미친다면, 왜 사람들이 그토록 격렬하게 소각장 건설을 반대하는지 곧 이해하게 될 것입니다. 또 한 가지 그들이 간과하고 있는 것은 서울시가 그동안 쓰레기 전량을 매립에만 의존해왔다는 사실입니다. 일찍부터 소각장만능주의로 일관했던 것이 아닙니다. 지난 20년간 100퍼센트 매립에만 의존해오다 매립지 확보에 어려움을 겪자 100퍼센트 소각으로 선회한 것입니다. 상식적으로 그 중간에 무슨 노력인가가 있어야 할 터인데, 전량 매립에서 전량 소각으로 백팔십도 급선회한 것입니다.

그 점을 한 번도 골똘히 생각해본 적이 없는 시민들은 고향마을 뒷동산에서 낙엽을 태우던 기분으로, '안 태우고 어쩌겠다는 거야?' 하는 말을 이마를 찌푸리며 중얼거리게 되는 것입니다. 태우지 않고 잘못 매립해서 난지도가 저렇듯 엉망이 되었건만, 그 옆의 100억짜리 세계 최대 쓰레기처리 공장이 국민 혈세만 날리고 고철로 남았건만, 누구 하나 책임지는 사람 없이 넘어갔지요. 그러다가 매립지 확보가 어려워지자 슬그머니 소각장만능주의로 선회한 사실에 대해 시민들은 전혀 무지한 상태이지요. 기초조사 자료의 미비, 현실성이 결여된 연구, 책임자 없는 행정체계, 안이한 기업 정신 등이 짝짝 박자를 맞춘 경우입니다. 슬프기 짝이 없습니다. 누가 말했습니다. 이제 독재자가 나라 망칠 확률은 낮아졌다고. 그럼 누가 망치느냐고요? 잘못된 행정 정책이 나라를 망치는 시대가 도래했다는 것입니다.

절감하지 않을 수 없는 대목입니다.

다이옥신 이야기

우리가 소각장 건설을 반대하는 제일 큰 이유는, 소각장
이 우리 환경을 영구히 회복될 수 없도록 파괴하기 때문입
니다.

　선배님, 우리가 지금 '쓰레기를 생산하는 경제' 속에서
살고 있다는 것은 더 이상의 강조나 확인이 필요 없겠지
요. 무한경쟁이 개인이든 집단이든 사회 전반에 걸쳐 조직
적으로 부추겨졌고, 개발독재 시절의 성장만능주의는 다
른 가치들을 모두 침몰시켰습니다. 굶주렸던 세대의 한풀
이 같은 과잉소비는 가히 역류할 수 없는 흐름이어서 누
구도 이의를 제기하지 않았습니다. 쓸데없는 것들도, 이미
있는 것들도 다시 만들어 시장을 개척하기만 하면 정당해
지는 이념에 모두 동의한 것입니다. 대량생산 대량소비의
산업사회는 결국 지난호(13호)《녹색평론》의 김찬호 선생
의 글에 나타난 적확한 표현대로, '생태적 합리성과 경제적
합리성과의 모순'을 야기하고야 만 것입니다. 노자식으로
말하면, 활시위를 너무 당긴 셈이죠. 그리하여 오늘 마침
내 미증유의 쓰레기 문제에 봉착하게 된 점은 우리가 모두
알고 느끼고 있는 점입니다. 이제는 상식이 되어버린 이

진부한 이야기를 되풀이하는 것은 우리가 배출하는 쓰레기가 태우면 절대 안 되는 쓰레기라는 것을 이야기하기 위해서입니다.

쓰레기를 태우는 소각장에서는 아주 나쁜 물질이 나옵니다. 수은, 납, 카드뮴, 아연 등의 중금속 대기오염 물질이 나옵니다. 그리고 인류가 발명한 극도의 맹독성 물질인 다이옥신(2-3-7-8-TCDD)이 배출됩니다. 모든 종류의 화재, 또는 발화 물질과의 접촉 등 탄화수소가 발생하는 모든 곳에서는 다이옥신이 발생하지만, 다이옥신의 전체 발생원 중 소각장이 전체의 59.0퍼센트를 차지한다는 NHK 자료를 우리는 지니고 있습니다. 청산가리보다 1만 배나 독소가 강하다는 이 독극물은 암을 유발시키고, 유전인자를 파괴하며, 기형아(진정제 콘테르간보다 기형아 탄생률이 6만 배 높음)를 낳게 하는 것 등의 특성이 있는 것으로 판명되었습니다. 농약이었다고 우기지만, 베트남전 때 미군에 의해 뿌려진 고엽제 중의 하나도 바로 이 다이옥신이었습니다. 다이옥신 피해자들과 그 후손들의 고통에 대해서 우리 사회도 이제 잘 알고 있습니다. 다이옥신의 인체 잠복기는 평균 15년에서 20년이라 합니다. 우리가 키운 애들이 천천히 죽어가는 것입니다. 소각장이 있는 도시의 아이들이 소각장이 없는 산촌의 아이들과 이다음에, 사랑을 해서 이상한 아이들을 낳는 비극을 맞이하게 되는 것입니다.

그런데 소각장을 악착같이 짓고야 말겠다는 우리의 관

리들은 '다이옥신이 동물에게는 해가 되지만 인체에는 전혀 영향을 주지 못할 뿐 아니라 대기오염방지시설을 설치해 기준치 이하로 배출량을 줄일 수 있기 때문에 문제될 게 없다'고 하고 있습니다. 인체실험을 할 수도, 혹은 어떤 형태의 시뮬레이션도 불가능하기에 소위 전문가들은 시와 주민들 간의 다이옥신과 관련된 이견을 '말싸움'으로 간주, 논의의 초점을 흐리게 하고 있다고 말하고 있습니다.

그렇지만 선배님, 저는 소각로 안에서 발생될 나쁜 물질에 대한 문제가 학문적, 화학적 문제라기보다는 참으로 윤리적, 상상력의 문제이기에 '다이옥신 무해설'을 주장하는 사람들이나 다이옥신을 대수롭지 않게 얘기하는 사람들의 정신상태를 의심하지 않을 수 없습니다.

폐건전지, 형광등, 그 외 플라스틱, 비닐 등 우리 생활을 거의 덮고 있는 온갖 종류의 석유화학 물질들을 음식쓰레기와 함께, 난지도에 20년간 그냥 쓰레기를 쌓아 올리던 그 사람들이, 소각로에 몽땅 넣고 불을 붙였을 때, 쓰레기들이 서로 엉켜 타면서 그 소각로 안에서 발생될, 다이옥신은 물론이지만, 인류가 아직 이름 붙이지 못한 미확인 독성 혼합 물질들(전체의 80%)이 생성되리라는 것은 너무나 자명한 일일 것입니다. 왜 제가 이 문제가 화학적인 문제라기보다는 상상력의 문제라고 하는지 선배님은 이해하실 수 있을 것입니다. 게다가 다이옥신은 저항성이 아주 강한 물질로서 1,100도 이하의 열에서는 분해되지 않고 방출되며 더 높은 열에 의해서만 비로소 분해되는데, 유럽의 경우 이 정도의 열을 올릴 수 있는 소각장이 없다는 것입니다(요하네스 마리오 짐멜). 게다가 염화비닐제의 쓰레기는 고온에서 염화수소가스가 발생해서 소각로의 내화재를 빨리 소모시키게 되어 점점 더 성능이 좋은 소각로를 요구하게 된다는 점(《녹색평론》 13호, 130쪽)도 빠뜨릴 수 없습니다. 이 대목은 소각시설의 경제성과 관련된 허구를 밝히는 대목에서도 드러나는 문제이지만, 염소를 다량 함유하고 있는 염화비닐은 다이옥신을 가장 많이 방출하는 물질로도 유명합니다.

우리 주민들이 만든 유인물에 우리가 구해 번역해 실은 자료 하나를 소개할까 합니다. 걸핏하면 서울시가 내놓는 5~6년 전의 번역되지 않은 자료보다 훨씬 성실하게 보이기를 우리는 원합니다.

Steph M. Reasoner 판사(아칸소주 동부 지방법원)는 벌태크 Vertac사에서 운영하는 소각장의 가동 중지 명령을 내렸다. 미국환경보호청EPA의 규정에 의거하면, 모든 쓰레기 소각로는 POHCPrincipal Organic Hazardous Constituents의 99.99%(다이옥신의 경우 99.9999%)를 반드시 제거해야 한다. 그런데 벌태크의 소각로 경우, 99.96%의 TCDD만을 제거했다.

—C & EN, 1993.5.24.

미국환경보호청은 금년 5월 미국 내 모든 소각장 건설과 기존 소각장 증설을 향후 18개월간 전면 금지하는 내용의 새로운 정책을 발표했습니다.

—C&EN, 1993.5.24.

배출기준치를 거의 제로화해야 소각로 가동이 가능하도록 하는 다이옥신에 대한 미국의 이토록 엄혹한 태도가 부러우면서도 지극히 당연하게 여겨지는 제가 이상하게 보이진 않겠지요. 독일의 경우도 1983년 독일연방정부 내에 환경성이 생기기 전에 이미 '다이옥신의 위험성에 관한 보고서'가 제출되었으며, 환경성이 생긴 이후에는 또 다른 보고서가 보고되었으리라는 기록을 만날 수 있습니다.

그러나 우리나라는 현재 다이옥신을 측정해본 적도 없고, 측정장치나 규제치도 없는 실정입니다. 그런데 시는 동물에게는 해가 있지만 인체에는 무해하다는 해괴한 학설을 들고나오며, 소각장 건설 불가피론을 펼치고 있는 실정입니다. 선배님, 작년 국정감사 때 일 기억나시죠? 에너지관리공단이 목동 소각장의 벤젠과 페놀 배출치를 10분의 1로 축소·은폐하려다 국감에서 들켰던 일 말입니다. 페놀 78.01ppm은 7.80ppm으로, 벤젠 66.71ppm은 6.67ppm으로 축소·은폐하려다 들켰던 것입니다(《한국일보》, 1993년 10월 7일). 이튿날 얼른 타이프라이터의 오타, 어쩌구 하며 구렁이 담 넘어가듯 또 넘어갔지요. 오랫동안 원칙이 없던 나라였으니, 한번 넘어가면 그만이지요. 동족의 생명을 담보로 수치를 조작했건만, 아무도 처벌받지 않았습니다. 이렇듯 도덕성을 상실한 자들이 기를 쓰고 강행하려는 소각장 건설을 반대하지 않는 게 오히려 이상한 일이 아닌가 싶습니다.

소각장은 이론적으로는 쓰레기 양을 엄청나게 줄이는 것 같아도 현실적으로 중량에 있어서 50퍼센트, 부피에 있어서 60퍼센트까지밖에 쓰레기 양을 줄이지 못합니다. 게다가 태우고 남은 독성재를 또 매립해야 하는 문제가 엄존합니다. 독성재는 고온연소가 화학적 결핍상태를 파괴함으로써 생성된다고 합니다. 그러므로 항구적으로 영향을 미침으로 우리와 우리 후손의 먹을거리에도 치명적인 해를 가하게 되는 것입니다.

대안

우리가 소각장 건설을 반대하는 두 번째 이유는 소각장 건설이 쓰레기 처리 문제를 역행하고 있기 때문입니다. 말하자면, 대안이 있기 때문입니다. 그 대안이란 쓰레기를 감량하고, 재사용하고, 재활용하는 것입니다. 그리고 정말 버릴 것을 조심스럽게 위생 매립하거나 소각하는 것입니다. 그러나 우리나라의 경우, 소각장을 전혀 짓지 않고도 쓰레기 문제를 해결할 수 있는 대안이 있다는 것입니다. 다음과 같은 발표가 그것입니다.

금년(1994년)부터 '국가 간의 폐기물 수출입 금지조약'인 바젤협약에 우리나라도 가입한 상태이기에 쓰레기의 46%에 달하는 종이류와 4월부터 퇴비화하도록 의무화되어 있는 29%의 음식물쓰레기가 재활용되고 태울 수 없는 불연성쓰레기 10.8%를 합한다면 소각할 수 있는 쓰레기는 5%밖에 없다. 이 같은 양은 30년간을 매립할 수 없는 김포매립장으로도 충분히 처리가 가능하다. 결국 우리나라는 소각장 건설이 전혀 필요 없다는 결론이다.

—김선관 한국환경문제연구소 연구실장, 《동아일보》, 1993.12.4.

게다가 갈수록 연탄재가 줄고, 쓰레기 발생 억제와 재활용 촉진으로 시가 예측했던 양보다 발생량이 줄어들 것이라는 전망입니다. 지난 1991년에 최고치를 기록한 후 1992년부터는 전년에 비해 12퍼센트나 쓰레기 양이 줄었고, 1993년 상반기에도 전년에 비해 27퍼센트나 감소되었다는 것입니다(장영기 교수). 희망 있는 대안인 것입니다.

쓰레기 문제의 해결에 무슨 대단한 기술이 필요하다고 생각하면 그것은 오산입니다. 전문성을 지닌 기자들이 별로 없는 우리나라의 경우, 기자들의 첫 반응은 대개 '쓰레기 문제 골치 아프다!'였습니다. 사실은 골치 아프지 않습니다.

첫째, 가정 쓰레기를 줄이는 것입니다. 분리해서 버리는 것이지요. 음식쓰레기, 재생 가능한 것, 퇴비가 될 것, 유해 물질 등으로 말입니다.

지난 1993년 12월 4일 우리 동네 소각장반대대책위는 그린피스의 로버트 카멜(40, 호주 폐기물 관련 전문가)이라는 친구를 우리나라 체류 경비와 돌아가는 비행기표를 끊어주는 조건으로 초청했습니다. 환경운동연합의 젊은이들이 그 일과 관련하여 고생을 많이 했지요. 대책위 경비는 물론 주민들의 자발적 성금이나 화장지, 김 등의 판매 이익금에서 갹출한 것이지요. 그린피스란 선배님이 아시다시피 생물권의 권리와 관련하여 반인본주의적 가치나 초인본주의적 가치를 예사로 옹호하고 있는 국제적인 환경기구이지요. 동해 핵폐기물 투기 사건에서 보여준 바대로 그린피스는 비폭력적인 방법을 견지하지만 기습적이고도 직접적이며 극적인 방법을 곧잘 쓰곤 합니다. 그린피스의 로버트 카멜 또한 환경문제에 관한 한 매우 급진적이었습니다. 그는 특히 소각장에 대해서는 전 세계에서 그 유해성을 가장 잘 알고 있는 사람 중의 하나였지요.

그가 12월 6일 환경운동연합 강당에서 한 연설에 이런 대목이 보입니다.

소각은 정말 복잡하고 비용이 많이 들며, 하이테크 기술을 요구하는, 잘못된 질문에 대한 잘못된 답이다. 우리가 해야 할 일은 우리의 쓰레기를 처분할 새로운 장소를 발견하는 것이 아니라, 그것을 아예 만들어내지 않을 수 있는 방법을 찾아내는 것이다. 우리가 버린 물건들을 완전히 없애기 위해 엄청난 돈을 쓸 일이 아니라, 그것을 재생하기 위해 우리의 전력을 다해야 한다. …… 쓰레기 문제는 모든 것을 한꺼번에 섞어버림으로써 생겨난다. 따라서 가정 쓰레기를 해결하기 위한 첫 번째 출발점은 각 가정의 쓰레기를 분리 배출하는 것이다. 이것은 재생 가능한 것, 퇴비화할 것, 그리고 유해 물질과 같은 몇 가지 기본적 범주에 따라 이루어질 수 있다. 초기 분류는 재생 가능한 것들이 팔릴 만한 것인지, 퇴비화할 것이 쓸 만한 것인지, 유해 물질들이 제거되었는지를 확인하는 데 필수적이다. 그것은 또한 '재활용할 수 없다면 만들지 말라!'는 제조 단계에서의 더 오랜 전투를 위해 사람들을 교육시키는 역할을 한다. 버릴 물건들을 분류할 때, 어떤 식으로 분류를 하는가가 우리가 그것을 가지고 무엇을 할 것인가에 중대한 영향을 끼친다는 것을 명심할 필요가 있다. 만약 우리의 목표가 쓰레기를 줄이고, 자원을 절약하고, 유독성 물질을 쓰레기에서 분리하여, 매립에 대한 의존도를 최소화하고, 현재 매립지가 가지고 있는 성격을 변화시키는 것이라면, 우리의 쓰레기는 여섯 가지의 범주로 분류할 수 있다. 재사용품, 재활용품, 퇴비용품, 쓰지 말아야 할 것, 혹은 금

지된 것 ······

숙독하고 음미할 부분이 많습니다. 그러나 우리의 현실은 어떻습니까. 참기 힘든 독한 쓰레기 특유의 악취를 참아내며 주부들이 애써 쓰레기를 분리해놓으면, 시는 몽땅 섞어서 수거해가는 현실입니다. 맥이 빠지는 현실입니다. 1993년 서울시의 쓰레기와 관련된 예산 내용은 많은 것을 생각하게 합니다. 전체 예산 중 98.2퍼센트는 소각장 건설 예산이고, 재활용 예산은 1.8퍼센트, 감량을 위한 예산은 0퍼센트였습니다. 주민 민원 때문에 금년에는 재활용 예산을 조금 더 올렸겠지요. 말은 무성하지만 시의 재활용 의지가 바로 0퍼센트라는 것을 엿볼 수 있는 대목이 아닐 수 없습니다. 재활용과 소각장은 공존할 수 있는 개념이 아닙니다. 시가 시민들을 지금 속이고 있는 것입니다. 무조건 태워 없앨 소각장이 있는데 누가 쓰레기를 줄일 것이며, 물건을 재사용할 것이며, 분리해 버릴 것입니까.

우리는 이제 달라지지 않으면 안 된다

우리가 정말 달라져야 한다는 결론에 자연스레 도달하게 됩니다. 대량소비에 잘 길들여진 우리가 생활습관을 바꿔야 한다는 게 물론 쉬운 일이 아니겠지요. 그렇지만 그 어느 때보다 자발적 청빈, 생태학적 금욕주의가 요구되는 때라는 건 모두 느끼고 있습니다. 하지만 정말 어렵겠지요. 행동의 변화는 사고방식의 전환이 선행되어야 하는데, 선배님은 사람이 얼마나 달라지기 힘든지를 잘 아시지요? 사람이 움직이는 것은 그것이 옳기 때문이라기보다는 그게 이익이 되기 때문에 움직인다는 것도 잘 아시지요. 그리고 목전에 닥치고 피부로 느껴야만 움직인다는 사실도. 소각장 문제만 해도 그렇지요. 자기 동네 일이 아니기 때문에 모두 눈썹 하나 까딱 않는 것입니다. 그게 사람입니다. 그걸 알면서도 애쓰는 것입니다. 그렇지만 다시 자발적 청빈 이야기로 돌아가 봅니다. 그래요. 누가 저 혼자 이 밀물처럼 거대한 욕망 대행진의 물결에서 홀연히 일탈하려고 하겠어요. 산사山寺에서가 아니라 바로 이 저자에서 말입니다. 그러나 그 길만이 선택할 수 있는 유일한 길이고, 허락되어 있는 외길이라는 생각을 하면, 설사 뼈를 깎는 어려움이 수반되더라도 그 길로 가지 않을 수 없겠지요. 모두 함께 살 길이 정말 그것밖에 없기 때문입니다.

시민들은 감량하고, 다시 쓰고, 철저히 분리해 버리면 일단 다한 셈입니다. 그다음은 이익 때문에 대규모의 환경오염을 야기한 기업이나 관에서 할 일이 남게 될 것입니다. 기업 이야기를 하니까, 지난해 환경오염의 주범은 바로 시민들(주부들)이었다는 괴이쩍은 연재물을 1면 상단에 오랫동안 전개했던 어떤 신문이 생각납니다. 그 기획은 다분히 광고주를 의식한, 반생태학적 윤리관에서 비롯된 기획이었고 곡필이었음을 알 만한 사람은 다 알고 다 느끼면서 혀를 찼던 기억이 새롭습니다. 시민들은 이런 곡필을 일삼으려 치부를 한 언론사에 대한 감시와 단죄도 서슴지 않아야 할 것입니다.

산업사회로 먼저 들어간 나라들, 소위 선진국들은 소각장만능주의에서 이제 재활용, 재사용, 원천적인 감량 등으로 급선회하고 있습니다. 소각정책이 잘못이었다는 것을 인정한다는 태도입니다. 그게 오늘날의 큰 흐름이고 추세입니다. 서울시는 그러나 소각장을 열심히 짓는 게 세계적인 추세라고 하고 있습니다. 조금만 생각하면 어떤 말이 진실이라는 것을 알 수 있습니다. 그러면서 서울시뿐 아니라 전국에 145개의 소각장을 짓고야 말겠다고 한 치의 양보도 않고 있습니다.

세계적인 규모의 조직적 환경범죄 집단과 서울시와 아무래도 무슨 관련이 있는 것만 같아 안타깝기 그지없습니다. 국민의 생명을 담보로 말씀입니다. 일본 소각장 건설업체와의 로비설에 서울시가 휘말린 것 같다는 보도(《한국일보》, 1993년 10월 7일)도 이미 나온 바 있습니다. 소각장 시장이 2조 원이니 3조 원이니 하는 얘기가 나돕니다. 누군가는 지금 마음이 편하지 않겠지요. 이 일이 5공 6공 때 입안된 일이니, 마음 편치 않은 사람들이 어떤 수준의 도덕성을 지니고 있으리라는 것은 짐작되고도 남음이 있습니다. 그러나 역사 앞에, 시간 앞에 끝까지 감춰진 게 없다는 것을 우리는 압니다.

범죄 이야기가 나왔으니 또 생각납니다. 로버트 카멜이 저희 동네, 그러니까 상계 소각장의 건설 현장을 보고 내뱉은 첫마디가 무엇이었는지 아십니까, 선배님!

"이것은 범죄다!"

'범죄에 가깝다'고 그가 말하지 않았습니다. '범죄'라고 말했습니다. 공사가 당초 시가 계상한 건설비의 39.6퍼센트에 H사로 덤핑 낙찰된 점, 형식적인 환경영향평가와 99퍼센트의 주민들이 소각장 건설을 찬성했다는 주민 동의 과정의 터무니없는 날조…… 그러나 모든 것이 적법했다고 말하는 서울시. 환경처 장관은 뭐 하고 계시느냐고요? TV에 나온 그분은, '우리나라는 소각장이 하나도 없으니 얼마간 지어야 합니다. 그리고 외국의 최신 시설로 지으니 국민 여러분은 안심하세요'라고 말씀하시더군요. 그런 분들에게 '한번 정신 차리고 공부 좀 해서 진짜 환경 장관이 되어보시지 않으시렵니까?' 하고, 우스운 표현이지만 우국충정을 전달한들, 씨알이 먹힐 것 같지 않은 게 현실입니다. 안타깝지만 받아들일 태세가 되어 있지 않은 거지요.

대통령께서는 어떻게 알고 계시는 것 같냐고요?

나쁜 시대에 입안된 정말 나쁜 것을, 짓지 않고도 해결할 수 있는 확실한 대안이 있는데도 왜 그분 임기에 소각장 건설이 전국적으로 확산되어야 하는지 모를 일이긴 합니다. 그분의 눈과 귀는 소각장 시장과 깊숙이 관련된 사람들이 지금 열심히 가리고 있는 눈치입니다. 소각장이 유일한 해결책도 아닌데, 그토록 악착같이 짓겠다는 게, 선배님 정말 이상스럽지 않을 수 없습니다.

시민은 한번 철저히 감량하고, 재사용하고, 재활용하는 기회를 가져보고 정부 또한 범국가적으로 소각장 안 짓고 갈 수 있는 대안을 실천해본 뒤에 그래도 정말, 그들 매너리즘에 빠진 관리들 입에 붙은 말대로, '우리 국민은 안 될 성싶으면' 그때 소각장 왕창왕창 지어도 늦지 않다는 이야기입니다. 말하자면 유보해달라는 것입니다. 시간을 달라는 것입니다. 정말 전량을 태워 없애야 속이 시원할 일인지, 안 태우곤 정말 방법이 없는지 해보잔 이야기죠.

소각장(쓰레기발전소, 혹은 서울시가 말하는 자원회수시설)은 원자력발전소 이후 최대의 국제적인 사업으로 부상한 것을 우리는 알고 있습니다. 이미 충분히 배부른 몇 사람의 배를 더 불리기 위해, 국민 모두가 이렇게 무자비한 관료주의, 행정편의주의의 희생양이 될 수는 없습니다.

쓰레기 문제가 단순한 쓰레기 문제에 그치는 게 아니라 우리의 삶과 직결되어 있고 뿌리 깊게 관련되어 있다는 것을, 이제 선배님, 다시 강조하지 않겠습니다. 권력 지향적인 사회구조와 무한경쟁, 온갖 종류의 폭력과 무관심, 역사나 타인에 대한 냉담함과 우리 내부의 가공할 만한 탐욕과 무지 등, 쓰레기 문제가 우리네 삶과 걸쳐지지 않은 구석이 없습니다.

소각로와 건강한 사회는 공존할 수 없습니다. 우리는 서울시가 소각장을 지으려는 의지보다 더 강한 의지로, 서울시가 소각장을 지으려는 곳보다 더 많은 곳의 사람들과 연대하여 소각장 건설을 저지할 것입니다.

진지한 생태학자들이 종종 말하는 대로 말하면, 속력을 늦추어도 이미 늦습니다. 유턴을 하지 않으면 안 되는 것입니다. 우리 모두 이제부터는 이 세상에 아주 조그마한 흔적도 남기지 않으려고 애써야 한다는 말은 오늘날, 영락없이 맞는 말입니다. 그렇게 생각하지 않으세요, 선배님?

(1994년)

이 글은 내가 1990년대 초반 '상계 소각장 건설'이 진행되는 마을에 살면서 환경운동을 주제로 쓴 첫 글이다. 《녹색평론》에 이 글을 기고하면서, "게재하려면 전량을 다 소개하고, 원고에 손대지 말라"는 편지를 동봉했었다. 후에 소각장이 들어서는 마을에서는 소각장에 대한 기본적인 이해를 위해 이 글(《녹색평론》, 1994년 1-2월호, 통권 14호)을 복사해서 널리 읽었다는 소리를 들었다.

우리를 부끄럽게 만든 한 노병의 방한

산사태로 생때같은 젊은이들이 목숨을 잃고, 온 세상이 물난리로 고통을 겪던 지난달 말일께, 춘천에 한 손님이 오셨다. 젊은 날 한국에 근무했던 전직 미군 스티브 하우스였다. 7월 28일 오후 2시. 거동이 불편한 스티브 하우스가 시청 기자회견실에 절뚝거리며 나타났을 때, 나는 그에게 가벼운 목례로 영접했다. 표나지 않는 그 가벼운 목례는 한 용기 있는 인간에 대한 진심에서 우러나온 존경심의 표현이었다.

스티브 하우스는 누구인가? 1975년 미국 육군에 입대해 1978년 경북 칠곡군 왜관읍의 미군기지 '캠프케럴'에서 근무할 때 명령에 의해 땅을 파고 고엽제가 든 드럼통을 파묻었던 병사였다. 이듬해 2월 그는 캠프케럴을 떠나고 12월에 전역한다. 그리고 33년의 세월이 흐른 뒤, 그가 문득 그때 한 행위를 세상에 밝혔다. "고엽제를 파묻었다"고. "그때는 그것이 그토록 위험한 물질인지 몰랐다"고. "내 지병이 그 후유증인지 나중에야 알았다"고. "나는 한국인에게 이 사실을 알리고 속죄해야 한다"고. 그런 고백 직후 그

316

는 엿새간의 일정으로 내한했고, 칠곡을 방문한 다음 날 하루를 춘천 방문에 사용했던 것이다. 피부발진, 간비대증, 당뇨, 말초신경증, 수면장애 등의 합병증을 앓고 있는 그는 젊은 날 복무했던 먼 나라를 다시 찾아와 자주 울었다. 칠곡에서도 울었고, 떠나기 전날에도 울었다. 춘천에 온 까닭은 그가 왜관의 캠프케럴에 고엽제를 파묻을 때, 춘천 캠프페이지에서도 같은 명령이 수행되었기에 그 시절의 한 관련자로서 증언을 하기 위해서였다.

기자회견 끝자락에 '춘천공동행동'의 사회자가 발언 기회를 주기에 나는 극진한 어조로 목숨을 걸고 내한한 그의 용기에 대한 존경과 "당신으로 인해 인간에 대한 신뢰가 깊어진 데 대한 감사"를 표했다. 그는 같은 내용으로 다른 지역에서 일어났던 일을 밝힌 노병들에 대한 용기에 찬사를 표하고, "이 작은 행위는 죽기 전에 내가 풀어야 할 숙제다"라는 말을 덧붙였다. 또한 아직도 그 양이나 시기가 선연하게 밝혀지지 않은 '고엽제 진실'이 투명하게 밝혀지기를 소망한다고 말했다. 그는 말을 절제했으며, 자신이 경험한 것만 말했다.

그와 동행했던 진보연대 이강실 목사가 전하는 '포켓용 성서' 이야기를 잊을 수 없다. 입대할 때 스티브 하우스의 어머니는 손바닥만 한 포켓용 성서 한 권을 선물한다. 2차 대전 때 한 병사가 가슴속에 품었던 성서가 총알을 막아주었다는 일화 때문이었다. 일종의 부적이었다. 스티브 하우스는 그 작은 책의 속표지에 '1975년 2월'이라는 입대 날짜를 적는다. 그러나 아직 그 부적에는 제대 날짜가 적히지 않았다. 입대 날짜는 국가가 정했지만, 제대 날짜는 한 인간으로서 자신이 설정하겠다는 의지의 발로였다. 비록 명령에 따른 행동이었으나 그는 자신이 한 행위 때문에 스스로를 군 시절에 감금하고 살았다. 그의 병, 그의 죄의식의 원천이 바로 고엽제 문제였다. 이제 33년 만에 다시 그 땅을 찾아와 눈물을 뿌리며 증언했으므로 이제 그는 제대 날짜를 적을 수 있을 것이다.

미국과 한국 정부의 공식 입장은 "68~69년 비무장지대 안에만 고엽제가 살포됐다"는 것이다. 스티브 하우스가 이 땅에 고엽제를 묻었던 때는 '1978년'이다. 그래서 그의 존재 자체가 곧 '공식 입장 너머의 산 증거'가 되는 셈이다. 그(들)의 존재를 미국은 돈이 드니까 불편해하고, 한국 정부는 덩달아 곤혹스러워하고, 시와 시민들은 캠프페이지를 개발해 돈 만드는 일에는 높은 관심을 표하면서 그곳에서 일어났던 일을 투명하게 밝히고 정리하고 넘어가자는 마땅하고도 작은 소망에 대해서는 무심하다. 누가 과거를 정화할 수 있는가? 시민이다. 무심한 시민의식이 어쩌면 고엽제보다 더 무섭다.

(2011년)

캠프페이지 이야기를 또 꺼내면
불량시민일까?

널리 알려져 있듯, 지난 10월 18일, 캠프페이지 공동조사단이 캠프페이지 내 방사능 오염과 고엽제 성분 및 다이옥신 토양오염에 대한 최종 결과를 발표했다.

발표에 의하면, '방사선 측정치가 자연 방사선량 수준으로서 방사능 오염은 없음'으로 밝혀졌고, 고엽제 성분 또한 '불검출'되었으며 '다이옥신은 국내 일반 토양 수준으로 미국 EPA 환경 기준의 약 1/2,000수준'이라고 했다. 그러면서 공동조사단은 "추후 재조사가 필요 없다"며 (이 문제를) '종결'했다.

끝난 것으로 간주된 캠프페이지 이야기를 새삼 또 꺼내는 일은 고통스러운 일이 아닐 수 없다. 이른바 전문가가 포함된 공동조사단은 어쨌거나 국가의 이름으로 조사 활동을 했고, 그런 조사단의 공식적 발표는 권위를 지닐 수밖에 없다. 조사 결과를 지켜보던 시민이 할 일은 최종 발표를 믿는 도리밖에 없다. 그것이 '착한 시민'이 지닐 유일한 태도다. 그런데도 '종결됐다'는 일을 다시 끄집어내는 나는 아무래도 '불량시민'인가 보다.

조사가 진행되는 동안 비판적 우려가 없지 않았다. "광활한 면적의 부지에서 몇 군데만 지정해 시료를 채취하는 것은 의혹을 해소하는 데 무리가 있다"는 춘천시민연대의 유성철 사무국장 같은 분들의 우려가 그것이다. 그것은 조사단의 활동을 못 믿어서가 아니라 제대로 조사하기를 바라는 염원으로 읽어야 할 것이다. 그러한 비판적 우려가 자유롭게 표현되고, 그 우려를 염두에 둔 치밀한 조사를 통해 결국 우리 공동체가 건강해지고, 끝내는 품고 싶지 않은 의혹이 말끔히 해소될 것이기 때문이다.

나는 일개 시민으로서 조사단이 어떤 마음가짐으로 어떤 곳의 시료를 채취했고, 조사방식은 어땠으며, 최종 결론에 이르는 과정 동안 어떤 일이 일어났는지 알 재간이 없다. 다만, 그들의 최종 발표를 얌전히 수용하면서 그들의 노고에 경의를 표해야 하고, 그들의 조사방식에 신뢰를 표해야 하고, 그들이 발표한 최종 결과를 믿고 확신해야 한다.

그런데도 나는 여전히 일말의 의혹을 감출 수가 없다. 그 까닭은 그들이 발표문 뒤에 첨가한, 이로써 "추후 재조사가 필요 없다"며 (이 문제를) '종결하겠다'는 강력하고 단호한 의지 때문이다. 방사능 오염이 없고, 고엽제 성분 또한 '불검출'되었으며, 다이옥신으로 인한 토양오염의 정도도 미미하다는 내용은 매우 반갑고 다행스러운 결과가 아닐 수 없다. 그런데 발표문에 찍힌 방점은 함께 안도해야 할 내용에 있다기보다는 '추후 재조사는 없다'에 찍혀 있는 것으로 내게는 느껴졌다. 전문가의 공식 발표에 주관적 '느낌'으로 대응한다는 일은 바람직한 태도가 아닌지라 내 의혹은 물론 무시당해도 될 만하다.

'칠곡의 캠프케럴 미군기지에 고엽제를 대량 매립했다'는 미군의 증언이 나올 즈음, 1972년부터 1973년까지 춘천 캠프페이지 포병대대에 근무했던 덜러스 스넬 씨는 1973년에 마무리된 고엽작전defoliation 기간 동안 미군들이 보호 장비 없이 엄청난 양의 고엽제와 살충제를 살포했다고 증언했었다. 그러면서 "캠프페이지의 오염이 최악의 상황일 것"이라며, "토양 샘플의 오염 수준은 한국의 환경 기준보다 100배를 초과했다"(《민중의소리》, 2011년 5월 30일)고 밝혔다. 그즈음 캠프페이지에서 핵무기 사고도 있었다는 보도도 있었다.

그런 보도를 생생하게 기억하고 있는 시민들에게 이번 공동조사단의 최종 발표는 불성실하다기보다는 너무나 간명했다. 발표 이후 그 너른 땅을 어떻게 개발할 것인가, 라는 주제로 개발 토론장에 모인 사람들의 얼굴은 신명이 난 얼굴들이었다. 무대 위에 선 한 교수가 '행복한 캠프페이지 개발'이라는 표현을 썼다. 자칭 불량시민인 나는 그를 본받아야 할까. 어쨌거나 캠프페이지의 군사적 오염 문제는 이제 이번 발표로 영원히 종결되고 말았다. 빨리 잊고 싶은 '불편한 일'을 다시 끄집어내는 나는 누구인가? 그 땅의 진실보다도 "더 이상의 조사는 없다"고 못을 박는 그들의 말을 진심으로 믿고 싶어 하는 일개 시민이라 해두자.

(2011년)

이 칼럼은 《강원도민일보》(2011.8.8.)에 발표했다. 그리고 같은 달 공군에 의해 발표된 '2011년 판 불온서적 목록'에 내 책《달려라 냇물아》(녹색평론사)가 포함되었다. 그것은 2008년 당시 '군내 불온서적'으로 분류된 23권에 19권이 새로 추가된 것이다(〈'불온서적' 저자들 "감사할 따름"〉, 《시사인》 218호, 2011.11.21.). 고엽제 이야기를 하기 위해 내한한 노병의 이야기를 담은 칼럼(316쪽)이나 국방부의 캠프페이지 방사선 측정 결과 발표를 다룬 이 칼럼과 내 책이 금서가 된 것과 연관이 있는지 없는지는 알 수 없다. 하지만 국방부 금서였던 《달려라 냇물아》는 현재 절판되었기에 금서 목록에 있으나 마나가 되었다.

검은 분노의 땅

: 1987년 태백탄전의 뜨거운 8월

《문예중앙》에서 어느 날 느닷없이 날더러 그곳에 한번 가 보지 않겠느냐고 했을 때, 나는 얼른 대답을 못 하고 눈만 껌벅거렸다. 매체는 한때 그쪽에 내가 살았었기 때문에 그 쪽에 살지 않았던 사람보다 그쪽을 더 잘 알고 있다고 생 각하는 모양이었다. 어쭙잖지만 나도 광산촌에 관한 한, 나를 그렇게 생각하고 있었으니 그 제안을 탓할 수도 없는 노릇이었다.

하지만 내가 대체 무엇을 알고 있단 말인가. 난감했다.

1980년 4월, 사북사태가 일어났을 즈음, 나는 사북에 서 그리 멀지 않은 장성에 있었다. 장성이 황지와 철암, 통 리 등과 합쳐져서 아직 '태백시'가 되기 전의 일이었다. 나 는 그때 이십대의 총각이었고, 그곳 광부의 아이들에게 분 수와 집합, 혹은 광합성 따위를 가르치는 국민학교 교사였 다. 사북사태가 일어나자 장성의 대한석탄공사 쪽도 분위 기가 뒤숭숭했고, 어떻게 터질지는 모르지만 그냥 넘어가 지 않을 수도 있는 기운이 굼실굼실했었다. 대한석탄공사 는 흔히들 '석공'이라 약칭되는데, 그때나 지금이나 우리나라에서 제일 큰 탄광이다.

나는 그즈음, 석공에 근무하는 어떤 광부의 집에서 하숙을 하고 있었다. 하숙이라고 하지만 밥만 그 집에서 먹고 잠은 '똥골'에서 잤다. 방 구하기가 수월치 않았던 그즈음, 똥골이란 내가 겨우 한 칸 구한 사택촌 끄트머리까지 이르는 골목에 하도 똥이 많아서 붙여진 이름이었다. 어른이나 아이들 할 것 없이 그즈음 우리는 그 골목을 즐겨 똥골이라 부르며 킬킬거렸다. 지금도 그렇지만 그때 나는 매우 게으른 '총각 선생님'이었으므로 늘 방의 불을 꺼뜨리곤 해서, 겨울날 아침이면 방에 떠놓은 스테인리스 대야에 담겨 있던 물이 얼음이 되어 있곤 했다.

똥골의 그 방을 얻을 때부터 문풍지는 뚫려 있었다. 탄불을 피우자면 문풍지를 땜질해야 했었는데, 그 두 가지 일이 그 당시 내게는 똑같이 힘겹고 귀찮았던 게 사실이었다. 밤이면 송곳처럼 뾰족하고 차가운 골바람이 발 빠른 자객처럼 침입했다. 내가 그쪽으로 발령나자 어머니는 아주 두텁고 붉은 캐시밀론 이불을 한 장 챙겨주셨다. 머리 꼭대기까지 이불을 뒤집어쓰고 이 맹렬하고 지랄 같은 추위와 싸워 이기는 것이 마치 무슨 의무이기라도 한 것처럼 나는 이를 악물고 추위와 싸우곤 했다. 때로 잠 못 이루는 밤이면 거북이처럼 목을 빼밀고 편지를 쓰기도 했다. 자고 나면 대야에 얼음이 어는 환경이었지만, 심신은 지금보다 더 단단했던 시절이 아니었나 싶다. 바닥 저 아래 땅속에

324

서는 쿵쿠웅, 굴진하느라 터뜨린 발파음이 울려오곤 했다. 바닥 아래에서 치밀어 오르는 두껍고 둔탁한 발파음 소리는 3억 4,000만 년 전 석탄 생성기에 지각을 뒤흔들던 공룡의 발걸음 소리 같기도 했고, 이 골짜기에 흘러들어왔다가 차례차례 숱하게 죽어간 원혼들의 울부짖음처럼 들리기도 했다.

밥집까지 올라가는 골목에는 정말 똥이 많았다. 회사 사택촌은 많은 사람들에 의해 비슷비슷하게 묘사되었지만 나는 이렇게 쓴 적이 있다.

2정목 1호방, 2호방…… 처음에는 '정목'이라는 왜(倭)말이 매우 생소하고 설었지만 이젠 그렇게 부르다보니 만성이 되어 아무렇지도 않다. 그러나 그 말 속에 스며 있는 수용소 같은 인상은 이곳 광산에 온 지 5년이 다 되어가는데도 떨칠 수가 없다. 루핑이나 슬레이트를 얹은 낮은 지붕에 판자로 얼키설키 칸막이를 한 회색의 사택들이 다닥다닥 줄을 이어 게딱지처럼 길게 엎드려 있고, 그 세로 1미터도 채 안 되는 골목길, 다시 3정목 골목길…… 또다시 4정목 골목길에는 신문지로 덮여 있는 아이들이 싸갈긴 가느다란 똥과 개똥, 연탄재, 낡은 사과 궤짝 속에는 내다 버린 구겨진 비닐봉지와 배추포기, 언제나 조금은 질척거리는 검은 땅바닥에는 길게 늘어뜨려진 색바랜 고무호스, 고무호스 중간중간은 찢어진 러닝셔츠나 노끈으로 칭칭 동여매어져 있곤 했다.

그 모습들은 1970년대 초부터 도시 외곽의 산등성이나 하천가에 자리 잡기 시작한 이농민들의 주거 모습과 다르지 않았다. 말의 과장 없이 차마 발을 딛기가 곤란했던 공동변소, 그 공동변소가 아침이면 줄을 서서 발을 동동 구르게 했던 것 또한 잊을 수가 없다. 먹고, 먹은 것을 처리하는 일이 좀 점잖고 은밀하게 이루어져야 했건만 영 그렇지를 못했던 거다. 출근시간 때문에 어쩔 수 없이 나는 학교 변소를 이용하곤 했지만, 그래도 사택촌 공동변소를 이용하지 않을 수 없었던 때도 있었는데, 그럴 때면 최소한의 필요한 동작 이상으로 발을 벌려서 일을 치러야 했던, 다시 떠올리기 싫은 쓰라린 기억이 떠오른다. 아직 똥으로 점령당하지 않은 바닥에 발을 들여놓자면 자세가 엉망이 될 수밖에 없었던 것이다. 목숨 부지하기 위해 먹었던 것을 처리하는 과정이 능욕당하는 것 같기만 했던, 도저히 그립다고 중얼거릴 수 없는 시간들이 바로 그 공동변소에 배설의 과정을 의탁하지 않으면 안 되었던 시간들이었다. 물 사정은 우리 밥집의 경우, 시간제이긴 했지만 늘 여러 개의 물통에 물을 가득 받아놓았기 때문에 그런대로 부족할 정도는 아니지 않았나 싶다. 같은 장성이지만 산동네나 시장 뒤편의 과부촌은 물 사정이 더 나쁘다는 소문이 있었던 것 같기도 하다.

일제 때 명칭 그대로 3정목 4호방 정도쯤 되었던 밥집에는 나 외에도 '잠 따로 밥 따로'의 생활을 하는 동료 교사나 이제 광부가 된 지 몇 달밖에 안 되는 젊은 미혼 광부들이 한둘 있었다. 그래서 아침식사는 대개 네댓 명이 함께 국그릇에 머리를 박곤 했는데, 광부들은 지난밤 을방 근무 때문에 대충 먹고는 다시 쓰러져 자야겠다는 푸스스한 얼굴들이어서 농을 나누거나 식사하고 난 뒤 퍼질러 앉아서 막걸리라도 한잔 나눌 시간은 대개 저녁 시간이어야 했다.

김수창이라는 이름의 밥집 아저씨는 경북 봉화 사람인데, 그쪽에 막대기 하나 찌를 땅뙈기도 없었던지라 일찍부터 광산으로 흘러들어와 막장 채탄, 후산부부터 시작해서 막장 선산부, 굴진, 조차공…… 따위의 직접부 일들을 하나하나 거치다가, 내가 그를 만났을 즈음에는 지하 600레벨에서 간접부 일인 전기 관계 일을 하고 있었던 걸로 기억된다. 태백산 나물을 기가 막히게 잘 무쳤던 그의 아내는 남편이 막장 채탄 일을 하지 않게 된 것을 큰 안도와 함께 기쁨으로 여기고 있었다. 김수창씨는 술을 매우 좋아했는데, 나 또한 혼자 마시는 사람은 아니지만 술판을 그리 지겨워하지 않는 사람이어서 잠자러 똥골에 내려가기 전인 저녁식사가 그대로 술판으로 이어진 적이 한두 번이 아니었다. 판자때기로 대충 가로질러놓은 듯한 사택 방 저편쪽의 아줌마와 애들이 잠들고 나면, '아저씨, 최 선생'의 호칭은 자연스레 '형님, 아우'로 전환되곤 했다.

사북사태가 일어난 지 얼마 안 되었을 즈음의 어느 날 저녁이었다. 그렇다. 그때 틀림없이 밥을 먹고 있을 때였다. 왜냐하면 그 대화가 그리 오래 끌지를 않았기 때문이다. "기어이 터졌지러." 김수창씨가 말했다. "여긴 그래도 아직 조용하군요." 내가 말했다. "최 선생, 무슨 소리를! 여기도 시방 술렁술렁한다오." "그게 무슨 소리죠?" "우리도 지금 굼실굼실 눈치만 보고 있는 중이라오." 함께 밥을 먹던 젊은 광부가 말했다. "눈치만 보고 있다뇨?" 학교 선생이었던 내가, 그리고 그때는 그곳 생활을 한 지 1년여밖에 안 된 내가 사북사태 때문에 이곳 장성의 석공 쪽도 굼실굼실한다는 말의 속 깊은 의미를 어찌 헤아릴 수 있었으랴. "글쎄, 우리도 벌여야 옳을지, 지금 그래서 그냥 이래 보고만 있죠잉." 같이 밥을 먹던 젊은 광부가 말했다. "우리 여가(석공이) 터졌다 하면 진짜 보통 일이 아니라구!"

밥집 아저씨 김수창씨가 한 말이었다. 그 말은 그 사택 방이 북향을 하고 앉아 있었기 때문에 낮에도 늘 불을 켜놓았지만 지금도 늘 어둠침침했다는 기억으로 남아 있는 방 안의 공기를 일시에 확 변화시켰던 듯싶다. 그 한마디 말 속에는 어쩐지 희미하게나마 그 말이 정말 실현되었을 때의 현실까지도 포함하고 있는 힘이 있는 듯했다. 같이 밥을 먹던, 당시 내 나이 또래의 젊은 광부 장씨는 입에 밥을 가득 넣은 채 국그릇에 처박았던 머리를 한번 힐끗 쳐들어 김수창씨를 물끄러미 건네다 보았는데, 그 눈빛 속에는 아주 상투적인 표현으로 어떤 긴장감 같은 것이 서려 있었다고나 할까, 동의한다는 말보다는 더 넉넉한 긍정의 뜻이 담겨 있었다.당시 언론이나 사회 분위기는 어떠한 경우에도 폭력은 반드시 응징받아야 한다는 태도였고, 지부장 부인에 대한 린치 건을 입에 꽉 물고 놓지 않으려는 분위기였다. 요컨대 사북의 거리를 '막무가내의 지옥의 거리'였다고 당시의 언론들은 요약하고 있었다. 확실히 폭력은 저질러졌고, 그 폭력은 다른 허용되고 용인된 폭력에 의해 증폭된 것이 사실이다. 그러나 그 최초의 폭력이 일어나게 된 원인과 배경에 대한 탐색은 아주 조심스레, 혹은 미약하게밖에 울리지 않았다. 바로 1980년 4월이었다. 그 일로 나중에 사람들이 깨닫게 된 것은 이 땅의 거의 유일한 부존자원인 지하자원을 우리가 이 땅에 머물러 사는 동안에 얼마간 이용하기 위해 그것을 땅 밖으로 끌어내는 사람들이 있는데, 그들의 이름은 '광부'이고, 그들이 얼마나 열악하고 비인간적·비문화적 환경에 처해 있는가에 대한 이해의 증진이었다기보다는 '광쟁이들이 무섭더라, 알고 보니 그들이 폭약을 갖고 있었두만' 하는 교훈 따위로 수렴하지 않았나 싶다. 늘 그래왔던 것처럼 당장에 얼마간은 잡아가고, 더러 잡아가지 않은 사람은 핀셋에 잡힌 나방처럼 꽉 집고 있다가 논의 피 뽑듯 솎아낸 것은 다른 여타의 일들과 그리 다르지 않았음은 뒷이야기에 속한다.

도대체 나는 지금 무슨 이야기를 하고 있는가. 그때 나는 시골 교사로 석공이 있는 장성에 있었는데, 사북사태가 일어나자 장성의 석공도 들썩거렸다는 이야기를 하고 있을 뿐이다. 당시 거리나 술집의 풍경들도 실제 예사롭지 않았다. 그렇게 반응할 준비가 되어 있어서 그랬는지 공연히 사람들은 긴장되어 있었던 것 같다. 요컨대 아주 무거운 공기가 장성을 뒤덮고 있었다. 그러나 그 무거운 공기는 얼마 있다가 아주 맥 빠지게 풀어지고 말았는데, 그것은 사북의 광부들이 요구한 처우 개선 사항 중에 '우리도 석공 정도는 돼야 되지 않겠느냐!'는 사항이 있었기 때문이었다 한다. 그런 말이 사북에서 튀어나오자 그렇지 않아도 언제 터질지 조마조마하던 석공 측의 사용자들은 바로 이때다, 하며 '봐라, 사북의 광부들이 뭘 원하고 있는지를. 바로 여러분들이 받고 있는 처우 수준을 희망하고 있지 않느냐? 자, 이젠 긴장을 풀고 다시 갱으로 들어가야 하지 않겠느냐!' 하고 말할 수 있게 되었다는 이야기였다. 그러자 미구에 곧 터질 것만 같았던 긴장이 타이어 바람 빠지듯 푹 빠지고 만 것이다.

그 이야기는 내 머릿속에 아주 오래도록 인상 깊게 박혀 있었다. 국민학교 입학 때부터 대학을 졸업할 때까지 유일한 한 분의 대통령이었던 분이 어느 날 그렇게 돌아가시는 일도 나는 바로 잠은 똥골에서 자고 밥은 김수창 씨 댁에서 먹던 그 시절에 맞았는데 그날 그 소식을 접할 때의 상황을 매우 소상히 기억하고 있는 것처럼, 사북사태 때 장성의 석공이 어떻게 들썩거리다가 어떻게 가라앉았는가, 하는 이야기 또한 마치 같은 분위기의 일인 양 그렇게 기억된다는 아주 개인적인 이야기일 뿐이다.

그곳에서 5년간 살았고, 그래서 만약에 내가 그곳에 대해서 다른 글 쓰는 사람보다 다소, 아주 다소 안다면, 알고 있다고 여겨진다면, 내가 1976년에 실제 사북의 어느 여자중학교에서 일어났던 집단 히스테리 현상을 제재로 소설 〈〈잠자는 불〉〉을 썼는데, 그것이 나의 데뷔작이 되었다는 그런 데뷔 언저리에 얽힌 쑥스러운 배경을 떠나서, 내 경우는 10·26과 그 이후의 공기를 그곳에서 겪었고 사북사태가 일어나자 장성의 석공 쪽에서 잠시 술렁거리다가 맥이 빠져버렸다는, 바로 그 이야기를 알고 있다는 정도일 것이다. 그곳에 다녀오지 않겠느냐는 제안을 받자 무엇보다도 우선 그런 생각들과 그곳에서 지냈던 시절들이 무슨 아픔처럼 치밀어 올랐고, 그래서 그 제안이 무슨 다그침처럼 들린 것도 다 그런 맥락이었음을 고백한다.

어떤 확고한 태도로 무엇엔가는 찬성을 표하고, 단호한 태도로 무엇엔가는 아니다라고 말함으로써 이 땅에서의 앞으로의 삶이 누구에게나 지금보다 더 벅차진 것은 사실이지만, 당장에 성급한 자부심을 갖는다는 게 아무래도 경솔한 것 같기만 한, 그런 쓸쓸한 생각을 떨치기 힘든 1987년 여름에, 그곳 광산에서의 5년과 그곳을 떠난 이후 서울에서의 비틀거리는 삶을 혹독하게 반성하는 기분으로 나는 청량리로 갔다.

아침에 조간을 보았지만 나는 청량리에서 다시 석간을 하나 샀다. 8월 25일 오후였다.

신문에는 정선군 고한읍에 있는 삼척탄좌 정암광업소의 노사분규를, 한 신문에는 사회면의 6단 기사로, 다른 신문은 4단 기사로 싣고 있었다.

한 신문의 머리기사는 "광원들, 구판장 습격 버스 탈취, 삼척 정암 8백여 명, 직원 20명 감금 격렬 농성"이라 뽑았고, 다른 신문에서는 "광원들 또 새벽 난동, 정암광업소 간부 아파트 습격·투석"이라 뽑고 있었다. 그런 종류의 머리기사는 지난 7월 이후부터 이제 일상이 되어버린 만큼 익숙하게 보아온 것이어서 그리 충격적이이지도 못한 느낌으로 와닿는 것 또한 사실이었다. 전국적으로 들불처럼 도저하게 피어오른 각종 노사분규들 중에 광산 노사분규들만 신문의 머리기사를 통해 더듬어보는 일도 다소 지루하긴 하지만 불필요한 일은 아니리라.

"광원 가족 6백여 명 한때 시위. 도계 경동탄광서 처우 개선 요구. 협상 21시간 만에 극적으로 타결" "광원 3백 50명 파업, 태백 상여금 인상 등 19개 항 요구" "황지광원 2백명 농성" "농성 벌인 경동탄광 광원 50여 명 무더기 입건”“광원 등 6백 명 사흘째 농성. 태백 광업소 도로 점거, 처우 개선 요구”“탄광 농성 재개. 한때 해산…… 요구 조건 다시 내걸어”“광원 등 4백 명 국도 점거 농성. 태백 한보 탄광 처우 개선, 노조 간부 퇴진 요구. 황지 등 운행 차량 2백여 대 발 묶여”“석공장성광업소 채탄 중단. 사북동원탄 좌도…… 태백선 철도 불통. 탄광 분규 확산…… 10개소 만 5천 명 시위”“태백지구 분규 17개 업체, 파출소 점거 기도…… 건물 방화. 생필품 반입 중단돼 상가 철시”“가족들 합세 경찰과 몸싸움도”“탄광 분규 전국 34개소로 확산. 삼척탄좌 등 6곳 타결. 태백선 개통…… 영동선 일부 지방 도는 막혀”“우리도 올바른 대접받고 싶다. 해묵은 불만 터진 광산촌 24시. 도급제 폐지, 실질 대우 해달라. 비폭력 타협을 과격파 설득도. 막장 작업 2시간이면 장화엔 땀물 가득”“사북 악몽 다시는 없어야. 19개 탄광서 하루 10억 손해”“사북동원탄좌 철로 양편에 갱목 바리케이드. 관리 직원과 충돌 투석전도. 주민들 대문 잠그고 상가는 철시”“주동 광원 53명 연행”“심야 방화 무차별 투석. 장성 주민 들 공포에 떨어. 경찰도 손 못 써 자체 경비 급급. 교환대 파괴 광업소 통신 두절”“탄전 사흘째 점거농성. 운휴 버스 기사 가두시위”“광원들 사택 방화 고속도 점거. 태백탄전 22개 업체 농성…… 일부 과격화. 11개 광업소는 수습”“탄 광 분규 모두 49건. 31건 타결”“탄전지대 정상 되찾아. 동 원탄좌 등 노사 합의점 찾아. 상여금 백% 인상 등 요구 수

결. 광원들 조업 재개…… 서로가 죄송. 사북역 44시간 만에 다시 활기" "급한 불은 껐지만 불씨 아직도…… 어용노조 시비·도급제가 고질. 유급휴가 등 후생복지 개선 요구도" "광원 자제…… 회사 측 인내. 고한읍엔 다시 힘찬 기적이" ……

신문의 머리기사를 나열하는 일은 신문의 머리기사로 요약된 기사 내용을 그대로 믿는다는 것과는 얼마간의 거리가 있을 것이다. 게다가 나는 위의 신문의 머리기사를 나열하는 데, 날짜순으로 나열한다든가 분규의 규모 정도로 나열한다든가, 하는 아무런 기준도 원칙도 없이 나열했다. 다만 사람들이 신문을 펼쳐들었을 때 신문의 머리기사부터 먼저 보고 뉴스의 내용을 나름대로 수용하는, 그런 단순한 자세로 신문의 머리기사를 나열함으로써 7월과 8월에 그곳에서 어떤 일들이 일어났는가의 대강을 훑어보고자 했을 뿐이다.

엄청난 일들이 일어났다. 1985년에 이어 석공에서도 터진 것이다. 그것도 1980년 사북사태의 규모와는 비교도 할 수 없을 만큼 격렬한 양상을 드러냈는데도 그 일이 '지금 어느 곳에서나 일어나고 있는 많은 일들 중의 하나'로 비교적 담담하게 받아들여지고 있는 것은 어떻게 설명해야 옳을까. 그러나 그것은 1987년 여름에 문제가 있다기보다는 석공 쪽에서 만약 농성이 일어나면 참으로 큰일이라고 누구나 생각하고 있었던 1980년에 문제가 있었던 게 아닌가, 하는 시각이 더 수긍하기가 쉬울 것이다.

청량리-강릉 간 무궁화는 오후 3시 정각에 청량리를 출발했다. 기차가 출발한 지 얼마 안 되어 차창 밖으로 양수리 쪽의 한강이 눈에 들어왔다. 바로 저 강물의 범람에 의해 그토록 엄청난 슬픔을 맛보았으면서도 또한 저 물을 이용하지 않으면 안 되는 생명의 조건 같은 것이 사람을 우울하게 했다. 얼마 안 지나서 철도 공무원 두 사람이 행선지 파악을 하기 시작했다. 바지 주머니에 넣었던 내 승차권을 건네주자 "43번 고한!" 하고 그중 한 사람이 짧게 발음했다.

영월을 지나고 석항쯤 가자 벌써 침목 밑의 자갈에 검은빛이 돌기 시작했다. 석탄을 가득 적재한 화물차가 쉼 없이 상행하고 있었다. 플랫폼이 시멘트로 포장되지 않은 작은 역에는 거무튀튀한 빛이 노골적으로 드러났다. 점점 탄전지대에 가까이 가고 있다는 증거였다. 석항역을 지나자마자 거대한 정부종합저탄장의 방진망이 보였다.

그 방진망 너머로 드문드문 조개껍질 같은 마을이 보이고, 방진망이 사라지는가 싶자 장대처럼 치솟은 옥수수밭이 길게 펼쳐졌다. 6시 25분경 예미를 지났다.

나는 1979년 겨울께에 친구와 함께 고향인 강릉에서 서울까지 한번 걸어가본 적이 있었으므로 강원도가 대단히 험준한 산들의 연속으로 이루어진 고산지대라는 것을 발바닥으로 싸박싸박 느낄 수가 있었다. 다른 지방 산들과 달리 강원도의 산들은 가파르고 험악해 멀리서 보아도 그 선이 매우 뚜렷하다. 그래서 다른 지방의 사람들이 농으로 강원도 사람들을 '비탈'이라고 말해도 그 말이 사실무근의 그것이 아니어서 그리 불쾌하게 와닿지 않는 까닭도 잘 이해되는 터였다.

해발 600미터 정도는 이미 간단히 넘어섰는지 해 떨어지자면 아직 멀었는데도 산그늘이 완연했다. 저 산 밑으로는 아직 덜 식은 여름 햇살이 여간 따갑지 않으리라. 6시 30분경, 석공함백광업소가 보였다. 자미원이었다. 완연한 탄전 풍경이었다. 차창 밖으로 보이는 차도는 탄으로 범벅이 되어 질척거렸다. 증산에 도착한 시각은 6시 44분. 증산을 출발하자 좌측으로 '강원산업 묵산탄광'을 가리키는 대형 입간판이 눈에 들어온다. 증산 다음 역은 별어곡이라는 이름의 간이역이었는데, 무궁화호는 정차하지 않았다. 별어곡이라는 역은 뜬금없이 정선아라리를 떠올리게 한다. 차창 저 밑 계곡으로는 검은 뱀처럼 꾸불꾸불 흐르는 남한강 지류가 보였다. 산허리의 옥수수밭 사이의 공터에는 이제 광부들에 의해 하나씩 땅 밑으로 들어갈 동발(버팀목)들이 거대한 집채처럼 쌓여 있었다.

6시 52분 사북역을 지났다. 사북→고한→황지→문곡→철암→통리→도계로 이어지는 이곳 광산지대는 하나같이 비슷비슷한 역 풍경을 자아내고 있다. 역의 건너편에 대개 거대한 저탄장을 갖고 있다는 점과 태백시의 중심권이라 할 황지의 경우는 좀 다르지만, 나머지 지방들은 모두 그곳이 그곳 같은 느낌을 흩뿌린다. 역 바로 밑에 게딱지처럼 엎드린 시커먼 사택촌이니, 검은 시내니, 햇살 쨍쨍한 날에도 질척거리는 도로니…… 처음 이곳을 찾은 사람에게는 좀처럼 구별이 되지 않는 게 사실이다.

사북은 개인적으로 감회가 깊은 곳이다. 재작년 가을에도 나는 이번처럼 홀로 사북을 찾았었다. 1976년 사북의 모 여자중학교에서 일어났던 대규모 집단 히스테리의 현장이 바로 이곳이었으므로. 따뜻한 관심의 부족은 사춘기에 막 접어든 학생들에게 입에 거품을 내물고 발작을 일으키게 할 수도 있다는 것을 세상에 경고한 지방이 바로 사북이기도 했다. 그런 의미에서 1987년 여름의 열화 같은 노사분규를 일찍이 암시한 곳으로서의 사북 말고도, 사북은 단순한 탄광촌 이상의 의미를 지닌다. 나는 그런 실제 사실을 바탕으로 소설 한 편을 썼었는데, 객쩍은 이야기지만, 어떤 평론가는 무슨 이유에서였는지 그 일이 국민학교 현장에서 일어난 일이라고 적고 있는 것을 본 적이 있다. 그 소설에는 수학 교사나 생물 교사가 나오는데, 국민학교에는 수학 교사나 생물 교사가 따로 없다는 것을 그 평론가는 간과했다. 점잖게 말할 것도 없이, 그 평론가는 소설을 읽지도 않고 작가인 내가 한때 국민학교에 근무한 적이 있다는 이력만 염두에 두고 작품과 작가의 이력 간에 거리가 없을 것이라고 안일하게 때려잡고선 신문에 월평을 쓴 것이었다.

자신을 둘러싸고 있는 '검은 세계'에 대한 눈뜸, 그것은 막 사춘기에 들어선 중학교쯤의 여학생에게나 실제 가능한 일이었다. 그런데 '검은 세계'는 그 학생들에게 도대체 무관심했던 것이다. 사랑의 결핍이 입에 거품을 내뿜고 온몸이 비틀어지는 반응증을 야기한다는 것은 매우 이상한 일이면서 동시에 충격적인 일로 내게 다가왔다. 그것은 사람이 밥으로 살되 밥으로만 사는 것이 아니라는 것을 일깨워준 일이기도 했다. '정의'가 실현되어야 한다는 점과 마찬가지 이유로 '사랑' 또한 확산되지 않으면 안 된다는 것을 국내 초유의 집단 히스테리라는 신체적 증상으로 세상에 일깨워준 마을이 곧 사북이었다.

사북에서 고한까지는 얼마 걸리지 않았다. 7시경, 고한에 도착했다. 고한은 내가 장성에서 선생님 할 때, 내게 다니러 왔던 당시 대학생이던 막냇동생을 황지역에서 입장권만 끊고 배웅하다가 그만 기차가 붕, 출발하는 바람에 고한까지 가서 황지로 돌아오는 다음 기차를 타고 얼른 돌아온 기억 이래, 이번에 두 번째 길이었다. 그때 생각을 하면서 고한역에서 길게 아래로 떨어져 있는 계단을 걸어 내려갔다.

수천 명의 광부들과 그들의 가족이 얼마 전에 모여서 장대같이 퍼붓는 빗속에서 '어용노조 퇴진'과 '임금 인상' '도급제 폐지'를 부르짖었던 곳이 바로 이 고한역 일대였다. 그러나 당시 뜨거웠던 열기의 흔적은 어느 곳에서도 찾을 수 없었다. 어디로 갈 것인가 난감한 기분으로 계단을 내려가다가 계단 한쪽 구석에 한 여인이 웅크리고 앉아 있는 것이 눈에 띄었다. 외부 시선을 아랑곳하지 않고 웅크리고 앉아 있는 몰두의 자세에서 이미 느꼈지만, 여인은 '미친 여자'였다. 그 여인은 태아처럼 몸을 만 자세로 계단에 앉아 눈 아래에 펼쳐져 있는 고한읍 전경을 굽어 내려다보고 있었다. 삼십대 초쯤 되었을까 싶은 그 여인은 오똑한 콧날을 갖고 있었다. 그 여인이 미치지 않은 상태로 최초로 고한에 들어왔을 때에는 상당한 미인이었을 것이라는 생각이 들었다. 고한에 온 그 여인에게 어떤 일이 일어났을까. 땅속에 매장되어 있는 탄 때문에 누군가와 함께 이곳에 왔는데, 그때는 그래도 희망이 있었으나 지금은 그녀와 함께 이곳에 온 남자도, 희망도 어디론가 사라져버리고 말았을 것이다.

질척거리는 대로를 가로질러서 나는 역에서부터 오른쪽 방향으로 나 있는 사잇길로 접어들었다. 한눈에 봐도 거기가 시장 언저리라는 것을 알 수 있었다. 골목을 몇 번 돌다가 한 집에 들어가 칼국수를 시켰다. 배가 고팠던 것이다. 잠시 후 채를 썬 호박 몇 점과 뜨거운 물에 그냥 밀가루라고밖에 말할 수 없는 멀건 칼국수 한 그릇이 내 앞에 놓였다. 짜장면을 먹을 걸 그랬다고 후회했다. 천천히 칼국수를 먹으며 나는 아까 몇 시간 전에 청량리에서 샀던 석간을 다시 펼쳤다.

강원도 정선군 고한읍 고한리 삼척탄좌 정암광업소 광원 800여 명이 23일 낮과 심야에 개인 버스, 봉고차를 빼앗고 구판장에서 쌀, 라면 등을 꺼내오는 등 과격행위에 이어 25일 새벽에는 일부 광원들이 회사 버스를 타고 간부 아파트로 몰려가 투석, 난동을 부려 사택촌 1,000여 주민들을 공포의 도가니로 몰아넣었다. 광원들은 회사 본관 건물을 점거, 농성 중이다. 경찰은 주민들의 신고를 받고도 출동을 미루다 난동이 끝난 뒤에야 25일 450명을 회사 주변에 배치, 경비만 강화하고 있다.

그리고 신문은 '간부 아파트 피습'과 '본관 점거'로 상황을 나누어 다음과 같이 보도하고 있었다.

△ 간부 아파트 피습: 회사에서 빼앗은 버스로 간부들이 사는 중앙아파트로 몰려간 과격파 농성 광원 20여 명은 25일 상오 1시쯤부터 30분간 돌을 던지고 각목을 휘둘러 간부 아파트 1, 3층 20여 채의 유리창을 박살 냈다. 이들 광원들은 5층 건물의 아파트 입구에서 '너희들은 왜 편

히 잠자느냐, 나오지 않으면 없애버리겠다'고 소리치며 1
층 아파트는 각목으로, 2, 3층은 주먹만 한 돌을 던져 유
리창을 닥치는 대로 부쉈다. 일부 간부들은 난동이 계속되
자 참다못해 '우리가 무슨 잘못이 있다고 못살게 구느냐'
며 흉기를 들고 나섰고 이에 난동 광원들은 풀이 꺾여 상
오 14시 30분쯤 버스를 타고 회사 농성장으로 되돌아갔
다. △ 본관 점거: 광업소 본관 앞서 농성하던 광원 800여
명은 24일 하오 6시쯤 비가 내리자 본관으로 진입, 텅 빈
4층 본관에 흩어져 책상 등 집기를 치우고 자리를 잡았다.
이들은 오르간을 가져와 기타 등의 반주에 맞춰 노래를
부르며 철야농성을 벌였다. 이들은 23일부터 일부 사무직
직원 연금, 인근 목장과 구판장 습격, 물품 탈취, 차량 탈
취 등 과격 난동 시위를 계속하고 있다.

처음에 나는 장성, 그러니까 태백시로 갈 예정이었다.
그러나 출발하는 25일 아침의 신문 보도 때문에 고한에 내
렸던 것이다. 내가 본 아침의 조간은 석간과 비슷한 내용
의 기사가 보도되었는데, '농성 광원들이 직원 20여 명을
감금시킨 채 △ 1차 분규 때 합의된 상여금 270%를 310%
로 올리고 △ 공휴일 유급휴가에 국경일을 포함시킬 것 등
을 요구하며 농성을 재개했다'고 하며, '농성을 하려면 잘
먹어야 한다'고 '2킬로미터 떨어진 속칭 난항리 삼탄목장
을 습격, 소를 잡으려다 목동들의 저항으로 되돌아오기도

했다'고 적고 있었다.

위의 기사 내용을 보면 지난 새벽까지 굉장한 난동이 일어났음에도 시장 부근에서는 전혀 그런 기미를 챌 수가 없었다. 시장 특유의 소란함과 그 소란함 속에 깃들어 있는 아무렇지도 않은 일상이 여느 시골 시장과 다를 바가 없었다.

그러나 택시기사들은 아무래도 달랐다. "어젯밤에 대단했다면서요?" "글쎄, 그랬다나 봐요." 기사가 대답했다. "유리창이 박살 났다는 아파트로 가십시다." "서울서 오셨수?" "예."

고한역 근처에서 삼척탄좌 광업소 쪽으로 기본요금 거리에 중앙아파트가 나타났다. 택시는 아파트 안쪽까지 나를 실어날랐다. "저기 저 유리창 깨진 거 보이죠?" 택시기사가 차창 밖으로 머리를 내밀며 손짓했다.

택시에서 내린 나는 주위를 두리번거렸다. 아파트 동과 동 사이의 평상에 둘러 모여 막걸리를 들고 있던 아파트 주민으로 보이는 사람들이 낯선 외래인에 대한 호기심으로 하나둘 내게 모여들기 시작했다.

"어디서 오셨수?" 그중 한 사람이 내게 물었다. "예, 서울서 왔습니다." 서울에서 왔다는 대답이 아무런 의미도 담기지 않은 채 전달되기를 바랐다. "기자요?" "아닙니다!" "그럼 뭐요?" "……말하자면 글을 쓰는 사람입니다. 사진을 좀 찍어도 되겠습니까?" 내 카메라에는 ASA400의 36판짜리 흑백필름이 한 통 담겨 있었다. 아직 빛이 있을 때 깨진 유리창부터 담고 싶었다. "글을 쓰는 사람이라? 그래도 어디 소속이 있을 거 아니요?" 빨간 티셔츠를 입은 건장한 사내가 물었다. 나는 난감했다. "기자도 아닌 사람이 사진을 찍어서 뭘 어쩌자는 거야!" 그런 소리가 들렸다. 혼잣말처럼 말했지만 끝말이 반말지거리였다. 나에 대한 호기심과 경계의 감정 등이 섞인 데다 그곳은 바로 자신들의 터였고, 또 주위에 여러 동료들이 있었으므로 나는 내게 그렇게 말하는 사람의 심리를 잘 알 수 있었다.

사진을 찍었다. 사람들이 여럿, 사진을 찍는 나를 주시했다. 13평 정도로 보이는 아파트 작은 방에 딸린 베란다에는 알이 매우 굵은 마늘접들이 주렁주렁 매달려 있었다. 그 옆으로 더러 박살이 난 유리창, 구멍만 뻥 뚫린 유리창들이 보였다. 아파트 현관문이 박살 난 곳도 여러 곳이었다.

아파트는 5층이었는데 모두 7개 동이었다. 주민들은 모두 삼척탄좌 직원으로서 250세대 내지 260세대쯤 된다는 것을 나중에 알았다. 유리창이 깨진 세대는 약 50여 세대. 그곳에는 삼척탄좌 정암광업소에서 최하 13년 이상 근무한 장기 근속자, 그리고 직원이면서 노무원인 사람들, 기사들…… 등이 입주해 있었다. 주로 1층 쪽 유리창이 많이 깨졌는데, 더러 2층, 3층도 깨진 것이 보였다.

"이리 와보슈. 여긴 더 볼 만하지." 어떤 사람이 내게 자신의 판단으로 좀 더 극적이라고 생각되는 곳으로 안내했다. "야, 작품 나오겠다!" 누군가 그렇게 말하자 와아, 웃음이 터졌다. 기자가 아니라니까 긴장이 풀리는 모양이었다. 나도 속으로 웃었다. 깨진 유리창 안쪽에 분홍색 커튼이 보였다. 안방인 모양이었다. "사람은 안 다쳤습니까?" 내가 물었다. "미리 피해서 다친 사람은 없다오." 한 사람이 말했다. "커튼 덕을 많이 봤지." 다른 사람이 말했다. 박살이 난 현관 옆에 한복을 입은 한 노인네가 쭈그려 앉아 있었다. 그 옆에 아직 치우지 않은 유리 파편이 어지러이 흩어져 있었다. 아이들은 지난 새벽의 소란과 자신들과는 상관없다는 듯이 길길이 뛰고 노느라 정신이 없었다. "끔찍했군요." 내가 말했다. 아이를 등에 업은 아줌마들이 아무 표정도 없는 얼굴로 물끄러미 나를 쳐다보았다.

그 얼굴은 '당신은 선의를 가진 사람인가, 악의를 가진 사람인가' 하고 묻고 있는 것 같았다. 바로 그 아줌마들이 안방 창틀에 예쁘게 주름이 잡힌 분홍색 커튼을 만들어 친 사람들이었다.

"여기 오늘 누가 다녀가진 않았나요?" 이를테면 조사를 해가거나 취재를 하러 온 사람이 또 있었느냐는 이야기였다. "개미 새끼 하나 안 왔다오. 여 와 사진 찍고 하는 사람이 오늘 당신이 첨이요." 한 사람이 자기가 아는 대로 말했다. 나를 둘러싼 사람들은 한 20여 명은 좋이 넘어 보였다. 그때까지 평상에 걸터앉아 막걸리 사발을 비우던 사람들도 하나둘 어슬렁어슬렁 슬리퍼를 끌고 나를 둘러싼 무리 쪽으로 다가왔다. "뭐야? 기잔가?" "어데서 왔대?" "기잔 아닌 모양이야." "그럼 뭐야?" 다가오는 사람들마다 모두 한마디씩 했다. 그런 질문들은 그곳에 있었던 잠시 동안 계속 되풀이되었다. 누구도 나를 설명해주지 않았다. "그럼, 이 유리창을 누가 깼는지 알고 있겠군요?" 내가 물었다. 신문에 의하면 '농성 중인 과격 광원들'이라고 되어 있었다. 그때 한 사람이 조금 부러지는 목소리로 말했다. "당신 이것저것 물어서 뭘 어쩌려고 그래? 어디서 왔는지 똑바로 밝혀야 될 거 아냐!" 그 말은 거칠다고 들으면 거칠고, 또 당연한 질문이라고 들으면 그렇기도 했다. 나는《문예중앙》이라는 잡지가 있는데, 그 잡지는 중앙일보사에서 낸다, 그리고 나는 거기 소속되어 있는 사람은 아니지만 거기에서 글 부탁을 받고 왔다…… 따위의 이야기를 사람 좋은 목소리로 말했다. 사람들은 내 말을 잘 못 알아듣는 것 같았지만, 더 캐물을 것도 없다는 표정이었다. 그래서 내가 다시 물었다. "도대체 누가 이런 짓을 했는지 알고 계십니까?" "그걸 어떻게 알아요. 컴컴한 밤인데……" "이게 벌써 언제부턴지 아슈? 그저께 밤부터라오." "아냐, 그그저께 밤부터야." "경찰에선 가만히 있습니까?" 내가 물었다. "신골 해도 꿈쩍도 안 한다오. 오늘 밤 또 쳐들어온다는데…… 지랄이군." "보호신청을 해도 안 와요. 저 아래 고한 국민학교에서 낮잠 자고 있는 모양이야." 사람들이 가볍게 웃었다. 내가 한마디를 물으면 일제히 여러 사람이 한마디씩 답했다. "저 위의 목골 직원 아파트를 안 건들고 왜 여기 쳐들어오고 야단인지 모르겠어." "저 위에 직원 아파트가 또 있나요?" "여기 우리야 삼탄의 말단 계원들하고 씹장들뿐이지만, 저 위에는 계장급 이상의 진짜 높은 사람들이 사는데 말야." "우리 집의 큰놈이 뭐라 그러는지 아슈! 아빠 왜 이래요, 하길래. 이게 다 민주화로 가는 길이란다, 했지요. 그랬더니 민주화로 가는 길에 왜 유리창이 깨져요? 이러는 게 아니겠소? 그래, 내 대답할 자료가 없었다니깐요." 한 사람이 조금 높은 목소리로 말했다. 사람들이 킥킥 웃었다. "난 말이요, 오늘 밤 갈 데도 없다오, 친척도 없구……" "해만 지면 여자들은 애를 업고 걸리고 해서 피난 간다오. 그걸 좀 쓰구려." "근데 왜 피난만 가고 맞서지 않지요?" 내가 물었다. "맞서봐야 책임질 사람이 없는데, 맞선 사람만 깨질 게 아니겠소." "우리 아이들도 노이로제 걸렸어. 무슨 소리만 턱, 나도 아이구 데모 왔다, 이러군 이불 속으로 끼들어간다구……" ……그런 대화가 좀 더 계속되었다.

그때 어떤 건장한 사내가 "거기 뭐 해?…… 저 사람 뭐야?…… 그런 시시껄렁한 소리해서 뭘 해. ……가라 그래" 하고 고개를 조금 뒤로 젖히고 눈을 밑으로 깔아 나와 자기 동료들을 번갈아 꾸짖듯 내려다보며 말했다. "뭘 물으려면 똑바로 하라고 그래." 그를 한번 쳐다보았다. 키가 나보다 한 뼘 정도는 더 컸고, 가슴이 딱 벌어진 것이 보기 드물게 당당한 체격이었다. 기분이 매우 상했지만 달리 별 뾰족한 방법이 없었다. 주섬주섬 카메라를 가방에 집어 넣고 들고 있던 노트를 챙겼다. "폼 잡고 말이야." 그런 말이 들렸다. 그 말이 조금은 억울했다. 왜 그렇게 적의를 드러내는지 알 수 없었다. 내가 상당히 수상한 사람으로 보인 모양이었다. 처음에는 경계하는 마음에서 이윽고 호기심, 그리고 호기심이 풀리자 절박했다기보다는 조금 허탈한 어조로, 혹은 나를 놀리는 어조로 둘러싸서 방금 한잔 걸친 막걸리의 안줏감으로 삼았다는 인상을 떨칠 수가 없었다. 그러나 나는 곧 고쳐 생각했다. 그들 말대로 연일 밤, 유리창이 깨지는 피해를 입다보니 극도로 신경이 날카로와진 게 틀림없다고. 게다가 기자도 아니면서 글을 쓴다고 하니, 처음 보는 그런 유의 사람들하고 자신들과 어떤 관계가 있는지 도무지 감을 잡을 수 없었는지도 모른다.

8시 10분경, 잠시 전에 택시를 타고 들어온 아파트를, 등 뒤로 20여 명의 삼척탄좌 직원 아파트 주민들의 시선을 느끼며 나는 걸어 나왔다. 조금 비참했다. 의혹과 불신, 그리고 적의와 무관심, 그것이 고한에 도착한 지 얼마 안 되어서 내가 받은 첫 반응이었다. 하지만 이상한 일이었다. 확실하고도 구체적인 피해를 입고 있는 사람들이 생각했던 것보다 그다지 절박해 보이지 않았던 일은. 그리고 아까 누가 유리창을 깼는지 아느냐는 질문에 '컴컴한 밤이라서 누가 누군지 모른다'고 한 말도 다소 이상했다.

터덜터덜 아파트에서 나와서 우측 다리를 건넜다. 날은 이미 완전히 저물었다. 차들이 한번씩 지나갈 때마다 거대한 탄가루가 날렸다. 다리를 건너자 고한역 쪽에서 올라오는 두 갈래 길이 서로 합쳐지는 지점이 나왔다. 그 우측으로는 검은 물이 흐르고 있었다. 갈림길 한쪽 편에 시멘트로 앉을 수 있게 설치해놓은 정류소 같은 것이 보였다. 나는 그곳에서 일단 담배나 한 대 피워야겠다고 생각했다. 그런데 그곳 시멘트 의자에 곱상하게 생긴 한 청년이 이미 앉아 있었다. 잠시 머뭇거리다가 내가 먼저 말을 건넸다. "저 위의 광업소에서는 지금도 농성 중인가요?" 그가 그렇다고 말하며, 날더러 어디서 왔느냐고 물었다. 어떻게 어떻게 해서 왔다고 말했더니, 자기와 함께 올라가면 된다고 말했다.

잠시 후에 어디선가 시커먼 탄가루가 요란하게 날리며 시커먼 버스가 한 대 바로 우리가 앉아 있는 바로 앞에 우뚝 섰다. 버스가 서자 주위에 있던 몇 사람이 버스에 올랐다. 그 청년과 나도 그 버스에 오르려고 했다. 그러나 버스에 타고 있던 사람이, "그 빽 속에 있는 게 뭐요?" 하고 내게 물었다. 내가 조금 머뭇거렸다. "당신 뭐요?" 버스 속에서 다른 사람이 큰 목소리로 물었다. "태우지 마!" 버스 깊숙이에서 그런 소리가 터져 나왔다. 나하고 몇 마디 말을 건넸던 청년이 "나랑 아는 사람인데, 같이 올라갑시다" 하고 말했다. 그러나 버스 문은 "다음 차로 올라오슈!" 하는 말과 함께 이내 닫혔다. 버스 속에는 아줌마들도 보였다. 버스를 탄 사람들의 표정에는 활기가 넘쳤다. 잠시 후에야 알았지만 그 버스는 광업소로 농성을 하러 가는 광부들과 그들의 가족이 타고 있는 버스였다. 낮 동안 농성을 하던 사람들과 교대를 하기 위한 버스였다. 아줌마들은 밥을 해주기 위해 올라가는 길이었다. 그렇게 올라가면 이튿날 아침에 다시 다른 사람들과 교대를 하는 모양이었다.

나하고 몇 마디 말을 건넸던 청년은 그 버스를 타고 광업소로 올라가려고 했는데, 그만 나를 태워주지 않자 자신도 그 버스를 포기한 것이었다. 나는 그에게 조금 미안했다. 나는 그에게 어디 가서 술이나 한잔하자고 했다. 그는 술을 잘 못 한다고 하며 자기 방으로 가자고 했다. 특별히 광부처럼 생긴 사람이 이 세상에 어디 있겠는가. 청년은 읍사무소 같은 데 근무하는 사람처럼 깨끗한 인상이었다. 나중에 그의 방에 가서야 자세히 알게 되었지만 그는 196X생이었고, 남쪽의 어느 실업고등학교를 졸업한 젊은 이였다. 군대를 마치고 이곳에 온 지, 이제 2년 남짓. 몸은 좀 호리호리했고, 사투리를 조금 쓰고 있었으나, 잠시 전의 중앙아파트에서 만난 사람들과 달리 친절했고 진지한 표정이었다. 무엇인가 날 도우려는 태도가 역력했다. 아니다. 그보다 그는 누군가와 뭣이든 이야기를 나누고 싶어 하는 것 같았다.

이제부터 나는 어쩔 수 없이 내가 만난 사람들을 모두

익명으로 표현하지 않으면 안 된다. 소속과 이름을 밝힌다는 것이 그들에게 만에 하나라도 피해로 돌아간다면 그것은 아름답지 못한 만남이 되고 말 것이기 때문이다. 그렇게 사실은 누구나 무의식 깊은 곳에는 공포가 깔려 있었다. 내가 만난 그 청년이 익명을 요구하거나 그러지는 않았다. 그 청년의 방이 우리가 만난 곳에서부터 가까웠다거나 멀었다고 말하는 것도 나는 주저할 수밖에 없다. 나는 그로부터 지난번 1차 파업 때부터의 이야기, 그리고 최근에 터진 두 번째 파업에 관한 이야기를 들었다.

"맨 처음에 600레벨에서 터졌지요. 우리가 민영 탄광으로 우리나라에서 두 번째이지만, 아마 우리나라에서 우리 삼탄이 일이 제일 셀 겁니다. 일은 많이 시키고 돈은 조금 주니 터질 수밖에 없잖습니까?……"로 시작된 그의 이야기는 1차 파업 때의 규모, 협상 결렬, 고한역 점거, 전투경찰과의 대치, 결국 최루탄, 휠체어를 탄 회장의 등장……으로 이어졌다. 그때 그들은 16개 항의 요구 조건을 내걸어 새로운 노조 집행부와 사용자 간에 16개 항의 가협정서를 맺었다. 그것은 다른 광업소의 요구 조건과 매우 흡사한 것으로서 도급제 폐지, 상여금 인상, 법정공휴일 유급휴가…… 등의 요구였다. 잠시, 당시 사용자와 광원 대표 간의 대화를 지상 녹음한 H신문을 인용해보기로 한다.

△ 광원 대표: 도급제를 월급제로 정정해달라. 도급제는

안전사고의 불씨가 되고 작업환경의 개선을 가로막는다. 도급제를 할 경우 단가(업무 실적) 평가는 담당 계원에 눈에 드느냐, 안 드느냐에 따라 결정돼버린다. 월급제는 100년의 세월이 흘러도 진리이다. △ 유 회장: 월급제는 불변의 진리이다. 그러나 현재 연탄 가격이 국가고시제이고 수입탄이 1톤당 2만 5,000원, 국내탄이 1톤당 3만 6,000원으로 정부의 보조를 받는 형편에서 회사 운영상 실행이 곤란하다. △ 광원 대표: 일부 양보해 도급제를 인정한다. 대신 단가 기준인 6가지 방법을 줄여 상위 4개 단가만 시행하자. △ 유 회장: 6개 단가제는 오랜 광산 운영에서 나온 합리적인 것이다. 단가가 10개 이상 있었던 적도 있었다. 하위 2개 단가를 없애 많이 일한 사람과의 차이가 없어져 형평의 원칙에 어긋나게 된다. 다양한 작업 조건을 6가지 단가에도 만족시키지 못하는데 줄인다는 것은 곤란하지 않은가. 제도는 좋은 것이다. 운영하는 사람이 잘못하고 있다. 앞으로 새로 구성될 노조와 머리를 맞대고 개인 간의 임금 차를 줄이는 방향으로 연구해보자. △ 광원 대표: 단가 문제는 노조에서 협의키로 하고 상여금을 320% 선으로 보장해달라. △ 박 사장: 우리 광업소 연간 수입은 700억 정도이며 기계화 작업으로 해마다 120억 원이 소요된다. 여러분의 요구로 상여금 등 300%, 중식비 300원, 입갱수당 500원 등을 들어줄 경우 연간 12억 원의 추가 부담이 생긴다. 쥐를 쫓더라도 구멍을 보고 쫓는 것 아니냐. 대신 보너스를 당초 내세웠던 300%에서 10%를 인상하겠다. △ 광원 대표: 삼척탄좌가 다른 광업소에 비해 임금이 크게 적지는 않지만 업무량은 훨씬 많다. 생산량의 경우 1인당 1일 1.84톤으로 다른 광업소의 1.2~1.5톤보다 훨씬 많다. △ 유 회장: 지금 노사분규 중인 광업소가 많다. 다른 광업소의 분규가 해결되면 협상안이 나올 것이다. 다른 회사의 협상안보다 불리하지 않게 처리해주겠다.

그리하여 8월 11일, ① 월급제는 불가하지만 현행 도급단가가 불합리한 것은 검토하여 조속 시정토록 하고 현재의 기본급을 일률 2% 인상하며, 단가를 불공정하게 매기는 계원에 대해서는 엄중 문책한다, ② 상여금은 평균임금의 270%에서 310%로, ③ 방진마스크(연 2개), 마스크휠터(월 5개), 안전장화(연 2회), 척추보호구(연 1회) 지급, ④ 지난 하기 휴가 중 8월 1일은 유급으로, ⑤ 국경일과 정부에서 정하는 임시공휴일은 유급으로 한다…… 등의 타결을 보았던 것이다.

그러나 그 후, "달력의 빨간 글자를 몽땅 유급 처리해주기로 해놓고 회사 측이 이를 번복해서 크리스마스, 석탄일, 현충일만 유급으로 한다지 뭡니까? 만근공수도 24공수로 해놓고는 언제 그랬느냐는 거죠. 그러곤 임시집행부하고 구 대의원들하고 서로 자리다툼을 하는 거라고 유언비어를 퍼뜨리며 과도기 임시집행부의 힘을 자꾸 약화시키려고 그러는 게 아니겠습니까? 그러니까 어용노조를 물리치고 당초의 약속을 지키라고 다시 터질 수밖에 없었던 거죠". 두 번째 파업의 배경을 말하는 대목이었다. 그리고 그는 25일 자 신문에 보도된 버스 탈취니, 목장에 소를 잡아먹으려고 들어갔느니, 직원 20명을 감금했다느니, 종업원들이 직원 아파트의 유리창을 깼다느니, 하는 것들이 모두 사실과 다르다고 말하고 있었다. 그리고 그는 이렇게 말했다. "중앙아파트에 사는 사람들이 알고 보면 다 선배들인데 우리 종업원들이 왜 그 사람들 집의 유리창을 깨죠? 물론 개중에는 악질 계원도 있지요. 하지만 누가 깨긴 깬 모양이지만 지금 농성을 하고 있는 우리들은 절대 아닙니다. 반드시 여기에는 뭐가 있다고 봐야죠."

그런 이야기를 나는 이튿날 다시 여러 차례 듣게 된다. 그와 헤어질 때 그는 나보고 몸조심하라고 말했다. 그게 무슨 뜻일까? 그 이야기는 각목을 들고 밤거리를 돌아다니는 사람들이 고한에 따로 있다는 이야기로밖에 받아들일 수가 없었다. 그렇다고 그의 방에서 잘 수도 없는 노릇이었다. 그는 나와 헤어지자 깊은 밤이었는데도 다시 농성 장소인 광업소로 올라갔다. "한 사람이라도 합세하는 게 사람의 도리가 아니겠습니까?" 어둠 속에서 사라지며 그가 남긴 말이었다.그가 사라지자 밤이면 각목과 돌이 날아다니는 고한에 홀로 남게 되었다. 뚜벅뚜벅 다시 역 쪽으로 내려왔다. 조심하라는 그의 말이 고마웠다. 역까지 오는 동안에 앞에서부터 무서운 속도로 달려오는 차량들은 몇 번 지나쳤지만 사람 그림자는 보지 못했다. 달도 없는 밤이었다. 드문드문 뿌연 가로등만이 조용히 어둠을 밀어내고 있었다. 고한 읍내, 그러니까 역 밑의 마을께에 도착하자 나는 아직 문을 닫지 않은 구멍가게에 들러 200원짜리 빵 두 개하고 500리터들이 우유를 하나 사서 가방에 쑤셔 넣었다. 아직 불을 켜놓은 다방이 보였다. 꼭 그래야 할 이유도 없이 다방에 들어서서 커피를 시켰다. 내가 마지막 손님이었다. 다방에서 나와서 여인숙 골목으로 들어갔다. 여인숙 언저리의 술집에서는 노랫소리가 흘러나왔다. 어떤 것은 가수의 목소리였고, 어떤 것은 마이크를 통해 흘러나오는 고한 사람들의 생음악이었다.

'제천여인숙'이었던가, 내가 든 방은 2층 베니어 방이었다. 가로로 누울 수는 있어도 세로로 누울 수는 없을 만큼 비좁은 방이었다. 2시 30분에 태백으로 가는 기차가 있다는 것을 나는 알고 있었다. 잠시 자면 3,000원, 아침까지 내처 자면 4,000원이라고 했다. 나는 일단 4,000원을 주고 태백으로 갈지 말지, 빵을 먹고 나서 생각하기로 했다. 벽에 기대어 빵을 씹고 있는데, 옆 방에서 드디어 이상한 소리가 들리기 시작했다.

이튿날, 시장에서 대충 아침식사를 마치고 나는 광업

소로 올라갔다. 택시를 탔다. 고한읍에서 삼척탄좌 정암광업소와는 7킬로미터 거리에 있었다. "가봐야 들어가지도 못할걸요." 택시기사가 말했다. "알고 있습니다. 그래도 갑시다!" 내가 말했다. 택시기사는 조금 뚱뚱한 사람이었는데 겁이 많은 사람 같았다. 혹은 지난번의 수천 명의 농성에 기가 질렸는지도 모를 일이다. 그는 나를 광업소 입구에서부터 한 200미터 떨어진 곳에 떨구었다. 천천히 걸었다. 한눈에 어느 방향이 광업소인지 쉽게 알 수 있었다. 고한만 해도 해발 840미터인지라 오전의 햇살이 낮은 곳에 있을 때처럼 따갑지 않았다. 냉랭한 공기, 그것이 광산촌의 공기였다. 내 앞으로 뒤로 사람들이 광업소로 올라가고 있었다. 때때로 택시들이 정문께까지 올라가기도 했다. 나중에야 알았지만 그 택시 속에는 교대를 하기 위한 아줌마들이나 종업원들이 타고 있었다. 회사 버스도 정기적으로 다니고 있었다. 물론 기사는 종업원들 중에서 운전면허를 갖고 있는 사람들이었다. 회사 기사는 키를 건네주고 위의 눈치를 보느라 가세하지 않았다는 이야기를 들었다. 그러나 키를 건네주는 과정에서 신문 보도처럼 '탈취'라고 말할 만큼의 싸움이 없었다는 게 중론이었다. 그러나 회사 입장에서 보면 '탈취'였는지 모른다.

정문에 이르자 경비를 맡고 있는 사람들 10여 명이 길을 막았다. 그들은 이번의 두 번째 농성이 일어나자 자진해서 정문 경비를 맡은 사람들이었다. 정문에는 바리케이

드가 처져 있었다. 회사 직원들은 무사통과시키고 있었다. "하지만 외부인은 안 됩니다. 우리 일에 불순 세력이 가담해서도 안 되고, 또 그렇게 덮어씌우는 걸 피하자, 이거요." 경비를 맡고 있는 사람 중의 하나가 말했다. 8월인데 그는 물들인 군용 야전점퍼를 입고 있었다. 나는 꼭 농성장에 들어갈 수 있으리라고 생각하고 올라온 건 아니었다. 나는 마침 광업소 정문의 한쪽 옆에 있던 사과 궤짝 위에 주저 앉았다. 그들에게 내 신분을 밝히고, 한때 요 바로 옆 장성에서 학교 선생도 했다는 내 이력을 이야기했다.

엊저녁에 중앙아파트에서 만난 사람들과는 달리 그들은 상당히 친절했다. 아니다. 그들은 원래 그런 사람들이었겠지만 다른 때보다도 더 예의를 차리려고 애를 썼다, 라고 말하는 게 옳다. 그게 내가 받은 숨김없는 인상이었다. "우리는 절대 폭도들이 아닙니다. 그런데 신문에는 우리가 난동이나 부리는 폭도로 보도되었습니다. 억울합니다." 그러나 개중에는 육두문자를 써서 경찰이나 신문, 그리고 구 대의원, 회사 측을 싸잡아 욕하는 사람들도 물론 있었다. 그들은 어제 아파트에서와 마찬가지로 모두 한마디씩 했다. 그중에는 나를 광업소 안으로 들여보내지 못하게 한 사람도 있었고, 안쪽에서 내려온 집행부 사람도 있었다. 새로운 노조 집행부는 '삼척탄좌노동조합민주화추진위원회'라는 명칭을 갖고 있었으며, 인원은 15명이었다. 나는 그들의 이야기를 듣다가 감이 잘 안 잡히는 부분은 다시 묻곤 했다.

　"최루탄에 맞아서 다친 사람 중에 하나는 지금도 제정신이 아니어서 비실비실합니다. 조금 맛이 간 것 같기도 하구. 그런데도 그런 거는 한마디도 보도를 안 하고, 직원들 감금도 안 했는데 감금했다고 그러구, 버스를 탈취하지도 안 했는데 탈취했다고 그러구, 구판장에서 먹을 것 갖고 올 때도 다 적고 가져왔는데 습격해서 도둑질해온 걸로 말하구…… 그리고 지금 우리가 이렇게 평화적으로 민주적으로 시위를 하고 있는데도 경찰이니 기자 양반들은 여기까지 와보지도 않고, 저 밑에서 회사하고 짰는지 순 엉터리 기사만 쓰고 그럽니다."

　"그 사람, 최루탄 맞은 사람을 회사에서 유급 처리만 해준다고 그러면서 치료는 내무부 소관이라 모른다고 자꾸 돌리고 있죠. 유급 처리도 이달 말까지밖에 안 해준다 그러두만요."

　"그리고 우리들도 평소 몸이 좀 아프거나 사고가 나면 회사에서 꼭 지정 병원에만 가라고 그러죠. 그 병원에 가면 손가락이고 뭐고 자르지 않아도 될 걸 막 자르고 그러죠."

　"회사 측에서는 자꾸 우리 과도기 집행부를 불신임하고 새로운 노조가 설립되면 그때 가서 절충하자고 그러는데, 지금 저희 과도기 집행부가 있을 때도 안 해주는 사람들이 새로운 노조가 생겼다고 해서 해줄 것 같습니까? 노조 집권 싸움이라고 모두들 몰아붙이지만, 파업이 끝나고 모든 게 민주적으로 잘 타협이 되면 우리 집행부는 스스로 물러날 겁니다. 그러기로 양심선언까지 했어요."

"회사 측에서는 자기들 마음대로 무기 휴업이라고 딱 내걸고는 현재도 작업을 시켜서 일하고 있는 사람들이 있지요. 펌프공하고 압축기 쪽하고, 탄 실어내는 일은 역두에서 계속 작업 중이죠. 말하자면 장사는 계속하고 있다고 봐야죠. 그렇지만 우리도 이 회사 사람이니까 갱내 물은 계속 퍼내야 한다고 생각합니다. 물도 물이지만 사람이 움직이지 않고 굴을 이렇게 그냥 보갱도 안 하고 처내버려 두면 면압권 때문에 동발이 부러져 내려 회사 측으로 봐도 손해가 막심하죠. 빨리 협상을 해서 다시 일하러 굴속으로 들어갔음 좋겠습니다. 우리도 이 짓이 뭐 좋다고 오래 끌기를 바라겠습니까?"

"뭐니 뭐니 해도 우리 삼탄은 작업 강도가 너무 세요. 아마 우리나라에서 가장 OMS(1인 1일 8시간 작업생산량)가 높을걸요. 비교적 OMS가 높다는 회사가 1.5 정도입니다. 석공은 지금 1.54, 우리는 86년에 1.89였습니다. 그러니까 다른 곳에 비해 1인당 OMS가 28%나 높은 거죠. 결근을 하든, 휴직 상태에 있든 그 인원도 다 OMS 산출 인원으로 들어가지요. 회사 간부들뿐 아니라 심지어 사무직, 청소하는 아줌마들까지 다 그 인원에 넣죠. 그러니 실제 우리가 막장에서 캐는 생산량은 1.90을 훨씬 웃돌죠. 하루 보통 한

가다에 20명 들어갔다 하면 5톤들이 적재함으로 서른 개 정도, 그러니까 150톤 정도는 캐내니까요. 그런데다 회사에서 세워놓은 생산량 목표에 도달이 안 되면 작업시간 이후에도 한두 시간씩 더 해야 합니다. 그러니 그 목표량을 채우려고 하다보니 안전사고도 계속 생기죠. 이렇게 OMS가 높기 때문에 우리가 다른 회사 사람들보다 월 5,000원에서 6,000원 정도 더 받는 것은 사실입니다. 그 정도 더 주고는 회사에서는 '봐라, 당신들은 다른 회사들보다 돈을 더 받지 않느냐' 이러면서 계속 누르는 거죠."

"하지만 이런 요구 조건 중에서도 우린 OMS를 낮추라는 얘긴 안 했어요. 일은 많이 하겠다, 대신 우리가 일한 만큼 돈을 더 달라, 이 얘기죠."

"이번 2차 파업이 지난 21일 을방부터 시작됐는데, 며칠 전의 중앙아파트 유리창 사건도 그래요. 우리가 만약 유리창을 깨고 난동을 부린다면 왜 그쪽을 깹니까? 알고 보면 거기 사는 사람들도 다 장기 근속자로 우리 선배들인데…… 멀쩡해도 그 사람들 속은 다 진폐·규폐로 골병이 든 사람들인데요. 우리가 그랬다면 계장급 이상이 사는 목골아파트로 쳐들어갔을 겁니다. 그러나 거긴 멀쩡합니다. 이상하지 않습니까? 뭐 일곱 명이 한 조가 되어서 돌아다니더라는 이야기가 있으나 카메라로 찍지 안 했으니 자신 있게 말은 못 합니다. 하지만 우리는 아닙니다. 우리는 누가 행여 술이라도 한잔 마실까봐 자제해달라고 부탁하고 있죠. 그리고 절대 무력이나 폭력을 써선 안 된다고 말입니다. 저번 1차 파업 때 고한 양조장에서 우리들을 격려한다고 막걸리를 40말가량 보내왔더군요. 그걸 우린 돌려보내면서 고맙지만, 우유로 바꿔달라고 했죠. 우리가 왜 우리 회사 목장의 소를 잡아먹고, 우리 구판장의 물건을 도둑질합니까.”

“데모 가담하면 모가지 자른다는 협박도 숱해 받았죠. 수송반장, 이런 사람들한테 말입니다. 그 사람은 사장의 친척이죠. 높은 사람도 저 위의 우리 회사와 관련이 있다고 그러죠.”

“우리 탄 캐는 사람들보다 위에서 떵떵거리는 사람들이 더 많습니다. 돈 주는 사람 한 사람하고, 돈 계산하는 사람 한 사람하고, 보안과장 한 사람, 이렇게만 있으면 될 텐데 말입니다.”

“그리고 검수하는 사람들이나 계원들, 그 사람들 우리를 인간으로 안 봅니다. 나이가 한참 위인데도 이 새끼, 저 새끼…… 강아지 부르듯 부르죠. 툭하면 술 사라고 노골적으로 공갈치든가…… 돈도 좋지만 인간대접 좀 받고 싶다 이겁니다. 우리가 사실 남들처럼 못 배워서 탄이나 캔다고 얼마나 무시를 당하고 살아왔습니까.”

“일은 전보다도 많이 하는데 돈은 줄어듭니다. 임금 인상됐다고 맨날 떠들어도 그거 말짱 거짓입니다. 내 83년에 최고로 30미터 굴진했죠. 그때 35만 원 받았는데, 지금은

50미터 미는데도 37만 원이지 뭡니까? 귀신이 곡할 노릇이죠."

12시경, 정문 경비를 맡은 사람들의 중식이 날라져왔다. 커다란 대야에는 보리밥이, 바케쓰에는 시뻘건 닭국이 출렁거렸다. 그들이 내게도 같이 식사하자고 했다. 그러고는 닭국 한 그릇을 퍼주었다. 단 한 사람이라도 자신들의 진실을 똑바로 알고 갔으면 좋겠다고 누군가 말했다. 밥을 무척 많이 퍼주었는데, 남길 수도 없었지만 남기고 싶지도 않았다. 국이 맛있었기 때문이다. 나는 고한에 내려서 비로소 식사 같은 한 끼의 식사를 했다. 국밥을 먹는 동안에도 계속 사람들로 가득 찬 버스가 광업소 본관 농성 장소로 올라갔다. 차가 한 대씩 올라가고 내려갈 때마다 경비를 맡고 있던 사람들이 박수를 쳤고, 차 안에서도 답례의 환호와 박수가 터져 나오곤 했다.

"우리들은 절대 분열되지 않을 겁니다. 저 사람들(집행부)도 우리들 대표로서 우릴 위해 저렇게 목이 쉬어라 잠도 못 자고 싸우는데, 저 사람들 깨지고 우리만 살면 뭐 합니까? 회사도 살고 우리도 살고 싶습니다."

식사를 마치고 정문 앞에 모조지 전지에 검은 매직으로 써놓은 2차 파업 공고를 읽었다. 그 속에는, ① 채탄 굴진 2개 단가로 조정하고 전체 기본급 20% 인상하라, ② 법정공휴 전체(달력의 빨간 글씨) 유급으로 하라, ③ 월 24공수

361

를 만근으로 하라, ④ 퇴직금 누진제 실시하라, ④ 휴가비 10만 원, 감정보조금 및 각 명절 5만 원씩 지급하라, ⑤ 공무부 및 각 항 내외 지원부서 호봉제 실시하라, ⑥ 각 사택에 방송된 유언비어에 대해 회사 측은 공개 해명 사과하라…… 등의 내용이 적혀 있었다.

1시 5분경, 그들과 인사를 나누고 언덕길을 내려왔다. 모퉁이를 돌자 대여섯 명의 사람들이 내 앞을 가로막았다. "당신 뭐요? 그 가방 속에 뭐가 들었지?"로 시작해서 그들은 몸으로 내 어깨를 툭툭 치며 결국 내 가방의 지퍼를 열게 하고야 말았다. 그들의 입에서는 술 냄새가 났다. 내가 쓸쓸하게 웃으며 지퍼를 열자, 술을 한잔 걸쳐서인지 사실은 가방 속의 내용물에는 별 관심이 없다는 듯, 어항 속의 붕어를 내려다보는 표정으로 그렇게 내 가방 속을 굽어다 보는 거였다. 가방 속에는 카메라와 어제 먹다 남긴 빵조각, 그리고 냄새나는 양말짝 따위가 들어 있었다. 그것은 확실히 모욕적인 일이었다. 하지만 나는 참았다. 거기가 객지이고 대여섯 명이라는 수효에 눌려 참은 것은 아니었다. 그들이 누구인지 모르지만, 그들의 만용이 다소 혐오스럽기는 했지만, 이해할 듯도 싶었기 때문이다. 잠시 후 그들과 지나쳤다. 그들이 이제 곧 정문 경비들에게 술을 먹었다고 야단맞을 모습이 안 봐도 눈에 선했다. 만약 그들이 사원이 아니고 광부라면 말이다.

8월 26일 오후 12시 22분. 고한에서 태백으로 가는 통일호는 10분 연착했다. 전날 역사 언저리에 있던 '미친 여자'는 그날 보이지 않았다. 먹을 것을 찾아 시장으로 내려갔는지도 모를 일이다. 1973년에 뚫린 '고한-추전-태백'을 잇는 고한선은 길이가 15킬로미터인데 거기 뚫린 굴 6개와 다리 10개의 길이를 합치면 전체 길이의 절반에 가깝다고 한다. 고한을 출발하자 곧 들어가게 되는 정암터널은 길이가 4,505미터로 우리나라에서 가장 긴 굴이었다. 굴을 빠져나오자 "해발 855미터 추전역. 우리나라에서 제일 높은 역입니다"라는, 탄가루를 뒤집어쓴 팻말이 좌측으로 보인다.

2시 40분, 태백역에 도착했다. 태백역에 내리자 검은 내장을 드러내고 정면에 우뚝 솟은 검은 산이 그 역의 이름이 '황지역'이었을 때와 마찬가지였다. 간밤에 고한의 베니어 방에서 잘 때 옆 방에서 들려오는 소리 탓도 있었지만, 이런저런 착잡한 생각으로 잠을 설쳤기 때문에 나는 태백에 내리자, 석공에 근무하는 고등학교 후배에게 전화를 건 뒤, 곧 목욕탕을 찾았다.

황지에서 12킬로미터 떨어진 장성으로 가는 버스 속에서 나는 새로 지은 궁전 같은 KBS 건물도 보았고, 희자매가 술집 '물랑르즈'에 올 것이라는, 국민학교 벽돌담에 붙어 있는 플래카드도 보았다. 그리고 시청 위 비행장 터에 전에 없던 아파트 단지가 들어서고, 황지를 휘감고 화전

363

으로 빠지는 순환도로가 새로 닦인 것도 보았다. 장성으로 빠지는 길을 따라 흐르는 낙동강 상류는 오늘도 4년 전, 내가 그곳에 살고 있을 때와 마찬가지로 먹빛이었다. 내가 사표를 낼 때까지 근무하던 학교 운동장에서는 가을운동회 준비가 한창이었다. 하나, 두울, 세엣, 네엣…… 금천으로 빠지는 갈림길에 있는 계산동 이중교를 거쳐 석공 담을 끼고 달리자 낮게 땅바닥에 오밀조밀 엎드려 있던 공화동 사택촌은 깡그리 헐리고, 그 자리에 거대한 건축물이 우뚝 서 있는 것이 보였다. 아직 완공은 안 했으나 그것이 '장성 규폐센터'라는 것을 나중에 알게 되었다.

공화동으로 연결되던 출렁다리는 어디로 갔는지 간 곳이 없었다. 대신 거대한 시멘트 다리가 놓여 있었다. 장성 규폐센터 신축 건물을 보며, 적당한 부지가 없었겠지만 하필이면 그 자리에 그런 병원이 들어선 것이 다소 쓸쓸한 느낌을 자아냈다. 개울 건너 광업소에 들어가 하늘을 세 겹으로 이고, 굴속에서 평생을 탄가루를 마시다가, 병들면 광업소 바로 건너편 병원으로 들어가 파자마 바람으로 복도를 어슬렁거릴 광부들의 모습이 눈에 어른거렸기 때문이다. 광대뼈가 유난히 튀어나오고 얼굴은 뜨물처럼 뿌옇게 떠 있고, 눈은 퀭하게 파여 있을 환자들의 모습을 나는 '근로복지공사 장성병원' 바로 옆의 학교에서도 근무했기 때문에 매우 잘 알고 있었다.

1987년 현재 우리나라의 총 진폐환자 수는 2만 2,200명으로 추정되고 있다. 연평균 진폐환자 증가 수는 300여 명이 넘는다고 한다. 대한산업보건협회에서 조사한 지난해 발생 환자 수는 3,296명이었다. 자신이 진폐환자라는 것을 알고 있으면서도 가족의 생계 때문에 회사나 가족에게 감추고 지금도 땅속에서 숨을 헐떡이고 있는 광부들의 수까지 합치면 실제 진폐환자 수는 훨씬 많을 것이다.

막상 장성에 왔으나 갈 곳이 마땅치 않았다. 석공에 근무하는 고등학교 후배는 저녁에 만나기로 했던 것이다. 1979년 총각으로 그곳에 갔다가 1984년 큰딸애를 안고 그곳을 떠났기에, 사실 내게는 거리 구석구석에 진한 추억이 묻어 있지 않은 곳이 없었다. 그래서 고한에 내렸을 때와 같은 긴장감은 어느덧 사라지고, 지나간 일은 다 아름답다고 생각하기로 작정한 멜랑콜리한 사람 특유의 다소 쓸쓸하고 촉촉한 눈빛으로 거리 이곳저곳을 훑어보게 되었다. 버스정류장, 주유소, 사진관, 새마을 구판장, 정육점과 음식점을 겸하는 강미정, 중국집……들은 그대로였지만 못 보던 신축 건물이나 술집이 많이 눈에 띄었다. 농협 건물도 새로 들어서 있었다. 그러나 장성의 채 500미터도 안되는 중앙통에 전에는 아주 작은 규모였던 가전제품 상들이 커다란 규모로 네댓 개는 족히 될 정도로 성황이었다. 새로 나온 사각 브라운관 텔레비전 세트에서부터 가전제품 상들마다 하나같이 번쩍거리는 물건들이 그득그득 쌓여 있었다. 가게 안쪽에서는 유선방송인지 모르지만 내 친구 시에 나오는 것처럼 '무희들이 새처럼 깡총깡총 뛰고' 있었다. 대도시를 제외한 우리나라의 지방이 대개 그렇지만 애 어른 할 것 없이 문화 혜택이라면 텔레비전밖에 없다는 말이 그리 심한 말이 아닌 터인데, 텔레비전에서는 밤낮 무엇이 나오고 있는가. 사북사태 때부터 근래의 뜨거운 노사분규에 이르기까지 텔레비전의 내용들이 배분의 욕구를 거칠게 부추기는 데 상당한 기여를 했다고 봐야 할 것이다.

시장 쪽으로 발걸음을 뗐다. 별로 달라진 것이 없었다. 그러나 지금도 그런지 모르지만 옷이고 과일이고 광산의 생필품 물가가 다른 곳보다 상당히 비쌌다는 기억이 툭 튀어오른다. 상인들은 광산이 해발 600미터가 넘는 오지라는 핑계로, 그리고 광부들이 돈을 자학적으로 펑펑 쓴다는 옛날이야기를 오늘도 그대로 받아들여 턱없는 이문을 남기곤 해온 것이다. 그래서 광업소에서 무슨 일이 일어났다 하면 점포 문을 닫고 벌벌 떠는 것이 광산의 상인들이라는 이야기는 내가 장성에 있을 때부터 나돌던 이야기이기도 했다. 천천히 나는 협심동, 그러니까 한때는 내가 살았던 똥골 쪽으로 발걸음을 뗐다. 그러나 그쪽은 이미 이야기 들은 대로 거대한 아파트 단지로 변해 있었다. 골목에 똥이 지천이었던 사택촌의 골목들, 공중변소들은 어디 갔는지 흔적도 없고 깨끗한 5층 아파트들이 즐비하게 늘어

366

서 있었다. 김수창씨 댁을 어디 가서 찾는담! 그가 아직 석공에 근무한다면 찾을 수도 있겠으나 후배와의 약속도 그렇고 해서 결국 김수창씨는 만나지 못했다.

후배는 저녁 늦게서야 만났다. 마침 8월 26일이 석공의 월급날이라 대학을 나오고 사원으로서 관리직에 근무하던 후배의 부서에 비상이 걸렸기 때문이었다. "왜 비상이냐? 봉급날이라 그런가?" 내가 물었다. "지난번 파업 이후 첫 월급인데 받아보면 별로 달라진 게 없기 때문이죠. 그래서 내일 아침 부녀자들 앞세우고 또 농성을 벌이지 않을까 해서 비상이 걸린 거죠. 한번 터졌다 하면 실전, 저리 가랍니다. 민방위훈련이나 을지연습이 따로 있습니까. 죽겠습니다. 죽겠어요! 알량한 목구멍 때문에 이러지도 저러지도 못하고 말이에요."

그로부터 다른 곳의 분규와는 달리 이곳에서는 부녀자들이 앞에 나서는 까닭을 들었다. 광산 부녀자들이 모두 유휴 노동력으로 소일하는 데다, 남편들은 앞장섰다가 모가지 떨어질까 염려되니, 여자들이 나선다는 것이었다. 그래서 그런지 광산 부녀자들을 위한 공장도 건립한다는 기사가 더러 보이긴 한다. 어쨌든 월급을 준 뒤, 회사 측은 내부에 비상을 걸고 새벽에 농성이 일어날까 조마조마하고 있었던 것이 8월 26일의 장성 석공이었다.

후배를 통해 나는 지난번 대규모 장성 분규 이후, 광부들이 회사에 무엇을 요구했고, 노사 간에 무엇이 타결·조치되었는가를 상세히 들을 수 있었다. 제일 처음, '건강관리비 12만 원 일괄 지급'이 요구되었다. 그리고 '최하선 12만 원 이상 전액 지급'하기로 해결되었다. 전에는 건강관리를 풀뿌리로 하는 사람이 있었고, 인삼·녹용으로 하는 사람이 있었다는 이야기라고 후배가 부언했다. 두 번째로 '하계 연휴 2일 유급휴가'가 요구되었다. 가장 대우가 좋다는 석공에 전에는 하계 휴가가 없었다는 이야기다. '87년부터 소급 시행키로 하고 통상임금의 100% 지급'하기로 되었다. 그리고 '가족수당 평균임금 산입'이 요구되었다. '9월 1일부터 산입'하기로 되었다. 그리고 '동생을 부양하는 장자에게 학자금을 지급하라'는 요구가 있었다. '4/4분기부터 부모 연령 60세 이상자로 장자가 동생을 교육시킬 경우 학자금을 지급'키로 했다. '연공가급제 실시'가 요구되었다. 지금까지는 10년 된 사람이나 1년 된 사람이나 월급이 같았다고 한다. 회사에서는 '석공이 종신제올시다' 하지만 그런 제도로 늙으면 자연 괄시받아온 것이 현실이었다. 말하자면 '연공서열을 매겨달라'는 요구였다. '88년부터 시행'키로 했다. 그리고 '노무원 반장 처우 개선'이 요구되었다. 고원반장, 사원반장, 임시반장 등 반장의 종류가 많은데 고원반장과 사원반장의 경우, 일은 똑같이 하는데 월급은 배 차이가 났던 것이다. 개선 방법에 시간이 소요되지만 '개선하기'로 했다. '중근을 억제하는 것을 폐지해달라'

는 요구가 있었다. 능력과 사정에 따라 일을 더 하겠다는 사람을 금지해왔었다. '즉시 폐지'되었다. '운영 정원 현실화', 요구되자 곧 '현실 운영한다'고 했다. '공휴 대체 폐지'의 요구도 수락되었다. 그리고 '관광 막장 폐지'의 요구도 수락되었다. 관광 막장이란 외부인이 왔을 때 시찰하는 막장 코스로서 일하는 사람을 이중으로 모욕하는 처사였다. 즉 VIP 코스라 해서 높은 사람이나 외부인이 오면 별로 열악하지 않은 현장을 보임으로써 실제의 현실을 왜곡하는 관행이었다. '구내식당·새마을식당 사유화 폐지'의 건도 '직영 또는 노조에서 운영'하기로 수락되었다. '규폐환자 노후대책 보장'은 '이미 금년부터 조치되고 있다'는 답변을 받았다. '규정 위반자의 징계 문제'는 '1차 교육, 2차 징계 완화'로 수락, 해결되었다. 1978년 대형 화재 사고 이후 생겼던 '갱내 표찰제'도 '폐지'되었다. '노무원의 사택 우선 배정' 건도 '노사 합의하여 배정'하기로 해결되었다. '독찰제'도 '격려 및 독려 목적으로 전환'되었다. 생산량을 독려하기 위해 비인간적인 암행 독찰이 계속되었기 때문이다. '관리자 언어순화'도 아울러 요구되었다. '교육을 통해 언어순화'하기로 약속되었다. 그리고 1988년부터 심부 채탄에 따른 수당이 공당 200원(월 5,000원 정도 임금 상승)씩 지급되기로 했다. 매년 채탄 작업이 심부화되기 때문에 노동강도가 갈수록 높아지고 있기 때문이다.

이상은 해결된 것들이다.

그러나 '전 종업원의 사원화·전 종업원 임금 차등제 폐지' 요구는 '검토 기간이 소요되고 제반 문제점이 있으므로 계속 추진하겠다'는 약속으로 거절되었다. '도급제에서 월급제로의 요구'도 '연구 검토 사항'이라는 답변으로 유보되었다. 도급제는 일제 때부터 내려오던 것으로서 4~5명이 한 조를 이루는 막장 도급, 200~300명이 투입되는 갱별 도급으로 구분되어 OMS에 따라 기본급이 산정되는 제도이다. 현재 석공의 경우는 채탄·굴진·보갱 등 직접부만 적용되는 부분 도급제를 채택하고 있다고 한다. 회사 측에서는 도급제가 아니면 모두 위험한 막장 일을 기피한다는 이유로, 종업원들은 당나귀 코에 걸린 당근처럼 끝없이 무리를 함으로써 안전사고 등 재해를 유발한다는 이유로 모든 광산 분규에서 사용자 측과 종업원 측이 팽팽하게 맞서고 있는 문제가 바로 도급제인데, 거절된 것이다.

'상여금 평균임금으로 지급'할 것이 요구되었으나 석공 흑자액이 1년에 7억에서 10억 정도밖에 안 되는데, 그렇게 되자면 추가 예산 200억 원이 소요된다, 그러므로 '대정부 사항으로 건의하여 조치'하기로 타결되었다. '갱내 종사자 장려가급 단일화'가 요구되었으나 막대한 예산이 소요됨으로 '대정부 사항'으로 넘어갔다. '학자금 100%'가 요구되었다. 전문대학·일반대학의 경우 국립대학의 80% 선만 지급되는 것을 100% 지급해줄 것을 요구한 사항이었다. '단계적으로 상향 조정'하겠다는 답변이 나왔다. '식권 현금화'는 그것이 평균임금에 산입되어 보너스·퇴직금이 더 나가게 되므로 역시 '대정부 사항'으로 넘어갔다. '수당·특근의 기본급화'도 '임금체계 검토 중'이라는 답변으로 통과되었다.

후배가 말했다. "그러니까 형은 잘 모르겠지만 자세히 뜯어보면 당장에 달라지는 게 별로 없지요. 그러니까 이번 달 월급을 타봐야 사람들 달라진 게 없다는 걸 알게 될 게 아니겠습니까? 사실은 요구한 것을 들어줄 것은 들어주고, 곤란한 것은 곤란한 대로 노사 합의하에 해결하고 분규를 끝냈건만, 광부들 입장에서 보면 또 속았다고 생각할 수 있는 거죠. 그러니까 불씨는 아직 여전히 남아 있다고 봐야죠. 이제 왜 오늘 월급 주고 난 뒤 비상 대기를 했는지 아시겠지요?" "왜 이렇게 복잡하지?" "내가 압니까? 그렇게 복잡하니까 광부들도 이유 없이 월급 몇프로 올려달라, 이렇게 단순하게 요구했더라면 소득이 더 있었을 겁니다. 복잡하게 되어 있는 것은 형님 마음대로 생각하십시오!" 후배의 그 말은 임금체계가 그토록 복잡한 것이 곧 임금체계를 하부구조의 사람들이 잘 알지 못하게 하기 위한 것으로 이해해도 좋다는 뜻으로 전달되었다. 한자나 라틴어를 아랫것들이 읽을 수 없었던 역사책에 나오는 옛날처럼. 후배의 일그러진 표정이나 어투에서 그런 것을 느낄 수 있었다는 이야기이다.

다른 회사의 광부들이 모두 부러워하는 석공 광부들

의 분규 전의 월급은 어땠을까. 직접부는 1개월에 22공수(일한 날)를 한다고 보고 33만 3,000원이었다. 간접부는 직접부보다 조금 힘이 덜 드니 1개월에 25공수 한다고 보고 6개월가량 평균을 내볼 때 27만 7,000원이었다. 거기에 56%의 보너스, 상여연차·가족수당(배우자 1만 5,000원, 배우자 외 2인 9,000원), 체력단련비 200%, 식대보조비·연료보조(월 19공탄 138장) 등 당장에 현금화되지 않는 것을 합산해서 1년 평균을 내면, 직접부는 월 56만 4,000원, 간접부는 월 48만 2,000원이라는 계산이 나온다. 그리고 그동안 관리자들의 임금 인상 폭이 과연 광부들의 그것과 같은 비율이었는가는 여전히 의문으로 남는다. 게다가 민영 탄광은 석공보다 2~3만 원이, '쫄닥구뎅이'로 통칭되는 군소 탄광은 5~7만 원이 적은 것이다. 그 정도의 임금을 받기 위해서 매년 얼마나 많은 사람이 죽어가고 있는가. 동력자원부 영동광산보안사무소에서 조사한 '연도별 광업재해 사상자 현황'을 보면, 1983년 사망 190명, 중상 2,459명, 경상 2,946명, 1984년 사망 193명, 중상 2,556명, 경상 3,271명, 1985년 사망 205명…… 등의 수치를 보여주고 있다. 1985년의 경우, 100만 톤 생산을 기준으로 볼 때 사망률이 9.15명으로, 미국의 0.2명에 비해 45.7배이기도 하다. 천인율(사망자 주/근로자 수×1,000)은 광업이 104.49, 제조업 35.88, 건설업이 37.82, 운수·보관·통신업이 36.83이고, 산업 평균은 85.99이다. 노동강도율 또한 광업이 타 산업보다 10배 이상이라 한다.

　결국 이와 같은 배경으로 광산 분규가 일어났고 철도 점거니, 유리창 파손이니, 방화니…… 그리고 최루탄이 터지는 등의 일련의 사태가 벌어진 것이다. 폭력을 혐오하기는 쉽다. 그러나 그것은 폭력에 대한 매우 상투적이고 일반적인 반응일지는 몰라도 진지한 태도는 아니다. 물론 폭력은 예찬되어서도 안 된다. 어려움이 여기에 있지 않은가 싶다. 그러나 다행히 지금 문제가 '폭력'에 있다기보다는 '반성'과 '배분'에 있다는 분위기여서 내일은 오늘보다 확실히 우리 모두 한 걸음 더 나아가 있을 것이라는 기대가 경솔한 낙관론만은 아닐 거라는 심증을 굳혀주고 있기는 하다.

　그다음 날 아침까지 석공에서는 아무런 일도 일어나지 않았다. 서울에 올라온 뒤 며칠 동안 참으로 우울했다. 어떤 합법적인 구실이 생겨서 원고를 쓰지 않아도 무방하게 되었으면, 하고 바랐다. 나를 그곳에 다녀오라고 한 사람과 원고를 쓰지 않게 되기를 바라는 나 자신이 야속했다. '작가의 가장 큰 사회적 책무는 좋은 작품을 쓰는 일이다'라고 말한 사람은 공교롭게도 남미의 마르케스였다. 그 어느 때보다도 소설을 쓰고 싶었다. 며칠을 끙끙거렸다. 내가 보고 들은 것에 대한 나의 태도가 얼마나 객관적일 수 있을까에 대해서 오래오래 생각했다. 그러나 객관적인 태도라는 것이 오늘 과연 무엇을 의미하고 있을까. 그렇게 한 사나흘 끙끙거리다가 결국 나는 벽을 밀듯이 힘겹게 원고를 만들었다. 원고가 완성된 9월 1일 오후, 나는 석간신문에서 다음과 같은 기사를 만나고야 말았다. 그런 일이 일어날지도 모른다는 생각을 했었는데, 바로 그런 일이 너무나 빨리 일어난 것이다. 그 기사는 '정선·태백 연합통신' 발이었다.

도급제 폐지 등을 내걸고 31일 오전 8시경부터 갑반 광원들이 다시 작업 거부에 들어간 석공 장성광업소는 이날 오후 4시에 출근키로 된 을반 광원들도 전체 760명 중 274명밖에 출근하지 않아 갱내 채탄 작업이 중단 상태에 놓여 있다. …… 갑반 광원들은 출근 대상 450명 중 300여 명이 입갱을 거부했었다. …… 광업소 측은 사무직원들을 동원, 광원들을 설득하고 있으나 일부 출근했던 광원들마저 귀가했다. …… 또 이날 광업소 밖까지 진출, 격렬한 시위를 벌인 고한 삼척탄좌 정암광업소 광원 70여 명은 이날 다른 근로자들과 함께 광업소 안에서 철야농성을 했다. …… 이들은 이날 오전 9시 반경 광업소 밖 500미터 지점에 있는 광업소 객실로 몰려가 바리케이드를 치고 있던 사무직원 17명과 충돌, 양측 4명씩 모두 8명이 부상하기도 했다. …… 경찰은 1일 오후 오전 6시 20분경 680명의 병력을 정암광업소 농성 현장에 투입, 근로자 등 200여 명

(여자 50명 포함)을 강제 해산시켰다. 경찰은 이날 주동자로 알려진 김영민씨(28)와 김씨의 부인 권대순씨(26) 등 20여 명을 연행, 이 중 주동자 등 10여 명은 조사 후 형사 처벌키로 했다. …… 경찰은 농성 현장에서 쇠파이프 200여 개와 각목 300여 개 등 폭력시위 도구 600여 점을 압수했다.

(1987년)

이 르포는 1987년 여름, 강원도 고한의 삼척탄좌에서 파업이 일어났을 때 《문예중앙》의 요청으로 현장에 다녀온 뒤에 그해 가을호에 쓴 글이다. 파업의 규모가 아주 크고 기간이 길어지면서 사람들은 '제2의 사북사태' 로 번지지 않을까, 염려했다. 권력자들은 물불 가리지 않는 청소년들의 데 모도 두려워하지만, 특히 광부들의 시위를 두려워한다고 한다. 그 이유는 사북사태 때 광부들이 폭약을 다룰 줄 아는 사람들이라는 것을 알게 되었 기 때문이라고 한다.

6

스스로 아름다운 사람들

모든 민족은 스스로 아름답다

인도는 명상의 나라가 아니다

1997년 여름, 인도에 가기 며칠 전이었다. 권기태씨한테서 전화가 왔다.

"형, 인도 간다며?"

그때 그 시절에 이십대가 아니었으면서도 1970년대 정서를 고스란히 간직하고 있을 뿐 아니라 깊이 이해하고 있는 권 형은, 그가 나를 '형'이라고 부르는 만큼 자주는 못 만나지만, 편안한 사이다. 1990년대 후반에도 여전히 1970년대 머리를 하고 있는 나를 그는 왠지 괜히 즐거워하곤 하는 눈치였다.

"어데서 들었는데?"

"여기저기서 들리더라고요." 그가 말했다.

여기저기라니? 거짓말도…… 내가 만나는 사람들은 뻔하고, 내가 만나는 사람들을 그가 알 리가 없는데 무슨 거짓말을! 그렇지만 그 얘긴 중요하지 않았다.

요컨대 그가 묻는 것은 '왜 오늘 하필 인도인가?'였다.

갑자기 궁색해졌다. 그래서 솔직하게 말했다. "내 경우엔 인도라기보다도 히말라야야." 대답해놓고 보니, 정말 그랬다. 몇 글쟁이가 그즈음 인도로 갔거나 간다고 폼을 잡았던 모양이다. 내 관심은 히말라야라고 말했건만, 기자인 그가 만들 꼭지는 '인도로 떠난 작가들' 따위였던 모양이다. 말은 실실, 헐렁헐렁하게 하고 있었지만 "당신에게 인도는 무엇인가?"라는 질문의 고삐를 그는 늦추지 않았다. 누구랄 것 없이 직업의식이란 매서운 구석이 있는 법이다.

"인도 땅 자체가 '거대한 학교'라는 얘긴 있더라구. 그치만 내 관심은 히말라야라니까. 그러니 인도에 대해선 생각해본 적이 없다니까 그러네." 내가 말했다. 요컨대 내 관심은 인도의 힌두도 아니고, 산스크리트어도 아니고, 요가도 아니라는 이야기였다. 인도철학이나 라즈니쉬 아쉬람은 더구나 아니라는 이야기였다.

졸지에 그의 취재에 적극 협조하지 못하는 70년대식 선배가 되어버렸다.

"그럼 히말라야의 뭐요?" 기분이 나빠진 그가 퉁명스럽게 다시 물었다.

"응, 거기 소수민족들이야."

"좀 구체적으로 말할 순 없수?" 그가 뱁듯이 물었다.

조금 미안해졌다. 배낭을 꾸려 인도·네팔로 간다는 것은 골프 장비를 챙겨 사이판이나 괌에 가는 것과는 다른 일이긴 하지만, 일 때문에 전화를 건 그에게 조금이라도 건덕지를 주긴 줘야 할 것 같았다.

"이번엔 라다크 쪽으로 갈 거야."

"라다크라면, 거 뭐죠?《오래된 미래》인가, 그 책에 나왔던 곳 아니요?"

"음, 거기지."

나중에 돌아와보니, 권 형은 글 쓰러 인도로 떠난 작가들, 어쩌고 하는 기사를 만들고야 말았다.

그렇지만 지난여름과 겨울, 거기 인도를 두 차례 다녀온 뒤, 나는 권 형에게 말했던 "내 관심은 인도가 아니라 히말라야야" 어쩌고 했던 말이 얼마나 싸가지없고 몰지각한 말인지 스스로도 부끄러워져서 한참 동안 애를 먹었다. 인도는 히말라야를 가기 위해 다만 경유하는 곳이라고 생각했던 것이 얼마나 무식하고 시건방진 태도였는지 모른다. 인도와 히말라야에 대한 격심한 오해였다.

내 관심은 1990년대 초부터 히말라야이긴 했다. 거기 안나푸르나 2봉 설산 아래 움막에서 한 달 머무른 이후였을 것이다. 그렇지만 히말라야 산군山群은 저 위의 티베트나 서역은 고사하고, 지도의 아래쪽에서만 말한다 해도 네팔이나 인도, 파키스탄, 방글라데시에 걸쳐 있는 곳이었고, 어디를 관통해서 히말라야에 이르렀건 간에 그곳을 경유한 시간들이 섬처럼 따로 독립될 수는 없는 일이었다. 그래서 지난여름과 겨울에 걸쳐 다녀온 곳은 히말라야였을 뿐 아니라 '인도'라고 나는 고쳐 말하지 않을 수 없다.

인도의 국가 이미지는 사람에 따라 다르겠지만 타지마할, 허리에 반월도를 차고 붉은 터번을 두른 까무잡잡한 시크교도, 피리 소리에 머리를 까딱거리는 코브라, 비썩 마르고 머리에 먼지가 잔뜩 낀 녀석이 끄는 릭샤, 갠지스 강의 목욕, 사리를 걸치고 춤추는 여인의 가느다란 허리나 마하트마 간디 따위이기 십상이다. 또 하나, 명상하는 요기와 어림잡아 백만 명이 넘는다는 거리의 운수납자雲水衲子, 사두 혹은 화키르들을 빼놓을 수가 없을 것이다.

여러 이미지 중에 두루뭉수리로 말해 단연 압도적인 이미지는 '명상과 사색의 인도'라 할 수 있다. 그렇지만 조금이라도 인도에 대해 생각해본 사람은 이내 알게 된다. 명상과 사색의 나라로 인도의 이미지를 확산시킨 것은 명백히 오리엔탈리즘에 근거하고 있음을. 그런 신비화된 이미지는 본격적인 인도 연구가 자국에서 시작되기 전에 유럽의 동양학자들에 의해 이루어졌기 때문이었다. 그들은 인도 지배를 합리화하기 위해 그곳을 철학적 이상향으로 묘사할 필요가 있었다.

그래서 한 번도 인도에 가보지 않은 뛰어난 동양학자 막스 뮐러 같은 친구는, 산스크리트어와 유럽어가 계보가 같다고 했으며, 고대 아리아인은 비로 유럽인종이라고까지 부추김으로써 인도 수탈의 정당성을 이론화했던 것이다. 그런 농간에 놀아난 힌두 근본주의자들은 아리아인의 인도는 아주 정신적이었는데, 무슬림이라는 악의 세력이

들어와 자신들의 고대 이상사회가 파괴되었다고 덩달아 춤췄다. 독립을 위해 애쓴다는 것이 결국 인도의 고질적인 종교공동체주의communalism에 근거해 "찬란했던 힌두의 아리아 시대로 돌아가자"고 외치게 만든 것이다.

거기에 한술 더 떠 영국의 제임스 밀 같은 이는 인도 역사를 힌두문명, 무슬림문명, 영국문명의 세 시대로 구분해버렸다. 아시아적 전제주의에 대해 깊은 혐오감을 품고 있던 제임스 밀은 인도가 비민주와 야만이 만연한 한심스러운 정체된 사회, 그러므로 선진 영국문화의 지배는 당연하다는 것으로 논리를 비약했던 것이다. 지금까지도 인도사는 제임스 밀의 시대 구분을 충실히 따르고 있다고 한다.

헤겔의 뒤를 이은 라센 같은 친구도 웃기기는 마찬가지였다. 그는 위대한 스승의 용어로 정正으로서의 무슬림문화, 그리고 합合으로서의 영국 제국의 문화로 인도를 해석하기도 했다. 새삼스러울 것도 없지만, 가히 '위대한 서구의 시선'이라 할 만하다.

그러면서 동시에 인도의 무기력하고 아늑한 정신문화가 과장되기 시작한 것이다. 그러나 18세기 유럽의 동양학자들이 남의 나라 역사와 문화에 대해 함부로 '썰說'을 풀기전까지는, 어느 시기의 어느 사료도 인도인을 다른 민족에 비해 정신적으로 더 우월한 철학적 민족이라고 표현한 적이 없었던 것이다. 고래로 인도인 중에서도 그런 주장을한 학자나 철인은 없었던 게다. 인도에 공부하러 온 중국의 법현 같은 고승도 인도가 대단히 철학적인 나라라는 말은 한마디도 남기지 않았던 게다.

인도인의 전통적인 이상은 다르마dharma, 의무, 아르타artha, 부, 그리고 카마kama, 애욕의 조화와 그를 통한 해탈moksha이다. 결코 그들은 정신적·철학적인 수도를 통해 해탈만을 강조하지는 않았던 것이다. 다른 민족과 조금도 다를 바 없이 아이들 낳아 잘 키우고, 돈도 많이 벌고, 섹스도 많이 즐기는 현세적인 일이 가장 중요했던 것이다.

'인도' 하면 비폭력의 이미지가 워낙 강하게 부각되어 있지만, 아소카를 제외하고는 모든 군주가 무력통치를 했다고 한다. 아소카의 문화정책을 찬양하고 극도로 미화한 것도 유럽 제국주의자들이었다. '너희들은 원래 평화를 사랑하고 정신적인 사람들이니까 저항은 전통적으로 어울리지 않아, 안 그래?' 그거였던 게다. 3·1운동 이후 일본이 우리에게 문화정책을 쓴 것과 크게 다르지 않다. 인도의 비폭력 이미지가 세계적으로 굳어진 것은 아무래도 근세 마하트마 간디의 등장이 주효했을 것이다.

요컨대 나는 인도로 갈 때 이상하게도 인도에 대한 특별한 신비감이 없었다는 이야기를 지금 하고 있는 것이다. 아마 그 여러 해 전에 거의 같은 문화권인 네팔 경험이 작용했는지도 모른다. 그것은 인도에 가서도 확인할 수 있었고, 다녀온 뒤 그곳 델리대학에 공부하러 갔다 온 젊은이들이 쓴 책을 보고 더욱 분명히 알 수 있었다.

힌두에 대한 이방인들의 이해도 대개는 몰이해로 가득 차 있는데, 그 종교가 탈세속적이라기보다는 내게는 완강한 지배 이데올로기로 느껴졌다. 카스트가 먼저 떠오르는 힌두교 전통은 오래된 것이므로 소중한 것이고 지켜져야 한다는 것이 그 골자인데, 그 절벽 같은 전통이 지켜짐으로써 이익을 얻는 계층과 박해를 받는 계층의 문제는 신비화시킬 일이 아니지 않겠는가 싶었다. 가히 목불인견이라 할 인도의 지독한 가난과 더러움을 이야기할 때 똑바로 보지 않으면 안 될 문제가 바로 힌두교에 대한 가치중립적인 판단일 것이다. 왜냐하면 '태어날 때부터 높은 신분이고, 지금도 그렇고, 앞으로도 세세만년 그럴 것이다'라는 계층 문화를 간과하고, 그것은 불가사의한 인도의 질서라고 신비화하는 것은 합당하지 않을 뿐 아니라 무례한 노릇이 아닌가 싶은 것이다.

우리나라가 인도를 보는 시각은 크게 두 가지인 것 같다. 하나는 앞서 말한 신비화된 정신(종교)의 나라, 다른 하나는 인구 8억의 시장 개념으로서의 인도다. '정신세계사'식 혹은 '류시화'식(올드 델리에서 그는 자신의 전생을 보았다고 고백한다) 시각과 '대우자동차'식 시각이라 할까. 그렇지만 그 두 가지 시각 모두 어이없게도 오리엔탈리즘에 바탕하고 있다는 것, 달리 말하면 우리식의 제국주의적 관점이 작용하고 있다는 것은 난센스에 속한다.

지금(1998년)은 나라가 화폐가치로 볼 때 절반쯤 망해서 그런 망발이 잠시 잠복 중이지만(다시 한번 예전처럼 뛰고 웅비하자는 각오가 만연해 있다는 점에서는 조금도 달라지지 않았지만), 우리 제국주의도 한때 유럽 친구들이 아시아를 정복하고 장악할 대상으로 바라보던 관점과 크게 다르지 않은 것이 사실이다. 우리 제국주의가 무엇인가? 우리가 그들을 보는 시각이 그렇다는 것이다. '세계에서 가장 가난하고, 인구가 엄청나게 많고, 사회적으로 분규가 심하고, 종교적으로 미신적이고, 경제적으로 발전이 매우 늦은 나라 가운데 하나'가 인도라는 시각이 그것이다.

"나는 히말라야에 가려는 거지, 인도에 가는 것은 아니다"라고 말했다가 결국 "내가 간 곳이 인도"였음을 인정하게 된 나는 인도에서 무엇을 보았을까? 잘 모르겠다. 여름에 두 달여, 겨울에 한 달 보름, 델리에서 출발해 주로 북인도에서 보냈는데, 막상 돌이켜보려고 하니까 미궁에 빠졌던 것 같은 느낌이 들기도 한다. 인도를 그래서 누군가 '자궁 같은 나라'라고 한 모양이다(迷宮이니 子宮이니 하는 표현이 얼마나 틀려먹은 표현인지 아느냐고 고개를 설레설레 저으면서도, 나도 모르게 그런 표현을 쓰고 있군).

라다크에 가서 라다키들도 만나고 티베탄들도 만나야지, 하는 막연한 생각은 있었지만, 나는 아마 다른 사람들과는 달리 내세울 만한 뚜렷한 목적이 없었던 모양이다. 그렇지만 확실하게 말할 수 있는 것은 있다. 내 관심은 언제나 '사람'이었다고. 그곳에 살고 있는 사람이었다고. 그

386

래서인지 나는 수많은 사람의 인도 이야기 중, 인도를 떠날 때 그곳의 가난한 사람들 생각에 공항 한구석에 주저앉아 펑펑 울었다는 어떤 이름 모를 여성 여행자의 글이 제일 먼저 생각난다.

아름다운 사람 송기원 형의 인도

어려운 대선배이면서도 시간이 갈수록 사랑스럽기까지 한 선배 송기원 형의 경우는 '인도'가 나랑은 조금 달랐던 것 같다. 형이 인도에 간다고 썰을 풀기 시작한 것은, 아는 사람은 다 알지만 상당히 오래된 일이다. 청산거사 이야기를 쓰기 한참 전부터 형은 인도를 꿈꾼 것으로 안다. 어쩌면 1980년, 나이 들어 흑석동으로 복학해서 전두환 화형식을 주도할 때부터 꿈꾸었는지도 모를 일이다.

형에게 인도는 어찌 됐건 형이 지독하게 치열하게 살았던 여기 이 현실이 아닌 '다른 현실'이었을 테고, 그런 다른 현실에 대한 꿈은 사실 다른 사람의 경우에도 이해가 되지만, 형에게는 특히 이해가 되는 일이었다. 형의 작품에 드러나고 있고 알 만한 이들은 다 알듯, 형처럼 치열하게 1970~1980년대를 살아낸 사람도 흔치 않으리라. 형의 경우에는 어쨌든 힌두의 나라에 기독교 복음을 전파하러 가야 한다고 외쳤다는 천재 작가의 경우와는 달랐으니 말이다.

청산에 관한 장편을 묶은 뒤, 형은 1997년 2월경 곧 인도로 떠났다고 했다.

인도로 떠나기 직전인 1997년 1월인가 2월, 나는 우연히 형을 인사동에서 만났다. 그 전해 여름에도 형은 불쑥 사람을 불러내곤 했다. 그때 이야기부터 해야 할 것 같다.

1996년 뜨거운 8월의 한낮이었는데, 형이 나오라는 YMCA 근처에 나가보니, 형은 이미 억수로 취해 있었다. 선배는 취해 있고 후배는 말짱한 일보다 불행한 일은 없을 것이다. 그 반대라 해도 마찬가지긴 하다. 머리를 그때부터 박박 밀고 있던 형은 우선은 되게 반가워하다가 나중에는 생짜를 놓기 시작했다. 그때가 아마 그 여러 해 전 하계동에 살 때 "여기 상계동인데, 이 집 닭똥집이 기막혀. 이창동이도 나온다고 했어. 형 여기서 기다릴게. 알았지?" 어쩌고 해서 벌건 대낮에 불러낸 뒤 처음 형을 만난 때였을 것이다.

형의 생짜는 두 가지였다. 하나는 내 머리카락이 너무 길다는 것, '앞머리가 자꾸 흘러내려 눈을 찌르는 것이 도대체 돼먹지 않았다. 무슨 시건방진 저의가 있는 것만 같다'는 것이었고, 다른 하나는 '지금이 어느 때인데 아직 담배를 피우고 있느냐'는 것이었다. 두 가지 형의 생짜 모두 내게는 불가항력적인 일이었다. 나도 형처럼 머리를 박박 밀든가 담배를 끊든가 해야 할 일인데, 그게 어떻게 가능하단 말인가. 타고나기를 머리카락이 곧추서지 않고 손바닥으로 끊임없이 쓸어올려도 흘러내리는 것을 어떡해? 미장원에 가서 지지고 볶아? 담배도 그렇지. 난 뭐 끊으려고 노력을 안 해본 줄 알아요? 잘 안 되는 것을 어떡해요? 내 대답이 그는 영 마땅찮은지, 계속 그 두 가지 문제로 생짜를 놓다가 장소를 옮긴 골목 맥줏집에서 다시 잘라 말했다. 이상한 표현이지만, 형은 유언을 남기는 사람처럼 비장했다.

"너, 형을 다시 만날 때까지 두 가지 약속을 해줄 수 있겠지? 형 이제 인도로 가서 언제 올지 몰라. 그치만 두 가지 약속은 꼭 하라구. 하나는 머리를 깎겠다는 거야. 그리고 또 하나는 담배를 끊는 거야, 알았지?"

워낙 형의 얼굴이 비장했기 때문에 나도 덩달아 비장해져서 "애써보겠습니다만, 힘들 것 같아요" 어쩌고 하며 예의를 지키려고 했다. 그 순간 술기운에 공연히 "알았다"고 할라치면 꼭 그렇게 지켜야만 될 것 같은 강박감 때문이었다. (지금은 후회가 된다. 그때 '그러겠다'고 했더라면, 머리야 미장원에 가서 파마를 하지 않았겠지만, 담배는 어쩌면 끊었을지도 모른다.)

말을 잘 안 들을 것 같은 느낌이 들자, 몇 번 더 말하다가 형은 급기야 으엉으엉, 울기 시작했다. 박박 깎은 머리를 탁자에 소리 나게 찧으며 형은 울었다. 난감하고 어처구니없고, 해괴하고, 믿어지지 않고, 황당무계한 일이 일어난 것이다. 형을 자주 만나온 것도 아니고, 형과 같이 '빵잽

이' 출신도 아닌, 형의 많은 문창과 후배 중 하나일 뿐인 내게 형이 강요하는 그 두 가지 요구라는 것이 실로 기상천외했는데, 바깥은 팍팍 찌는 8월의 한낮이었다. 왠지 나는 악착같이 형의 말을 듣지 않겠다고 해야 할 것 같았다. 형이 그때 그런 난데없는 요구로 으엉으엉 울지만 않았어도 어쩌면 "예, 그렇게 해보지요" 했을 것이다.

그리고 이듬해 2월, 인사동에서 형을 만났다. 나이 든 나의 오래된 지인인 박인식 형과 같이였다. 네팔 히말라야니 중국이니 남미니, 나는 모두 박인식 형과 같이 돌아다니곤 했다. 만난 지 15년여, 오지와 험지에서 같이 먹은 소금이 서너 말은 좋이 되는 사이가 그와 나의 사이였다. 유명한 산꾼이면서 글발도 죽여주는 그의 기행문(이문구 선생님도 그의 팬이다)을 본 적이 있는 기원 형은 글의 내용 때문에 독자와 팬이라기보다 한 사람의 '사내'와 '사내'로서 박인식 형을 보고자 했던 것이다.

둘은 곧바로 의기투합해서 '사내'의 예를 치르기 시작했다. 도포만 입지 않았지 조선시대의 그럴듯한 선비들의 초례 같기도 했고, 어떻게 보면 내로라하는 시러베자식들의 첫 만남 같기도 했고, 천둥벌거숭이들의 만남 같기도 했다. 적절한 말이 떠오르지 않는다. 확실한 것은 두 사람 모두 '좋은 사내'를 만난 데 대해 흡족해했다는 사실이다.

"난 요즈음 매미들이 더 좋아요. 여성 동지들한테만 있는 그 뭐랄까, 여성성! 그게 사내 새끼들보다 훨씬 좋다니까요." 기원 형이 말했다.

"그럼요, 저도 그렇습니다." 박인식 형이 말했다.

나는 속으로 '웃기고들 있네, 그걸 이제 알았단 말이오?' 뭐 그런 심사였을 것이다.

그때 이미 기원 형의 앞머리에는 혹이 불쑥 튀어올라 있을 때였다. "형, 그 머리 위에 혹 말예요. 그거 대단한 거 아녜요. 형, 혹시 그거 대단하다고 생각한다면 형은 그 순간에 망하는 거예요." 내가 말했다. 형이 그 혹을 빌미로 어디 돌아다니며 혹세무민하거나 길바닥에 퍼질러앉아 사주나 점이라도 볼까봐 적이 염려되었던 것이다.

"어 이 녀석, 뭘 좀 아는 척하네. 푸하핫!" 기원 형이 머리의 혹을 만지며 웃었다.

그날 기원 형이 아주 근사한 한식집에서 계산을 했는데, 그날 처음 만난, 내가 소개해준 박인식 형과 기원 형은 인사동 학고재 앞에서 서로 얼싸안으며 헤어졌다. 지들이 무슨 앤서니 퀸과 숀 코너리라고, 그런 어색하지만 뜨거운 인사를 나누는 것이었다.

그리고 6개월쯤 뒤인 1997년 8월 어느 날, 델리의 파하르간지에서 우연히 형을 만난 것이다. 우연찮게 인도에 가게 된 나는 마음속으로 '으음, 여기 기원 형이 와 있는데 말이야. 만나면 얼마나 반가울까? 그치만 인도가 얼마나 큰 나라인데 형을 만날 수 있겠어!' 뭐 그런 생각을 매일 했다고 하면 거짓말이고, 일주일에 한 번쯤은 했다 해야 옳을 것이다.

그때 나는 델리에서 마날리로 북상했다가, 마날리에서 히말라야를 넘어 라다크에 갔다가, 한 달 반 만에 막 델리로 돌아온 지 며칠 안 되는 참이었다. 파하르간지는 세계 각처에서 모여든 가난뱅이 배낭여행자들의 집합지였다. 정년퇴직한 부유한 늙은 백인 여행자들은 아예 얼씬도 하기 곤란한 곳이 파하르간지였다. 뉴델리 열차역 광장에서 메트로폴리스호텔 삼거리를 지나 건너편 대로까지 이어진 메인바자르Main Bazzar 일대에 속한 시장통 외길이 그곳으로서, 하루에도 몇십만 명이 복작거리는 곳이기도 했다. 온 세계의 '떨꾼(하시시 골초)'들, 발정난 프리섹스 예찬론자들, 동성애자들, 역마살 붙은 방랑자들, 죽으려고 온 자들, 다시 살려고 온 자들, 그냥 멍하니 살려고 온 자들로 파하르간지는 진종일 붐비는 곳이었다.

사람을 만나면 일단 '라스트 프라이스last price'의 적게는 다섯 배에서 열 배는 불러놓고 보는 상점(그래도 코넷플레이스의 상가들보다 바가지가 덜한 편이다. 파하르간지의 여행객들은 예외없이 가난뱅이들이라는 것을 인디언들도 알기 때문이다)의 상권은 대부분 힌두들이 잡고 있는데, 거리는 배낭족들 말고도 거기서 누대에 걸쳐 살아온 시커먼 인디언들의 놀랄 만한 활기로 추석 즈음의 남대문시장은 저리 가라 할 정도의 잡답이 매일 되풀이되는 곳이 그곳이었다. 그곳의 사람살이 풍경만 해도 흔히 말하듯 '대하소설'이 될 정도로 깊고

뻑적지근하다 할 일이었다.

우리 돈으로 500원 정도의, 이름 모를 파충류가 벽으로 침대 위로 기어다니는, 비참하기 이를 데 없는 빈민굴 합숙소 같은 숙소에서부터 500루피(15,000원, IMF 이전) 정도의 메트로폴리스호텔까지 있었다. 좁다란 외길에는 소들이 릭샤 안장에도 똥을 누며 지나다니고, 푸른 매연을 팍팍 내뿜는 오토릭샤와 팔다리가 한두 개밖에 안 남은 앉은뱅이들, 봉두난발의 거지들, 공연히 숭엄한 표정을 짓고 맨발로 하루 종일 어슬렁거리는 거의 반나체의 힌두 고행자(사두)들, 하시시에 취해 반쯤은 얼이 나간 이스라엘리들, 북유럽에서 온 노브라의 프리섹스주의자들, 눈치만 핼끔핼끔 보며 몸을 사리는 새침데기 일본 여행자들, 목소리 크고 통 크고 겁 없는 한국 배낭족들로 파하르간지는 인도뿐 아니라 이 지구상에서 가장 정신 차리기 힘든 거리 중 하나일 것이다. 바로 그곳에서 나는 우연히 기원 형을 만났다.

"엇!"

둘 다 소리쳤다. 한국이라 해도 반가우면 길바닥이건 어디서건 소리칠 기질의 사람들이 형이나 나였다(나는 훨씬 덜한 편이지만). 하물며 그곳이 인도 델리의 온 세계 잡놈(년)들이 다 모이는 파하르간지였음에야, 외쳐서 반가워하는 일이야 애당초 주저할 일이 아니었다. "이게 누구야? 너, 성각이!" "형님!" 그렇게 된 것이다.

그렇게 놀랍고 반가울 수가 없었다. 정이 많은 형은 나보다 더 반가워했다. 둘이 껴안고 돌았는지 손만 잡고 들입다 흔들어댔는지 아리송하다. 한참 있다가 둘이 정신을 차렸다. 그때 형은 상당히 바쁜 사람이었다. 형은 그때 어디 여행사를 통해 버마로 가려고 하던 참이었기 때문이다. 불확실한 정보 때문에 형은 조금이라도 서둘러 여행사로 가는 길이었던 게다. 그렇지만 머리 짧게 깎고 담배 끊으라고 해도 말도 안 듣는 후배지만 머나먼 인도의 수도 한복판 외통길에서 맞닥뜨렸는데, "너, 여기 가만히 서 있어. 저기 여행사 갔다 올게" 할 선배가 아니었다.

"형님, 일보세요."

"아냐, 괜찮아. 생각해보니 괜히 서둘렀어. 미얀마가 어디 가는 것도 아닌데."

"버마는 왜요?"

"으음, 거기 언제 누가 오는지 가만히 앉아서 다 꿰고 있는 고승이 있대. 그래서 그 양반 만나보고 다시 인도로 들어오든가 네팔로 가든가 할 작정이야."

형이 말했다. "어디 가서 뭘 좀 마시자."

"그래요."

그래서 우리는 둘 다 너무나 빠삭하게 잘 알게 되어버린 파하르간지의 중간쯤 되는 지점 골목에 위치한 아자이 호텔 1층으로 갔다. 그 집의 빵이 그래도 비교적 먹을 만했고, 그 집의 짜이(연유에 홍차를 섞은 인도 차) 찻잔이 그래도 비교적 위생적인 편이었기 때문이었다. 약속이나 한 것처럼, 걷다보니 둘 다 그 집을 향하고 있었다.

"그런데 형, 이제 보니 머리의 혹이 다 들어갔네요. 우하하핫!"

갑자기 내가 박장대소를 했다. 지난 2월 인사동에서 형을 보았을 때만 해도 형 앞머리의 튀어나온 혹은 마치 형의 수련과 내공의 드높은 경지를 드러내듯이 이만저만 돌올突兀하지 않았던 것이다. 그래서 그즈음 발간한 형의 책 광고에 나온 사진에서도 그것을 느낄 정도였고, 사람들은 뒤에서 모두 조금은 어이없어하며 어쩔 줄 몰라 했던 것이다. 그런데 그 혹이 팍 짜부라졌을 뿐 아니라, 자세히 봐야 그 형해形骸를 느낄 수 있을 정도가 되어 있었다. 어찌 내가 길바닥에 주저앉듯 허리를 꺾고 웃지 않을 수가 있었을까. 더욱이 인사동에서 "형, 그거 대단한 거 아녜요" 어쩌고 하며 아는 체를 했던 바로 그 돌올이 아니던가.

"으응, 이거? 녀석도!" 하면서 기원 형은 오른손 손바닥으로 그을고 땀에 젖은 자신의 앞머리를 쓰다듬었다. 그때 형이 짓던 겸연쩍은 얼굴을 나는 잊을 수가 없다. 벼랑에서 떨어질 때 사람들 머릿속에 주마등처럼 평생의 온갖 상像이 다 스친다는데, 그럴 일이야 없어야 하겠지만 혹시 아주 짧은 순간 내게 평생에 잊을 수 없는 그림들이 한꺼번에 다 스치게 될 기회가 온다면, 바로 그때 형이 앞머리를 만질 때 지었던 그 표정도 반드시 스치리라 믿어 의심치 않는다.

그해 가을, 작가회의 행사 때 서대문형무소 언저리의 독립문공원에서 최원식 선생님과 그 이야기를 잠깐 하며 웃었는데, 최 선생님도 그러셨다. "인도에서는 그 정도 혹이 무색하기도 했을 거야. 거리에 맨 도사투성이였을 텐데 말이야."

훗날 최 선생님이 하신 말씀을 그때 내가 하고 있었다. "형, 형의 혹 정도는 여기 도사들의 나라에 오니 '잽이'가 되지 않았던 모양이오. 후후하핫!" 그날 그 순간, 정말 많이 웃었다. 형은 그렇게 웃어젖히는 내 모습을 눈만 껌벅껌벅하며 바라보았다.

아자이호텔 1층은 늘 외국 여행자들로 바글바글했다. 우리는 짜이나 냉커피를 마셨을 것이다. 잠시 후, 우리는 형의 배낭을 맡겨놓은 여행사로 갔다. 배낭은 의외로 작았다. "배낭이 작지? 책 한 권도 안 넣고, 메모지 한 장 안 넣었어. 한 줄도 안 읽고 한 자도 안 쓰고 돌아다녔어. 영어사전이야 한 권 들었지. 스웨터 한 벌밖에 없어." 묻지 않았는데 형이 의자에 놓여 있던 배낭을 툭툭 치며 말했다. 그런 맥락에서 이번 형의 인도 여행의 의미를 잘 알고 있다고 생각하던 나는 그때서야 형을 다시 보았다.

발갛게 그을었지만 형의 얼굴은 속진俗塵이 말끔히 씻긴 얼굴이었다. 몸무게도 십몇 킬로그램이나 빠졌다고 말한 것 같다. 그러고 보니 깨끗하고 정갈해진 것은 얼굴뿐이 아니었다. 북인도를 반년이나 홀로 헤맨 사람의 피곤은 느껴졌지만, 말할 수 없이 가벼운 몸이라는 느낌이 들었다. 아름다웠다. 스스로도 가혹하리만큼 무서운 고행의 자세가 여행을 지속시켰지만, 인도의 어떤 것이 그를 그렇게 씻은 것이었다. 아니다. 속내의 어떤 맑게 정화하고자 하는 힘이 그를 그렇게 만들었다고 말하는 것이 옳겠다.

"온 지 얼마 안 돼서 한번은 북인도에서 죽을 만큼 앓았어. 한 달을 무병 걸린 사람처럼 앓았지. 죽는 줄 알았어…… 참, 너 이제 어디로 갈 거야? 스리나가르도 쥐여주고 바라나시도 좋더라. 정말 좋더라." 자상하고 정 많은 기원 형이 말했다.

"글쎄요, 전 시간이 허락되면 마날리 쪽으로 한 번 더 올라갈까 싶어요. 쿨루계곡은 그랜드캐니언보다 더 쥐이더만요." 그러면서 나는 형 몰래 내 주변을 서성대는 환전하는 '삐끼' 소년에게 100달러짜리 한 장을 쥐여주었다. 그러고 빨리 가서 루피로 바꿔오라고 눈짓했다. 어떻게 보면 다소 위험한 짓이었다. 소년이 날라버리면 그만이었다. 그렇지만 처음 델리에 도착했을 때(그때 델리는 섭씨 39~40도까지 올라갔었다), 그리고 북인도에서 내려와 벌써 이곳에서 여러 날 먹고 자고 돌아다녔기 때문에, 나는 '나도 의젓한 이 거리의 성원成員'이라는 인식이 배어 있었다. 네가 100달러 꼬불쳐 튀어봤자, 이 거리에서 나를 안 만나고 배기겠어, 하는 가난뱅이 여행자의 배짱이 발동했던 모양이다.

사슴 눈 같았던 까만 맨발의 소년은 얼마 후 살그머니 내 옆에 와 섰다. 소년의 손에는 알 굵은 호치키스에 팍팍 찍힌 3,700루피 정도의 때 묻어 걸레가 다 된 인도 화폐가 들려 있었다. 소년의 팁은 이미 제해 있었으므로 따로 루피를 주지 않아도 된다. 눈짓으로 나는 소년에게 형 몰래 감사를 한다. 그러고 나는 우선 그 엄청난 부피를 바지 주머니에 접어 넣었다. 이따 형과 헤어질 때 형에게 드려야지, 하고 생각했던 것이다. 왜냐하면 나는 어쨌든 곧 (한국으로) 돌아갈 사람이고, 형은 버마에도 가고 그러고도 한참 더 이곳에서 헤맬 사람이었기 때문이었다.

형은 북인도 고빈가트 언저리의 '꽃들의 계곡' 이야기를 하고 있었다. "너, 시간 되면 꼭 가봐라. 꽃들의 계곡은 정말 아름다웠다. 하루 종일 계곡을 들어가도 한 사람도 없었어. 말할 수 없이 아름다운 곳이었어" 어쩌고 했다. "형, 미얀마는 거기 군부 자식들이 대외적으로 이미지 개선하려고 개명한 국명이라 얼추 들었어요. 버마라고 불러야 옳을 거예요." 내가 또 아는 체를 했다. 형이, 다른 사람도 아닌 송기원 형이 '미얀마'라고 호칭하고 있었기 때문이었다. "그래? 그럼 그러지, 뭐." 형이 말했다.

흔히 인도가 열려 있다고들 사람들은 수식한다. 하지만 인도보다 더 열려 있는 사람은 언제나 기원 형이었다. 형이 곧 어디론가 떠나야 했으므로 우리의 만남은 아주 짧았다. 형은 버마나 네팔 등지로 한 번 나갔다가 비자를 한 번

더 받아서 인도로 다시 들어와 금년 내내 헤맬 작정이라고
했다.

형과 헤어질 때 나는 방금 환전한 인도 루피 얼마큼을
꺾어서(거기 돈뭉치는 호치키스에 찍혀 있으므로 팍 꺾어야 한다)
형 주머니에 한 움큼 넣어드리려고 했다. 얼마큼 꺾지 않
으면 그것이 곧 100달러를 의미하게 되므로 어색할 것 같
아서였다. 형이 실색을 하며 거절했다. 그러다가 나중에는
또다시 눈물이 글썽글썽해지는 거였다.

"너, 형 울리려고 그러냐? 넌들 쉽게 인도까지 왔겠냐.
그러지 마라."

"아니, 형. 형하고 식사도 제대로 못 했잖아요. 그리고
전 이제 곧 들어가잖아요. 루피, 이거 어디다 쓰겠어요?"

"그런다 할수록…… 얼른 집어넣지 않을래?" 형이 정색
을 하고 야단쳤다. 나는 형이 왜 그렇게 눈시울까지 붉히
며 야단을 치는지 이해할 수 없었다. 내 마음에 문제가 있
었을까, 내 방식에 문제가 있었을까? 아무 데도 문제가 없
었다. 그로서는 죽도록 고생하려고 인도에 온 터였고, 고
정수입 없이 수년래 살고 있는 후배를 잘 알고 있기 때문
이었다.

글쟁이인 기원 형이 한 줄의 책도 안 읽고 한 자도 끼적
거리지 않고 1년여 인도를 돌아다니겠다는 것은 실로 예사
로운 일이 아니었다. 홀로 무병처럼 혹독한 열병을 한 달
여씩 앓기도 하면서, 그가 광활한 인도 대륙을 헤매고 다

니려고 한 까닭은 무엇일까? 아무것도 느끼지도 말고 정리하지도 말고, 그리하여 나중에는 아무것도 깨닫지도 않으려는 자세, 그것이 아니었을까.

1998년 5월경, 형과 한상범 형, 임헌갑 후배와 다시 인사동에서 만났을 때, 형은 그때 북인도 마날리 언저리의 한 계곡에서 만난 아름다운 돌 이야기를 했다.

매일 형은 미답의 계곡으로 들어갔는데, 정오께까지 걷다가는 숙소로 다시 되돌아나오곤 했단다. 더 들어가서 히말라야 귀신이 될 일이야 없었으니까 말이다. 그런데 계곡 바닥의 돌들이 그렇게 진기하고 일품이었던 모양이다. 너무나 아름다운 돌들이 지천으로 펼쳐 있어서 형은 어느덧 자신도 모르게 하나 정도는 손에 쥐게 된 모양이다. 그렇게 한참 걷다가 더 아름다운 돌을 만나면 먼저 주웠던 돌은 버리고, 다시 더 기똥찬 돌을 만나면 손에 들고 있던 돌을 던지고…… 그렇게 정오께까지 그는 계곡으로 들어가다가 나오곤 했는데, 석양녘 설산의 낙조가 이 세상의 빛 같지 않은 장엄한 빛으로 저 아래 마을을 물들일 즈음, 형의 손에는 그날 계곡에서 만난 가장 아름다운 돌 한 개가 쥐어져 있곤 했던 것이다. 마을이 보이면 그는 그 마지막 한 개의, 가장 아름다운 돌마저 버렸다고 한다. 아아, 버려야 할 아름다움이여. '그날의 돌'은 가장 아름다웠기 때문에 끝내 버려졌다. 그가 인도에 간 까닭이 아름다움마저 던져버리기 위해서였으므로.

어느 '날은 '한소식(깨달음)'을 한 것 같은 착각(?)에 빠지기도 한 모양이다. 자만심은 금물이다, 하는 의식과 '한소식 했다'는 득의의 감정을 동시에 안고 캄캄한 히말라야의 어느 비탈을 엉덩방아를 찧으며 혼비백산해서 열나게 내려오는데, 저기 앞에 웬 꼬부랑 노파가 사뿐사뿐 마치 봄소풍 나온 것처럼 그 험로를 걷고 있는 모습을 보고, 진실로 소스라치게 크게 깨달은 그는 노파의 발에 입을 맞춘다. 당신이야말로, 당신의 생애야말로 '한소식' 덩어리라고. 그러나 노파는 땀을 뻘뻘 흘리는 웬 동양인이 경외심에 가득 찬 눈길로 자신의 발등에 입을 맞추는데도 전혀 무감동하더란다.

그 외에도 형에게 들은 인도 이야기는 무궁무진했다. 그쪽 환경을 알고 있기에 형의 이야기는 더욱 실감이 났다. 그러나 '그의 인도'는 단연코 그의 글로 우리가 만나야 할 것이다.

"진짜 리얼리즘이 뭔지 이젠 알 것 같아." 사회주의 리얼리즘의 선봉에 서 있었던 형이 말했다.

"바로 그거 쓰세요, 형. 이제 진짜 형이 할 일이 있을 거예요."

"아무래도 그래야겠어!" 오랫동안 안 마셨다는 술을 들이켜며, 형이 말했다.

레비-스트로스의 인도

이십대 초반부터 즐겨 읽던 존 업다이크도 그의 《브라질》
서문에서 "레비-스트로스의 《슬픈 열대》는 위대한 책"이
라고 말하고 있다. 20세기 최고의 명저 《슬픈 열대》에 그
려진 인도는 어떠한가? 제4부 15장 〈군중〉이다.

> 추잡성·무질서·혼란·혼잡·판잣집·진흙탕·오물·체액·똥·오
> 줌·고름·분비물·땀. 도시생활이 그것들에 대한 조직적인
> 방어 수단이 될 수 있다고 우리가 생각하는 모든 것. 우리
> 가 싫어하는 모든 것. 우리가 비싼 대가를 치르고서라도
> 회피하려고 하는 모든 것. 인간의 공동생활에서 생기는 모
> 든 부산물, 이 모든 것이 인도에는 한없이 널려 있다.
>
> —《슬픈 열대》, 박옥줄 옮김, 한길사, 284쪽

누구나 겪는 거리의 거지나 릭샤왈라(인력거꾼)의 허풍
에 레비-스트로스도 여간 심적 고통을 겪지 않은 모양이
다. 그의 불쾌는 유려한 문체로 이렇게 표현되어 있다.

> 하루하루의 생활이 인간관계라는 개념의 끊임없는 부인
> 인 듯이 보인다. 이곳 사람들은 무엇이든 쉽게 제안하고
> 무엇이든 쉽게 약속하며, 아는 것도 없는 주제에 무엇이
> 든 다 할 수 있다고 한다. 이런 까닭으로(이런 사회에서) 당

신은 상대방이 '성의'와 '계약 이행에 대한 책임관념'과 '제 자신에 의무를 과할 수 있는 능력' 속에 존재하는 '인간됨의 자질'을 갖추고 있다는 것을 아예 부정하지 않을 수 없게끔 강요당하고 만다.

인력거꾼은 당신보다 길을 잘 모르면서도 어디든지 모실수 있다고 나선다. 비록 인력거에 올라타서 그들에게 그것을 끌게 하는 데는 약간 마음이 괴롭지 않을 수는 없다 하더라도, 그들이 그런 도덕적으로 비합리적인 행동을 함으로써 자신들이 인간 이하의 대접을 받게끔 우리를 강요하는데 어찌 화가 나지 않을 수 있으며, 어찌 그들에게 짐승 대접을 하지 않을 수 있으랴. ……

어디를 가나 걸인천지라는 사실이 또한 더욱 심각한 문젯거리가 된다. 여기서는 사람을 대할 때 벌써부터, 단순히 한 인간과 접촉을 한다는 생각만으로는 상대방 눈을 쳐다볼 수가 없게 되어버렸다. 왜냐하면 잠시만 멈칫하는 기미를 보여도 그것은 곧 하나의 약점으로 잡혀버려, 상대방의 애원을 받아들이겠다는 뜻으로 해석되어버리기 때문이다. ……

그러므로 그들은 자신들을 평등하게 만들 생각은 하지 않는다. 그러나 설령 그들이 '인간'이라고 하더라도, 그들의 그 끊임없는 압력이나 간계나 거짓말이나 도둑질로 당신에게서 무엇인가를 얻어내려고 당신을 속이고 기만하기 위해 늘 머리를 짜서 생각해내는 잔꾀들을 참을 수 없다.

그렇다고 해서 이들에게 냉혹하게 대할 수는 없지 않겠는가. 왜냐하면(이 점이 바로 우리로 하여금 어찌할 바를 모르게 만든다) 이러한 모든 짓은 결국 '애원'의 여러 가지 형태니까 말이다.

—같은 책, 287~289쪽

레비-스트로스의 고통스러운 불평은 한참 더 이어진다. 그는 "난민들이 수상관저의 문간에 몰려가서 온종일 울고불고 하소연하는 소리가 내가 들어 있는 고급호텔의 창 너머로 들려올 때, 카라치의 나무숲 속에 무리지어 쉴 새없이 울어대는 잿빛 목털을 한 검은 까마귀떼와 같구나, 하고 생각하지—그렇게 하는 것이 조금 부끄럽긴 했지만— 않을 수가 없다"고 쓰고 있다. 길에서 마주친 그를 곤혹스럽게 하고 불쾌하게 한 그들 인도인들을 레비-스트로스는 "모두 지금 나락으로 떨어지고 있는 중"이라며, "가진 재산을 다 바친다고 해도, 저들이 (나락으로) 떨어지는 것을 잠시라도 막을 수 있겠는가?"라고 묻는다.

그리하여 끝내 점잖은 서구의 지성인 레비-스트로스는 분노를 폭발한다. "체제體制 그 자체의 관점에서 본다면, 체제를 파괴하기 시작하지 않는 한 상황은 돌이킬 수 없게 되어 있다. 이 경우 우리는 금방 애원자들과의 관계에서 애초부터 불균형하게 돼 있다는 것을 발견하고, 그들을 업신여겨서가 아니라 그들이 존경을 통해서 우리를 타락시키기 때문에 그들을 내쫓아야 한다"라는 분노가 그것이다. 그러면서 이런 불균형들이 "보통 아시아의 것이라고들 하는 잔인성의 원천을 환히 밝혀준다"고 적고 있다. 그뿐인가. 그는 또 덧붙인다. "이들 비극적 인간들은 우리에게 어린애같이 보인다. 우선 그들의 눈길과 미소의 부드러움이 그렇다"(291쪽)고 하며, "이런 복종의 고통 속에는 어딘지 에로틱한 점도 느껴진다"(292쪽)고도 쓰고 있다.

레비-스트로스는 인도에서 치타공의 서킷하우스에 머문 모양인데, 그곳은 스위스 산장 양식의 목조 호화 건물로 가로 9미터 세로 5미터 높이 6미터였고, 천장 조명등, 벽에 설치된 쟁반형 조명, 기타 간접조명, 욕실, 화장실, 거울, 선풍기 등을 위한 전기스위치가 열두 개씩이나 있었다고 한다(292쪽). 어느 날 밤 연극을 관람한 20세기의 위대한 석학 레비-스트로스의 글은 더욱 읽을 만하다.

이날 밤의 연극을 보고 몇 가지 장애쯤은 쉽게 극복될 수 있을 것이라는 희망을 품게 되었던 참이라, 그만큼 더 이 사건은 내게 충격적이었다. 극장 같기도 하고 창고 같기도 한 이 넓고 황폐한 홀 안에 나는 외톨이 외국인이란 느낌도 거의 없이 이 지방 사람들 속에 섞여 있을 수 있었다. 조그마한 가게 주인, 상인, 고용자, 관리 등등 모두 점잖은 모습이었고, 부인을 동반한 경우도 많았는데, 나에 대한 이들의 무관심은 낮에 겪은 여러 가지 경험을 생각할 때

나로서는 무척 고무적이었다. 그들의 태도가 아무리 소극적이었다 하더라도, 아니 그들의 태도가 소극적이었다는 바로 그 이유 때문에 우리들 사이에는 은근한 형제애가 싹트고 있었다.

— 같은 책, 294~295쪽

"브로드웨이와 샤틀레와 벨 엘렌이 뒤범벅이 된 것 같았다"고 평한 연극의 막간에는 "확성기가 중국의 곡과 파소도블레의 중간쯤 되는 천하고 열정적인 곡을 들려주었다"고 쓰고 있다. 샤틀레는 파리에 있는 큰 극장이고, 벨 엘렌은 시대착오를 풍자한 오펜바흐의 희가극이라는 역주가 보인다.

교육 탓이겠지만, 서구인들이 압축적인 문장을 절망적이라 할 만큼 잘 쓴다는 것은 자주 느끼는 일이지만, 레비-스트로스의 묘사력은 그의 세기적 명성만큼이나 뛰어남을 느낄 수 있다. 그러나 레비-스트로스가 '우리'라고 말한 사람들은 예외없이 '유럽인'이었다. 인도에 머무는 동안 왕후의 동생이나 귀족들, 고급관리들에게 엄청난 대접을 받은 그에게 인도 음악은 시종 '천하고 열정적'으로 들렸다. 난민들의 울부짖음은 '검은 까마귀떼의 울음소리'로 들렸다. '조금 부끄러움'을 느끼는 것과 함께.

'서구의 눈으로 비서구를 보지 마라!'로 요약할 수 있는 《슬픈 열대》에서 나는 불행히도 이와 같이 '슬픈 동양관'

을 만났다. 서구 사회와 다른 종류의 사회일 뿐 이 세상에 더 '우월한' 사회란 없다고 주장한 레비-스트로스에게 인도는 왜 그토록 짜증스럽고 분노를 자아내는 곳이었을까?

인도에 가면 누구나 레비-스트로스가 만난 사람들과 같은 인디언들을 만난다. 릭샤왈라들과는 하루에도 몇 번씩 싸우게 된다. 그들은 30루피로 코넷플레이스(델리의 중심부)까지 가자고 타기 전에 기분 좋게 합의해놓고는, 가는 도중에 "40루피, 오케이?" "50루피, 오케이?" 하면서 몇 번이고 재흥정을 시도한다. 그들을 '나락으로 떨어지는 사람들'로 본 레비-스트로스는 스스로 '타락하지 않기 위해' 분노한다. 그러나 파하르간지의 가난뱅이 여행자들은 절대로 그들에게 분노하지 않는다. 처음에는 "뭐, 이딴 호랑말코 같은 녀석들이 다 있어?" 하고 울화가 치밀겠지만, 그들이 얼마나 선량하고 친절한 사람들인지 알게 되면 더 이상 화를 내지 못하게 된다.

나는 네팔에서 그들을 이미 겪었으므로, 그들과 싸우는 일은 드물게 되었다. 양지 쪽에 앉아서 담배도 나눠 피우고 술도 같이 나누면서 "나는 태어날 때도 가난했고, 오늘도 가난하고, 내일도 가난할 거예요. 그렇지만 다음 달이면 나도 결혼해요"라고 말하는 그들이 '나락으로 떨어지는 사람들'일까?

그들이 릭샤비를 더 달라고 하면, 간단하다. "30루피!" 하고 웃으며 대답하면 그뿐이다. 목적지에 다 왔을 때, 그들은 30루피를 받은 뒤 "잘 가라"고 이 세상에서 가장 밝은 얼굴로 인사를 한다. 언제 돈을 더 달라고 요구했던가를 잊은 사람처럼 행동한다. 백이면 백 다 그렇다. 어떤 때는 무거운 짐을 들고, 몇십 미터고 공짜로 날라다 주기도 한다. 그러면서도 팁을 요구하지 않는다. 고마워서 악수라도 하게 되면, 시커먼 손으로 남의 손을 잡고 한참 동안이나 흔들어댄다. 그럴 때 환하게 웃는 그들의 치아는 말할 수 없이 아름답다.

동냥을 하는 거지들도 델리 같은 곳에서는 하루에 50명 정도는 어렵잖게 만난다. 레비-스트로스는 참을 수 없었던 것이다. 대학 때 은사 한 분이 말씀하셨다. 동냥을 원하는 자들에게는 "만약 줄 수 있다면 작은 동전이라도 줘라. 너는 어찌 됐건 그에게 줄 수 있기 때문이다"라고 말씀하셨다. 나는 그분이야말로 '은사'였다고 생각한다. 제대로 실천하지는 못하지만 그분의 말씀은 평생 갈 것이기 때문이다.

인도나 네팔의 경우, 걸인 한 명에게 루피를 줬다 하면 떼를 지어 몰려드는 것이 사실이다. 작은 돈을 준비하면 될 것이다. 그리고 나중에 작은 돈이 더 없다고 몸짓으로 말하면, 그들은 군말 없이 다른 '곳'으로 사라진다. 그러다가 한 주 이상 여행하다 보면 어떻게든 그들에게 적응하게 되는 것이다.

나는 지난겨울, 그러니까 1998년 2월 두 번째 인도행을 마치고 떠나올 때, 파하르간지에서 공항으로 가기 직전에 자꾸만 그 소란스럽고 지저분하고 요란했던 거리를 되돌아보았다. 그곳에 인도가 있었고, 그곳에 찾아온 누구에게도 편견 없이 대해준 인디언들이 있었기 때문이었다. 후에 인도 핵실험 때문에 텔레비전 화면에 자료화면으로 후줄근한 인디언들이 내비칠 때, 테레사 수녀 사망 때 무더기로 인디언들이 화면에 비칠 때, 나는 그들이 너무나 반가워서 가족들이 놀랄 만큼 소리를 치고 환호했다. "와, 저 녀석들 여전하구나!" 하고. 나야말로 그들에게 '노골적인 형제애'를 느꼈던 것이다.

그런데 위대한 레비-스트로스는 왜 짜증만 내며 그들이 나락으로 떨어진다고 흥분했을까? 참, 타락할까봐 그랬다고 했지! 그에게 무관심했던 여유 있는 카스트들에게서 극장에서 '은근한 형제애'를 느꼈다는 대목은 매우 인상적이지 않을 수 없다. 왜 그는 근거 없는 '아시아적 잔인성'에 대해서는 단정적으로 말하면서도, 영국이 1800년대부터 20세기 초까지 인도를 그토록 잔혹하게 수탈한 데 대해서는 함구할까?

이 대목에서 언젠가 고 이병주 선생께서 어느 소설에서 주인공의 입을 빌려 말한 대목, 윈스턴 처칠을 존경했는데 그가 간디를 "아유, 저 인도의 거지!"라고 혼잣말을 한 후부터 존경심을 거두었다는 구절이 생각난다. 서구인들은 지금까지 단 한 번도 동양을 편견과 오해 없이 바라본 적이 없었던 것이다.

나중에 레비-스트로스는 인도양에 면한 클리프턴비치를 산책하며 모래사장에서 혼자 기도를 했다고 한다. 그는 어떤 기도를 했을까?

모든 민족은 스스로 아름답다

나는 처음에 속으로 '웬 기행문?' 하면서 '작가기행' 청탁을 거절했다. 그러나 《문예중앙》 편집자는 어디서 들었는지, "송기원 선생도 인도에서 만났다면서요? 뭐, 그런 얘기 써주시면 됩니다" 하며 청탁의 고삐를 늦추지 않았다.

그것을 의식해서였을까? 히말라야 초입의 마날리, 그곳에 이르기 위해 넘어야 했던 어마어마한 쿨루계곡, 그곳에서 만난 몬순, 거기서 사람이 넷이나 물에 휩쓸려 죽어간 이야기, 이윽고 해발 5,000미터를 넘어 당도한 라다크레, 레에서 만난 《오래된 미래》의 저자 헬레나 노르베리호지가 국제적인 거물이 되어 있더라는 이야기, 레의 한 사막에서 만난 무당 이야기, 김일성 생신 때 소수민족 무용단으로 북에 다녀왔다는 라다키 부부의 이야기, 라다크 헤미스 콤파 축제 이야기, 인도 전역에서 사고뭉치로 통하는 이스라엘리들 이야기, 인도 전역을 빨간 팬티 한 장과 담요만 두르고 돌아다니는 사두들 이야기, 그리고 달라이

라마가 거주하는 다람살라에서 만난 티베탄 전사戰士 이야기 들을 나는 못 하고 말았다. 후일 다른 글쓰기를 통해 이야기하게 되리라 생각한다.

우리나라든 외국이든, 기회만 허락되면 나는 배낭을 둘러메고 집을 나선다. 짐을 꾸리고 현관에서 신발끈을 맬 때 나는 언제나 뜨거워진다. 무슨 경험을 쌓기 위해, 소재를 얻기 위해서라면 그것보다 쑥스럽고 우스운 노릇은 없을 것이다. 그렇다면 왜 그렇게 집 바깥에서 헤매려고 하지? 가끔은 스스로에게 묻는다. 억지로 짜내듯 대꾸한다면, 사람들은 알고 보면 '조금 다르고 많이는 같다'는 것을 확인하기 위해서는 아니었을까? 어떤 개인이나 민족도 '그 스스로 아름답다'는 확신을 위해서는 아니었을까? 야만의 시기 20세기 이후의 대안은 아직 산업화되지 않은 소수민족에게서 찾아야 하지 않을까, 하는 탐색 때문은 아니었을까, 혼자 중얼거려본다.

그렇지만 아무리 헤매봐야 답은 바깥에 없다고 교과서는 가르쳤다. 바깥에 없다면 사실은 안에도 없을 것이다. 어차피 답은 없었으니까. 그러나 오늘 이 '의무의 시간들'이 스물쩍 통과된 뒤, 내가 한결같이 꿈꾸는 상태가 있긴 있다. 그것은 남미 어딘가에 있다는 풍문만 전해지는 르 클레지오처럼, 그렇게 돌아다니며 사는 것이 나름대로의 사는 방식이 되는 일, 그것이다.

(1998년)

내가 만난 티베트 전사

베이징올림픽을 5개월 앞둔 중국은 티베트 라싸에서 오래전 톈안먼에서 그러했듯이 가차 없이 사람들에게 총을 겨눴고, 발포했다. 다람살라에서는 수백 명이 죽었다고 발표했고, 사망자 수를 축소하며 서방의 눈치를 보던 중국은 서방이 "올림픽과 티베트 유혈사태는 분리해 봐야 할 것이다"는 쪽으로 가닥을 잡는 듯하자 이번 사태의 배후 주동세력으로 다람살라의 14대 달라이 라마를 겨냥, 그를 폭도로 몰아가고 있다. 시한을 정해놓은 지난 17일 자정까지 100여 명의 티베트인들이 투항했다는 소식 이후, 지금 히말라야 티베트고원에서 무슨 일이 벌어지고 있는지 아무도 모른다. 메신저이기도 한 여행자들과 외신기자들을 중국 정부가 깡그리 내쫓았기 때문이다.

1959년 포탈라성에 대포가 떨어지기 직전 중국을 탈출한 이래 14대 달라이 라마는 세계가 인정하듯 비폭력 평화외교로 분리독립을 호소하고, 주장하고, 설득해왔다. 그러나 중국의 힘이 난공불락으로 막강해지면서 달라이 라마는 정치적 지배권은 중국에 양보하면서 고토故土에서 예전처럼 티베트인들이 신앙만 지키고 유지할 수 있는 자치정부를 요구했다. 자치정부라 해봐야 군대도 없는 종교공동체일 뿐이다. 그런 소박한 요구는 그러나 늘 가차 없이 묵살되었고, 그 과정에서 수백만의 사람들이 죽어갔다. 50여 년간 일관되게 비폭력을 주창해온 달라이 라마로서는 악의에 찬 중국의 공격과 비폭력 노선으로 인한 내부 갈등으로 인해 사면초가에 직면한 듯하다. 이미 희생된 이들이나 17일 이후의 대학살을 우려한 달라이 라마는 결국, "이번 유혈사태가 통제 불능 상태라면 망명정부 수반에서 물러나겠다"고 밝혔다. 여기까지가 현재 세계의 이목을 집중시키고 있는 티베트 사태다.

1999년에 나는 내한을 원하는 달라이 라마를 중국의 눈 밖에 날까봐 우리 정부가 쉽게 허락하지 못하는 눈치이자 거리에서 '프리 티베트 운동'을 하는 이들과 외쳤다. "달라이 라마 내한으로 얻을 국익을 사양하겠다"고. 국가는 기업이 아니기 때문이었다. 노벨평화상까지 수상한 세계적인 지성이 한 불자로서 오래된 불국佛國을 방문하고 싶어하는데 그 간단한 요구를 수용하지 못하는 우리 정부의 옹졸함이 딱할 만큼 안타까웠던 것이다. 그 전후로 나는 히말라야 산군에서 적잖은 티베탄(티베트 사람들)들을 만났다. 다람살라는 물론 올드 델리에서는 칠십 줄에 들어선 티베트 전사들도 만났고, 북인도 마날리와 네팔 포카라의 티베트 난민촌에도 여러 차례 찾아갔다. 내가 만난 늙은 티베트 전사들이 이구동성으로 말했다. 1950년대 말 유혈사태 때 무려 120만 명이 학살당하던 그즈음 가족을 모두 잃자 승복을 벗고 중국군의 총을 빼앗아 봉기했던 전사들이었다. "지금 다시 이십대로 돌아가도 나는 우리의 신앙을 지키기 위해 다시 총을 잡을 것이다"라고. 다람살라에서 만났던 한 젊은이는 "로마도 결국은 역사에서 사라졌습니다. 중국의 힘은 지금 말할 수 없이 강합니다. 그러나 우리의 신앙과 독립을 원하는 소망은 그보다 더 강하고 오래갈 것입니다"라고 말하기도 했다. 그 젊은이는 지식계층인 승려가 아닌 평범한 티베탄 중 하나였다. 그의 소망은 대개 약자들이 쉽게 포기하지 못하는 가망 없는 꿈에 불과할까.

한족과 위구르족이 다르듯이 중국과 티베트는 융화될 수 없는 역사적 배경과 문화 차이를 갖고 있다. 베이징과 라싸까지 열차를 개통하고, 그들이 원치 않는 '근대'를 안착시키고, 강제로 한족과 피를 섞게 하고, 그들에게는 신적인 존재인 달라이 라마를 위한 기도도 금지하고, 승려들에게 고문을 하며 살상을 강요하는 인간성 파괴를 획책해도, 티베탄들은 쉽게 굴할 것 같지 않다. 후진타오 주석은 1989년 봉기 때 철모와 곤봉을 들고 봉기를 성공직으로 진압한 공로로 출세 가도를 달려 지금 제2기 권력을 맞이하고 있는 인물이다. 짐작되는 앞날이 매우 어둡긴 하지만, "세계는 성공적인 올림픽을 위한 선택이 무엇인지 중국이 깨닫도록 촉구할 도덕적 의무가 있다"는 달라이 라마의 말에 나 역시 깊이 동감한다. 이 세상의 어떤 일도 곰곰 생각하면 나와 무관한 일은 없다.

(2008년)

기억하라 딸들이여,
쿨루계곡의 몬순을

7년 전 여름이었다. 그때 나는 북인도 마날리에 있었다. 마날리는 라다크로 올라가기 직전에 위치한 인도 최북단의 마지막 도시이다. 삼림에 쌓여 있는 마날리는 한번 그곳의 매혹에 빠진 사람으로 하여금 반드시 다시 찾아오게 만드는 힘이 있었다.

필자는 그즈음, 현금 100만 원만 있으면 방콕을 경유하는 싼 비행기삯으로 네팔이나 인도로 날아간 뒤, 2개월쯤 배낭을 메고 돌아다니곤 했다. 그게 한국에서도 돈을 잘 못 버는 필자가 집안 살림을 돕는 일이기도 했다. 아내 또한 한국에서 맨날 술 마시고 원고료라도 생겼다 하면 책이나 한 보따리 사갖고 집에 돌아오느니 '바깥'으로 돌아다니는 게 가계에 더 도움이 된다는 데에 동의하고 있었다.

마날리에서 후배 한 사람이 한국에 전화를 걸었다. 그는 나보다 더 지독한 여행광이어서 벌써 6개월째 인도를 돌아다니고 있었다. 그의 관심은 인도의 사두(구도자)들이었고, 나의 관심은 히말라야 산간山間의 티베탄이나 라다키, 혹은 네팔의 구룽족들이었다. 후배는 한국의 처에게 여름방학에 인도로 오라는 전화를 걸고 있었다. 후배가 정답게 전화를 하는 꼬락서니를 보자니, 나한테도 아내와 사랑하는 딸내미들이 있다는 생각이 문득 떠올랐다. 그의 전화가 끝나자, 나도 아내에게 전화를 걸었다. "방학하면 애들과 같이 인도로 오라. 오는 방법은……" 그리고 필자가 잘 아는 여행사의 전화번호를 알려주었다. 그 말을 하기 위해 걸린 시간은 채 1분이 안 되었다. 후배는 "형님, 그렇게 전화해서 어떻게 형수님이랑 애들이 인도에 오겠어요?" 하면서 우리 집 여성들 셋이 과연 인도에 도착할 것인가 내기를 걸었다. 필자가 내기에서 이겼다. 마날리에서 걸었던 전화 한 통화로 아내는 얼마 후, 당시 중학생이던 큰딸과 초등학생이던 작은딸과 함께 델리공항에 도착했다.

8월 중순이었던 것 같다. 델리 근처의 아그라 푸쉬카르 등지를 여행한 후, 나는 가족을 '모시고' 마날리로 다시 올라갔다. 쿨루계곡을 건너는데 빗방울이 치기 시작했다. 몬순이었다. 쿨루계곡은 마날리 직전에 펼쳐진, 해발 3,980 미터의 로탕 패스와 해발 760미터의 만디에 이르는 아름다운 계곡으로서 비아스강이 도로로부터 수직 300미터 아래로 흐르고 있다. 쿨루계곡의 장엄한 아름다움은 그랜드 캐니언에 비교되기도 했다. 마날리 가까이 다가가면 계곡 양편의 산들이 2킬로나 벌어지기도 한다. 골짜기 안쪽으로는 지상에서 가장 질 좋은 대마초를 재배하고 있다고 하며, 온 세상의 떨꾼들이 다 모여 인도 경찰의 눈을 피해 대마초를 즐긴다고 했다. 마날리에 도착한 지 이틀째, 여전히 비는 그치지 않았다. 세상은 쉬지 않고 내리는 비와 높은 습도로 인해 숨을 쉬기조차 뻑뻑했다. 몬순은 빨래가 마르는 것도 허용하지 않았고, 유명한 마날리왕국이나 노천온천, 네루공원의 삼나무 등 마날리에서 즐길 수 있는 모든 것을 우리 가족들로부터 빼앗아갔다.

아랍어로 계절을 의미하는 'mausim'을 따서 몬순monsoon 혹은 계절풍이라 명명되는 인도의 우기는 짧게는 3개월 길게는 4개월까지 계속된다. 기후학적으로 몬순의 원인은 대륙과 해양의 비열 차라고 할 수 있다. 여름에 같은 양의 태양복사가 있을 때 육지가 더 많이 온도가 상승하며 대륙에서 저기압이 생성되어 해풍이 불게 된다. 이때의 해풍은 많은 수증기를 포함하고 있는데 이 다습한 공기가 히말라야를 만나면서 세계 최대강수량을 자랑하는 인도의 습윤몬순을 유발시키는 것이다. 몬순이 오면 홍수와 태풍, 낙뢰로 인해 한 해에 몇천 명, 많게는 몇만 명이 목숨을 잃기도 한다. 인도의 몬순은 우리나라의 장마와는 차원이 다른 길고도 지루한 물벼락이라고 생각하면 된다.

쿨루계곡으로 이어지는 강물은 점점 늘어났고, 여기저기에서 길이 끊어졌다는 소리가 들리기 시작했다. 벌써 사람이 넷이나 죽었고, 강가의 집들이 무너져 내리기 시작했다. 아내는 걱정했으나 어린 딸애들은 그 거대한 물난리를 조금은 즐기는 눈치였다. 가장인 나는 결국 마날리를 떠나

쿨루계곡을 벗어나리라 결심했다. 하지만 버스는 이미 끊겼고, 장기 체류자 외에 뜨내기 여행자들은 마날리를 떠난 지 오래되었다. 지프를 빌려 아직 허물어지지 않은 산길을 탔다. 지프 운전자가 말했다.

"이 짚차에 누가 탔었는지 아시오?"

"걸 내가 어떻게 알어?"

"리처드 기어!"

얼굴이 시커멓고 이빨이 유독 하얀 인도 청년이 자랑스레 말했다. 딸애들은 아직 어려 리처드 기어를 잘 모르지만, 아내는 조금 흥분하는 것 같았다. 리처드 기어가 티베트불교에 심취해서 라다크나, 다람살라를 돌아다녔을 때 탔던 지프였던 모양이다. 리처드 기어고 뭐고 범람하는 강물을 어떻게 벗어날 것인가, 그게 더 급했다. 지프를 버리고, 급류에 물이 닿을락 말락 하는 출렁다리를 간신히 건너 먼저 출발했으나 아직 계곡을 벗어나지 못한 버스에 웃돈을 보태고 올라탔다. 버스는 10분쯤 폭우를 뚫고 남하하다가 다시 물에 잠긴 도로로 인해 엔진을 꺼버렸다. 하룻밤을 꼬박 버스에서 기다렸으나 비는 그치지 않았고 물은 계속 범람했다.

결국 마날리를 떠난 지 사흘째. 여러 번 차를 갈아타고, 기다렸건만 방법이 없었다. 필자는 아내와 아이들의 동의를 얻어 배낭에서 붉은색 빨랫줄을 꺼내 서로 묶었다. 작은애는 내가 묶고, 큰애는 키가 비슷한 아내와 연결했다.

도로를 침식한 거대한 급류는 절벽 한쪽에 부딪히면서 파도를 만들고 있었다. 빠삐용이 파도를 관찰하듯 유심히 살폈더니, 자동차 바퀴가 지나갔던 흔적을 짐작할 수 있었다. 빨랫줄에 목숨을 건 우리 가족은 50미터쯤 되는 물에 잠긴 도로를 조심스레 더듬어 마침내 계곡의 가장 낮은 부위를 통과했다. 가족 중의 한 사람이라도 침착을 잃어버려 발을 삐끗, 하면 모두 급류에 휩쓸려갔을 것이고, 그랬더라면 이 글을 쓸 수 없었을 것이다. 하지만 우리 집 여성들은 침착했고, 그보다는 용감했다. 특히 거의 내 품에 안겨 물을 헤쳐나왔던 작은딸 애가 가장 용감했다. 델리에서 마날리로 북상하던 버스에서 내린 인도인들과 여행자들이 조마조마하게 바라보다가 뜨거운 박수로 한국인 가족을 환영했다. 죽음을 각오하고 물을 건너자 비가 그치고, 도로를 덮었던 물길도 빠지기 시작했다. 필자는 그 빨랫줄을 아직 보관하고 있다. 아이들이 시집갈 때, 반으로 잘라서 하나씩 줄 작정이다.

"너희들은 쿨루계곡의 몬순을 기억하라. 겁나서 못 헤칠 어려움은 없을지니."

(2003년)

히말라야의 아침 새소리

얼마 전에 나는 네팔에 있었다. 우연찮게 내 생애에 가장 자주 들락거리고 있는 네팔, 하지만 이번에는 산에 오르지 않고 포카라에서만 보냈다. 아침이면 새소리에 잠이 깬다. 그것은 산꾼들과 동행했던 20여 년 전, 첫 잠에서 깨어났을 때도 마찬가지였다.

히말라야 산군 아래의 작고 가난한 나라, 네팔의 아침 새들은 전쟁을 치르듯 시끄럽다. 동이 트자 터지는 그 소리는 몬순 때의 뇌성벽력과도 다르고, 대포 소리와도 다르고, 지축이 흔들리는 소리와도 다르다. 수천의 새들이 서로 외치고, 부르짖고, 퍼덕거린다. 허공에 구멍이라도 뚫겠다는 듯 날카로운 소리도 있고, 온 세상을 덮을 듯 무겁고 둔중한 소리도 있고, 뜨겁게 작렬하는 소리도 있다. 전인권의 노랫말에 나오는 '다른 하루'를 이 나라에서는 새들이 깨우쳐준다. 어떤 놈들은 300년 수령의 보리수나무로 들어가 나뭇가지를 흔들어대고, 어떤 놈들은 첨벙, 물속으로 꽂힌 뒤 제 몸통만 한 물고기를 입에 물고 솟구치기도 한다. 커다란 새소리 사이로 작은 새소리도 여울물 흐르듯 스며든다. 모든 새들이 "이제 다시 동이 텄고, 우리는 살아 있다"라고 외친다. 귀청이 찢어질 듯하다. 공룡시대의 익룡도 몇 마리 섞여 있는 것만 같다.

게스트하우스 바깥으로 나갔더니, 잠이 덜 깬 소녀들이 물통을 들고 호숫가 옆 공동 우물터로 몰려든다. 몬순 전에 집을 지으려는 인부들이 비계로 쓸 대나무를 어깨에 지고 나른다. 한 손에는 삼지창을, 다른 쪽 팔뚝에는 양철 깡통을 감아 두른, 황색 누더기 차림의 '사두'(구도자)가 까마귀를 보고 뭔가 중얼거린다. 소로는 성지에도 못 가고 저잣거리에서 깡통 하나 들고 헤매는 이런 이들을 소요객逍遙客이라고 부른 적이 있다. 설산은 희뿌연 구름에 싸여 아주 잠깐씩만 모습을 드러낸다. 하얀 새들이 호수 건너편 녹음의 심장을 가르고, 등 뒤편 설산 아래로는 검은 새들이 이내 사라지는 금을 긋는다. '강벽조유백江碧鳥逾白 산청화욕연山靑花欲然'이라고 읊었던 두보의 시각 체험이 이때 '내 것'이 된다.

나는 매일 아침마다 히말라야 아침의 엄청난 새소리를 글자로 바꿔보려는 안쓰럽고 불가능한 일로 고심하곤 했다. 그나마 아직은 폭포수 같은 아침 새소리로 하루가 열리는 그곳도 왕정 철폐 이후 가속화된 개발 열기, 오염과 에너지 문제, 부정부패, 뿌리 깊은 양극화로 몸살을 앓고 있었다. 이 세계 어디에서나 일어나고 있는 난제들에서 네팔도 비켜서 있지 않았다.

바로 그즈음, 예상했던 불통의 시대와 맞닥뜨려 답답한 기운이 넘치는 내 나라에서는 쉬지 않고 전쟁 소리가 들렸다. 내 즐겨 듣는 아침 방송의 한 기자는 "9시 뉴스가 부지런히 전하는 저장된 대포 소리와 전투기의 폭음을 끄고 왜 전쟁이 임박한 듯이 몰아붙이는가에 대해 공부를 하자"고 제안했고, 적잖은 나라들의 작가 시인들은 한반도의 긴장 고조에 직면해 "고약한 평화가 좋은 전쟁보다 낫다"는 성명서를 발표하고 있었다. 그러다, 마침내 싸이가 다시 춤을 췄고, 조용필이 새 곡을 내놓았다는 소리도 들렸다. 중국에서는 지진이 일어났고, 미국에서는 압력솥이 터져 사람들이 다쳤다고 했다.

절대로 전쟁이 일어나지 않으리라 확신하는 기이한 호전론자들이 극언을 남발할 때, 이 사태가 종식되기를 바라는 '건강한 불안'은 불쾌한 짜증으로 덮인다. 이는 전쟁과는 다르게 나쁜 일이다. 참으로 구태의연하기 짝이 없는 전쟁은 전면적, 총체적 파괴 이외에 다른 내용이 없는바, 산천수목과 그곳을 근거로 삶을 구가하는 모든 생명체와 인간이 지키려는 모든 귀한 가치들이 타버리고 부서지고 수장된다. 대포 소리보다는 새들의 지저귐이 듣기 좋고, 미사일보다 까마귀라는 말을 입에 올리며 사는 게 더 마땅한 일이 아니겠는가. 전쟁놀이로 이득을 취하려는 이들은 새소리에 잠이 깨본 적이 한 번도 없는 게 틀림없다.

(2013년)

나마스테, 네팔

선교사가 가슴에 낀 성경과 함께 의약품이 식민지 개척에 동원되곤 했었다는 것을 역사는 여러 군데에서 자주 증거하고 있다. 교회당을 짓고 복음을 전파하면서 그들 개척주의자들은 육체적 고통에 신음하고 있던 원주민들을 줄 세운 뒤, 자신들만의 문명이 옳으므로 따르라고 역설했던 것이다. 성경책과 의약품을 든 다른 손에 무기를 들고 있었던 것은 물론이다. 종교와 의학은 이때, 새로운 땅에 도착한 자들이 궁극적으로 수탈하고자 하는 것들을 요구하기 전에 베푼 예고 없었던 시혜였던 것이다.

하지만, 2003년 10월 약간의 의약품과 문구류를 준비해 네팔 히말라야를 찾았던 우리 풀꽃평화연구소 팀은 누구도 성경책이나 불경책을 휴대하지 않았으며, 질병을 치료해준 쑥스러운 대가로 그들 히말라야 소수민족들에게 무엇도 요구할 생각이 애초부터 없었다. 그러므로 우리 의료활동이 어떤 불순한 정치적 목표의 도구가 될 가능성은 애초부터 없었다. 히말라야 산사람들이 의료혜택으로부터 전격적으로 소외되어 있다는 것을 10여 년 전부터 히말라야를 들락거리며 뼈저리게 목도했고, 그런 거듭되는 기억이 이번 의료활동을 발상하게 한 원인이 되었을 뿐이다.

2003년 10월 4일 아침, 인천을 떠나 홍콩과 방콕을 경유해서 네팔에 도착한 것은 같은 날 밤, 늦은 시각이었다. 홍콩에서 갈아타기로 되어 있었던 로얄네팔 항공은 아예 사람을 태우러 홍콩에 오지 않아 다른 비행기를 타고 방콕에 가서야 로얄네팔을 탈 수 있었다. 두 번 갈아탈 비행기를 세 번 갈아탄 것이다. 누구도 그 원인을 명쾌하게 설명해주지 않았다. 로얄네팔이 네팔 왕가의 재산이라는 것을 알고 있던 나는 "왕이 비행기가 급하게 필요했을 것이다"라고 농담했다. 아니나 다를까, 네팔에 도착한 뒤, 우리는 그 원인을 나처럼 해석한 다른 사람이 있다는 것을 알게 되었다. 히말라야 산군에 자리 잡은 네팔 왕국에서 일어나는 일들은 산업사회에 속한 우리들이 해석할 수 없는 일들 투성이곤 했다. 두 번 갈아탈 비행기를 세 번 갈아탄 경우도 그 경우였다.

네팔은 인구조사가 실시된 적이 없는 나라다. 왕가에서 그럴 필요를 느끼지 못했기 때문일 것이다. 천혜의 산악자원으로 말미암아 관광객들이 연중 들락거리고, 돈 많은 인도 사람들이 파칭코를 하기 위해 카트만두에 자주 오는데, 관광 수입과 파칭코 수입이 별다른 산물을 생산할 마음이 없는 네팔의 주요 수입원이라고 한다. 말하자면, 지니고 있는 자연자원을 별 노력 없이 활용해, 돈 쓰러 찾아오는 사람들에 의해 국가 경제가 지탱되는 나라라고 보면 된다. 그래도 굳이 면적과 인구로 한 나라의 규모를 파악하고 싶은 이들은 인터넷 검색을 해보시길 바란다. 방글라데시와 함께 GNP가 아주 낮은 나라라곤 하지만, 그보다 비교할 수 없는 인접 대국인 인도와 달리 이 나라에는 거지가 없다. 도시에 사는 사람들의 얼굴은 이 세상의 여느 도시의 얼굴들과 다름없이 빤질빤질하며, 주로 콧날이 오똑한 아리안계다. 아리안계의 종교는 힌두, 나는 도시에 살고 있는 아리안계에게는 애초부터 관심이 없었다. 풀꽃평화연구소가 관심을 가지고 있는 사람들은 언제나 늘 사람을 만나면 웃음을 띠는 환대의 능력을 지닌 산중 몽골리안들이다. 그들 산중의 왕가로부터 버려진 듯한 상태로 누대에 걸쳐 자급자족해오던 사람들의 종교는 불교. 우리처럼 콧날이 눌러놓은 듯 뭉툭하고, 광대뼈가 튀어나왔고, 눈은 작거나 조금 찢어져 있고, 어린애들 엉덩이를 까보면 몽고반점이 있다. 히말라야 산중에는 오래전부터 몽골리안들이 살고 있었다. 언제부터 그들이 그곳에서 살고 있었는지 아무도 모른다. 혹자는 티베탄들이 그 뿌리라고도 하고, 다른 이들은 "티베탄은 티베탄이고, 히말라얀들은 히말라얀들이다"라고 말한다. 그렇지만, 50년 전 멀쩡한 산을 아득바득 기어오르고야 말겠다는 힐러리인지 날라리인지 하는 영국 녀석이 셀파족의 도움을 받고, 히말라야 몽골리안들이 전 세계적으로 유명해진 것을 보면, 그런데 그 셀파족이 티베탄들과 종교나 문화가 그리 다르지 않은 족속이라는 것을 감안해보면, 티베탄 설이 어느 정도 근거가 있는 듯하긴 하다. 네팔 히말라야 너머 고원지대의 티베트는 한때 대단한 위세를 펼치던 용맹스러운 부족이었다. 원나라 때에도 칭기즈칸의 국사로 만주 언저리까지 진출했던 민족이었고, 우리나라에도 작고 큰 티베트문화의 영향이 많다. 지금은 종교에 의해 자신들을 학살한 중국인들을 위해 매일같이 기도하는 극단적 평화주의자들이 되었지만, 한때 그들은 누구 못지않은 호전성과 영토 확장에 기염을 토하던 민족들이었다.

어쨌거나 히말라야 산중 사람들의 뿌리에 대해 인류가 알고 있는 것은 대단치 않다. 네팔 왕가는 일찍부터 그들을 거의 포기한 상태나 다름없기 때문이다. 그들이 왕가의 재정을 증대시키거나 위협이 되지도 않았으므로 애당초 안중에 있을 턱이 없었다. 레비-스트로스가 아메리카 소수민족 연구는 많이 했어도 히말라야 소수민족 연구는 통 안 했는데, 앞으로도 히말라야 몽골리안들에 대한 연구는 아무래도 남에게 맡길 일이 아닌 것만은 틀림없다. 아마도 그 일은 누가 시키지도 않았건만, 그들 히말라야 사람들에 대해 오래전부터 깊은 관심을 지니고 있던 풀꽃평화연구소의 몫이 아닐까 싶다. 그건 그렇고.

한국을 떠나던 즈음, 이 나라에는 송두율 교수를 잡아넣느냐, 마느냐로 시끄러웠고, 이라크 2차 파병을 반대하는 목소리는 날이 갈수록 높아지고 있었다. 의료활동을 마치고 돌아오니 송 교수는 끝내 잡아넣어진 상태였고, 재신임을 묻는 국민투표 이야기가 돌출해 있었고, 이라크에서는 게릴라전이 확대되고 있었다. 그런데도 노무현 정권은 조지 부시에게 받은 칭찬과 격려 때문인지 파병을 중지하겠다는 발표를 뭉그적거리고 있었다. 역시, 그건 그렇고.

이번 1차 의료활동에 참여한 사람들은 모두 아홉 명. 그중 두 사람이 한의사였다. 극동지방에서 특별한 전통 속에서 발달된 한의韓醫가 네팔의 몽골리안들에게 대단히 주효한 의료기술로서 고통받는 자들을 위로할 수 있으리라는 확신은 떠나기 전부터 있었다. 왜냐하면 애당초 가벼운 외상은 의사 면허증이 없는 사람들이 담당하기로 했고, 중요한 질병은 양의보다 한의가 더 소용될지도 모른다는 예감이 있었기 때문이다. 생전 처음 맞아보는 침과 부항찜에 그들의 몸은 아주 신속하고 놀랍게 반응했다.

우리는 포카라에서 하루 거리에 위치한 시클리스 산중의 네 곳 마을을 거슬러 올라가며 총 200여 명의 산사람들을 대상으로 의료활동을 펼쳤다. 진료카드에 기록되지 않은 사람들까지 포함하면 300여 명가량이 아닐까 추측된다. 히말라야 산길은 외길이기 때문에, "의료활동하는 사람들이 왔다"라는 특별한 광고가 필요 없었다. 지나가며 우리의 활동을 본 사람들이 "나마스테!" 하면서 인사를 나누고 지나쳤다는 사실 자체가 바로 홍보작업이 시작되는 순간이었다. 특별한 일이 별로 일어나지 않는 산에서 어떤 동양인들이 흰 가운을 입고 텐트를 치고, 사람들을 돌보고 있더라는 조금 전에 본 광경은 대단한 뉴스가 아닐 수 없었다. 진작부터 그 외길을 통해 궂은일이건 좋은 일이건 모든 살림살이 정보가 유통된다는 것을 잘 알고 있던 나는 의료활동대의 대장으로서 특별한 홍보책을 강구하지 않았다. 다만, 우리가 머물러 체류하는 시간을 감안해서 특별한 장소에서는 "우리가 바로 어느 곳에 있으므로, 아침 일찍 아픈 사람을 모시고 오라"고 말할 필요가 있었다.

시클리스는 네팔의 두 번째 도시 포카라를 지도의 아래쪽에 놓고 볼 때 히말라야 국립공원의 오른편 안나푸르나 2봉(해발 7,939미터) 쪽에 위치한 산마을이다. 반군(마오이스트)에 의해 해방구가 되어 그쪽으로 의료활동을 가는 일은 대단히 위험하다는 충고가 있었지만, 우리는 서슴없이 시클리스 방향을 의료활동지로 잡았다. 그 까닭은 산중 게릴라들에 의해 선포된 해방구가 적색 콤플렉스에 상처를 입은 사람들이 생각하듯 무서운 곳이 아니라는 사실을 잘 알고 있었고, 네팔 왕가(정부)가 포기한 바로 그곳이야말로 어느 지역보다 의료활동이 필요한 곳이라는 게 우리 생각이었다. 아니나 다를까, 염려하던 사람들의 말대로, 국립공원 입구에서 공원 입장권을 끊어주거나 시내에서 끊어온 입장권을 받고 국적과 이름을 적던 작은 오피스는 철거되어 없었다. 5년 전만 해도 있던 오피스가 사라진 것이다.

반군들의 출몰에 의해 입장권 받다가 언제 총 맞아 죽을지 몰라 관리들이 도망치고 만 것이었다. 그때, 마오이스트들이 그 오피스 건물을 해체하거나 소 외양간으로 쓰는 순간, 그곳은 해방구가 되는 것이다. 해방구 주변에 특수훈련을 받은 전투경찰이 잠복해 재점령을 노리고 있을지도 모른다는 한국적 상상력을 이곳에서 발휘하면 갈 곳도 못 가고, 간다 해도 제대로 네팔을 느끼기 힘들 것이다.

우리가 의료활동을 펼친 시클리스 방향은 정말 정부의 손이 미치지 않는 해방구였고, 우리가 의료활동을 하던 소우다 지역에는 텐트를 치기 전날 아침에도 다섯 명의 마오바디(네팔에서는 그들을 그렇게 부른다)들이 지나갔다고 했다. 그게 벌써 우리가 입산한 지 사흘째였으므로 반군들은 우리의 의료활동을 손바닥 들여다보듯이 잘 알고 있다는 이야기였다.

네팔 마오이스트들은 중국에서 키운 사회주의자들이 아니다. 오죽하면 시장경제를 도입한 중국에서 "네팔 마오이스트들은 우리 중국과 전혀 관계없다"고 국제사회에 공표까지 했을까. 네팔 마오이스트들은 입헌군주국 네팔의 여러 모순된 정치, 사회제도로 인해 자생한 반정부군으로서 주로 게릴라 활동을 통해 네팔의 왕정 철폐와 빈부격차 해소와 광범위한 민주화를 벌써 10여 년 넘게 외치고 있다. 네팔 왕가는 마오 출현 직후 네팔 전역에 계엄령을 선포했고, 자주 총성이 들리고 대규모의 사상자가 발생하기도 한다. 2년 전 찬드라 꾸마리 구룽에게 사죄금을 전달하기 위해 네팔에 갔을 때, 네팔 신문은 매일같이 몇백 명의 사상자 소식과 도심의 파괴 현장을 1면 머리기사로 보도하곤 했다. 내전 중이라는 걸 실감하는 때였다. 이번에 우리가 갔을 때도 네팔 남서부에서 정부군의 대규모 공격으로 55명의 반군이 죽었고, 반군은 네팔 전역에서 정부군을 산발적으로 공격하고 있었다. 하지만 엄격한 보도 통제를 받고 있는 네팔의 영자 신문은 언제나 정부군 입장만을 다루고 있다. 그래도 네팔은 관광 수입의 의존도가 높은 나라인지라 정부군이나 마오이스트 모두 관광객들은 건들지 않으므로, 내전 중인 네팔에 지레 겁을 먹을 필요는 없다. 다만, 예의가 있는 사람이라면 네팔이 오랜 내전 중이라는 것을 잘 알고, 경거망동을 금할 필요는 있다. 그런데 우리가 의료활동을 하던 지역과 떨어진 고라파니 푼힐 쪽에서 한 철없는 한국인이 입산 허가료로 반군들이 돈을 요구하자, "이미 시내(카트만두 혹은 포카라)에서 1인당 2,000루피(3만 5,000원가량)씩의 거금을 주고 끊었다, 영수증을 보여주마"라고 버티면서 다른 관광객들에게 입산료를 많게는 1,000루피에서 500루피씩 후원금처럼 받고 있는 마오바디들에게 캠코더를 들이댔다고 한다. "너 잠깐 이리 들어와" 한 뒤, 그 용감한 한국인은 마오바디들에게 끌려 들어가 캠코더 테이프를 뺏기고 죽어라 얻어터졌다고 한다. 그 이야기는 네팔 전역에 널리 퍼져 웃음거리가 되었다.

바로 그런 태도가 내전 중인 나라를 여행하면서 지켜야할 예의가 결여되었기 때문에 일어난 불상사였던 것이다. "아이 참 재수 없구나, 그치만 이 나라가 지금 내전 중이지, 국립공원에도 반군들이 출몰하는구나, 아아 이들은 얼마나 먹을 것을 못 먹어 이토록 빼싹 말랐단 말인가, 입장권을 다시 달라고 하니 금액을 조금이라도 깎아야겠군", 이런 마음을 썼더라면, 캠코더도 아작이 안 나고, 얻어터지지도 않고, 조금 비켜서서 반군들 사진도 충분히 찍을 수 있고, 그들에게 평생 기념이 될 영수증도 받을 수 있었을 것이다. "야 새끼들아, 니들 뭐야. 니들이 뭔데 돈 달라고 해. 니들 정부에 나 이미 돈 냈어, 자식들아. 비썩 마른 자식들이, 총 한 자루씩 들었으면 다야?" 이런 태도는 영락없이 얻어터지게 되어 있는 것이다. 살아 돌아온 것만도 다행이었다.

우리도 물론 아홉 명의 입장권을 인당 2,000루피씩, 거금 1만 8,000루피를 투자해 도시에서 끊었다. 카트만두든 포카라든 도시에서 끊으면 2,000루피, 히말라야에 들어가는 길목에서 끊으면 인당 4,000루피다. 그러므로 초행이 아니라면, 히말라야로 들어가려는 사람들은 도시에서 입장권을 끊곤 한다. 오래전부터 그쪽 시스템이 그렇게 돌아가고 있다. 그렇지만, 우리가 갔던 시클리스 쪽은 정부가 세운 오피스도 철거되었고, 어떤 반군도 나타나 우리더러 돈 달라고 하지 않았으므로, 그 입장권이 휴지가 되고 말았다. 그것은 안나푸르나사우스 쪽, 그러니까 유명한 ABCANNAPURNA BASE CAMP 쪽 트레킹 코스(간드룽, 간드룩, 고라파니, 푼힐 지역)도 마찬가지였다. 오피스는 철거되고, 관리들은 줄행랑친 지 오래이고, 대신 반군들이 나타나 "입장권이라기보다 우리 네팔 왕정 철폐하고 좋은 세상 만들려고 하는데 고생이 많다. 돈이 필요하다. 도네이션 좀 해라"고 1,000루피가량을 요구하고 있었다. 그런 분위기를 알고 있었기에 나는 만약 반군이 나타나 돈 달라고 하면, 없는 외교술을 발휘해 그 금액을 깎을 요량이었다. 그러면서 "우리 또한 네팔의 민주화를 요구한다, 분투해라. 니네들 산중 게릴라들 중에는 아픈 사람 없냐? 우리가 국경없는의사회는 아니지만, 아픈 사람들은 다 봐줄 작정이다. 아픈 사람 있으면 데리고 와라", 그렇게 정중하게 대했을 것이다. 그렇게 대하면 그들 마음씨 고운 산중 게릴라들은 먹을 것을 준비해 나타난다. 비록 총알이 나갈지 의심스러운 낡은 엠1이나 카빈, 아카바 소총을 든 사람들이긴 하지만.

정확한 소통은 의료기술만큼이나 다른 문화권의 질병(환자)에 접근하는 데에 필수 불가결의 요소였다. 배가 아프다는데 등이 아프다고 통역되어서는 안 될 일이었기 때문이다. 뒷골이 쑤신다는데 목덜미가 아픈 것으로 오인되어서는 큰일 날 일이었기 때문이다. 다리가 아프다고 호소하는데 다리는 멀쩡하다고 통역되어서도 아니 될 일이었다. 가이드 겸 한국말 소통은 스리람(29세)이라는 네팔 차

433

트리 출신의 젊은이가 맡았다. 그는 1992년에 한국에 와서 6년여 동안 부천, 안양 등지에서 무거운 짐도 나르고 장작 패는 일을 했던 네팔 청년으로서, 한국말에 아주 능통했다. 그가 배운 한국말은 이른바 잘난 교양인의 한국말이 아니었지만, 스스로의 노력에 의해 말끝마다 "시발 시발", 하는 욕설이 입버릇이 되어 있거나 하는 사람은 아니었다. 한국말 좀 하는 네팔리 중에 반드시 말끝마다 욕설을 붙이는 사람들이 있는데, 그것은 그들의 탓이 아니라 한국에서 만났던 사람들이 그러했기 때문이다. 스리람이 쓰는 한국말은 서툴기는 해도, 의료활동의 통역자로서 뜬금없는 욕설이 불필요하게 자주 튀어나올 그런 한국말은 아니었다. 하지만, 확실한 일은 네팔의 언어체계는 비교적 단순해서 우리말처럼 섬세한 구석까지 다 헤집는 것 같지는 않았다.

이를테면 "거 참, 고생이 많았구나"라는 말로 포터를 격려하거나 감사를 표할 필요가 있을 때, "저 한국인이 너더러 이번 일로 고생이 많았다, 많이 애썼다고 하시더라"라고 통역되지 않는다. "나마스테!" 하면 끝이었다. 알던 사람이든 모르는 사람이든 사람을 만나 합장하면서 발음하는 '나마스테'는 '고맙다, 욕봤다, 애썼다, 반갑다, 잘 가라, 또 보자' 등등 모든 말에 두루 관통하는 만능열쇠 같은 말이었다. 그러니까 "요기 이 무르팍이 콕콕 쑤시고 자근자근 씹듯이 찔러대요"라는 말은 애당초 전달 불가능했다. "이곳이 아파요", 그 한마디 이상의 말이 준비되어 있지 않는 듯하고, 그러므로 통역도 그 이상을 요구할 수 없었다. 네팔리들은 "아리까리하다, 어리둥절하다, 휘황찬란하다, 울긋불긋하다, 두루뭉수리로 넘어간다, 희뿌염하다" 등등 의 말들을 사용하지 않는지도 모른다. 놀라운 일은, 우리 말이 세분화되어 더 진화되었다는 득의의 사실이 아니라 그런 말을 마련하지 않고도 그런 감정들을 충분히 소통하 면서 살아낸다는 사실에 있다. 그들은 언표되는 말로만 소 통하지 않기 때문이다. 그들의 표정과 몸짓만으로도 충분 한 데다 말을 세분화시키고 특화시킬 필요가 없는 단순한 삶을 그들은 체득하고 있었다. 말이 분화되어 일어난 일이 어디 꼭 좋은 일만이었는가. 말이 부족해 세계가 이토록 아귀다툼의 화택火宅이 된 것은 아니잖겠는가. 통증을 호소 하는 환자들의 의사를 스리람은 훌륭하게 우리 의사들에 게 전달했다. 네팔리들, 특히 히말라야 산중 몽골리안들의 말은 단순하고, 명쾌하고, 수식이 없었다.

10월 4일 카트만두 도착, 10월 5일 가이드와 포터 상견 례 및 장비 점검, 10월 6일 포카라로 출발, 10월 7일 시클리 스 방향으로 입산, 이후 차초크, 소비, 차수, 소다, 네 군데 지역에서 의료활동을 했다. 한국인 아홉 명, 가이드와 포 터 아홉 명, 차량이 끊어지는 콘세라 강변에서 현지 포터 세 명을 더 구해 대원은 총 스물한 명이었다.

시클리스 쪽은 롯지(여인숙)도 없고, 식당도 없었으므로 먹고 자는 일을 자체의 힘으로 해결할 수밖에 없었다. 가이드 쿡(요리사)을 포함해 포터들이 이렇듯 많이 필요했던 것은 한국인 개인 짐은 각자가 짊어졌음에도 의료품과 문구류 외에도 숙영 장비, 먹을거리의 양이 꽤 되었기 때문이었다.

이런저런 인연으로 네팔을 자주 왕래했지만, 시클리스는 이번에 세 번째 길이었다. 1992년에 산악인들과 함께 시클리스 너머 후꼬 마을까지, 그리고 1999년에 혼자서 켈랑까지, 그리고 이번이 세 번째 걸음이었다. 그러므로 나는 이 길에 대해서 어느 정도 알고 있다고 생각했다. 하지만, 금년 우기에 닥친 몬순은 너무나 위력적이어서 전체 구간의 거의 절반이 급류에 휩쓸려 떠내려가고 없었다. 3년 전에 외지에 나가 돈을 번 사람들과 마을 사람들이 돈을 모아 간신히 소비까지 넓혀놓았던 길도 이번 몬순 때 모두 유실되고 파괴되어버렸다. 소비까지만이라도 차량 한 대 정도 들어오도록 하기 위해 애쓴 모양인데, 히말라야의 산신령은 "여기까지 차가 들어오는 것은 반대야" 하고 몬순으로 화답했는지 모를 일이다. 나는 내색은 안 냈지만, 남몰래 기억을 더듬어 예전에 내가 밟았던 길이 나타나기만을 내심 고대했다. 일행들 모두 이곳은 초행이라, 내 기억을 공유하려고 했던 것이다.

듣기로 '46년 만의 무서운 몬순이었다'고 했다. 그보다 나이가 많은 사람에게 물었다면 '56년 만의 몬순이었다'는 소리를 할지도 몰랐다.

포카라를 떠나 산으로 들어간 이래 우리가 걸었던 모든 구간은 산등성이를 넘어야 하는 외길 외에는 늘 세찬 강물이 흐르고 있었다. 부라마투라강이나 갠지스에 합류하여 끝내는 벵갈만으로 떨어질 마디나디강의 상류 지역인 셈이다. 강물은 차고, 석회질이 많은 잿빛을 띠고 있는데, 설산의 눈 녹은 물이라고 통칭하고 있다. 그렇지만 산골짜기에서 흘러내려오는 마디나디강의 지류에는 팔뚝만 한 고기들이 살고, 우리가 의료활동을 하던 소비나 소다의 산사람들은 그물을 말리고 있었는데, 그것은 바로 그들이 어부이기도 하기 때문이다.

일행들 중에 설산을 처음 보는 사람들은 괴성을 지르며 매 순간 환호를 했지만, 그들이 인자라면 지자라고 말할 수 있는 일부 일행은 변화무쌍하고 신비로운 설산도 설산이지만 그곳에서 발원해 흘러내리는 마디나디강의 위용과 폭음 같은 강물 소리에 깊이 매료되기도 했다.

"이런 세찬 강물 소리를 태어나면서부터 듣고 자란 사람은 어떤 인성의 사람이 될까?"

어느 날 내가 후배 일행에게 물었다.

"전투적인 성격이 될 것 같아요."

한 후배가 답했다. 나는 가만히 있었다.

"지혜로운 사람이 될 것 같아요."

다른 후배가 답했다. 나는 동감의 표시를 하려다가 먼저 답한 후배의 얼굴을 바라보다가 역시 입을 다물었다.

그렇다. 지혜로운 사람이 될 것이다. 왜냐면, 그것은 산에서 만난 사람들을 살펴보면 느낄 수 있는 일이다. 강물 소리가 워낙 세차서 전투적이고 공격적인 인성이 형성될 것 같다고 봤겠지만, 그 세찬 강물 소리는 자연의 위용에 값하는 소리, 결국 쉬지 않고 흐르는 물에 의해 겸손하고 지혜로운 사람이 될 것이라고 믿는다. 그런 지혜로운 몽골리안들을 이번에도 많이 만났다. 언제나 우리가 도달할 수 없을 것 같은 평정심을 가진 산사람들이 엉덩이를 바닥에 댄 편안한 자세로 도처에 앉아 살아 있다는 행복감을 만끽하곤 한다. 그런 자세를 "저런 게으른 녀석들!"이라고 함부로 말해서는 안 된다. 바쁘게 사는 게 잘난 사람일까. 그래서 달러 많이 지니고 루피 많이 바꿔 산에 들어와 떵떵거리는 게 잘난 사람일까? 잘난 문화일까? 아닐 것이다.

히말라야에도 히말라야 야생에서 얻은 약용식물로 취하는 전통적인 치료법이 있다. 그런 자연의 선물에 그곳에서 누대에 걸쳐 살아온 사람들이 무지할 리가 없다. 약용식물로도 안 될 경우, 그들은 샤먼에 의존한다. 샤먼은 종종 과학이나 의학적 소견으로 해석되지 않는 신비롭고 불가사의한 힘을 발휘해 사람들을 치료하거나 완치시키기도 한다. 그렇지만 찰과상 같은 가벼운 외상이 언제나 문제였다. 그것도 어린이들이나 청소년들이 깨끗하게 씻고 조금만 신경 쓰면 아물 가벼운 상처가 덧나 곪고 파상풍으로 번져 끝내는 자르지 않아도 될 다리나 팔을 잘라야 하는 일은 바라보기 고통스러운 일이 아닐 수 없었다. 1992년 내가 시클리스 쪽에 처음 갔을 때만 해도 만나는 산사람들 거의 모두 맨발이었다. 신을 신은 사람들이 거의 없었다. 도시에서 같이 산으로 들어간 가이드나 포터들 일부나 중국제 운동화를 신고 있을 뿐이었다. 그렇지만 11년이 흐른 지금 히말라야 산중에는 신을 신은 사람들이 많이 눈에 띈다. 그래서 셀파족의 경우, 눈밭에서 맨발로 대여섯 시간을 발이 시린 줄 모르고 걸을 수 있어서 서양 친구들이 경악하지 않았겠는가? 어른들 발바닥은 그래서 우리들 발바닥의 다섯 배 정도의 두께를 지니고 있다. 문제는 어린이들과 청소년들 등 어린 사람들이다. 거의 모든 길은 돌길이기에 어린이들은 쉽게 상처가 날 수 있다. 그런 환부를 조금만 깨끗이 간수해도 곪거나 파상풍으로 번지지 않을 텐데, 그 일에는 무관심한 듯하다. 교육의 문제가 여기에서 나온다. 물론 이곳 히말라야 산중에도 필요한 교육에 대한 관심은 깊고, 마을 규모에 따라 학교도 있다. 언젠가 학생들의 교과서를 보았는데, 여러 과목이 통합된 교과서에는 위생의 가치뿐 아니라 자연을 활용하는 법, 쓰레기의 폐해, 같이 누려야 할 동식물들에 대한 가치들을 담고 있었다. 공해를 다룬 부분에서는 우리 초중등학교보다 더 구체적인 내용을 담고 있는 듯했다. 그렇다면 생활습관의 문제인 듯하다.

우리 의료활동이 담당할 수 있는 일차적인 대상은 어린

이들, 청소년들의 외상이었고, 그보다 심각한 여러 질환들, 이를테면 두통, 가슴의 통증, 위나 소장, 대장의 고통, 근육통, 벌레에 물려 부은 팔다리, 골절이나 발목, 손목을 삔 환부 등에는 한의사들이 달려들었다.

3박 4일의 짧은 일정이었지만 그 조용한 산중에 그렇게 많은 사람들이 모여들 줄은, 어느 정도는 예상했던 일이지만 실제 환자들을 만나자 놀라지 않을 수 없었다. 그들에게 이번 의료활동이 아주 작은 도움이라도 되었다면, 더 이상 바랄 나위가 없겠다.

산으로 올라가면서 우리가 나눠주었던 약은 하산할 때 보니 집집마다 서까래 안쪽에 꽂아놓고 가족이 모두 사용하고 있었다. 서까래 안쪽 틈은 바로 지붕의 서랍인 셈이다. 우리도 곰곰 생각해보면 집 전체를 필요하면 서랍으로도 쓰고, 창고로도 사용했다. 농사짓던 시절, 마당의 활용성을 생각해보면 알 수 있다.

올라갈 때 발라주었던 아이들 머리의 버짐이나 가벼운 외상은 하산할 때 보니 깨끗하게 나아 있곤 했다. 감기 몸살에서 해방된 사람들, 콧물을 흘리던 친구가 콧물이 멎게 된 일, 손목을 삔 사람이 침 몇 방에 손을 흔들어대며 편하게 돌아간 일, 등과 배에 부항을 뜨고, 침을 맞은 뒤, 우리를 찾아올 때보다 밝은 얼굴로 돌아가던 사람들, 입을 벌리고 치통을 호소하던 어린이, 고열의 어린애를 안고 찾아왔던 어머니들…… 하산하는 날 아침 일찍 몬순 때 떠내려간 학교를 다시 짓기 위해 우리를 찾아와 후원금을 부탁하던 학교 선생님, 의식불명으로 포카라병원으로 옮겨지던 중 우리 한의사 김형찬님에 의해 잠시 한 달이나 잃었던 의식을 잠시 되찾았으나 몇 시간 뒤 길에서 죽은 오십대 남자 등, 잊을 수 없는 많은 얼굴들과 사건들이 떠오른다.

풀꽃평화연구소의 네팔 의료활동이 무사히 치러지기 위해 남몰래 도운 분들이 적지 않다. 우선 약품과 여러 의료장비를 제공해주신 분들, 울산의 최주리 한의사님, 문구류를 협찬해주신 최자영님, 피부외용연고제를 제공해주신 위지영님, 그리고 문구류를 모아준 일산의 정발중학교 3학년 1반 학생들과 서정란 선생님, 그 외에도 후원금을 주신 분들에게 감사드린다. 그리고 우리가 한국을 출발하기 전부터 수십 통의 이메일을 통해 현지의 수많은 준비할 일들을 챙겨주신 카트만두 한국식당 '소풍'의 김홍성 시인께 깊이 감사드린다. 그는 일정 조절과 통역자 섭외와 쿡과 가이드 연결, 숙영 장비와 취사 장비 구입과 대여, 입산 허가증 및 기타 숱한 정보들을 그곳 생활 10여 년의 경험을 다 동원해 아낌없이 협조하셨다. 그뿐 아니라 하산해서 카트만두로 돌아온 뒤의 장비 처리 문제까지 해결해주었다. 비용으로 환산할 수 없는 김 시인의 도움이 없었더라면 이번 의료활동이 이렇듯 사고 없이, 차질없이 진행될 수 없었을 것이라고 단언한다. 그리고 진작부터 잘 알고 있었던 스리람의 가이드와 통역의 도움을 받은 일은 행운이었다. 산에서 길을 잘못 들어 그 집 마당을 지나치다가 만난 부발 구 릉이 스리람으로는 벅차 영어로 의료진과 환자 사이의 통역을 도왔던 일 또한 빠뜨릴 수 없었다. 쿡 라모는 금정스님이 네팔에 계실 때 부엌에서 일하던 녀석으로 한국 음식을 엔간한 한국 주부보다 더 능숙하게 요리해냈다. 그는 한국인들의 식성을 너무나 잘 알고 있었다. 김치는 물론, 심지어 닭백숙도 끓일 줄 아는 친구였다. 끊임없이 이동했던 긴 여정에 어김없이 기민하게 먹을거리 문제를 해결해준 라모에게 다시금 감사를 표한다. 언어 문제와 쫓기는 시간 때문에 많은 이야기를 시시콜콜하게 나누지는 못했지만, 묵묵히 그들에게는 말할 수 없이 고단했을 긴 여정 내내 무거운 짐을 싣고, 텐트를 치고 걷고, 여러 궂은일을 도맡아 해주었던 포터들을 잊을 수 없다. 우리는 그들 현지인들과 약속했던 돈 외에 그들이 기대했던 보너스를 얹어 인사했고, 그 위에 약간의 돈을 더 보태는 것으로 우리의 감사를 표했다. 모두 헤어질 때는 아주 밝은 얼굴로 헤어질 수 있었던 것은 물론이다. 일행 중에 개인적으로 몇 포터에게 인사를 한 분도 있었는데, 그런 자세는 매우 고무받아야 할 따뜻한 마음씨이긴 하지만, 그 감사를 표하는 액수가 지나치게 컸을 때, 본의 아니게 다음에 산행할 가난한 여행자(말이 될지 모르지만)가 감당해야 할 비용을 증가시키는 문제도 있다. 하지만, 그런 '썰'을 미리 풀었기에 이번 인사가 정도를 넘치지는 않았다고 생각한다.

그 외에도 대단찮은 길을 떠날 때, 여러 형태로 격려와 지원을 해주신 분들께도 다시금 감사드린다. (참고로 이번 의료활동의 경비는 네팔-한국 왕복 비행기삯을 제외하고 인당 30만 원을 거뒀고, 그 돈도 아껴 써서 얼마간 돌려드렸음을 밝힌다. 그런 최소 비용이 가능했던 까닭은 의약품과 의료장비, 문구류를 후원받았고, 얼마간의 후원금, 그리고 김홍성 시인의 협조와 정보로 절감된 비용이 작용했기 때문이다.)

확실한 것은 히말라야는 우리가 대단찮은 의료활동을 한 것보다 훨씬 복잡하고 깊고 의미 있는 것들을 우리에게 선물했다는 점이다. 그것은 쉽게 말할 수 있는 내용이 아니라 '여기' 살면서 지속적으로 반추하고 심화시켜야 할 일일 것이다.

(2003년)

나무가 있던 하늘

초판 1쇄 펴낸날 2022년 4월 27일

지은이 최성각
펴낸이 박재영
편집 이정신·임세현·한의영
마케팅 신연경
디자인 조하늘
제작 제이오
펴낸곳 도서출판 오월의봄
주소 경기도 파주시 회동길 363-15 201호
등록 제406-2010-000111호
전화 070-7704-5018
팩스 0505-300-0518
이메일 maybook05@naver.com
트위터 @oohbom
블로그 blog.naver.com/maybook05
페이스북 facebook.com/maybook05
인스타그램 instagram.com/maybooks_05

ISBN 979-11-6873-011-3 03810

만든 사람들
책임편집 박재영
디자인 조하늘